Copyright © 2017 por Lucy Vargas
Copyright © 2018 por Editora Charme

Todos os direitos reservados.
Nenhuma parte deste livro pode ser reproduzida, digitalizada ou distribuída de qualquer forma, seja impressa ou eletrônica, sem permissão. Este livro é uma obra de ficção e qualquer semelhança com qualquer pessoa, viva ou morta, qualquer lugar, evento ou ocorrência é mera coincidência. Os personagens e enredos são criados a partir da imaginação da autora ou são usados ficticiamente.

1ª Impressão 2019

Produção editorial: Editora Charme
Revisão: Sophia Paz e Jamille Freitas
Capa e produção: Verônica Góes
Foto: Period Images - Depositphotos

CIP-BRASIL, CATALOGAÇÃO NA PUBLICAÇÃO
SINDICATO NACIONAL DE EDITORES DE LIVROS, RJ

Vargas, Lucy
Encontre-me ao Entardecer / Lucy Vargas
Editora Charme, 2019.

ISBN: 978-85-68056-88-2
1. Romance Brasileiro - 2. Ficção brasileira

CDD B869.35
CDU 869.8(81)-30

---

www.editoracharme.com.br

LUCY VARGAS

Editora Charme

Encontre-me ao Entardecer

ROSA ENTRE MARGARIDAS - 1

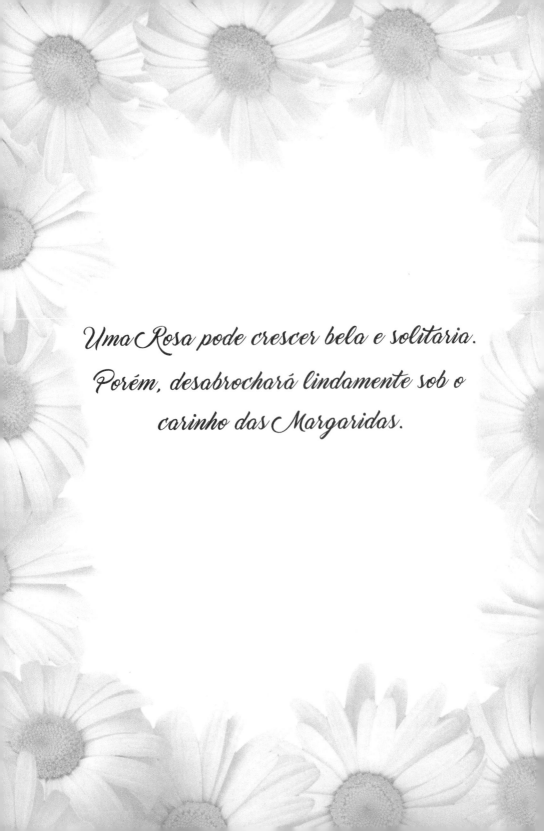

Uma Rosa pode crescer bela e solitária. Porém, desabrochará lindamente sob o carinho das Margaridas.

O Grupo de Devon e Conhecidos

Eloisa, Srta. Durant: Srta. Sem-Modos

Eugene Harwood, Lorde Hosford: Herói de Guerra

Lydia, Srta. Preston: Srta. Esquentadinha/Endiabrada

Bertha, Srta. Gale: Srta. Graciosa

Eric Northon, Lorde Bourne: Diabo Loiro

Lorde Deeds: Lorde Pança

Ruth, Srta. Wright: Srta. Festeira

Lorde Huntley: Lorde Garboso

Lorde Greenwood: Lorde Murro

Harriet, Srta. Brannon: Srta. Insuportável

Sr. Sprout: Sr. Querido

Lorde Keller: Lorde Tartaruga

Janet, Srta. Jones: Srta. Amável

Charles Gustin: Sr. Desgosto

6   LUCY VARGAS

Capítulo 1
Inglaterra, 1815

Todas as jovens damas se preparavam obsessivamente para sua primeira temporada em Londres. O grande motivo de tamanho nervosismo parecia sempre rondar em volta de agradar aos seus esnobes e exigentes pares da nobreza, mas era principalmente sobre arranjar um bom partido e fazer um casamento memorável.

Não para Eloisa Durant.

Ela já sabia perfeitamente com quem ia se casar. Era um verdadeiro milagre que uma moça de dezessete anos já tivesse um ótimo partido em mente. E mais raro ainda que ele correspondesse. Ela não era exatamente uma sortuda, na verdade, era bem o contrário. Apesar disso, a sorte e o destino finalmente haviam conspirado a seu favor.

Ainda ia levar um tempo até Londres; eles não partiriam até que estivesse perto da temporada chegar. E, com todos os soldados de volta da guerra e as festividades e euforia por terem derrotado Napoleão, o pai dela resolvera adiar. Assim, Eloisa não viu nada do que se passou lá, apenas ouviu falar e leu nos jornais.

Ela era uma flor do campo, como diriam os mais poéticos, criada entre o ar puro, as flores e as plantações da propriedade do seu pai. Os mais venenosos poderiam dizer que era quase uma camponesa, mesmo que fosse uma dama, criada e educada como tal.

— Anda logo, pare de olhar pela janela e venha aqui tirar esse vestido. Vamos levá-lo para a cidade — disse tia Rachel, irmã do pai de Eloisa.

— Agora não! Além disso, até chegarmos a Londres, esse vestido estará passado! — Eloisa pegou seu chapéu de passeio diurno e correu para fora.

O pai dela, Lorde Perrin, culpava a irmã pelo comportamento da filha, como se ela já não estivesse com idade suficiente para decidir as coisas por conta própria. Rachel estava com eles há seis anos, desde que perdeu o marido, e seu único filho resolveu partir para a guerra. Possuía sua própria casa, pois seu marido não lhe deixou pobre. Porém, agora que o filho estava de volta, Rachel tinha esperança de que ele formasse uma família. Por causa dos ferimentos que sofreu, era provável que não voltasse ao exército. Além disso, como único herdeiro do barão, ele tinha responsabilidades ali, não podia seguir carreira militar. Em algum momento, teria de deixá-la.

Eloisa correu escada abaixo e teve de percorrer todo o corredor até a porta de trás da mansão de campo. Ela sabia que o pai não ia vê-la; ele não gostava de andar até o fundo da casa. Lorde Perrin adorava reclamar e, apesar das sinetas, ainda gritava pelos outros, e não gostava de ter que sair do seu gabinete. Muito menos para ir descobrir o que sua filha estava fazendo.

Ele havia dito à esposa que estavam velhos para ter filhos, mas ele era assim: falava, porém não agia. Não queria filhos, mas nunca se preocupou em evitá-los. Tampouco quis deixar de visitar a cama da esposa. Não tinha disposição para caçar amantes, dava trabalho, teria que inventar desculpas, sair em horários desconfortáveis, arranjar presentes para agradar. Ah, não. Trabalhoso demais e ele tinha apreço pela falecida esposa, era melhor continuar só com ela. E então nasceu Eloisa, e sua esposa morreu oito anos depois. Lidar com garotinhas era demais para o acomodado Lorde Perrin.

— Achei que não viria! — disse Georgia Burnett, amiga de infância de Eloisa.

As coisas na casa de Georgia eram um pouco diferentes, mesmo assim, ela sempre estava à disposição para passeios e travessuras. Seu pai pouco se envolvia com ela, e sua mãe gostava de dizer que a filha precisava ser independente.

— Jamais! — respondeu Eloisa, ainda amarrando seu chapéu enquanto seguia para perto do caminho.

O cabriolé parou bem a sua frente e Thomas Dunn — que já lhe dissera que ela podia chamá-lo de Tommy — puxou as rédeas com força e lhe abriu um enorme e brilhante sorriso. Assim que os cavalos pararam, seu cabelo castanho ondulado voltou para o lugar.

— Venha comigo, tem espaço aqui — falou ele.

Ela aceitou a mão dele em um contato direto, pois mais uma vez havia esquecido das luvas. Ou melhor, ela as deixara para trás de propósito, assim podia sentir quando ele segurasse suas mãos, e sabia que Tommy o faria. Já fazia meses que isso era parte de seus passeios.

No outro veículo, Georgia era acompanhada por Christopher "Kit" Burnett, seu primo. Eles eram inseparáveis. Os três eram os amigos que Eloisa conhecia desde sempre. Todos moravam naquela área, mas, devido às extensões de terras, precisavam de cavalos e veículos para se visitarem e usavam isso como desculpa para os longos passeios.

— Até onde vamos hoje?

— Vamos à vila! Tenho fitas para comprar e encomendas para fazer! — disse Georgia, enquanto Kit já colocava seu veículo em movimento.

Eles guiavam rápido demais, frequentemente ocupando os dois lados da estrada de terra. Quando passavam, os moradores locais, já acostumados a vê-los, sempre diziam: *Esses meninos ainda vão causar um acidente!* — Mesmo que agora, eles não fossem mais meninos.

— Não tão rápido, Kit! — pediu Georgia, segurando o chapéu, apesar de ele estar preso ao seu pescoço.

— Não seja medrosa! — Riu e bateu as rédeas. — Quero chegar antes do Dunn! — disse, referindo-se a Tommy.

Só que hoje, Tommy não estava tão interessado na corrida. Quando chegaram à vila, ele disse aos outros para continuarem e manteve os cavalos num passo lento, só para poder conversar com Eloisa. Ela tentou parecer séria, mesmo quando ele parou e a observou.

Ela havia mantido o vestido novo porque queria parecer bonita para ele. E o tom leve de rosado combinava com sua pele; era como casar cores irmãs porque Eloisa não era pálida, tinha um tom saudável, como creme do melhor pêssego da estação. Seu rosto era adorável, ainda com aspecto de menina. Seus grandes olhos castanhos como uma avelã escura eram ternos e alegres, apesar disso, representavam uma janela para os seus sentimentos.

Tommy engoliu a saliva e se forçou a falar e não olhar para os lábios dela. Sua boca era pequena e alguns diriam que era "mal desenhada" porque era redonda, a curva do lábio superior, sutil demais e o formato do lábio inferior, arredondado. Quando a fechava, parecia uma fruta rosada.

— Sabe, vou partir em breve. Tenho que continuar meus estudos — contou ele, falando da faculdade, para onde voltaria logo.

Tommy queria adiantar um pouco as coisas, mas, apesar de gostar dele, Eloisa ainda estava escondendo o ouro. Podia ser impulsiva, ignorar alguns

Encontre-me ao Entardecer   9

comportamentos adequados a uma jovem dama, mas não era tão boba assim. E gostava de um charme. Ele sabia muito bem que ela gostava dele há anos e só há pouco tempo resolvera retribuir de verdade.

Ele havia dito que, depois de passar um tempo longe dela, percebera a profundidade de seus sentimentos. Eloisa sorriu como uma tola e confessou que o esteve esperando, mas já sem esperanças. Algo no mínimo exagerado para uma moça de apenas dezessete anos, mas era verdade. Ele era sua primeira paixão. E Eloisa esperava que fosse a última.

— Eu não deveria deixá-los sozinhos, sabem que isso é inapropriado — disse Georgia, juntando-se a eles e sorrindo.

Sabiam bem que era brincadeira. Imagine só, já era tarde demais para aquele grupo se perturbar com o inapropriado. Ao menos era, quando todos eram apenas amigos.

— Vamos dar a volta no lago — sugeriu Tommy, quando voltaram da vila e, mais uma vez, ao invés de irem deixar as moças em casa, foram andar a pé e alimentar os patos do pequeno lago do parque que separava as propriedades dos Burnett e dos Durant.

Kit tinha uma tremenda fome, era um rapaz ruivo, alto e parrudo e, por mais comida que colocasse para dentro, nunca parecia fora de forma. Sua mãe, uma senhora rosada e adoradora de pãezinhos doces, dizia que ele estava em uma eterna fase de crescimento, mesmo que estivesse a ponto de completar vinte anos. Era apenas dois meses mais novo do que Tommy. Kit era o filho mais novo, e seu irmão, anos mais velho, sempre o ignorou. Tommy era filho único, então foi natural se apegarem um ao outro.

Não havia outros rapazes da sua idade por ali, mas havia Eloisa e Georgia e, como a última sempre queria acompanhar o primo, o grupo acabou se formando.

— Vou ficar aqui e comer o que Georgia trouxe — disse Kit, desembrulhando um belo pão recheado.

Eloisa andou um pouco à frente e se sobressaltou quando Tommy deu dois passos rápidos e segurou sua mão, puxando-a para trás de uma macieira.

— E se me der outro beijo hoje? Garanto que, quanto mais se pratica, melhor fica.

É claro que o primeiro beijo dela havia sido com ele. Nada parecia mais perfeito, não é? Beijar pela primeira vez e logo a primeira paixão da sua vida.

Eloisa passara uma semana no céu.

— Será que alguém nos verá aqui? — Ela olhou em volta.

— Se não nos viram nos jardins da sua casa, por que o fariam aqui? — Ele colocou as mãos em seus braços e trouxe-a para mais perto.

Para ser sincera, no começo, Eloisa achara o beijo estranho e seco. Mas, da última vez que o beijou, Tommy a abraçou e, a despeito da surpresa, ela acabou distraída por ele ter tornado o beijo mais íntimo e assim, mais úmido. Os lábios dele eram macios e ele a olhava de um jeito estranho e novo quando afastava os lábios dos seus. Ela não sabia interpretar, mas, apesar de sua inexperiência nos beijos, achava o momento mágico. Afinal, era uma garota apaixonada.

— É verdade... — murmurou ela.

Tommy a conhecia há muito tempo, sabia de sua natureza curiosa e apaixonada. Provocá-la para um beijo no parque era sua arma para conseguir o que queria.

— Preciso de mais beijos, afinal, no que pensarei quando partir?

Ah, sim, lembrar de sua partida iminente também era um ótimo jeito de convencê-la. Agora que não eram mais "apenas amigos", ela não queria ficar longe dele.

— Promete que virá me visitar? — pediu ela.

— Não é fácil vir de Oxford até aqui, mas, sempre que possível, eu farei. Como ficaria tanto tempo sem ouvi-la rir?

Eloisa sorriu e levantou mais o rosto para ele. Tommy se inclinou, segurando seus dois braços, e tocou os lábios dela com os seus, instigando-a a dar espaço. Quando conseguiu, ele umedeceu seus lábios, assim o beijo deslizou mais fácil e ele o prolongou mais do que nas outras vezes. Ela quebrou o contato e engoliu a saliva, depois passou a língua pelos próprios lábios e sorriu para ele.

— Você vai mesmo voltar antes que eu vá debutar em Londres?

— Seu pai está decidido? — Ele franziu o cenho.

— Sim... Titia e eu vamos partir pouco antes da temporada começar.

— Não quero dividi-la.

— Ora essa, não seja tolo! — Riu. — Não ligo para os outros.

Ele acariciou seus braços, com as mãos sobre o tecido do seu vestido.

Encontre-me ao Entardecer 11

— Não há tantos outros por aqui, mas, quando chegar a Londres, vai conhecer todos esses Lordes ricos e viajados...

Eloisa achou encantadora a forma como ele franziu o cenho, insatisfeito por ela conhecer outros. Sequer reconheceu como traço de insegurança. Não era como se não houvesse eventos sociais no campo para comparecerem, mas, antes, ela era mais nova. Agora estava se tornando uma bela mulher e não deixaria de ser notada. Ali mesmo, já havia alguns jovens que sempre pediam danças a ela.

Ele já podia imaginar como seria nos bailes para os quais fosse convidada na cidade. Diferente dela, Tommy já participara de uma temporada e sabia como era.

— Não me importo com nenhum desses tolos esnobes — declarou ela.

Tommy não era tão seguro de si, ele achava que, assim que ela conhecesse os salões londrinos, se deslumbraria por todos aqueles cavalheiros, cheios de histórias para contar e charme para despejar em uma garota jovem como ela.

— Você diz isso agora... — murmurou ele.

Georgia contornou a árvore e parou com as mãos na cintura.

— Eu os deixo ter alguns momentos, mas também não é para exagerar! Vamos comer. — A amiga estendeu a mão para Eloisa, que riu da cara aborrecida que ela fazia e afastou-se de Tommy.

Kit já havia devorado um pão e estava atacando os pedaços de frango, tudo trazido por Georgia. Ela sabia que era impossível sair para um passeio com o primo sem levar alguma comida, então assumia a cesta "da família" e encomendava o lanche ao cozinheiro.

— Eu juro, Kit, que, quando você ficar mais velho, tudo que come agora e parece sumir vai aparecer de uma vez só e você nem passará na porta — ameaçou Georgia.

Como para ele nunca havia tempo ruim, Christopher apenas sorriu e ofereceu um lugar ao seu lado para as moças.

— Aproveitem enquanto podem!

— Ou enquanto você não come tudo! — Eloisa esticou o braço e pegou um pão recheado.

Eles voltaram mais tarde do que deveriam e, quando Eloisa entrou, sua tia estava aguardando na sala.

— Seu pai perguntou sobre você. Eu já lhe disse para não perder a hora desse jeito. Ele não a quer de vadiagem por aí. Temos muito o que fazer antes da temporada chegar.

— Ah, tia. Estávamos no parque, conversando e comendo pão e frango.

— Seus tempos de pão e frango sobre a relva estão acabando. E meus tempos de paz também, mesmo que eu realmente não tenha paz, especialmente nos últimos anos. Quando não é você aprontando, é o seu primo.

Elas subiram rapidamente pela escada, antes que Lorde Perrin aparecesse e visse a hora que Eloisa voltou de seu passeio.

— Temos que nos vestir para o jantar — avisou tia Rachel.

Eloisa entrou correndo em seu quarto e se virou para a tia.

— E meu primo, já voltou?

— Sim, mas está com Harwood, que está se recuperando do ferimento. Enquanto não pode viajar, seu primo está cumprindo missões para ele.

— Eu ainda não fui visitá-lo desde que retornou. Foi assim tão feio? — perguntou Eloisa, perdendo a animação.

— Pelo que soube, ele quase perdeu as pernas. Ao menos, voltou inteiro. Não se pode dizer o mesmo do seu irmão.

— Pobre Lorde Harwood...

— Dizem que o irmão dele não vai durar muito e, mesmo que dure, duvido que tenha condições de casar e ter filhos. Acho melhor que se acostume a chamá-lo de Hosford e depois de Betancourt, pois isso não demorará muito. E ele também tem que parar de pedir que o chamemos pelo tratamento errado. Eu já estou treinando, caso o encontremos em Londres.

— Mas ele não está adoentado? Como iria a Londres?

— Faltam meses para a temporada. Até lá, quem sabe Deus seja bondoso e os médicos, habilidosos. Agora chega, você está imunda, Eloisa. Vamos logo!

Quando elas desceram para o jantar, Lorde Perrin tinha acabado de se sentar à mesa. Ele deveria ter esperado, como mandavam as boas maneiras, mas não gostava de esperar nada, especialmente quando estava com fome. E achava que elas sempre estavam atrasadas.

Elas se sentaram em silêncio, e o jantar continuou a ser servido. Sr. Somers, o mordomo, observava tudo com a formalidade de um jantar real, mesmo que os

Encontre-me ao Entardecer 13

ocupantes não seguissem as regras.

— Afinal, onde as duas estiveram hoje? Foram comprar mais coisas? Assim, terei que mandar duas carruagens extras quando viajarem.

— Não vai mesmo nos acompanhar, papai? — perguntou Eloisa.

Ela não se importava por ele não ir, conhecia o pai. Se ele fosse com elas, chegaria à cidade, encontraria o lugar mais confortável da casa, que seria seu quarto ou o escritório, e passaria o dia ali. Talvez saísse para beber alguma coisa num clube, mas com certeza não ia acompanhá-las. E não seria por estar na cidade que Lorde Perrin subitamente se tornaria ativo e passaria a seguir os passos da filha.

— Não tenho paciência para a cidade nem para todas aquelas visitas. — Pausou para comer um belo pedaço de carne de veado. — Mas irei no final, para ver se você já conseguiu arranjar o tal noivo. Vou gastar tanto que acho bom que consiga em uma temporada.

Eloisa baixou o olhar para seu prato e escondeu um sorriso. Ela iria surpreender o pai quando contasse que nem precisara ir a Londres para ter um noivo decente. Afinal, Thomas era o herdeiro de um conde, seu filho único.

Eloisa era filha de um barão que tivera a sorte de ter uma família pão-dura e esperta o suficiente para manter a fortuna, mesmo nesses tempos de guerra e investimentos incertos. Apesar de a família e o título serem antigos, eles não eram muito conhecidos na corte na época atual. Lorde Perrin era um acomodado e não participava da sociedade. Então, eram só mais uma família nobre, esquecida no campo, sem grandes atrativos para os membros populares da nobreza.

E ela mal podia esperar para os outros saberem que iria ser a condessa de Brutton. Não que isso fosse fazer tanta diferença, ela sonhava em continuar por ali, divertindo-se pelo campo e pelos locais que conhecia tão bem desde a infância. Ela e Tommy poderiam ser felizes ali, criar seus filhos para correrem soltos no parque e aproveitarem tudo que os dois tiveram em sua juventude.

Imaginava como seria divertido quando ficassem sozinhos, sem seus pais para dizer o que deviam fazer. Teriam sua própria casa e suas próprias regras. Ninguém mais poderia dizer que estava muito tarde e não era adequado que uma moça ficasse andando pelo campo com um rapaz. Afinal, seriam casados. Poderiam até passar a noite à beira do rio e não seria errado.

— E acho bom que você arranje alguém com uma casa grande — continuou

Lorde Perrin. — Duvido que sua tia queira ficar aqui, sozinha comigo. É melhor levá-la com você. Meu sobrinho logo vai se casar e Rachel não vai querer interferir na esposa e na vida dele.

— Ora essa, Martin — disse Rachel, franzindo o cenho. — Você é meu irmão, por que eu o deixaria aqui sozinho? Você precisa de alguém para mandar na casa, já que fica o dia todo trancado. — Pausou e bebeu um gole de vinho. — Além disso, deve se lembrar que meu marido me deixou em ótima situação, tenho minha própria casa na cidade. Se Eloisa partir para a casa do marido, não preciso ir importuná-la.

— Você jamais importunaria, titia. Tenho certeza de que adoraria ficar comigo! — Abriu um sorriso, de quem sabia o que aconteceria em seu futuro.

Rachel conhecia muito bem os planos da sobrinha de morar perto dali, pois a casa do conde não era muito longe. Ela até apreciaria, sua sobrinha parecia gostar muito do rapaz e ela queria vê-la feliz. E, pelo que podia notar, ele também parecia interessado nela. Esperava que ele não fosse desses rapazes que gostam de namoricos sem compromisso. Não iria ficar bem.

— Bem, vamos ver... até Londres, tem muita estrada — respondeu Rachel.

16　LUCY VARGAS

Capítulo 2

Dois dias depois, Eloisa foi caminhar com uma cesta repleta de roscas doces e bolos recheados. Também pegou algumas flores no parque. Era uma boa caminhada até Arwood, mas ela precisava do exercício, o dia estava fresco e queria saber como estava o primo e ver se Lorde Eugene estava se recuperando.

Por ali, todos se preocupavam com a vida uns dos outros. Se alguém ficava doente, era preocupação geral e tópico de conversa saber se a pobre alma ficaria boa. Fazia muito tempo que Eloisa não via Harwood. Mas, se em breve ele ia mesmo se tornar um duque, teria que aceitar um tratamento mais formal do que o jeito familiar que era tratado por ali desde que resolvera fixar residência em Arwood.

Eloisa nunca vira um duque na vida. Será que ele ficaria muito diferente quando isso acontecesse? O pai dele era o duque de Betancourt, mas ela nunca o havia encontrado; ele não ia até a casa de campo de seu filho mais novo. Ela podia imaginar que, se o duque tivesse sentimentos, estaria profundamente abalado por quase perder os dois filhos na guerra.

— Ora, vejam só quem está aqui! Andou isso tudo sozinha? Imagino que titio não saiba — disse Ingram, filho de Rachel.

— Eu sabia que o encontraria aqui! — Eloisa se aproximou do cavalo.

Ingram desmontou e a abraçou, sorrindo enquanto o fazia.

— Você está diferente! Já fez dezoito? Não me diga que estou assim tão velho!

— Ainda não, faltam poucos meses.

— Nesse caso, estou me sentindo meses mais novo! — brincou ele, que só tinha vinte e cinco anos. — Veio fazer uma visita?

— Sim, mas ainda falta um bom pedaço até Arwood.

— Você não tem jeito, Eloisa. De que adianta eu lhe dizer que não pode visitar um homem solteiro sozinha?

Encontre-me ao Entardecer 17

— Ele tem criados e uma governanta, não tem?

— Tanto faz... Ele está passando a manhã no jardim.

— Você já está montando. Não estava proibido de fazê-lo quando retornou ao país?

— Eu já me recuperei, não foi nada de mais. — Puxou as rédeas do cavalo. — Venha, eu te levo até lá.

Ele a levou bem mais rapidamente até a casa de campo de Arwood, que fazia fronteira com os Durant e os Burnett. Depois de ajudá-la a descer, Ingram apontou para as duas cadeiras e a mesinha colocadas no meio do jardim. Dali, ela só podia ver uma cabeça, mas sem distingui-la, mesmo assim, ajeitou sua cesta e foi andando até lá. Aquele com certeza era quem procurava.

— Boa tarde, Lorde Eugene. Espero não ser um incômodo acompanhá-lo no seu banho de sol por alguns minutos. — Ela permaneceu de pé, apenas observando-o.

Eugene estava sem chapéu e estreitou o olhar, mas não se preocupou em olhá-la. Sabia quem era.

— Como vai, Eloisa? — Sua pausa foi longa. Quando falou novamente, parecia ter acabado de lembrar de algo. — Ou devo chamá-la de Srta. Durant, agora que está com idade suficiente para isso?

Ele levantou a cabeça e a recostou, como se fosse peso demais para o seu pescoço. Eloisa se surpreendeu, não se lembrava de Harwood dessa forma. Ele costumava ter o cabelo claro, sempre foi loiro-escuro, com ondas leves, e o usava um pouco mais longo do que deveria. Naquela época, ele era mais jovem. Mas agora estava com a cabeça raspada, e ela podia ver a sombra clara e arrepiada do seu cabelo que crescia. Ele parecia diferente, seu aspecto não era jovial e brilhante, como ela se lembrava. Porém, ele passara esses anos na guerra e agora estava se recuperando de ferimentos graves, isso devia mudar a aparência de uma pessoa.

— Sente-se. — Ele indicou a cadeira ao seu lado. — Estou um pouco diferente, mas nada que um chapéu não resolva. Eles precisaram cortar para o curativo e ficou um buraco na parte de trás, então era melhor raspar logo tudo.

Ele não era falante nem estava contando isso com entusiasmo, mas era bom em conversar quando se dispunha a tal. Seu tom hoje não era exatamente um convite, mas ele tentava mantê-lo leve, apenas em consideração a ela.

Eloisa se sentou na cadeira ao lado, na verdade, uma poltrona de jardim, com uma almofada no assento, e ele ocupava uma espreguiçadeira, também feita em um esqueleto de madeira, com estofado. Assim, ele podia ficar com as pernas esticadas. Sua perna direita estava toda enfaixada, mas ela não a via. Ele usava uma calça mais larga do que o habitual e uma manta cobria suas pernas.

Dava para ver que estava em recuperação, precisando do repouso e cuidado. A mudança ainda não era drástica, mas sua perda de peso era notável. Estava sem o mesmo apetite e sem poder se movimentar e exercitar para manter o tônus do seu corpo atlético. Se continuasse assim, em breve, não pareceria tão forte quanto Eloisa se lembrava. O que a fez lembrar...

— Eu lhe trouxe presentes. — Ela colocou a cesta na mesinha entre eles. — Roscas doces e salgadas e alguns bolinhos. Espero que sejam do seu agrado.

— Bondade sua. Adoçando meu dia — comentou ele, realmente agradecendo, mas, pela sua expressão, parecia achar irônico ter algo doce perto dele.

Ela sorriu, um tanto sem graça, e olhou para as próprias mãos.

— Eu gosto particularmente das que têm doce de leite dentro.

— São doces demais, mas boas para dividir — respondeu ele.

— É... não costumo dividi-las. Na verdade, corro para pegá-las antes dos outros.

— Posso imaginar, você sempre foi uma garota chegada a corridas.

— É, mas como o senhor mesmo disse, estou em idade de ser chamada apenas de Srta. Durant.

— Mas continua correndo por aí, eu imagino...

— Não tanto quanto antes. — Ela achou engraçado que ele falava como se fosse o adulto da situação, o que passava bem longe da verdade. Ele a viu mais nova, mas também era só um rapazote naquela época.

Eles se conheceram quando ele brigou com o pai, assumiu Arwood e depois partiu para sua primeira campanha na guerra, chegando em 1809 em solo português. Ingram o conhecia desde o colégio, os dois se aproximaram ao descobrirem que, no futuro, seriam donos de propriedades vizinhas. Sua amizade se solidificou na guerra.

Parecia que uma eternidade se passara.

Ele sobreviveu à grande guerra contra Napoleão. Não sem suas cicatrizes e traumas, mas voltara vivo.

— O senhor vai permanecer aqui no campo durante toda a sua recuperação?

— Não tenho muitas opções.

— Talvez preferisse ficar com sua família — sugeriu, curiosa como sempre.

— Eles não querem me ver.

— Por quê? — Sua língua era mais rápida do que seu senso de apropriado.

Ele recostou a cabeça novamente, como se pensasse se valia a pena tentar explicar algo. Eugene não estava num momento em que deveria se importar, ele não era o mais agradável dos cavalheiros atualmente.

— Meu irmão não quer me ver, ele não aceita que eu tenha voltado para salvá-lo, colocando em risco os dois únicos herdeiros do duque. Meu pai continua magoado conosco. E minha irmã é nova, está mais ocupada com sua preceptora e seus vestidos. Só me sobra o campo... e moças enxeridas como a senhorita. Mas, como me dei ao trabalho de responder, não posso culpá-la.

Eloisa suspirou, havia merecido a reprimenda, mas, como sempre estava sendo repreendida por alguma coisa, já não ficava magoada e insultada como deveria. A Sra. Darby, a governanta, interrompeu a visita quando chegou trazendo uma bandeja com um prato de sopa, pão e um copo de limonada.

— Não comeu hoje, milorde. É melhor ter um jantar mais cedo, não acha?

Eloisa admirou a dedicação da governanta, que devia gostar mesmo dele, se ignorava seu mau humor e levava a bandeja até ali. E sem derrubar. Estava mais admirada com o fato de nada ter virado no caminho pela grama.

— Obrigado, Sra. Darby.

— Já que está acompanhado, não ficarei esperando que não ignore a comida — respondeu a mulher. — Quem sabe depois se anima para comer também os presentes da Srta. Durant.

Ele só assentia. A governanta se afastou, Eloisa pensou se ele preferia que ela o deixasse sozinho também. Mas aguardou e ele nem se moveu para comer.

— Não vai comer?

— Não.

— Mas por quê?

— Não estou com fome.

— Coma as roscas que eu trouxe.

— Prefiro não o fazer. E antes que pergunte, pois sei que vai, a Sra. Darby se preocupa, sou grato. Mas, se comer antes de vencer o caminho de volta, não segurarei a comida.

Ela ficou triste, pensando se ele sentia muita dor quando era levado até ali e por isso sentia enjoo. Então balançou a cabeça e perguntou:

— Ela vai reclamar e falar que o senhor deveria se alimentar.

— Ela sempre o faz.

— Promete que vai comer quando voltar para seus aposentos?

Ele só lhe deu um olhar de lado, como se dissesse que não tinha de prometer nada.

— Por favor. Do contrário, voltarei amanhã com mais doces e falarei por horas!

— Eu vou comer.

Ela pegou o prato, a colher, ajeitou-se na cadeira, dobrando as pernas por baixo do vestido — algo desaconselhado por sua tia e preceptora —, e começou a tomar a sopa.

— O que está fazendo?

— Tomando a sua sopa, oras! Eu estou com fome, caminhei muito, não vou deixá-la ser desperdiçada. — Ela deu mais colheradas rápidas. — Está muito boa, o senhor devia tomar um pouco mais tarde. — Comeu mais. — E não diga nada a Sra. Darby, estou lhe salvando.

Eugene deitou a cabeça contra o encosto e ficou olhando-a. Se a pessoa se esforçasse muito, poderia dizer que havia diversão no olhar dele. Pouco depois, a Sra. Darby retornou e viu o prato de sopa vazio e metade do copo de limonada desaparecido.

— Milorde, que maravilha! Estou aliviada ao ver que seu apetite retornou.

Eugene nem se moveu, mas Eloisa se intrometeu.

— Ele gostou muito, vai tomar mais um prato assim que se recolher. Com pão e manteiga.

— Perfeito. — A governanta estava com um grande sorriso. — Acredito que foi a ótima companhia da senhorita que abriu seu apetite. Devia vir mais vezes.

Encontre-me ao Entardecer 21

— Depois vai comer uma rosquinha doce também? — Eloisa perguntou, esperançosa.

Eugene já estava com aquela expressão de quem achava ter gente demais falando com ele. Era o mau humor resumido em uma pessoa.

— Claro — murmurou.

A governanta afastou-se e Eloisa esperou que ela estivesse longe o bastante.

— Bem, milorde, espero muito que prove minhas rosquinhas recheadas. Mesmo que sejam doces demais para o seu gosto. Algo açucarado pode ser bom. — Ela se levantou. — Lembre-se do que me prometeu. Agora vou deixá-lo em paz.

— Obrigado pela visita, Srta. Durant. — Apesar da expressão fechada, ele parecia sincero.

— O senhor é o único conhecido de longa data que me chama assim — observou ela. — Com exceção de quando há eventos por aqui.

— Seu primo disse que irá a Londres para a temporada, é melhor que se acostume. Está adulta demais para ser tratada com a familiaridade de uma criança. E bela o suficiente para que não dê intimidades para estranhos tirarem proveito de usar o seu nome.

Eloisa saiu ainda sorrindo; ganhara seu primeiro elogio adulto sem que viesse de sua tia, seu primo, Georgia ou mesmo de Tommy. E Harwood estava certo, mas as pessoas que usavam seu nome eram muito queridas e próximas o suficiente. Não ia dar essa liberdade levianamente. Ela teria lhe deixado usá-lo quando estivessem sozinhos, mas ele já deixara bem claro que não apreciava. Como ela nunca o chamara apenas pelo nome, iria continuar como sempre foi.

Na tarde seguinte, Eloisa tornou a sair da casa depois de se livrar da preceptora que estava com ela pelo último ano e de dar uma volta na tia. Ela andou até o parque e gostaria de dar por encerradas as suas caminhadas do dia.

— Você demorou! — disse Tommy, saindo de trás de uma árvore.

— Está quente e eu não ia correr. Não fica bem para moças da minha idade serem vistas correndo pela propriedade.

Ele a pegou pela mão, que dessa vez estava enluvada, e a levou para a sombra da árvore.

— Você não se preocupava com isso antes.

Ela empinou o nariz e virou o rosto.

— Pois agora me preocupo. Tenho de me acostumar, imagine só se eu esquecer e começar a correr em pleno Hyde Park.

Tommy franziu o cenho.

— Estou dizendo que você vai se tornar outra quando for para lá.

Eloisa se virou para ele e agora foi ela quem estreitou o olhar.

— Eu não sou mais uma garota, Tommy. Imagino que tenha percebido isso. Eu quero fazer jus ao meu status. Além do mais, quem iria se interessar por uma mulher que não consegue se desapegar da infância? Até eu acharia tal comportamento extremamente irritante.

Ele segurou suas duas mãos e a encarou.

— Eu me interesso por você.

Eloisa nem enrubescia mais por causa dele; seus charmes já eram parte do dia a dia. Até mesmo antes de ela perceber que ele estava falando sério, Tommy já gostava de bancar o galanteador.

— Mas você também partiu, participou da temporada, conheceu damas bem mais refinadas e vive no meio de um bando de pessoas esnobes lá na faculdade. E não fiquei reclamando como um velho resmungão.

Ele lhe lançou aquele seu sorriso arrebatador de rapaz bonito e que sabia muito bem que era atraente e deixava mulheres suspirando por aí. Era uma boa combinação. Tommy não era tão alto, o que ajudava a não lhe dar um ar soberbo. Mas era consideravelmente mais alto do que Eloisa e a maioria das outras moças que conhecia. Era elegante, tinha cabelo castanho com cachos naturais, uma boca grande em seu rosto bonito e bem desenhado, e seu nariz era um pouco largo e ajudava a harmonizar. Seu sorriso era lindo.

— Mas não estávamos juntos quando fui.

— Não estamos juntos, Tommy. Nós gostamos um do outro, eu imagino.

— Como não? — Ele a surpreendeu ao puxá-la pelas mãos e colar suas bocas, plantando um beijo barulhento em seus lábios.

Eloisa ainda estava com os olhos arregalados quando ele disse:

— Por acaso deixa que mais alguém a beije?

— Claro que não! Você foi o único!

Encontre-me ao Entardecer 23

— Então estamos juntos. Aliás, por que não pôde me encontrar ontem?

— Fui visitar Harwood e ver o meu primo.

— Por quê? — Tommy ergueu a sobrancelha.

— Ora essa, ele está ferido, está aqui no campo se recuperando. Ninguém vai visitá-lo. Meu primo disse que as pessoas não sabem se devem, mas mandam lembranças. E agora sei que a família dele não o está apoiando. Vou visitá-lo outras vezes.

Tommy cruzou os braços e ficou olhando-a.

— Vai visitar aquele homem mal-humorado em vez de me encontrar?

— Ele não é mal-humorado, apenas está passando por um momento ruim. E eu sempre posso vê-lo, Tommy.

— Afinal, ele vai ou não perder a perna? Todos estão falando que ele não andará mais.

— Meu primo disse exatamente o contrário. Basta apenas que Lorde Eugene descanse e siga as orientações, e deve poder andar novamente.

— Duvido.

— Às vezes, você é tão pessimista. Ele merece voltar a andar, foi enfrentar os perigos da guerra por todos nós. — Ela cruzou os braços e se afastou.

— E o que você sabe sobre os perigos da guerra, Eloisa?

Ela se virou e o olhou seriamente, incomodada com o seu tom condescendente.

— Não me subestime, Tommy. Já faz um tempo que deixei de me interessar apenas por assuntos infantis. Eu leio jornais, livros e há anos escuto o que os adultos dizem. Meu tio era um diplomata ativo nessa questão, o que aumentou o interesse da minha tia, e ela fala sobre o assunto comigo, especialmente enquanto esperava notícias do filho. E meu primo também se feriu na guerra, com menor severidade do que Lorde Harwood. — Ela voltou a andar.

Ele sorriu levemente, não queria irritá-la, muito menos num assunto pelo qual ele mesmo não mantinha grande interesse. Política e guerras nunca foram seu forte e, como herdeiro, pois só tinha irmãs, ele nunca foi uma opção para ir guerrear; sua família jamais permitiria. Tommy deu dois passos, alcançando-a e envolvendo seus ombros.

— Apenas não gostei de ficar em segundo plano, só isso. Não se zangue comigo.

— Não seja tolo. — Ela continuou andando ao lado dele. — Você sabe que não o deixo em segundo plano. — Eloisa pausou, um tanto incerta. Tinha toda liberdade de conversar com ele quando eram só amigos. — Mas tenho outras ocupações.

Tommy deu a volta e parou à frente dela de novo, fazendo Eloisa estacar de surpresa e precisar apoiar as mãos em seu peito, algo que ela achou íntimo demais e as retirou dali imediatamente.

— Ora essa, Elo... não seja tímida. Há quanto tempo somos amigos? Já a carreguei para fora do lago e tudo. — Ele segurou as mãos dela junto ao peito, apertando-as dentro das suas.

— Eu estava com câimbra — murmurou ela.

— Não somos mais apenas amigos. E eu quero ser sua única ocupação.

Ela franziu o cenho para ele.

— Ninguém pode ser a única ocupação de outra pessoa, seria extremamente tedioso e dependente.

— Eloisa! — Ele sorriu. — Como posso ser romântico dessa forma? Você contorna todos os meus galanteios.

Ela ficou sorrindo para ele, mas sem saber o que fazer enquanto Tommy tentava ser romântico com ela. Por mais que tivesse certeza de que eles estavam apaixonados, era diferente lidar com esse lado da relação. Eles vinham desenvolvendo o romance lentamente, mas agora que não passava mais todo o tempo no campo, sempre que estava lá, Tommy queria avançar na relação.

— Tudo bem. Mas eu o acho romântico várias vezes, não precisa se esforçar tanto.

— Eu sempre me esforço. — Ele beijou sua mão. — Vai me encontrar depois do lanche na casa de Lady Rogers?

— Sim. — Ela abriu um enorme sorriso; suas escapadas sempre eram uma promessa de diversão. — Mas você não disse que eles são chatos?

— E são! Mas chego apenas para o chá e a espero.

— Vão desconfiar.

— Não vão. Elas adoram quando cavalheiros comparecem, não importa a hora que chegam.

— Tudo bem.

Ele aproveitou que Eloisa havia baixado a guarda e passou o braço em volta dela, trazendo-a para bem perto.

— Sabe que vou apenas para vê-la. Dê-me um beijo de despedida. — Ele tinha um jeito todo especial de pedir algo tão íntimo, e, no final, ficava com um leve sorriso esperançoso.

Eloisa não conseguia resistir. Ela aproximou o rosto e beijou seus lábios delicadamente. Tommy sorriu e a manteve no lugar, beijando-a do jeito que gostaria que ela fizesse, demorando um pouco mais. Quando se afastou, Eloisa estava um pouco corada, não sabia se porque o beijo havia se estendido ou por embaraço.

Quando entrou em casa pela porta do jardim, Eloisa quase foi pega pelo pai, que estava em uma de suas raras incursões pela casa. Ela esperava não estar mais corada, mas poderia culpar a caminhada.

— Onde você estava? Já está quase anoitecendo. — Ele se apoiou na bengala e colocou a mão no quadril rechonchudo.

— Eu fui caminhar, pai.

— A essa hora? Não é mais hora de moças estarem caminhando sozinhas. Vamos. — Ele se virou e foi andando à frente, como se guiasse.

O problema era que Lorde Perrin andava muito devagar, ele balançava de um lado para o outro, com seu corpo redondo e as pernas curtas. E, nos últimos três anos, havia começado a sentir dor no joelho e também cansava rápido. Assim, não caminhava mais sem sua bengala. Ele escondia o que os médicos diziam, mas Eloisa sabia que recomendaram leves caminhadas. Mas ele só caminhava uma vez ao dia pelos corredores da casa. Se realmente percorresse todos os corredores, alguns deles bem longos, incluindo o segundo andar e passando pelos cômodos de ligação, seria uma caminhada até aceitável.

Era óbvio que Lorde Perrin não fazia nada disso. Agora reclamava de subir e descer as escadas desnecessariamente e só caminhava pelo primeiro andar. Como odiava calor, seus tempos de passeios externos duravam apenas o tempo do outono. No inverno, saía enquanto a neve não ficava alta e em raros momentos da primavera, pois ele adorava ver as árvores desabrochando.

Eloisa foi andando lentamente atrás dele, ouvindo-o dizer que ela estava andando demais por aí, que, quando chegassem a Londres, estaria muito bronzeada, e ele ficara sabendo que isso não era aceitável para mulheres.

— Pergunte à sua tia, ela vai confirmar. Espero que não esteja de gandaia com aqueles três. Diga o mesmo a Georgia, pois, se ela também vai, precisa começar a obedecer à mãe dela. Você pode não ter uma mãe para persegui-la, mas tem a mim e a sua tia. E minha irmã concorda. Aquele garoto dos Burnett nunca vai deixar o campo. E o rapaz dos Dunn... — O pai se virou subitamente, surpreendendo-a. — Aquele rapaz não é muito certo. É chegado a vadiagens. Está muito mal-acostumado a ter absolutamente tudo. O conde o mima demais. E só agora ele está começando a desenvolver barba. Muito tarde, por sinal.

Eloisa mordeu o lábio. O "rapaz dos Dunn", como seu pai chamava, era Tommy, e ela não achava que ele era chegado a vadiagens. Mas sim, só agora estava apresentando barba, mas ela não achava isso um problema. Nem conseguia imaginar quando seu pai notou algo assim.

— Tommy é um bom rapaz... — ela murmurou, incapaz de não o defender.

— Tommy coisa nenhuma. Eu sei que ele tem um nome no mínimo cômico, mas é Sr. Dunn para você. Trate-o como se deve. Espero que não esteja deixando nenhum desses rapazes tratá-la pelo seu nome. Isso é deveras desfrutável.

— Não estou, papai.

— Estou ficando cada dia mais preocupado com essa sua ida para Londres. Ainda está crua como um bife recém-cortado. Ingênua como uma gazela. Deus nos proteja! — praguejou e virou à frente da escadaria, cansando da caminhada e voltando para o seu gabinete.

Encontre-me ao Entardecer

28   LUCY VARGAS

Capítulo 3

Dois dias depois, Eloisa passou para visitar Georgia e aproveitaram para conversar sem interferência de seus companheiros masculinos. Ambas haviam sido avisadas sobre estarem passando tempo demais sob o sol, então devoraram biscoitos doces sob a sombra da árvore frondosa que ficava alguns metros à frente da casa onde os um dos lados dos Burnett morava.

— Meu pai está até saindo do gabinete dele para me perseguir — disse Eloisa, rindo entre uma mordida e outra. — É algo bom. Se ele andasse atrás de mim, talvez se exercitasse mais.

— Minha mãe está com algum problema — revelou Georgia. — Ela tem saído mais do que o habitual e alterna entre dois estados: fica desesperada, me obrigando a treinar tudo que devo fazer na temporada, ou completamente desligada, ignorando o que faço ou mesmo o que acontece na casa. E então ela simplesmente se arruma toda e sai.

— Estranho... — Eloisa franziu o cenho, pois Lady Burnett não era disso. Era uma mãe jovem, teve Georgia aos dezenove anos; ficaria mais nervosa do que a filha na hora da apresentação. E não costumava dar passeios inesperados. — Há algo a perturbando?

— Não faço ideia. E ela tem estado de mau humor também, especialmente quando papai dá um de seus rompantes. Ela levanta e o deixa falando sozinho. Eles nunca passaram tempo juntos, mas, de uns tempos para cá, está pior. — Georgia apertou as mãos. — Talvez eu apenas não tenha notado antes.

— Sinto muito, Georgia.

— Será que vamos acabar em casamentos assim, em que as pessoas não convivem ou fazem de tudo para fugir uma das outras?

— Espero que não. Confesso que fui obrigada a começar a pensar nisso há pouco tempo.

Georgia suspirou, mas a surpreendeu ao empurrá-la pelo ombro.

Encontre-me ao Entardecer 29

— Oras, do que está falando? Você e Thomas vão se acertar. Estão sendo mais do que inapropriados há meses, e faz semanas que passaram de todos os limites.

— Não exagere! — exclamou Eloisa. — São beijos. Pessoas precisam se beijar para descobrir se sentem apreço pela outra — opinou, como se fosse grande conhecedora da arte do beijo, algo que divergia um bocado da realidade.

— Desde quando? — Georgia colocou as mãos na cintura. — Se descobrirem que estão trocando beijos, vocês vão ter que se acertar mais rápido do que espera. É capaz de nem chegar a ir para a temporada.

— Ah, não. Eu quero ir. Acho que vamos nos divertir tanto por lá.

— Então trate de ser cuidadosa.

— Eu serei! — Eloisa abriu um grande sorriso. — Mas eu gosto dele! Gosto muito, acho que isso é estar apaixonada, não é? E, se me casar com alguém que amo, posso ser feliz.

— Você não sabe o que é estar apaixonada — disse Georgia, um tanto cética.

— Tem razão, mas ele é o único por quem sinto isso. Meu coração acelera e fico corada como a mais tola moça da festa. Só que não consigo evitar.

— Bem, também nunca me apaixonei, como vou ajudá-la? Só não a quero envolvida em algum problema. Você acredita nos sentimentos dele?

— Você não? — Eloisa pareceu em dúvida.

— Somos amigos desde novos, supostamente devemos sempre acreditar nos amigos. Só não sei o que acontece quando as regras mudam e deixamos de ser apenas amigos — observou Georgia, confusa sobre o relacionamento dos dois.

— Bem, a meu ver, amigos de verdade não devem decepcionar os outros. Muito menos de forma deliberada. Se Tommy fizesse isso, seria como brincar com os meus sentimentos, e tal comportamento não é digno dele. Ele nunca foi assim como um amigo, não me decepcionou e cumpria o que dizia. E só porque estamos apaixonados as regras não mudam, não podemos ser desleais.

— Acredito que não se deve ser desonesto, especialmente com alguém que você ama. E, pelo que sei, nenhum de nós é mau caráter. Mesmo que as pessoas mudem e as circunstâncias e deveres passem a reger nossa vida adulta — declarou Georgia, fervorosa em suas convicções.

Eloisa sorriu e apertou a mão dela.

— Às vezes, crescer é tão chato. Nos divertíamos muito mais quando só precisávamos fugir das aulas e correr pelo jardim, nos esconder, perseguir uns aos outros em jogos. Tudo estragou no minuto em que perceberam que já estávamos grandes o suficiente.

— Nem me diga, ainda tivemos mais tempo. Minha prima já foi para a temporada e nem completou dezoito.

— Oh, que lástima! — Eloisa ficou de pé rapidamente. — Vamos aproveitar o tempo que ainda nos resta. Temos biscoitos e bolinhos para comer no parque.

— Vamos pegar o jogo de petecas! — sugeriu Georgia.

Elas fugiram do jardim, onde prometeram que iam ficar longe do sol, e correram por trás da casa, carregando seu lanche, o jogo e planejando se divertir perto do rio e jogar as migalhas para os patos.

<hr />

No dia seguinte, ainda faltavam horas para o entardecer quando Eloisa seguiu seu primo Ingram, que havia passado para ver a mãe. Ele ainda estava a serviço de Harwood, que continuava se recuperando de seus ferimentos. Porém, como eram amigos, a relação acabava se configurando além do esperado.

— Ele alterna entre dias bons e ruins. Alguns são mais doloridos e outros, menos. Ontem, o médico veio vê-lo e disse que estamos indo bem.

— Quanto tempo vai ficar de serviço?

— Por todo o tempo que ele precisar. Sou bem remunerado e, como não creio que sirva para lutar, preciso de uma ocupação. Não sou um senhor de terras, Elo. Meu tio está vivo, ainda cuida disso. Preciso fazer algo além de cuidar da propriedade, ao menos enquanto ainda posso.

— Então creio que ainda vamos nos ver muitas vezes!

— Ah, vamos. E titio está falando tanto dessa sua ida para a temporada que eu torço para que Harwood fique bom a tempo de irmos também.

— Vocês pretendem ir?

— Bem, as duas raposas aqui precisam conhecer algumas moças. — Ele piscou, combinando com seu sorriso maroto.

— E desde quando você está interessado em casamentos?

— Desde que soube que meu braço bom já não vale muita coisa e quase

Encontre-me ao Entardecer 31

morri umas três vezes. E ele tem que se casar logo. Você sabe sobre o irmão dele? O homem, infelizmente, não vai ter seus próprios herdeiros, nem durar muito. Alguém tem que herdar o ducado.

— Lamento muito — disse Eloisa, triste com a situação atual e o futuro de Harwood e seu irmão que ela sequer conhecia, mas sentia muito por estar com a vida arruinada.

— Devia tentar dizer isso a ele. Não há muitos além de mim e da Sra. Darby para expressar alguma tristeza.

— Acho que ele não gosta mais de mim — lamentou ela.

— No momento, acho que ele não gosta nem de si mesmo. E isso é besteira, você apenas cresceu e agora tem outros assuntos. Já é uma mocinha.

— Não sou uma "mocinha", Ingram. Farei dezoito anos em breve, estou mais do que adulta. Você mal chegou aos vinte e cinco, não aja como um velho lobo do mar!

— Eu era um soldado de terra. Nunca me daria bem no mar! — Ele riu e acelerou o passo de seu cavalo.

<hr />

Quando chegaram a Arwood, Ingram ajudou Eloisa a descer. Ela olhou ao longe e lá estava novamente Eugene Harwood, passando seu tempo do lado de fora. Dessa vez, não estava sob o sol, mas aproveitando a sombra de um grupo de árvores de freixos e olmos. Seu fiel cachorro, Robs, estava novamente deitado ao lado de sua cadeira. Eloisa ainda não sabia de onde saíra o animal, pois Eugene esteve fora nos últimos anos, então só poderia tê-lo arranjado após seu retorno. Como os dois se conheceram, ela não podia imaginar, já que até pouco tempo ele nem estava saindo de casa.

— Como vai, milorde? Vim acompanhá-lo mais uma vez — anunciou.

Ele levantou a cabeça como da outra vez, mas hoje não precisou usar a mão para se proteger do sol, pois estavam perto do entardecer.

— Minha educação me impede de lhe dizer para dar meia-volta e procurar algo mais agradável para uma jovem. — Ele sequer alterou sua expressão ao dizer isso.

Eloisa se sentou na outra cadeira e evitou olhar para sua perna esticada, pois imaginou que seria extremamente deselegante de sua parte. Ela não sabia se ele conseguia dobrar a perna direita, já que ele estava novamente sentado na espreguiçadeira de jardim.

— Gostou dos doces?

— Continuo achando que aquele recheio é enjoativo e doce demais. Apesar disso, sim, estavam ótimos.

— Comeu mesmo ou está inventando para não me decepcionar?

— Comi um deles, tenho o péssimo habito de experimentar o que me presenteiam. Seu primo Ingram comeu todos os outros, com uma grande ajuda da Sra. Darby.

— Eu sabia que não ia experimentar tudo...

— Não estou em condições de me empanturrar de doces — ele observou secamente. — Se ganhar peso, com certeza não sairei daqui.

— Sinto muito. — Ela olhou para baixo, sem saber o que lhe responder. — Eu rogo para que fique bem e possa voltar a andar.

— Eu ando, senhorita. Como acha que chego aqui?

— Ah, eu pensei que...

— Eu estivesse entrevado na cama, como todos nas redondezas pensam.

— Pensei que alguém o trazia.

— Seria mesmo interessante "alguém" me carregar até aqui todos os dias. Ainda não perdi peso suficiente para isso.

— Meu primo poderia ajudá-lo.

— Ele ajuda, vem me escorando. Chegar aqui é um processo demorado e doloroso que não desejo a ninguém.

— Mesmo assim, retorna todos os dias.

— Se eu quiser voltar a andar sozinho, tenho que retornar.

Eloisa imaginou se já deveria deixá-lo, mas havia se passado muito pouco tempo. Se cavalgara até ali, tinha que fazer uma visita adequada.

— Meu primo me disse que, assim que se recuperar, irá à cidade. Espero que eu ainda esteja lá.

— Não creio que frequentemos os mesmos locais.

Ela franziu o cenho para ele e entendeu errado.

— Só porque sou uma desconhecida filha de um barão do campo e não

Encontre-me ao Entardecer 33

tenho relações com duques, não quer dizer que não possa ser convidada para festas decentes, milorde — ela respondeu, em tom cortante.

— Acho que me entendeu errado.

— Eu o entendi muito bem. — Ela ficou de pé e desamassou o vestido. — Se não deseja me encontrar na cidade porque não sou um contato desejável, é só dizer.

Ele soltou o ar e inclinou a cabeça para olhá-la.

— Srta. Durant, eu mal posso não a encontrar bem no meu jardim quando aparece aqui inesperadamente, como vou desejar não vê-la na cidade se nem sei se poderei chegar até lá?

Ela mordeu o lábio, antes estivera apenas aborrecida, agora estava em dúvida se devia ficar insultada ou irritada. Ou ambos.

— Pois bem, não invadirei mais o seu jardim, milorde.

Ela foi se afastando, mal tendo dado quatro passos para longe dele quando o ouviu dizer:

— Espere.

Ela estacou por puro instinto, não deveria corresponder a algo que ele dizia como se estivesse dando um comando a um soldado seu. Assim que percebeu que havia parado, ela voltou a andar e deu mais dois passos antes de escutá-lo dizer:

— Desculpe-me.

Franzindo o cenho, Eloisa se virou e cruzou os braços. Ele obviamente continuava sentado e nem estava olhando para ela, sua cabeça estava recostada e ele olhava para algum ponto à frente.

— Eu sou uma companhia extremamente desagradável no momento. Estou irritado, um tanto revoltado, passando por deprimentes momentos de pena de mim mesmo e caindo no inútil buraco da decepção com a vida. E continuo aqui sentado ou me arrastando, para tentar sair desse círculo vicioso. Enquanto isso, não trato as pessoas como deveria. Então, peço que a senhorita me perdoe pelo meu péssimo comportamento.

Ela se aproximou novamente e deu a volta por trás, tornando a sentar na outra cadeira. Eloisa imaginava que ele também a tomava como uma garota que não entendia bem as coisas, mas não era mais assim. Ela podia entender como ele estava se sentindo e como estava ali, sozinho, lutando para se recuperar. Por mais que Ingram, a Sra. Darby ou os médicos o apoiassem, ele ainda se sentia sozinho enquanto forçava seu corpo a lutar contra as probabilidades para tentar voltar ao que era antes.

— Gostei de como acabou de me tratar como uma adulta. Ao menos, me senti assim.

— Não posso tratá-la de outra forma se é uma adulta. Apenas não consigo compreender sua disposição para vir até aqui. — Pelo tom dele, era óbvio que estava se forçando para não parecer rabugento.

— E visitá-lo? Ora essa, por que não? Eu gosto de passear e, enquanto estou aqui, não preciso estar com a preceptora. Além disso, é uma novidade. Tudo que há para se fazer por aqui, eu já fiz. Todas as pessoas que moram nessa região, eu já conheço. Mas o senhor, eu não via há anos. Além do mais, como bem disse, está impossibilitado de fugir de mim.

— Estou a ponto de maltratá-la outra vez. Acho que isso não está dando certo — observou ele.

Ela não sabia se ele estava sendo sarcástico.

— O senhor conhece Londres, a temporada e tudo mais, não é? — Eloisa resolveu tratar o assunto de outra forma.

— Sim. O "tudo mais" especialmente.

— Tem algum conselho para mim?

— Sim, não vá.

— Isso é impossível.

— Recuse, finja algum tipo de doença.

— Mas, milorde, isso lá é conselho que se dê a uma moça que precisa debutar e entrar na caça ao marido.

— Você fez uma pergunta, não avisou que era para ser agradável ao responder.

— O senhor é hilário, sabia?

— Eu tenho certeza de que jamais usaram essa palavra para me descrever, mesmo em minha melhor época. — E ele estava em dúvida se devia gostar disso.

— Então serei a primeira. — Ela se levantou e depois inclinou-se sobre a mesinha ao lado dele, investigando o que havia ali.

Encontre-me ao Entardecer

A Sra. Darby, a governanta, com certeza se preocupava com detalhes para tentar dar-lhe conforto. Sobre a mesa, uma bandeja de biscoitos e pedaços de bolo estava coberta. E o fogareiro já apagado levava o bule de chá.

— Vou lhe servir um pouco de chá — ofereceu ela.

— Está frio.

— Está morno.

— A senhorita gosta do seu chá morno?

— Não, então deveria tê-lo bebido quando estava quente.

Eugene ficou em silêncio e não quis confessar a ela que recusou o chá quando estava quente. E depois, virar-se para pegar o bule e servir-se fazia seu joelho doer muito, pois acabava apoiando o peso na lateral.

— Aqui está. — Ela ofereceu a xícara sobre o pires.

Apesar de seu óbvio mau humor, ele aceitou e bebeu lentamente. Eloisa remexeu na bandeja e comeu um dos biscoitos.

— Esse biscoito é muito sem graça.

— Eram piores no front.

— Vou lhe trazer biscoitos.

— Não se atreva — disse ele, contra a borda da xícara.

— Perdão? — indagou Eloisa, por não o ter escutado direito.

— Não se incomode, senhorita.

Ela deixou o péssimo biscoito pela metade e se levantou, ajeitando suas saias.

— Tenho que partir, ainda vou visitar minha amiga, Georgia Burnett. O senhor se lembra dela?

— Apenas do nome.

— Imaginei. Volto outro dia para me dar outras valiosas lições sobre Londres!

— Eu duvido... — resmungou ele.

<hr />

Depois de visitar Harwood, Eloisa foi até a casa de Kit, onde sua irmã mais nova estava oferecendo um piquenique de fim de tarde. Lá, ela encontrou seus amigos. Acabou se atrasando para partir e foi convencida por Tommy a fazerem um passeio a cavalo. Ela ainda chegou em casa bem antes de anoitecer, mas, dessa vez, não teve a mesma sorte e, em vez da tia, encontrou seu pai.

Lorde Perrin estava em uma de suas raras incursões à varanda da casa e viu quando a filha chegou a cavalo.

— Isso não é hora de você estar cavalgando por aí sozinha, Eloisa! — disse Lorde Perrin, já se exaltando.

Ela ficou sem saber o que fazer e subiu os degraus devagar.

— Saí da casa de Kit e...

— Eu já lhe disse que sua época de apelidos bobos acabou! Christopher também já está velho e grande demais para ser chamado de Kit! E o único local que permiti que fosse foi a um lanche na casa dele.

— Eu voltei e saí um pouco do caminho para passear com o cavalo — mentiu, sabendo que, se dissesse que Tommy a esteve acompanhando, o pai ficaria irado. Eles não deviam mais sair sozinhos.

— Não acredito nisso! — Lorde Perrin foi entrando e a filha sabia que era sua deixa para segui-lo.

A primeira coisa que ele fez ao chegar à sala de visitas foi se soltar na primeira poltrona, corado como se estivesse correndo.

— Eu não fiz nada de mais, pai. Só tomei um caminho mais longo na volta.

— Você está proibida de ficar por aí dando passeios e muito menos em horários inapropriados.

— Mas, papai...

— Sua preceptora disse que está com as lições atrasadas e, dessa forma, não vai terminar tudo que precisa até partir para a temporada.

— É mentira! Eu fiz tudo!

— Não é bonito chamar os outros de mentirosos dessa forma.

— Eu já estou muito velha para ter uma preceptora! — reagiu, indignada.

— E onde vai aprender a se portar? Não vai passar vergonha fora daqui!

Rachel entrou porque escutou o tom do seu irmão, que só se dava ao trabalho de levantar a voz quando achava que valia muito a pena.

— O que está acontecendo aqui, Martin?

Encontre-me ao Entardecer 37

— Isso é culpa sua! — Ele apontou para Rachel. — Você que criou essa menina cheia das liberdades até muito tarde! Agora ela está assim. Trate de instruí-la logo na vida adulta!

— Pare de me acusar, seu homem ingrato! Você mal presta atenção nela. E agora reclama o tempo inteiro. Eu a criei muito bem! E eduquei também.

Eloisa alternava o olhar entre a tia e o pai. Quando os dois entravam em alguma discussão, especialmente se ela era o tópico, era melhor esperar que terminassem de se acusar.

— Chega disso, acabei de proibi-la de sair para passeios inesperados e de chegar em casa ao anoitecer. Trate de cumprir minhas ordens. Essa menina precisa aprender muita coisa, nem que seja à força. Especialmente tirar o coração dos olhos e aprisioná-lo numa caixa no peito, antes que os carniceiros de Londres coloquem as mãos nela.

Eloisa ficou imaginando por que o pai diria uma coisa dessas, pois ele parecia uma pessoa falando algo por experiência própria. Porém, tudo que ela sempre viu de Lorde Perrin foi esse homem rechonchudo e acomodado que se casou, já em idade avançada, com a terceira filha de um visconde muito similar a ele.

Talvez, em sua juventude, antes de se tornar o que era agora, Lorde Perrin tenha passado por poucas e boas em seu período de temporadas londrinas. Mas Eloisa jamais saberia, a menos que sua tia falasse, e era muito provável que Rachel, como irmã mais nova, também não soubesse os segredos dele.

Capítulo 4

Nos dias que se seguiram, Eloisa encontrou outras ocupações, já que seu pai a proibiu de ir aos locais que gostava. Porém, ele não a impedia de visitar Arwood, e ela foi até lá algumas vezes para importunar Eugene; sempre no horário que ele estaria sentado na espreguiçadeira do lado de fora, ou seja, ao entardecer. Apesar de continuar rabugento, ele não a destratava mais.

Porém, naquela tarde, o dia estava feio e Eloisa ficou sentada na sala de estudos, fingindo que estava muito interessada na costura, quando ouviu a batida na janela. No início, ela achou que havia imaginado, depois escutou a batida insistente e foi olhar. Tommy usava um pedaço de madeira para bater na janela.

— O que está fazendo aqui? — Ela olhou para trás para ver se a preceptora havia voltado.

— Georgia disse que vocês não vão mais passear.

— Creio que não como antes.

— Mas que diabos! Como vou vê-la assim?

— Não pragueje! Muito menos embaixo da minha janela. É melhor você ir.

— Mas eu vou voltar para Oxford. Como irei sem vê-la antes?

Ela soltou o ar com pesar. Estava tão acostumada a sair de casa durante o dia para passear ou mesmo tomar um ar, que era ridículo ter que ficar ali dentro. O dia não estava bonito, sequer havia sol, mas ela ainda gostaria de sair para respirar ar fresco e passar o tempo com Tommy.

— Não posso sair agora.

— Então vou ficar aqui esperando. Quero ver alguém vir me expulsar! — Ele cruzou os braços.

— Não seja tolo. Podemos nos ver depois.

— Não, não podemos. Estou lhe dizendo, eu vou partir. E, se não vier me ver, Eloisa, vou considerar como uma prova de que seu interesse já não é o mesmo.

— Pare de ser ridículo.

— Estou falando sério. — Ele levantou mais o rosto e caprichou na expressão séria. — Vou embora e imagino que partirá para seus bailes nesse meio-tempo. E creio que pretende encontrar novos interesses e pretendentes. Já não sirvo para você, e, se isso é verdade, prefiro que me diga.

— Você sabe que não é assim — ela disse mais baixo, debruçando-se na janela.

Thomas ficou olhando-a e apenas engoliu a saliva, como se aguardasse.

— Não sei de nada, você e Georgia estão animadas demais para a temporada. E não estarei lá, mas pensei que não me descartaria antes da minha partida. Poderia ao menos esperar que eu me fosse.

Ele parecia genuinamente magoado, deu meia-volta e foi andando em direção à linha de árvores por onde costumava cortar caminho quando vinha pelo parque.

Eloisa o chamou, mas a última coisa que podia fazer era ficar gritando pela janela. Como era uma garota do campo, acostumada a se aventurar e entrar em situações não muito adequadas para uma dama, ela olhou para baixo e avaliou a altura da janela. Talvez não fosse tão aventureira assim. Não podia se machucar justo agora.

Ela saiu correndo da sala, passou pela camareira, que carregava uma pilha de lençóis limpos, contornou a preceptora, que voltava para ficar com ela, e desceu a escada lateral tão rápido que quase tropeçou. Assim que saiu, Eloisa vasculhou seu campo de visão e correu em direção à linha de árvores. Não estava com sapatos para a grama nem vestida para passeio, mas partiu mesmo assim.

— Thomas! — chamou quando chegou às árvores. — Vamos conversar! Não é nada disso!

Ela deu mais alguns passos, imaginando se teria que andar até o parque. Ele apareceu subitamente, assustando-a ao segurá-la pelo braço.

— Eu sabia que viria! — Ele abriu seu enorme sorriso bonito.

Eloisa colocou as duas mãos sobre os braços dele. Eles nunca adquiriram o pudor ao toque, eram amigos há anos e ninguém lembrou de corrigi-los, mesmo quando cresceram e ficou claro que a amizade estava se tornando algo mais.

— Quando vai partir?

— Em cinco dias.

— Mas... você disse que já ia partir! Seu tratante! — Ela bateu no peito dele.

— Eu queria vê-la! — Ele a sobressaltou ao segurá-la pelos braços e trazê-la para mais perto. — Ao menos mais uma vez. O desespero falou por mim. Não me pergunte como, mas eu sei que, quando voltarmos, não será como antes.

Beijos ainda eram algo novo, ao menos para ela. Seu primeiro beijo havia sido com ele, assim como todos os outros que vieram depois. E, mesmo assim, ela ainda se surpreendia, especialmente quando ele era tão ávido. Não havia problemas em encostar os lábios lentamente e seguir em frente. Eloisa imaginava que Tommy estava ficando cada vez mais ousado porque já planejava que ficassem juntos. Então não havia nada de errado nisso.

Ela confiava nele, só esperava que ele fizesse o pedido logo, ou ficaria cada vez mais difícil para se encontrarem. Seu pai não estava contente e finalmente havia aberto os olhos para o crescimento da filha, não querendo mais que passeasse por aí com rapazes solteiros e sem uma acompanhante. E Georgia não contava mais como tal.

— Tommy... — Ela afastou seus lábios e soltou o ar. — Aqui não é o local para isso.

— Venha comigo. — Ele pegou sua mão e seguiu em direção ao parque, onde poderiam passear e ter mais tempo a sós.

— Não vamos longe, não estou vestida para passear — avisou, seguindo com ele.

— Você está ótima! — Ele virou o rosto para ela e lhe lançou um belo sorriso, com seus cachos cor de mogno caindo pelo rosto e lhe dando um ar jovial.

Tommy era o rapaz mais bonito que ela conhecia, mas Eloisa não conhecia muitos rapazes, ao menos não da sua idade. E também não eram cavalheiros que ela poderia observar a beleza.

— Eu quero muito poder abraçá-la. — Ele parou ao lado de uma árvore e a puxou para seus braços.

— Eu também, mas não podemos ser vistos, lembra-se?

— Ninguém virá aqui agora. Temos um bom tempo. — Ele tocou seu queixo e levantou seu rosto. — Vou finalmente beijá-la como se deve.

— É muito diferente? — interrompeu ela.

— Ah, é sim... dura mais do que cinco segundos.

Encontre-me ao Entardecer 41

A preceptora de Eloisa, a senhora Walters, nunca foi uma cúmplice. Ela sempre se ateve ao seu trabalho e saía muito pouco da casa. Ao menos assim, não interferia na vida de Eloisa fora dali. Outra coisa que nunca saía de sua face era a linha fina na qual ela prensava os lábios, parecendo constantemente em profundo desagrado. Rachel sempre achou que a mulher podia ser mais colaborativa e já havia lhe pedido para resolverem tudo entre elas. Afinal, para que perturbar Lorde Perrin?

Apesar disso, a Sra. Walters foi ao gabinete de Lorde Perrin e disse que Eloisa havia fugido e desaparecido no mato. Conhecendo a filha e sabendo de sua disposição para passeios no parque, além de sua grande rebeldia frente a regras e horários que a preceptora criava, Lorde Perrin não se importou muito.

— Vou lhe passar uma descompostura assim que voltar e reiterar minhas ordens para que fique mais tempo em casa — disse ele, mal levantando o olhar para a preceptora.

A Sra. Walters achava que Eloisa precisava aprender uma lição e que estava se achando muito dona do próprio nariz para uma jovem solteira de dezessete anos, então, adicionou a raiz do problema, esperando causar a reação que queria.

— Ela saiu atrás do Sr. Dunn. E ambos sumiram nas árvores — mentiu, já que ela não tivera tempo de ver o rapaz. — Já faz mais de meia hora, milorde. E a senhorita Georgia não estava com eles. Assim como qualquer outro acompanhante adequado. Não vejo isso com bons olhos. Vai contra todo o meu dever de ensinar boas maneiras. E frente a sua recente proibição e claro desagrado com o rapaz, acho que ela fugiu com ele — arrematou, aumentando a mentira no final assim que a ideia mais impactante lhe veio à mente.

— Mas que inferno, não tenho paz nessa casa! — Perrin se apoiou na bengala e levantou com dificuldade. — Você! — disse ao primeiro criado que viu. — Faça o favor de chamar minha irmã.

Quando Rachel apareceu na sala de visitas, seu irmão já tinha mandado metade dos empregados irem procurar a filha, como se ela fosse uma fugitiva, mas, do jeito que a Sra. Walters colocou e depois reiterou a fuga "enlouquecida" da moça, qualquer pai temeria que não encontraria a filha tão cedo e muito menos intacta.

— Não seja tolo, Martin — disse a irmã. — Você sabe muito bem que ela já está mais do que acostumada a passear por esses campos. Acompanhada ou não — tentava apaziguá-lo, sabendo bem que, dessa vez, Eloisa não ia escapar do castigo.

— Muito mal-acostumada, isso sim! Era bonitinho quando ela tinha dez anos. Divertido aos doze e até uma distração aceitável aos catorze anos. Mas não às portas dos dezoito anos! E com um rapaz que também não tem mais doze anos e eu sei muito bem a que diversões ele se presta agora. E lhe garanto que não envolvem tacos e bolinhas rolando pela grama!

Enquanto isso, a Sra. Walters assentia, concordando com tudo. Ela finalmente estava tendo suas regras e suas consequências.

— A senhora é uma alcoviteira! — acusou Rachel, ao passar por ela e ir para a porta. — Pois saiba que, independentemente do desfecho desse dia, a senhora também não sairá impune. Nem que eu mesma tenha de tomar tais providências.

Na opinião da Sra. Walters, a tia tinha culpa por ter criado a menina tão solta. Assim como os Burnett, que criaram Georgia do mesmo jeito, participando das brincadeiras do primo. E todos os envolvidos que incentivaram essa amizade das garotas com o herdeiro do conde. Ela achava tudo isso errado e nunca conseguiu mandar em nada, mas seu dia havia chegado e tinha certeza de que o barão veria seu lado e não deixaria que a irresponsável da sua irmã a despedisse.

Rachel desceu os degraus da varanda da casa e olhou para longe, vendo o céu carregado, apesar de ainda não ser noite.

— Por favor, não deixe que chova logo agora, vai deixar tudo tão mais complicado. — Ela fechou os olhos enquanto fazia esse pedido.

Assim que os abriu, Rachel sentiu a primeira gota cair no seu nariz.

<hr />

Eloisa sabia que se afastar mais de casa era algo desaconselhável, mas também não era nenhuma novidade para ela. Mesmo assim, quando já estavam mais perto da casa Brutton, ela parou de brincar com Tommy. Estavam correndo e se divertindo pelo caminho, trocando beijos atrás de árvores. Tudo parecia divertido, até começar a garoar.

— Preciso voltar! Não estou calçada para grama, muito menos para a chuva. — Sabia que tudo ali virava uma lama, especialmente a estrada. E a grama ficaria extremamente escorregadia sob suas sapatilhas domésticas.

— Eu posso lhe carregar, estou usando botas! — disse ele, destemido.

Encontre-me ao Entardecer 43

— Não, Tommy! Pare! — ela gritou quando ele a segurou e levantou no ar. — Pelo amor de Deus! Não faça isso!

Ele tornou a colocá-la no chão, e Eloisa estava corada.

— Não fique envergonhada, eu já a peguei no colo antes. — Ele sorriu e acariciou o rosto dela.

— Sim, mas eu estava em perigo de me afogar.

— O que foi ainda pior, pois estávamos molhados.

— Já estamos ficando molhados novamente.

— Foi naquele dia que lhe dei o seu primeiro beijo — ele comentou, deixando-a ainda mais encabulada.

Despreocupado, Tommy aproveitou o momento e beijou-a outra vez, demorando mais do que os segundos dos quais reclamava. Para Eloisa, o beijo pareceu levar uma eternidade, porque, assim que seus lábios se separaram, a chuva parecia ter piorado demais.

— Acho melhor continuarmos, posso pegar uma carruagem e levá-la de volta.

— Não! Eu não posso voltar sozinha com você numa carruagem! Passear é uma coisa, mas andar numa carruagem é outra.

— Ora essa, é melhor do que cair na lama! — Ele a pegou pela mão. — Vamos, Eloisa, não importa a chuva, preciso aproveitar meu último dia com você! Como vou ficar lá tanto tempo?

— Não vai ser uma grande memória se estivermos ensopados! — Ela o seguia, mas já sentia seu vestido fino colado ao corpo, seu cabelo descendo pelo lado do rosto, e via que os cachos dele também já estavam colados à cabeça.

— Prometo secá-la e levá-la de volta em perfeito estado.

— Onde está seu cavalo?

— Vim andando da casa de Kit.

— Ah, Tommy!

— Foi lá que eu soube que não nos encontraríamos mais. Fiquei desesperado. Eu precisava vê-la mais uma vez. Vamos, vou secá-la, eu prometo. Depois a levo de volta em perfeito estado.

— Mas as pessoas na sua casa irão me ver. E falarão e... Thomas! Vão entender tudo errado.

— Eu a protegerei. Vamos cobrir sua cabeça com meu paletó. Depois saímos na carruagem.

A chuva já estava bem pesada quando eles viram um cavalheiro vindo pela estrada e, como já estavam no canto, não se preocuparam. Mas foram surpreendidos quando Ingram desmontou num pulo e foi para cima deles, agarrando Thomas e o jogando para longe de sua prima.

— Onde diabos você estava com a cabeça, Dunn? Não se faz isso com uma dama, e muito menos continua andando sob a chuva com ela!

— Não se meta nisso, ela veio porque quis e confia em mim! — disse o rapaz, se recompondo.

Ingram o empurrou no peito, e Tommy quase caiu sentado.

— Seu garoto inconsequente!

Eloisa puxou o braço do primo e o impediu de continuar.

— Ele estava me levando para nos secarmos e pegarmos uma carruagem na casa dele, é mais perto.

Aí mesmo foi que Ingram se virou para o rapaz como se fosse matá-lo.

— Uma carruagem, sim? Ia levar minha prima para o seu estábulo, lhe arranjaria toalhas e a teria sozinha numa maldita carruagem? Ia secá-la também? Tenho certeza de que não deixaria o trabalho pela metade! — gritou, acima do barulho da água.

— Eu ia levá-la de volta — disse Tommy, mais baixo, como se tivesse sido pego numa travessura por um adulto. Mesmo que Ingram não fosse tão mais velho do que eles, realmente parecia que eram vidas diferentes.

— Ingram! Nós íamos voltar, eu juro! — interveio Eloisa, sem entender a fúria do primo.

— Eu sei que ia, mas você não chegaria lá do jeito que saiu — falou com a prima, mas encarou Tommy, mesmo sob a chuva.

Ela sinceramente não entendeu o que ele disse, mas levou um susto quando Ingram agarrou Tommy pela roupa e chegou a tirá-lo do chão.

— Eu arranco as suas bolas se ela já não estiver exatamente como saiu daquela casa, seu maldito! Pelo que sei, aqui por perto só tem mato, e se eu sonhar que você teve a coragem...

— Ela está! Diga a ele, Eloisa! — Tommy se debateu e conseguiu apoiar os

Encontre-me ao Entardecer 45

pés no chão novamente, livrando-se do aperto.

— Sim, estou inteira. Juro que não me machuquei, só estou molhada da chuva — declarou ela, precisando falar alto também.

Ingram balançou a cabeça, percebendo que a prima claramente ainda não entendera do que eles falavam. Ela estava muito ocupada cobrindo a testa para ver através da água e pensando em como livrar seu adorado Thomas do "mal-entendido".

— E o lugar mais perto daqui não é a casa dele! É a casa de Harwood! — Ele pegou a prima pela mão. — Vamos, vou levá-la para casa.

— Pare de maltratá-lo, Ingram! Eu saí para passear com ele, mas fomos mais longe do que pretendíamos, só isso! — Eloisa entrou na frente do primo.

Ingram segurou-a pela cintura e a colocou sobre o cavalo. Thomas, como se já não estivesse encrencado o suficiente, entrou entre eles. Estava errado sim, mas não gostou daquilo. Ele não pretendia forçá-la a nada. Se ficassem juntos intimamente, seria uma consequência do apreço que sentiam um pelo outro.

— Só porque você é primo dela, não tem que ficar se dando a essas intimidades! Por que está tão irritado? Está com ciúmes? Saiba que acho a relação de vocês próxima demais!

Ingram lhe deu um soco, que o fez cair sentado na lama. Eloisa gritou e pulou do cavalo, para ajudá-lo a levantar do chão.

— Por que você fez isso? — gritou para o primo.

— Esse bastardo de merda nos insultou! Ou não escutou o que ele disse sobre nós dois?

Eloisa havia escutado, mas ela teria repreendido Thomas por dizer tamanho absurdo, não lhe dado um soco. Claramente as coisas eram bem diferentes com seu primo.

— Tommy, não há nada disso. Não seja ridículo! Ingram e eu somos como irmãos — explicou, depois que ele se pôs de pé novamente.

Antes que ele respondesse, Ingram decidiu que já haviam passado tempo demais sob aquela chuva chata que não chegava a ser uma tempestade, mas com certeza molhava bastante e atrapalhava a visão.

— Escute aqui, garoto. — Ingram o puxou pela gola molhada. — Vá se secar e se resolver com o seu pai. E acho bom voltar à casa do meu tio acompanhado e com a sua proposta. Depois de hoje, se continuar enrolando, eu mesmo lhe dou um tiro!

Ingram puxou o cavalo, para colocar Eloisa sobre ele novamente.

— Vamos, você sabe muito bem que está encrencada, ajude-me a tirá-la dessa situação.

— Vai deixá-lo aí? — perguntou ela, vendo que Tommy ficaria para trás, sozinho na estrada.

— Ele mesmo disse que está perto de casa, não é? Pois bem, o exercício o ajudará a pensar na confusão em que entraram. — Ingram montou, bateu as rédeas e partiu.

Encontre-me ao Entardecer 47

48   LUCY VARGAS

Capítulo 5

A chuva estava apertando e Ingram não estava mentindo ao dizer que estavam perto de Arwood. Ao invés de seguir na estrada lamacenta, ele pegou um atalho e Eloisa se surpreendeu quando pararam à frente da casa.

— Venha, a chuva está piorando e estamos ensopados — disse Ingram, tirando-a do cavalo.

Eles entraram na casa e a Sra. Darby apareceu na mesma hora, sem conseguir imaginar que confusão era aquela.

— Encontrou a sua prima? — perguntou ela, antes mesmo de ver a moça que ele trazia pelo braço.

— Como ela sabe disso? — Eloisa arregalou os olhos, sua voz saindo aguda.

— Mandaram um mensageiro. Sua casa está de pernas para o ar, seu pai acha que você fugiu com aquele rapaz. Eu estava indo para lá quando os encontrei.

— Mas eu... eu... como? — exclamou ela, agora sim entendendo em que confusão estava metida.

— Não sei, algo com sua desobediência e a preceptora. Não dava tempo de pegar a fofoca inteira e ainda encontrá-la. — Ele a colocou perto da lareira. — Fique aí.

Eloisa achou que sua vergonha já era suficiente à frente da governanta que parecia só querer ajudá-la e havia partido atrás de toalhas. Toda a sua figura era um desastre.

— Não posso levá-la de volta assim, seu vestido está imundo, está molhada como um rato na chuva e, com a expressão que tem no rosto agora, ninguém acreditará que não foi atacada na estrada — disse Ingram, arrancando seu paletó molhado e passando a mão pelo cabelo escuro.

Mas a vergonha de Eloisa ficou ainda pior quando Harwood apareceu no cômodo, mancando severamente, apoiado em uma bengala grossa.

— Vejo que conseguiu encontrá-la. — Ele se sentou na primeira poltrona,

Encontre-me ao Entardecer 49

parecendo ter se esforçado um bocado para sair de onde esteve e chegar ali sozinho.

Eloisa cobriu o rosto e continuou parada, sabendo que molhava o chão da sala e sua aparência devia estar pior do que um pesadelo. Seu vestido que não era adequado para sair quando estava seco, e agora devia estar lamentável, com a barra suja de lama até quase os joelhos. E estava grudado ao seu corpo. Ela queria morrer por Harwood vê-la desse jeito.

— Você tinha razão, não poderei levá-la assim para casa. Seria um escândalo ainda maior. — Ingram aceitou a toalha e secou seu rosto.

Eloisa pegou a toalha que a Sra. Darby lhe deu e também secou o rosto e o colo, ainda sem saber o que fazer.

— Você está bem? — Eugene lhe perguntou, passando o olhar por sua figura molhada e suja de lama, como se procurasse algum indício de ferimento.

— Não me aconteceu nada, eu só fui longe demais em um passeio — esclareceu, já que chegaram ali dizendo que fugira.

— Eu acredito — ele declarou. — Mas seu passeio vai acabar muito mais longe do que planejava, e temos de devolvê-la ao seu pai com uma aparência digna. — Ele pausou e olhou para a governanta. — Sra. Darby, por favor, leve a senhorita Durant a um aposento de hóspedes e ajude-a a retornar apresentável.

— Sim, milorde. — Assentiu. — Mas o vestido está arruinado, e não temos roupas femininas na casa.

— Mande alguém buscar um vestido com a tia dela — decidiu ele.

— E entregue isto. — Ingram se afastou da mesa onde parou para escrever uma breve mensagem. — Ao menos saberão que a história da fuga é mentira.

— Obrigada, milorde — disse Eloisa, antes de acompanhar a Sra. Darby.

Ela ainda estava perdida, não compreendera o tamanho da encrenca em que se metera por um mero passeio e alguns beijos escondidos. Eloisa não conseguia se arrepender devidamente de ter passado um tempo com Tommy antes que ele partisse novamente. Ela só queria poder se despedir, não queria nada mais. Bem, queria que ele propusesse logo, assim teriam mais liberdade para passar o tempo juntos. E ela nunca, em toda a sua vida, pensou em fugir.

Apesar de ter certeza de que ficariam juntos, Eloisa estava mortificada com toda a história. E se descobrissem tudo isso nas redondezas? E se virasse um rumor? Ela ainda precisava ir a Londres. Mesmo que Tommy propusesse antes, ainda pretendia ir, não queria ficar somente ali, em sua casa no campo. Seria sua primeira temporada e ela queria vivê-la e dançar em bailes grandes e opulentos.

Em sua mente sonhadora, podia se ver dançando com Tommy pelos salões. Ele estaria lindo, trajado formalmente, e as outras damas sequer poderiam cobiçá-lo, porque eles já seriam comprometidos.

Ela não ia descobrir como era a tal caça ao marido, mas, se estivesse para se casar com um futuro conde, poderia até ajudar Georgia. Sim, isso seria perfeito. Ela poderia acompanhá-la e ajudá-la a encontrar um noivo perfeito.

— Aquele maldito moleque abusado! Por mim, eu dava uma surra nele! — Ingram ainda estava irado, não só com o que ele fizera, mas também com as coisas que insinuara. Eloisa sempre foi como sua irmã mais nova. — Eu os encontrei voltando para a propriedade do pai dele. O maldito deve ter tido a ideia no meio do caminho quando conseguiu levá-la longe o suficiente.

— Não é tão perto assim, só se cortassem caminho por fora da estrada — disse Eugene.

— Ele conhece todos os atalhos daqui. E ia levá-la para lá e secá-la; com certeza o bastardo ia ajudá-la a se secar. E depois ia trazê-la de volta na carruagem. Claro que ia! — dizia Ingram. — E a tola da minha prima acreditou em cada palavra. Eu acho bom que ele seja tão apaixonado por ela quanto parece e que volte amanhã para resolver isso.

Eugene ficou massageando os músculos doloridos de sua coxa, pois fizera um grande esforço para chegar ali rapidamente e, agora que estava novamente apoiando a perna, sua coxa estava sobrecarregada.

— Eu não sei, Hampson... Estou de volta há pouco tempo, não tenho opinião sobre o caráter dele. Lembro que ele também era muito jovem da última vez que o vi.

— Continua jovem, mas já completou vinte anos e não é tão imaturo quanto Eloisa. Certamente já conhece a vida de um jeito que ela ainda não imagina. — Ingram não podia imaginar até onde teria ido aquela aventura.

— Ela é ingênua, só isso. Vai melhorar quando deixar essa bolha de proteção aqui do campo, que tanto a protege quanto a isola. Ela mal tem contato com outras pessoas além das mesmas figuras de sempre, desde a infância. Até os eventos daqui são todos iguais. E eu sei disso, mesmo sem ter deixado essa propriedade desde que voltei para casa.

Encontre-me ao Entardecer 51

— Mas aquele rapaz não esteve preso aqui. Quero saber o que vai lhe ensinar maturidade e responsabilidade, já que deixar a casa dos pais não conseguiu.

— Não sei. — Eugene apoiou sua bengala e fez força para se levantar. — Se nada for como deve, a primeira decepção também nos ensina a cair de pé nas próximas.

— Você fala como se já tivesse se apaixonado.

— Decepções não vêm apenas do coração.

***

Rachel conseguiu mandar um vestido de passeio para Eloisa e também passou a informação do seu filho ao pai dela.

— Eu lhe disse que ela não estava fugindo! — Ela jogou o bilhete no colo dele. — Por que você tem que ser tão influenciável? E logo por aquela mulher detestável!

Lorde Perrin leu o curto bilhete do sobrinho e o deixou ao seu lado no sofá.

— Isso não muda o fato de que ela saiu daqui e se perdeu por aí com aquele rapaz!

— Ela não se perdeu! Não ouse repetir isso na frente de mais ninguém. Não são palavras que devem ser ditas levianamente, Martin!

— E quem me garante que...

— Eu garanto! E seja lá a desgraça que pudesse acontecer, Ingram chegou antes.

— Estou lhe dizendo, esta foi a última vez que essa menina me desobedeceu. De agora em diante, ela vai fazer tudo que eu mandar. E vai ficar de castigo enquanto isso! Ou até entrar na igreja com esse rapaz!

***

Um pouco mais tarde, quando a chuva já havia se tornado uma garoa, a carruagem de Eugene parou à frente da casa dos Durant. Ele obviamente não estava dentro dela, a última vez que entrou em uma foi para chegar ali e ainda não estava bem para ficar de um lado para o outro. Ingram desceu e deu a mão à prima. Comparado ao estado em que ela estava quando ele a encontrou na estrada, agora ela parecia uma jovem dama que havia saído para um passeio.

— Eu vou ficar, ao menos para impedir meu tio de esganá-la — avisou ele.

— Você sabe que ele não consegue levantar rápido o suficiente para me esganar — lembrou Eloisa, mas não havia sido uma piada, ela não estava com humor para tal.

— Sim, infelizmente. Mas, no seu caso, isso é uma boa notícia.

Eles entraram na casa, e Lorde Perrin estava no gabinete os esperando, acompanhado de sua irmã. A preceptora não estava à vista, porque Rachel dissera que ia agredi-la se tivesse que continuar a olhar para ela. Afinal, já seria uma situação ruim sem que ela tivesse convencido seu irmão de que Eloisa havia fugido de vez.

Por causa do que a preceptora disse sobre a fuga, ele quase chamou o magistrado e até começou a escrever um bilhete à família do rapaz. Ainda bem que Rachel impediu, senão o escândalo seria sem proporções imagináveis.

Rachel temeu que seu irmão fosse ter um mal súbito e cair ali. Uma coisa era remediar uma escapada da filha para os passeios que ele havia proibido, outra era lidar com uma fuga para sabe-se Deus onde. E sem saber o que poderia ter acontecido com ela.

— Papai! — Ela correu para perto dele e se ajoelhou ao seu lado, segurando sua mão. — Eu não fugi! Juro que não fugi. Eu te desobedeci, desculpe-me. Mas só ia me despedir e retornar. Eu juro que jamais pensei em fugir de casa.

Lorde Perrin achou que ela ia entrar, parar e ele ia ficar de lá gritando e lhe passando um grande sermão enquanto a filha aceitava humildemente e até chorava. Mas, agora que ela estava ajoelhada ao seu lado, agarrada a ele e lhe pedindo desculpa, ele já não queria mais vê-la chorando. Ela parecia bem arrependida sem ser humilhada. Mesmo assim, Eloisa não escaparia de um castigo pela desobediência.

— Dessa vez, você foi longe demais, Eloisa. E eu não vou deixar passar. Fui permissivo em toda a sua infância, deixando que muitas vezes se comportasse como um molequinho, brincando e correndo atrás de seus amigos por esses campos. Depois, deixei que ficasse uma garota malcomportada. Mas agora você é uma adulta. Tem que se responsabilizar pelos seus atos. E o que você fez hoje não tem desculpa.

Ela assentiu e passou a ponta dos dedos pelos olhos; sentia que ardiam, mas não queria chorar.

— Eu sei, pai. Eu não devia ter saído. Desculpe-me.

— Não adianta pedir desculpa, eu quero isso resolvido. E você vai me dizer como.

Encontre-me ao Entardecer 53

— Eu não sei o que...

— Você sabe bem como se conserta uma situação como essa: casando-se com esse maldito rapaz que veio embaixo da minha janela tirá-la de casa!

Eloisa ficou de pé e juntou as mãos, dando alguns passos para trás apenas para ganhar tempo.

— Eu não queria forçá-lo a...

— Acho que já passamos dessa parte, minha querida — disse Rachel, lhe lançando um olhar que dizia tudo. Agora não adiantava mais ela esperar ou ter sonhos românticos.

— Mas, tia, eu não quero obrigá-lo a fazer o pedido.

— Ele se obrigou quando veio até aqui para levá-la. Se não fosse o seu primo, eu nem imagino em que pé estaria esse escândalo! — gritou Lorde Perrin, perdendo a calma e a compostura. Logo depois, ele começou a tossir e levou a mão ao peito, ficando todo vermelho.

Rachel deu um pouco de água ao irmão e apertou seu braço para acalmá-lo.

— Se ele gosta tanto de você, não será obrigação nenhuma, Elo — explicou Ingram, parando ao lado dela. — Na verdade, sequer seria um favor. Seria sua honra e seu dever como homem que tem sentimentos por você. Ele não tem que deixá-la nessa situação sozinha.

— Ele é bom — ela disse ao primo. — E, por tudo que me disse, tenho certeza de que jamais me faria passar por nada ruim. Eu sei que ele virá aqui e conversará comigo. Podemos resolver isso, somos amigos há muito tempo. Isso não pode ser estragado

Ingram soltou o ar e tocou seu ombro levemente. Ele esperava mesmo que esse fosse um daqueles casos de paixão juvenil em que os noivos acabavam se casando cedo e rápido. Eles pareciam se encaixar nas situações em que os jovens não conseguem mais conter ou disfarçar seus atos inadequados de paixão, e então os pais os casam antes que aconteça um escândalo.

— Eu sei que vocês são muito amigos — começou Ingram. — Mas, se ele não estiver aqui amanhã cedo, eu ainda vou quebrar os dentes dele.

Ingram estava falando sério, seu problema com o braço e as dores que ainda sentia se passasse tempo demais sobre o cavalo não o impediriam de dar uma sova naquele garoto. Era engraçado que tanto ele quando Eugene os considerassem jovens imaturos. A diferença de idade não chegava aos sete anos, mas eles tiveram vidas e criações diferentes, e a guerra os endureceu muito, roubando o fim de sua juventude. Assim como seus objetivos e aspirações.

— Eu tenho certeza de que ele só não retornou hoje porque já está tarde e era melhor deixar todos se acalmarem — disse Eloisa, tentando acalmar o pai.

Lorde Perrin já estava de volta ao seu normal e alisou sua camisa, puxando de volta o paletó para fechá-lo.

— Se quer saber minha sincera opinião, eu sequer gosto o suficiente daquele rapaz para desejá-lo como genro. É muito novo, bobo e um bocado mimado. Ainda tem necessidade de viver aventuras enquanto o pai é vivo. Eu desejava partir e deixar minha filha, também muito boba, com alguém mais confiável. Mas o que posso fazer se ela não tem bom senso?

— Eu gosto dele, pai — murmurou Eloisa.

— É bom, porque terá de aturar o que virá dele para sempre — declarou o pai, como uma sentença.

Eloisa olhou para o primo e suspirou, perdendo um pouco da confiança.

— Eu também acho que o Sr. Dunn é um bom rapaz, afinal, o conhecemos há tanto tempo. Sempre teve boas maneiras e respeito — disse Rachel,

— Sim, sim. Também acredito nisso. — Lorde Perrin moveu a mão no ar, indicando Eloisa. — Mas você está de castigo. Até o dia que entrar numa igreja. Vá para os seus aposentos e permaneça lá até ser requisitada.

O sofrimento na face de Eloisa era palpável, mas já havia aprontado demais, por isso, apenas assentiu e partiu, lembrando de dar um aceno de agradecimento ao primo.

— Por favor, agradeça novamente a Harwood por sua ajuda — ela pediu antes de sair.

Lorde Perrin se apoiou no braço do sofá e ficou de pé para ir sentar-se em sua cadeira atrás da mesa de trabalho.

— Em que parte Harwood entra nisso? Ele já voltou a andar? — Surpreendeu-se o barão. — Espero que ele não tenha visto Eloisa no estado que imagino que a encontrou. Afinal, rapaz, como a encontrou?

— Ele está andando com uma bengala — resumiu Ingram. — E ele a viu depois que a resgatei.

— Ah, que lástima. Estou profundamente envergonhado — lamentou o barão.

Encontre-me ao Entardecer 55

— Não precisa, a ideia de levá-la até lá foi dele, pois estávamos muito próximos e assim teria menos chance de ela ficar doente. Não há do que se envergonhar, tio. Além de água de chuva e lama na barra, apenas o orgulho dela saiu ferido disso, pois foi ela quem teve de ficar naquele estado na sala de visitas de Arwood.

— Ainda assim, peça desculpas a Harwood. Esqueça, tenho de enviar uma carta eu mesmo. — Ele puxou uma folha sobre a mesa e procurou sua pena. — O que ele pode pensar... o homem é o herdeiro do duque, não posso tê-lo pensando mal de minha família.

— Acalme-se, Martin! — exclamou Rachel, ficando de pé. — Tenho certeza de que ele jamais comentaria algo assim.

— Eu preciso voltar — declarou Ingram. — Ele nunca diria nada, e vocês aqui se escandalizam com muito pouco. Até mais, mãe. — Ele se inclinou e beijou levemente seu rosto. — Tio, passe bem. — Acenou de longe.

<div style="text-align:center">~~~</div>

Eloisa se sentou em seu quarto e, sozinha, ficou nervosa e quase deixou as lágrimas virem. Se não tivesse ido tão longe, talvez pudesse ter voltado correndo. Estava tão acostumada a sair e simplesmente passear, encontrar Georgia, Kit e Tommy. Como tudo saíra tão errado dessa vez? Eloisa tinha certeza dos seus sentimentos, assim como dos dele. Mas, em seus sonhos românticos, eles estariam passeando num dia ensolarado e então ele faria o pedido e depois viriam correndo pedir permissão ao pai dela.

Agora, ele viria obrigado, com uma sensação de dever turvando seus sentimentos e os dela, como se o que sentiam antes não fosse suficiente e tivessem precisado de um escândalo para acabarem juntos. Ela ainda queria ficar com ele pelo resto da vida, mas precisavam conversar. Eloisa queria saber se ele ficaria com ela mesmo que não tivessem ido para um caminho tão ruim.

Além disso, depois de muito pensar, ela finalmente achava que entendia por que Ingram ficara tão danado da vida a ponto de agredir Tommy: ele achava que eles iriam ter um encontro íntimo. Certamente pensava que era para isso que Tommy a estava levando. Ela não acreditava, não podia ser vista trocando beijos, mas daí para algo tão... avançado. Ela nem havia pensado nisso, ainda estava com a mente presa nos sonhos sobre o dia que ele iria propor. Só depois pensaria em suas núpcias.

Pelo jeito, ela acabaria tendo de lidar com esse assunto antes do planejado.

Naquela noite, Eloisa não conseguiu dormir direito. Não parava de pensar em tudo que aconteceu e finalmente estava com medo das consequências. Com o tempo e sua cabeça funcionando sem parar, as dúvidas começaram a aparecer.

— Bom dia, acho melhor acordarmos cedo. Assim estaremos prontas para qualquer situação — disse Rachel, ao entrar no quarto de Eloisa.

Ela empurrou as cobertas e se sentou na cama; não estava dormindo.

— Você também está decepcionada comigo, titia?

Rachel balançou a cabeça e foi até lá, sentando à sua frente na cama.

— Não estou decepcionada, apenas um pouco chateada por você ter se deixado levar por esse rapaz outra vez. Eu sei bem que, por culpa dele, você se atrasa para voltar dos passeios e constantemente sai da vista de sua acompanhante para passar mais momentos ao lado dele. E ontem ele teve a audácia de vir até aqui levá-la para essa aventura estapafúrdia.

— Ele não é o único culpado, eu concordava.

— Eu sei. É isso que me deixa chateada. Você não tem que se deixar levar dessa forma, porque, no fim, é a sua reputação que fica manchada. Tem de entender isso, Eloisa. Não importa se for um amigo seu. Eu sei que não é justo, mas é a realidade em que vivemos. Será sempre a sua reputação a ser manchada, jamais a dele. E veja em que situação estamos, aqui a dependente é você. Seja lá o que aconteça, ficaremos com o maior problema.

— Eu acredito nele — Eloisa murmurou, envergonha pelo fato de a tia ter razão. Mas eles eram tão amigos e ela gostava tanto de Tommy, que sempre confiou nele. Só porque agora o seu relacionamento evoluíra, isso não podia mudar.

— Eu também. — Ela se levantou e foi abrir mais as cortinas. — Vamos logo, acho melhor tomarmos o desjejum mais cedo. Não gosto de resolver nada com o estômago vazio.

Ingram se sentou à mesa do desjejum bem cedo e resolveu que ia até a casa do tio. Ele queria ver essa situação terminada. Era a sua família, não podia apoiá-los diretamente quando estava na guerra, mas, agora estava bem ao lado, não faria a menor lógica ficar olhando de longe.

Encontre-me ao Entardecer 57

— Imagino que tenha aparecido aqui tão cedo porque pretende ir visitar sua mãe novamente — disse Eugene quando o viu sentar-se.

— Sim, pretendo. — Ele se serviu de café bem quente. — E se chegou aqui embaixo sozinho, devo concluir que hoje é um dia bom.

— Sim, dessa vez, não acabei caído na base da escada e com um galo na cabeça.

— Ótimo, sinal de que logo se livrará de mim.

— Não vou dizer que é o que mais desejo por pura consideração à nossa amizade, mas está na minha lista.

— Quero vê-lo cavalgando, então terei certeza de que não precisará mais dos meus serviços.

— Enfim concordamos em algum ponto — respondeu Eugene.

Ingram comeu devagar. Achava que ainda estava cedo para sua mãe já ter tomado o café da manhã, mas achou que gastaria um tempo ajudando o amigo a descer. Mas, quando ele se levantou, Eugene colocou a bengala à sua frente, fazendo-o parar no lugar.

— Deixe a pistola aqui.

— Não saio mais sem ela.

— Eu sei, mas, nesse caso, eu gostaria que a deixasse aos meus cuidados. Será mais seguro para todos nós.

Ingram tirou a pistola do suporte no cinto e a olhou, ainda em dúvida.

— Vamos, coloque-a aí — incentivou Eugene.

— Por que acha que eu teria oportunidade de usá-la? — Ingram franziu a testa para ele.

Eugene apenas balançou a cabeça levemente e disse:

— Não acho, mas pode não concordar com os termos em que esse casamento será acertado e ficará tentado a enfiar o cano da pistola pela goela do valioso herdeiro do conde. E nós não queremos isso, não é?

Mesmo sem concordar, Ingram sabia que era um cenário possível, pois seu sangue fervia rápido. Então, ele deixou a pistola sobre a mesa e olhou o amigo antes de partir.

— Se eu chegar a precisar dela e estiver desarmado, a culpa será inteiramente sua e desse seu lado sensato.

Capítulo 6

Podia estar cedo para visitas, ainda mais as inesperadas, mas Georgia já não precisava se perturbar com isso. Ela entrou na casa, sem considerar ser anunciada ou aguardar adequadamente que fosse recebida na sala.

— Eloisa! — Correu para a amiga, ainda na sala de jantar. — Explique-me tudo, por favor!

Sem ter com quem falar, Eloisa enviara um bilhete para sua melhor amiga, dizendo em poucas palavras a confusão em que estava. Georgia o abrira antes do café, então saíra correndo desesperadamente, sem considerar um agasalho, pois não havia tempo para isso.

— Ainda bem que veio! — Eloisa a abraçou. — Tudo acabou tão errado.

— Por que não me chamou antes? E agora? E por que aquele maldito tinha que vir aqui? Não podíamos nos encontrar depois?

— Sem palavreado feio — avisou Rachel, ralhando com Georgia.

— Não precisava, até tudo sair do caminho em que estava... eu ainda achava que podia voltar correndo. Mas, quando vi, estávamos longe demais e a chuva estava forte. Sou uma idiota. Agora nada será como eu imaginava. — Eloisa tornou a se sentar.

Georgia ocupou a cadeira ao lado dela e segurou sua mão.

— Será sim, sei que poderemos dar um jeito — tentou animá-la.

— Não será não — intrometeu-se Rachel. — Não poderemos contornar suas travessuras, e isso é um bom aviso para você, Georgia, pois, *dessa vez*, não estava envolvida. Vocês não têm mais doze anos, quando tudo podia ser consertado com um castigo e umas palmadas.

— Agora ele será obrigado a propor — murmurou Eloisa.

— Mas ele já ia propor, não ia? Afinal, já deviam ter se acertado! — disse Georgia, esperançosa. — Vocês gostam um do outro, são amigos. Aliás, somos todos grandes amigos. Kit foi até lá, para ver se Tommy também precisa de um amigo para acompanhá-lo. Eles não devem demorar.

— Ainda será forçado. — Eloisa bebeu um gole de chá. — Mas eu acredito que ele gosta de mim o suficiente para não ficar ressentido por tudo precisar ser apressado.

— Não há nada sendo apressado aqui — intrometeu-se a tia outra vez. — Pelo que sei, estão interessados um no outro há meses, o mesmo tempo que essa amizade passou a ser algo que deveria ter sido tratado de forma mais adequada. E já são amigos há tempo demais, estiveram agindo como pretendentes pelos últimos meses. Georgia é testemunha. Nada mais natural do que ele propor.

— Acho que vocês já deviam estar noivos — disse Georgia. — Vai dar certo. Amanhã, quando pudermos passear novamente, já teremos esquecido esse incidente.

— Eu duvido — opinou Rachel. — Pois então estaremos ocupadas não só com a chegada da temporada, mas com um casamento. Aliás, já tomou seu café, Georgia?

— Não. Eu li o bilhete assim que me sentei à mesa.

O lacaio ajeitou a xícara e os pratos para Georgia, então Lorde Perrin entrou, oscilando sobre suas pernas curtas, e o assunto morreu.

<hr />

Uma carruagem parou à frente da casa dos Durant. Martin praguejou baixinho; ele odiava ser incomodado tão cedo. Ou melhor, cedo para os seus padrões. Já passava das nove e meia, e ali no campo não seguiam o horário tardio da cidade.

— O conde de Brutton — anunciou o mordomo um pouco antes de conduzir o homem, mesmo que eles já soubessem de quem se tratava.

— Fico feliz em vê-lo em boa saúde — disse o conde, cumprimentando Lorde Perrin.

— E eu lhe estendo o mesmo cumprimento — respondeu Martin.

Era mais adequado que tratassem desse assunto a sós. De preferência, assim que o barão convidasse seu visitante para o gabinete. Porém, como ele foi recebido na sala de visitas, Eloisa se levantou e ficou olhando para a porta, esperando que Tommy entrasse. Eles não precisavam de tamanha formalidade para que ele fosse representado pelo seu pai.

Georgia, que não pôde ser mandada embora de forma alguma, levantou-se também e andou discretamente para perto da janela. Rachel se manteve no mesmo lugar, cumprimentando adequadamente o conde.

— Já que somos vizinhos e conhecidos há tanto tempo, creio que não precisamos andar em volta do assunto. Eu soube de um terrível mal-entendido entre meu filho e a sua filha — começou o conde.

— Sim, terrível, eu concordo — disse o barão, estudando-o.

— Deseja tratar disso em seu escritório? — perguntou o conde, querendo se livrar da presença das mulheres.

Lorde Perrin preferia sim. Em outra ocasião, ele já teria recebido o conde em seu gabinete. Só que o barão era preguiçoso e acomodado, mas não era nenhum bobo. Ele franziu o cenho para seu visitante e esticou a perna.

— Fico contente que minha aparência não denuncie meus problemas, mas estou com um pequeno problema de locomoção. E, como disse, somos conhecidos há tantos anos. Isso será um assunto rápido. — O barão pausou, não deixando de ver a inquietação das moças. — Onde está o seu filho?

Foi uma pergunta direta demais e merecia uma resposta à altura.

— Imagino que a caminho de Oxford — respondeu o conde.

Georgia se virou abruptamente, um som de surpresa vindo dela. Logo depois, Ingram entrou na sala de visitas e, dois segundos depois, Kit — bem menos elegante — entrou correndo. O mordomo não podia dar conta de tamanha confusão em sua porta.

— Georgia! — Kit nunca foi conhecido por sua discrição. — Fui ver Tommy e não o encontrei!

Ingram estreitou os olhos e se aproximou lentamente. Lorde Perrin não tinha energia suficiente para pôr seu pesado corpo de pé e encenar sua melhor pose ultrajada. Então, quando viu o sobrinho se aproximando, suspirou de alívio, assim havia outro homem na família para fazer o papel.

No entanto, foi Eloisa quem chegou primeiro.

— Ele partiu sem se despedir? — perguntou baixo.

O conde devia levar o crédito por não estar parecendo nem um pouco envergonhado com todos aqueles pares de olhos sobre ele.

— Eu imagino que se despediram ontem, e isso que causou tamanho mal-entendido. Sei que são muito amigos, e meu filho, um sentimental eterno, nunca poderia partir sem dizer um último adeus aos seus melhores amigos. Mesmo que, em alguns meses, vá voltar ao campo para rever a família.

— Não foi só isso — murmurou Eloisa, já ficando sem cor.

Ingram se aproximou e ficou à frente dela.

— O senhor não tem a menor vergonha de despachar o seu filho para longe e vir aqui com essa cara lavada fingir que ele não passou os últimos meses cortejando a minha prima, passando do limite do adequado, e terminou com um belo ato para destruir sua reputação?

— Ora essa, rapaz. Pelo que sei, eles são amigos próximos. Thomas jamais me disse que estava cortejando a Srta. Durant.

— Mentira! — reagiu Kit. — Ele disse!

— Não seja mentiroso, o senhor está velho demais para se prestar a esse papel! — enfureceu-se Ingram.

— Não me insulte, rapaz!

— O senhor não tem honra! E o seu filho é um rato de navio! Da pior espécie! — bradou Ingram. — Isso é insulto suficiente para um nobre tão sujo? Todos aqui sabem que ele não parava de correr atrás da minha prima! E ontem veio a esta casa atrás dela! Faz alguma ideia do plano sujo que ele tinha de levá-la para a sua propriedade? Ou foi o senhor que lhe ensinou a ser esse canalha de merda?

A cada palavra dele, Eloisa ficava mais mortificada. Como Tommy podia ter partido assim? E sem dizer uma palavra? E agora seu pai estava ali para... apagar tudo? Ela queria ser forte, mas sentiu as lágrimas turvando sua visão.

— Eu não sou obrigado a ser insultado dessa forma por um soldadinho... — começou o conde.

Ingram perdeu a paciência. Foi exatamente por isso que Eugene o fez deixar a pistola lá. Mas quem surpreendeu o conde não foi ele. Rachel apareceu à sua frente, invadindo seu espaço pessoal, e quase furou o peito de Brutton com o dedo.

— Qualquer soldado, do mais baixo regimento que exista sob a nossa bandeira, tem mais honra do que o senhor! — Ela bateu novamente o dedo no peito dele. — Seu crápula sujo! Você o mandou para longe! Depois de tudo que ele aprontou!

— Acho melhor a senhora se controlar... — O conde deu um passo para trás.

Assim que deu o passo que o afastou de Rachel, Lorde Brutton deu um pulo e soltou um grito estridente de susto e dor. Lorde Perrin havia acabado de bater com a bengala no traseiro dele. E, dessa vez, o barão ficou em pé, agarrando-se ao braço do sobrinho ao mesmo tempo que apoiava o peso na bengala.

— O senhor é uma vergonha para essa comunidade! E o seu filho também! — Lorde Perrin avançava lentamente. E Lorde Brutton se afastava mais. — Pode enfiar o seu condado e o seu título bem onde acaba de levar com a minha bengala. Pois é lá que encontrará sua honra. A sua e a do rato de latrina que é o seu filho fujão!

— Papai... — Eloisa pediu baixo, já mortificada demais, porém ela nunca vira o pai tão irado e ameaçando alguém como estava agora. Se a situação não fosse tão triste para ela, teria achado a cena fantástica.

— Pensa que minha filha não é boa o suficiente para ser a esposa do próximo maldito conde de Brutton? Grande porcaria! Acha que não entendi? Se ela não fosse a filha de um barão do campo, desconhecido e sem uma fortuna impressionável e sim uma herdeira de um marquês ou algum outro bem rico, tenho certeza de que traria seu filho pela orelha. Pois saiba que essa família tem um histórico mais nobre do que os ratos dos seus ancestrais com esse seu tituluzinho recente! Eu sempre soube que aquele rapaz não era grande coisa, mas não pensei que fosse tão covarde! Pois fique sabendo que você é quem deveria querer casá-lo com ela, porque o dote dela vale muito mais do que metade dos seus bens, seu nobrezinho de poucas posses! Só tem nome!

— Thomas está para se comprometer com outra moça há meses! — Lorde Brutton disse alto, já vermelho por tantos insultos, ainda mais que não podia negá-los. — Eu estava arranjando tudo e, por ele ser teimoso e vir para o campo, o pai dela desfez o acerto. Eu não quero saber se ele veio ser um tolo e correr atrás dessa menina, não vai haver casamento nenhum aqui. Se eles são amigos, é tudo que continuarão a ser. E ele sabia bem disso, se queria se divertir enquanto estava aqui e...

Foi aí que as coisas ficaram feias. E graças aos céus e a Eugene, Ingram não estava com sua pistola, ou aconteceria uma desgraça naquela sala. De qualquer forma, aconteceu mesmo, uma desgraça social, pois Eloisa deu um tapa no conde. Ela não planejou, então não foi um lindo tapa na cara. Foi um golpe desajeitado que acertou parte da bochecha e especialmente o nariz do conde, o que foi ainda

Encontre-me ao Entardecer 63

pior e doeu um bocado.

— Seu maldito crápula! Eu não sou diversão de homem algum! Nós éramos amigos! E agora está tudo destruído! — gritou ela, enquanto Lorde Brutton ainda se recuperava do susto e das lágrimas que brotaram em seus olhos ao ter seu nariz atacado.

Ingram a afastou e agarrou o conde pela roupa.

— O senhor tem muita sorte de eu estar sem a minha pistola.

Ele arrastou o conde pela roupa, como se estivesse arrastando um moribundo pesado demais para carregar. Seus pés foram se arrastando, puxando tapetes, seus joelhos bateram nos degraus e ele gritou de dor. O pobre mordomo apenas correu e abriu a porta. Ingram arremessou o conde lá de cima, da entrada da casa, e o viu cair no gramado, bem ao lado de sua carruagem.

— Acho melhor que o seu filho desapareça, pois, se eu o encontrar, garanto que seu condado será herdado pelos seus primos! E essa história não ficará assim. Se a reputação da minha prima for manchada e alguém mais souber do que aconteceu aqui, não será uma questão de *se* eu achar o seu filho. Será *quando* eu o pegar! Seus malditos ratos!

Ingram entrou e bateu a porta, poupando o trabalho do mordomo.

Eloisa estava destruída. Ela havia acreditado em Tommy até o último segundo. Mesmo quando o pai dele apareceu e começou a falar, até depois dos primeiros insultos serem trocados, ela ainda olhou para a porta, como se o seu Tommy, aquele que ela conhecia tão bem, fosse entrar correndo, com seus cachos castanhos balançando em volta de sua face. Ela ainda sonhou, aguardou que ele entrasse e dissesse que não era nada daquilo. E que seu pai estava errado.

Quando parecia não ter mais solução, ela rezou para que ele entrasse e desafiasse o próprio pai, provando que tudo que disse foi verdade, que realmente a amava e queria ficar com ela. Queria escutá-lo dizer que aquela história de se comprometer com outra não deu certo exatamente porque ele era apaixonado por ela. Eloisa precisava que ele dissesse que tudo não passava de uma besteira e que ela, filha de um barão desconhecido ou não, era mais do que perfeita para ser a esposa do futuro conde de Brutton.

Mas ele não entrou, não a defendeu, não desafiou o pai. E ele nunca faria nada disso.

Não era apenas o seu coração partido e a desilusão com seu primeiro amor que ela tivera certeza de que seria o único. E quanto à sua amizade? Isso não valia nada? Eles não haviam sido amigos? Era tudo mentira? Ela sempre estivera enganada.

Ingram se aproximou e a olhou. Depois de tudo isso, ela achava que ele estava certo e, ontem, se não os tivesse encontrado, era provável que o pior acontecesse. Ela esteve tão cega e tolamente apaixonada que havia grandes chances de ter cedido como uma prova de amor.

— Aquele maldito... — dizia Kit, ainda de pé perto da janela. — Eu não acredito nisso.

Georgia se abaixou ao lado da amiga e a abraçou. Eloisa nem percebera quando caíra sobre o tapete amarrotado e começara a chorar. Além de toda a desilusão, ainda se sentia humilhada e a mais tola de todas. Havia defendido-o e dissera com enorme certeza que ele viria.

Eloisa acreditava tanto na amizade deles que, se Tommy tivesse ido até ali como um homem honrado faria, conversado com ela e lhe pedido para liberá-lo do compromisso por não a amar, ela conseguiria entender. Ficaria decepcionada e ressentida, mas ainda tentaria entender. De verdade, eles poderiam assumir a culpa pela aventura na qual se meteram e ajudar um ao outro a impedir que qualquer rumor começasse. E assim, salvar ao menos sua amizade.

Esta manhã, não apenas o coração dela fora quebrado, mas também o de Kit, que achava que tinha um melhor amigo, e o de Georgia, que demonstrou a mesma fé na resolução da história. Era provável que aquele grupo de amigos jamais se recuperasse disso.

Como se não fosse suficiente, Lorde Perrin caiu numa poltrona e, vermelho como um pimentão, começou a passar mal. Havia sido alteração demais para ele.

— Ah, meu Deus! — Rachel correu para acudir o irmão. — Tragam água. — Ela afrouxou o lenço do pescoço dele. — Ingram! Ajude-me a levantar as pernas dele!

Eles correram e o ajeitaram da melhor forma. Ingram saiu para buscar o médico que atendia ao tio. Eloisa levantou e foi até o pai, segurou sua mão e lhe disse para ficar calmo e respirar. Demorou um pouco, mas o barão foi ficando menos vermelho e, conforme se acalmava, seu ritmo de respiração voltava ao normal, interrompido por tosses ocasionais.

— Isso não vai ficar bem — ele disse a Eloisa. — Quando chegar a Londres, já estará arruinada. Vou dar um jeito nisso e você, ao menos dessa vez, não vai

Encontre-me ao Entardecer 65

ser uma garota rebelde.

— Eu sei, pai, eu vou obedecer.

Mesmo que ele tivesse dito um enorme absurdo agora, ela estava com o espírito quebrado, e ia aceitar qualquer determinação dele. Até hoje, Eloisa sequer achava que era possível sentir tamanha desilusão, não sabia que machucava tanto. Seu peito estava realmente dolorido, como uma dor física e real, como se alguém tivesse enfiado uma espada invisível em seu coração para cortá-lo e depois aprisioná-lo em agonia.

Ela demorou a ter certeza sobre seus sentimentos. Era nova, ainda não aprendera muitas lições da vida nesse tópico. Quando descobriu o interesse em rapazes, Tommy já estava à sua frente, sorrindo e flertando, sendo o rapaz mais encantador que ela vira na vida. Desde sempre. Foi tudo que conheceu. Então, nunca pôde ter certeza, mas agora, com a dor que sentia, devia realmente ter se apaixonado por ele. Não poderia doer assim se não fosse real. E ainda iria doer muito.

<hr />

Depois que o tio já havia sido examinado e não havia mais o que fazer lá, Ingram partiu. Antes que desejasse matar mais alguém. Mas, quando voltou a Arwood, não foi direto para a entrada, ele levou o cavalo pela trilha, cortou para o meio das árvores e saiu bem perto de onde Harwood ia passar seu tempo ao ar livre.

— Não está retornando tão tarde por causa de um lanche de comemoração, não é? — indagou Eugene, assim que seu amigo desmontou e se sentou na cadeira ao seu lado.

— A pobre garota está destroçada. Aquele patife. Ele podia ao menos ter sido mais respeitoso.

— Sei que a Srta. Durant resistirá. Ela não é mais uma garota, mas estava presa a muitos itens de sua infância. E, assim que se reerguer, vai ser uma adulta formidável.

Ingram soltou o ar. Achava que sua prima ainda ia sofrer muito antes de dar esse capítulo por encerrado. E seria ainda pior se essa história se espalhasse.

— Você sabia, não é? — perguntou ele.

— Eu não comecei a ver o futuro quando fui atingido por aquela explosão. Lamento decepcioná-lo — disse Eugene, com certo sarcasmo.

— Você sabia que o rapaz não ia aparecer e que aquele maldito conde ia ser o rato mais ignorante dessas terras. Assim como sabia que eu ia dar um tiro nele.

— Até que não erro muito nas minhas deduções, e isso me ajudou a voltar vivo para casa. Nesse caso, o pior cenário parecia muito claro quando olhei para a Srta. Durant, molhada e suja de lama em minha sala, e você me contou que o caráter desse rapaz não parecia dos mais limpos. Tenho certeza de que nenhum de nós deixaria uma moça voltar para casa sozinha naqueles termos. Eu apareceria na porta dela, à frente do seu pai, mesmo que coberto de lama da cabeça aos pés, para lhe assegurar de que resolveríamos a questão assim que eu me limpasse.

Ingram assentiu tristemente. Era exatamente isso que ele faria, mas, naquelas circunstâncias, ele ainda acreditou que o rapaz era tolo demais para isso e deixaria para voltar no dia seguinte.

— Você é um maldito, Harwood. Poderia ter me contado o que achava. Não sei em que ajudaria, mas eu teria chegado lá com o dobro da desconfiança.

— Não ajudaria em nada. Acredite. Eu mesmo tive esperanças. Mas fico feliz de ter evitado que se tornasse um assassino foragido. Ainda preciso dos seus serviços. Aliás, será bom que vá esfriar a cabeça. Visite o duque para mim.

— O seu pai? — Ingram franziu muito o cenho. Até onde sabia, Eugene e o pai não estavam em bons termos. Ainda mais porque seu irmão mais velho ainda não o perdoara e estava mais irritado ainda porque achava que seu irmão mais novo não estava tomando as providências adequadas para assumir a herança em seu lugar.

— Não há muitos duques para quem preciso enviar um mensageiro pessoal ao invés de uma simples carta.

— Seria melhor se fosse vê-lo — opinou Ingram. — Assim que puder fazer viagens longas sem tanto desconforto.

— Isso pode demorar um pouco. — Eugene desviou o olhar. — Ou jamais acontecer.

— Vai acontecer. Sabe o que também poderia fazer?

— Eu sei que vai me dizer, mesmo que eu seja contra.

— Chame-o aqui. Isso só está causando sofrimento. Eu tenho certeza de que, por baixo daquela carapaça dura, o duque quer ver o seu filho.

— Ele não pode se afastar do meu irmão agora. Oscar pode... partir logo. E

Encontre-me ao Entardecer 67

já que não deseja me ver, que tenha nosso pai ao seu lado.

— Ele viria. Seu irmão não partirá agora.

Eugene apoiou a bengala e prensou os dentes, deixando escapar um gemido de dor quando apoiou sua perna em recuperação.

— Diga ao duque que vou voltar a andar — anunciou ele. — Sozinho.

Ingram sorriu, ao menos uma boa notícia para o dia. O velho duque ficaria feliz em saber, e Oscar também, até porque um dos motivos de ele não perdoar o irmão era por achar que ele sacrificara sua vida e sua capacidade de andar para salvá-lo. Mas, na verdade, os dois herdeiros nunca deveriam estar em campo ao mesmo tempo. Um deles deveria ter ficado. Agora ambos estavam com sequelas da guerra, um não duraria tanto quanto deveria e tampouco tinha condições de ter um herdeiro. E pensava que o mesmo destino estava reservado ao seu irmão mais novo.

Eugene, cabeça-dura como também era, não quisera mandar novidades sobre sua recuperação.

— Você já está andando.

— Eu realmente seria o sucesso dos bailes ao entrar lá gemendo e rangendo, suando pelo esforço, pálido de dor e sem dobrar uma das pernas. Seria o melhor dançarino da quadrilha — comentou Eugene, com seu sarcasmo em dia.

Ingram percebeu que naquela manhã ele estava bem, mas agora o efeito já diminuíra, então, puxou as rédeas do cavalo e foi para o lado dele, no caso de precisar evitar que caísse. Eugene era um homem grande, não era fácil manter o equilíbrio sobre a grama, ainda mais quando sentia dor e tinha de tirar completamente o peso da perna direita. Acabava tombando para o lado esquerdo se não tomasse cuidado. Afinal, o gramado não era regular como o piso da casa.

— Poderia inaugurar um novo estilo de dança — brincou Ingram, que já não se abalava com o humor mordaz que Eugene apresentava ao fazer pouco de si mesmo. — E você já está quase dobrando o joelho.

— Não sem ir à lua e voltar — lembrou Eugene, pois tentar dobrar a perna era o pior momento de dor que sentia, parecia que estava sendo perfurado por estilhaços outra vez.

— Vamos trabalhar nisso. Chame o médico, ele disse que queria ver qualquer novidade.

Capítulo 7

Eloisa só teve coragem de sair de casa uma semana depois. O simples ato de ir ao jardim trazia lágrimas aos seus olhos. Então, ela preferiu evitar. Porém, sua natureza pedia que respirasse ar fresco, era uma pessoa ativa, gostava de sair e caminhar. Ficar aprisionada dentro de casa só a entristecia. Mas sair para andar por aí sem um propósito certo também lhe trazia memórias dolorosas. No primeiro dia, ela se viu chorando embaixo de uma árvore, escondida, para ninguém ver e ela voltar a se sentir humilhada.

Quando tornou a sair, dois dias depois, foi apenas porque tinha uma "novidade" para investigar. Segundo sua tia, Ingram estava de volta. Isso a fez lembrar que não recebeu notícias de Harwood e gostaria de saber se ele continuava se recuperando. E se ainda passava parte de seu dia sentado ao ar livre.

Dessa vez, ela chegou a Arwood bem antes do entardecer e sequer pensou em ir bater à sua porta, apenas procurou para ver em que local do jardim ele estaria. Nesse horário, ele já devia estar do lado de fora, apesar disso, parecia que sua onda de sorte havia acabado completamente; ela ia ter que bater à porta.

Após subir os degraus da casa, Eloisa bateu com hesitação, ciente de que estava fazendo uma visita desacompanhada a um homem solteiro. O fato de seu primo morar ali atenuava a situação, se ele estivesse em casa. E também era uma visita inesperada, o que nada contribuía para o quadro. Era diferente quando apenas se sentava ao lado dele no jardim.

A verdade é que ela não conhecia Eugene intimamente, apenas tinha relações com ele porque sempre foi amigo de Ingram. Quando ele partiu para o exército Real, tinha dezoito anos e ela estava comemorando doze. Ele voltou em algumas ocasiões e, da última vez, foi por pouco tempo, em uma licença ao subir de patente. E logo depois partiu para a guerra, onde esteve nos últimos anos e foi promovido a Lorde tenente-coronel alguns meses antes de se ferir, enquanto ela estava ali, protegida das notícias da guerra, e, para falar a verdade, não se interessara tanto assim pelo assunto.

Encontre-me ao Entardecer 69

Era uma garota, não lhe encorajavam a se preocupar com guerras, política e assuntos relacionados. E, afastada de tudo ali no campo, possuía outras preocupações. Fazia pouco tempo, após o retorno de Napoleão, que ela passara a se interessar pelo assunto por conta própria. Pegava o jornal que chegava para o pai e procurava livros diferentes na biblioteca, leituras mais maduras. E conversava com a tia sobre assuntos atuais, já que Rachel foi esposa atuante de um diplomata e achou ótimo quando a sobrinha descobriu seus próprios interesses.

Eloisa esteve tempo demais ocupada com seu pequeno e seguro mundinho no campo e sonhando com sua primeira temporada e com o amor de Tommy. Agora que estava amadurecendo, entendia como as pessoas mudavam tanto em tão pouco tempo. Muitas vezes, escutou comentários sobre mudanças bruscas em comportamentos alheios. E ela, ingênua como a garota que era, achava impossível alguém mudar assim. Em sua cabeça, seria como se ela, de um dia para o outro, não quisesse mais passear ao ar livre ou conversar com Georgia, rir de Kit e sorrir tolamente para Tommy.

No momento, ela não queria fazer nada disso. Sentia que, em pouco tempo, antes do que planejara, acabaria mudando. Mas se recusava a sacrificar os amigos. Ela só precisava de mais um tempo para sarar, pois Georgia e Kit lhe traziam muitas memórias amargas. E ela estava cansada de se sentir miserável.

— Srta. Durant, que surpresa vê-la aqui — disse a Sra. Darby ao aparecer à porta.

— E em perfeito estado — comentou Eloisa.

Aquele dia já parece ter ficado num passado muito distante. Por favor, venha comigo.

— Eu pensei em visitar o meu primo... mas, se não for incômodo, gostaria de saber também como Lorde Eugene está passando.

— Nenhum dos dois está aqui dentro agora — respondeu a Sra. Darby, franzindo o cenho para tal coincidência. — Seu primo foi exercitar os cavalos, mas Harwood está na varanda.

— Não o vi... — Eloisa murmurou, já considerando voltar outra hora.

A Sra. Darby deu meia-volta e atravessou para a sala lateral, mostrando a ela o caminho. Eloisa não poderia tê-lo visto, pois, ao invés de no gramado, naquele dia, ele estava sentado na varanda na lateral da casa; era fácil chegar ali ao sair pelas portas francesas. Ele não as escutou de imediato, havia um livro ao seu lado, mas Eugene olhava para longe e sua mão direita estava sobre sua coxa, não apenas descansada ali, era como se segurasse algo. Talvez fosse um incômodo, Eloisa não poderia saber.

Porém, a decisão de partir antes de ser vista ficou fora de suas mãos quando ele escutou os passos sobre a madeira e as olhou. Assim que a viu, as sobrancelhas dele se ergueram, mas foi o único sinal que sua face demonstrou. Resignada, ela se aproximou.

— Desculpe incomodá-lo. Eu vim ver meu primo, mas também...

— Está com pressa? — interrompeu-a.

Ela não esteve olhando para ele, havia parado ao seu lado como uma pessoa que estava a ponto de ser repreendida e começou a falar como se tivesse pouco tempo para dar sua explicação antes de receber o sermão.

— Não.

— Então respire enquanto fala. E também tem permissão para sentar. Está parecendo um soldado com medo ao entregar um relatório tão assustador que mal pode se mover.

Eloisa ficou em dúvida se ele havia feito uma piada, mas passou à frente dele e se sentou no outro canto do banco que ele ocupava. A verdade era que, desde a manhã do pior dia de sua vida, ela vinha se sentindo assim, pronta para levar um sermão por tudo que fez, e isso incluía sua tolice.

— Por favor, retome — pediu ele.

Apesar de tudo, ela ainda achava que ele tinha um jeito engraçado de falar. Assim como um tom altivo e certas vezes beirando o ultraje do formal. Exatamente como devia ser quando um soldado vinha lhe passar o relatório. Eugene definitivamente precisava voltar aos salões e ao convívio social para ser novamente "amaciado".

— Como dizia, eu soube que meu primo voltou.

— E veio ver se ele está em perfeito estado — completou ele, porque, em geral, não era dado à enrolação, mas ela lhe dava vontade de apenas escutar e aí mesmo que ele resolvia terminar o raciocínio.

— Também. — Ela não parecia incomodada com as interrupções dele. Simplesmente retomava o assunto a partir daí. — Mas, na verdade, eu vim ver se o senhor está em perfeito estado.

Encontre-me ao Entardecer 71

Dessa vez, ele apenas virou o rosto para ela.

— Como está passando, milorde? Desejo muito que tenha melhorado desde nosso último encontro — continuou ela.

— Sim, obrigado pela consideração.

— Melhorou ou não?

— Eu disse que sim.

— Não, o senhor apenas agradeceu minha consideração em perguntar.

— Não seja irritante.

— Seu humor está ruim?

— Na verdade, estou surpreendentemente bem.

— Então por que está sentado aqui e não no gramado?

— Sabia que, lá nas festas que frequentará, as pessoas em geral não apreciam moças irritantes e tampouco intrometidas?

Ela sentiu vontade de sorrir, mesmo que aquilo fosse uma reprimenda. Para sua surpresa, não estava mais arrependida ou envergonhada por ter ido até ali incomodá-lo. Ao menos não até voltar àquele assunto.

— Eu ia lhe trazer doces, mas lembrei que o senhor está amargo demais para apreciá-los.

— Eles também não apreciam jovens dadas a alfinetadas.

Ela abriu um sorriso; não podia acreditar que estava sorrindo. Subitamente, como a completa tola que agora tinha certeza de que era, logo após aquele sorriso, as lágrimas começaram a descer. Eloisa jamais poderia explicar o motivo, foi instantâneo. Era a primeira vez que sorria desde aquela manhã em que passou pela maior humilhação e desilusão de sua vida. Será que poderia conter o choro sem que ele notasse? Ainda tinha esperança de que isso acontecesse enquanto tentava secar o rosto e engolir qualquer som quando um lenço de linho branco apareceu à sua frente.

Eugene não estava olhando para ela, apenas estendeu o braço e lhe ofereceu o lenço, dando-lhe chance de se recompor. Ele não sabia o que fazer com uma mulher chorosa ao seu lado, por mais que entendesse o motivo para ela estar tão sensível, e apesar de não imaginar o que poderia ter desencadeado aquela reação.

— Creio que já derramou lágrimas demais por alguém que não honraria sequer uma gota do seu choro — declarou ele, assim que ela pegou o lenço.

— Desculpe... eu não...

— Tudo bem — ele disse mais baixo e, quando falava dessa forma, não parecia em nada com um comandante de regimento.

— Não, não está bem. — Ela secou as lágrimas e se recompôs como pôde. — Eu quero agradecê-lo por me salvar naquele dia, por me receber em sua casa e me deixar ficar até que tivesse dignidade para me apresentar em casa.

— Acredite, senhorita, não foi nenhum esforço. Era o melhor que podia fazer, já que eu mesmo não podia montar num cavalo e ir tirá-la daquela situação desastrosa.

— O senhor nem deveria... Os tolos merecem os seus castigos.

— Nisso eu concordo, mas só porque os erros são os melhores mentores. Além disso, não a acho tola.

— Ah, por favor.

— Somos todos tolos quando nos apaixonamos. Espero que descubra isso de uma forma mais vantajosa e com alguém merecedor.

— Não vou me apaixonar outra vez.

— Agora está sendo tola.

— Oras e por quê? — Ela amassou o lenço nas mãos e as descansou sobre a saia do vestido.

— Porque é uma garota, tudo que conhece está aqui e acabou de ter a primeira desilusão de sua vida. Foi doloroso, não duvido. Mas sei que ainda precisa viver muito mais para dizer tal coisa e estar falando sério. E, mesmo quando estiver, ainda será tola. Não podemos controlar nossos corações estúpidos.

Eloisa ficou em silêncio por um momento, apenas olhando para as mãos, onde ainda segurava o lenço dele.

— O senhor havia dito que eu era uma adulta e devia ser tratada como tal. Agora que provei ser uma boba, fui rebaixada de volta à infância?

— Ainda acho que é uma adulta, mas conheço vários adultos que nunca conseguiram amadurecer de fato. E antes, parecia não conseguir se decidir sobre ir ou voltar. Acredito que agora já tomou sua decisão.

Eloisa não sabia se havia tomado decisão alguma, mas, depois do que aconteceu, ela queria seguir em frente e nunca mais ser uma boba, acreditando

Encontre-me ao Entardecer　73

cegamente em alguém que deu várias pistas e ela nunca quis ver. Seria mais esperta, não queria mais aquela ingenuidade cega. Algo lhe dizia que teria de amadurecer em pouco tempo.

— Já se apaixonou?

— O que eu lhe disse sobre moças intrometidas?

— Mas sabe tudo sobre a minha desgraça!

— Não foi lhe perguntando que eu descobri.

— Está me incentivando a investigar sua vida? Estou mesmo precisando de passatempos. Assim aproveito e descubro também sobre o meu primo. Titia vai adorar saber se há alguma nora em vista.

— Senhorita Durant. — Agora ele apoiou as duas mãos nas coxas e a olhou seriamente. — O que foi que eu lhe disse sobre eu estar destratando as pessoas?

Ela prensou os lábios e moveu o olhar para suas mãos. Por incrível que parecesse, ele não conseguia intimidá-la. Então, por mais sério que quisesse parecer para ver se a afugentava, ela continuou sentada ali e, na verdade, entendia o que se passava com ele.

— Não está se sentindo bem hoje, não é? Por isso não foi caminhar para longe da casa — comentou ela, acertando.

Eugene se recostou e voltou a olhar para frente. Ela podia ver seu maxilar tensionado. Ela reparou, pela primeira vez, que ele tinha os contornos do rosto muito bem delineados, em ângulos rígidos, bem diferentes do rosto delicado e em formato de diamante que ela apresentava. E seu cabelo cortado tão baixo, ainda resquício do corte que ele usava na guerra e da necessidade que teve de raspar o cabelo para fazer curativos na cabeça, só ajudava a deixar seus atributos ainda mais destacados.

— Correndo o risco de ser intrometida, há algo que eu possa fazer pelo senhor?

— Seu primo está retornando, vá conversar com ele antes que eu esqueça que está sensível demais para ser destratada. Não a quero chorando outra vez.

Ela desviou o olhar para o mesmo ponto que ele observava e viu Ingram retornando com dois cavalos, montando um e fazendo o outro segui-lo. Eloisa ficou de pé e estendeu o lenço para Eugene.

— Fique com ele. E, quando for derramar mais lágrimas, lembre-se que não deve gastá-las com algo que está abaixo de você.

Ele se levantou, apoiando boa parte do peso na bengala e, pela sua expressão compenetrada, Eloisa teve certeza de que hoje era um daqueles "dias doloridos", como descrevera o seu primo. Eugene mancou pelas portas de vidro que ficavam bem ao lado do banco, e ela desceu os degraus para ir encontrar Ingram.

<hr />

Alguns dias depois, Eloisa finalmente saiu para se encontrar com os amigos que ainda tinha. Por enquanto, ela não gostava mais do parque. O local havia perdido completamente o brilho aos olhos dela. Assim que desmontou, prendeu seu cavalo e avançou pelo jardim dos Burnett.

— Até que enfim! Eu já estava preocupado! — Kit foi para perto dela e ia abraçá-la, mas parou no meio do movimento e abaixou os braços, segurando suas mãos enluvadas de forma bem casta. — Ah, bem... creio que isso não é mais apropriado para pessoas da nossa idade. Mas estou muito feliz por ter voltado, achei que não sairia mais de casa.

Eloisa lhe lançou um olhar emocionado, soltou as mãos dele e o abraçou.

— Obrigada — disse ela, afastando-se dele.

— Por quê? — Kit franziu as sobrancelhas ruivas daquele seu jeito de quem não entendia certas coisas com facilidade.

— Por estar aqui.

Georgia se intrometeu entre eles e a abraçou, sem precisar hesitar como o primo.

— Eu também estou aqui! Você me deixou tão preocupada. Se não viesse ao nosso encontro hoje, eu juro que iria invadir sua casa.

Eles se sentaram em volta de uma das mesas do jardim para compartilhar o lanche da tarde e ficaram em silêncio enquanto Georgia servia limonada.

— Não é a primeira vez que saio, eu já fui até Arwood.

— Ir ver o seu primo não conta — rebateu Georgia.

— Na verdade, fui ver Lorde Eugene. Eu queria saber como ele está. E agradecer por me ajudar naquele dia.

— Ele já voltou a andar? — perguntou Kit, antes de encher a boca de bolo.

Georgia bateu com o guardanapo na mão dele e o impediu de comer mais bolo. Kit mastigou, franziu o cenho para ela, mas, assim que engoliu, um sorriso foi aparecendo no rosto dele enquanto seus lábios continuavam cerrados.

Encontre-me ao Entardecer 75

— Ele não parou de andar totalmente — explicou Eloisa. — Mas estava sentindo muita dor e dificuldade para se locomover. Agora já sai para o gramado.

— É bom saber disso — disse Kit.

Georgia enrolou no dedo uma mecha solta de seu penteado e ficou mexendo com a colher em sua limonada.

— E o Sr. Hampson... — Ela pausou, usando o tom de pouco interesse. — Espero que também esteja se recuperando bem.

— Ah, meu primo está bem. Seu ferimento no braço já ficou bom. Nunca mais o vi reclamando de dor — explicou Eloisa, animada ao falar de Ingram.

Kit estreitou o olhar para Georgia e cruzou os braços; até parou de comer bolo.

— Você sabe que ele está bem, para que perguntar? Ele não estava lá naquele dia? Parecia em ótima saúde para mim. — Ele alternou rapidamente o olhar entre elas.

— Não me custa perguntar... — Georgia soltou o cabelo e se aprumou antes de encará-lo. — E o que você tem com isso? Eu sou educada, o Sr. Hampson sempre me tratou muito bem. Gosto de saber que ele está bem de saúde, já que Lorde Eugene ainda está lutando em sua recuperação.

Eloisa sorriu levemente ao ver Georgia corar ao mesmo tempo em que se defendia. Ela estava achando muito cômico que a amiga lançasse o olhar para o seu primo. Apesar de não saber se haveria qualquer chance entre eles.

— Você o viu, que outra prova precisa? — teimou Kit, que nunca foi muito favorável ao interesse da prima em qualquer rapaz, mas, como ali isso não era algo que acontecia com frequência, não precisava se preocupar.

— Não sou sem educação como você — devolveu Georgia.

— Agora só me falta você ir fazer visitas também. — Ele pegou um biscoito e mastigou com muito mais energia do que o delicado quitute precisava.

— Vocês querem parar de implicar um com o outro? — Eloisa tentou intervir, mas os dois a divertiam.

— E por que não? — Georgia colocou as mãos na cintura, mesmo estando sentada. — É o que fazemos por aqui. Todos se visitam. E eu ainda não fui visitá-los. Claro que precisarei de uma acompanhante, pois não tenho relações familiares, mas...

— Eloisa não é uma acompanhante! — Kit disse alto.

— Claro que sou! — Eloisa respondeu mais alto.

— Claro que é! — brigou Georgia.

— Não é, ela é prima dele, não conta!

— Claro que conto! Já tenho idade para ser uma acompanhante adequada.

— Nada disso, só se eu for junto — teimou Kit.

— Você não vai! — as duas disseram em uníssono.

— Vocês não decidem isso. — Ele cruzou os braços outra vez.

— Não se meta nos meus assuntos, Kit! — Georgia declarou em tom de aviso.

Agora ele até se inclinou para ela.

— E que assuntos seriam esses, hein? — O tom dele era pura desconfiança. — Não me diga que está querendo chamar a atenção do Sr. Hampson... Você?

Pronto, agora Kit tinha arrumado um problema.

— Como assim "eu"? O que você quer dizer com isso, Christopher? — Georgia estava profundamente insultada, mesmo que não fosse novidade nenhuma. Toda vez que ela e Kit se desentendiam, ela parecia muito insultada em algum momento. — Está insinuando que não sou bonita o suficiente para que alguém como o Sr. Hampson olhe para mim? Ou que minha posição social não o atrairia só porque ele será um barão?

O choque ficou estampado no rosto de Kit. Ele com certeza achava sua prima atraente o suficiente para atrair rapazes, tanto que sempre ficava de olho nos poucos com quem tinham contato. Georgia era uma graça, não era muito baixa, mas Eloisa acabou crescendo mais do que ela. Tinha o cabelo castanho como amêndoas, com alguns fios naturalmente mais claros. Um nariz pequeno e fofo, e adoráveis olhos verde-escuros. Seu rosto tinha formato de coração e seus lábios eram tão bem desenhados que pareciam pintados.

Ela podia não ser uma beldade padrão, mas era tão adorável que recompensava qualquer traço de sedução que lhe faltasse. Não dava para imaginar Georgia seduzindo alguém, mas ela era geniosa; mesmo Kit tendo duas vezes o seu tamanho, ela estava ali pronta para lhe dar um soco. Assim que amadurecesse um pouco mais, tanto em seus traços como em seu comportamento, ela seria uma bela dama. E o mesmo podia ser dito de Eloisa: em breve, ela iria adquirir

Encontre-me ao Entardecer 77

o charme e a fineza necessários, ao menos quando fingisse ser uma dama comportada da sociedade.

— Pelo amor de Deus, Georgia! Eu não pensaria algo assim de você — ele se defendeu.

— Mas foi o que disse! — Ela voltou a se exaltar.

— Na verdade — intrometeu-se Eloisa, querendo impedir uma grande briga. Era muito chato quando os dois brigavam de verdade, porque podia durar até uma semana. E, nesse caso, Eloisa acabava ficando de intérprete ou tendo que sair com eles separadamente. — Eu acho que ele quis dizer que, por ser minha amiga de infância e por consequência também conhecer o meu primo desde nova, Ingram nunca a veria como uma pretendente, mas sim como a minha eterna melhor amiga.

Os dois ficaram olhando-a enquanto ela explicava e, com o olhar que Georgia lançava, Eloisa terminou a frase com um tom de interrogação.

— Isso! Foi exatamente isso! — exclamou Kit, achando estar salvo.

Georgia não parecia tão satisfeita assim, mas voltou a se recostar e pegou novamente a limonada.

— Isso é ridículo, não nos vemos há muito tempo. Ele esteve na guerra, e eu não sou mais uma criança. Também não sou sua prima, como Eloisa. Devo ser tratada como qualquer jovem de seu conhecimento. — Ela empinou o nariz.

— Claro... — disse Eloisa, e chutou Kit por baixo da mesa.

O problema era que Kit não sabia quando pegar uma deixa para concordar só para encerrar o assunto.

— Por acaso está interessada nele? Devo contar à sua mãe que está querendo ir à casa de um homem solteiro apenas para chamar atenção para o fato de que está adulta e já pode ser cortejada?

— Christopher! — Dessa vez, Georgia ficou de pé. — Não se atreva! Se disser uma coisa dessas à minha mãe, eu te mato! E corto relações com você!

Eloisa soltou o ar e pegou um biscoito. Lá iam eles novamente. Ela acabou sorrindo. Se isso era começar a esquecer, então estava adorando. Talvez não fosse doer eternamente como pensou.

Assim que terminou de ler a carta que chegou pelas mãos de um mensageiro,

Eugene convocou Ingram ao seu gabinete. Ele pretendia que esse fosse seu último trabalho relacionado ao exército inglês, ou melhor... à inteligência inglesa. Na verdade, seu irmão mais velho que trabalhara para eles. Mas agora ele não tinha condições para nada e Eugene aceitou o trabalho de terminar suas últimas pendências.

Oscar, irmão mais velho de Eugene, nunca serviu para trabalhos complicados que exigissem muita habilidade física. Então, ele recebia, repassava e conseguia informações. Quando se meteu a lutar, acabou quase morto, e agora estava numa cama e, em breve, sairia de lá, mas direto para um caixão.

Quando achou que estava morrendo, Oscar confessou o segredo de sua vida ao irmão e lhe pediu para terminar seus trabalhos pendentes, pois era importante. Ele não queria morrer e deixar isso para trás. Eugene lutou em batalhas reais, sempre soube da inteligência inglesa, mas eles eram como uma lenda. Você sabia que existiam, trabalhavam o tempo todo e, numa guerra, conseguiriam informações cruciais. Mas ninguém via essas pessoas.

Foi uma infeliz coincidência eles acabarem em campo no mesmo país, pois o pior aconteceu quando Eugene voltou para salvar o irmão. Agora Eugene estava terminando algo para o qual não foi treinado nem sua saúde permitia, mas esperava que nunca mais tivesse de se envolver nisso. No entanto, ser um soldado ferido e impossibilitado de sequer deixar sua propriedade era um disfarce e tanto. Pena que era real.

— Em que posso ajudar? — perguntou Ingram.

Eugene estava terminando de escrever algo complicado, pois olhava um papel velho o tempo todo enquanto escrevia. De longe, Ingram não entendeu muito bem o que era aquilo. Quando terminou, ele enfiou o tal papel no seu bolso interno, selou a carta, dobrou e também selou outra folha. Pegou a mensagem que recebeu e jogou no fogo, o papel caindo lá como uma bola e começando a queimar rapidamente.

— Leve isso ao duque de Hayward, em sua propriedade. Fica a cerca de um dia de viagem daqui, mas deve parar e descansar. Não abuse do seu estado. Entregue apenas nas mãos dele. Ele deve estar lá nessa época do ano, mas, caso não esteja e lhe informem onde é possível encontrá-lo, vá até lá.

— Você não disse que o único duque que conhecia o suficiente para mandar um mensageiro com uma mensagem pessoal era o seu pai?

— Você não vai lhe dizer nada além de informar que eu o enviei. — Eugene empurrou os papéis sobre a mesa. — Ele vai ler, espere até que termine. É provável que o dispense ou lhe dê outra mensagem para levar até outro ponto. Faça o que ele disser. E depois retorne para cá em segurança.

Ingram pegou os papéis e apenas os olhou, mas não perguntou nada, enfiando todos no bolso interno do paletó.

— Se acontecer qualquer coisa no caminho, queime os papéis, engula-os ou algo similar. E vá para um local seguro, dependendo de onde estiver mais perto. Depois avise que a rota foi comprometida. Se desconfiar de algo e preferir ler e memorizar, as palavras não farão sentido algum. Mas é só repetir.

— Está me colocando nisso porque eu lhe disse que queria continuar servindo mesmo que não possa mais suportar o campo, não é?

— Não sei do que está falando. — Eugene balançou a cabeça. — Eu iria, mas sabe que não posso montar, ainda mais por tanto tempo.

Ingram franziu o cenho para ele e apenas deu uma batidinha sobre o peito, onde escondera os papéis.

— Não seria melhor me dizer para ler e memorizar?

— Eles não fazem sentido algum. Estão em código. Só faça isso numa emergência.

— Tem certeza de que isso não é uma missão?

— É apenas uma mensagem amigável para meu companheiro de guerra, o duque de Hayward.

— Nunca lutamos com ele — lembrou Ingram.

— Eu sei. Essa será a última vez — respondeu, dando a entender que não diria mais nada.

Ingram partiu em sua missão no dia seguinte, quando mal havia amanhecido. Eugene gostaria de já estar recuperado o suficiente para ir, mas tinha que se contentar em permanecer ali, caminhando todo dia e usando sua teimosia para não voltar para a cadeira a cada pontada de dor. Ele ia conseguir e, em breve, poderia voltar a montar, viajar e até caçar. E reconquistaria sua independência. Para um homem tão ativo, era terrível ficar preso ali, suando para andar até o banco no meio do jardim, precisando pedir ajuda e contando com os serviços do seu amigo até para visitar o pai.

Capítulo 8

Rachel estava nervosa, desconfiada das intenções do irmão. Ele era muito cabeça-dura e, quando tomava uma decisão e achava que seria para o bem de todos, era impossível tirar da mente dele. Na maior parte das vezes, essas "decisões" só lhes colocavam nas mais inacreditáveis e inapropriadas roubadas. E a melhor parte era que ele sempre arrumava um jeito de sair como o menos prejudicado de tudo que decidia.

E foi pensando nisso que Rachel ajudou sua sobrinha a se vestir e a levou para o gabinete do pai, pois lá vinha uma nova decisão. Elas entraram e se sentaram. Lorde Perrin parecia ainda mais redondo atrás de sua mesa. Ele fez um verdadeiro esforço para se levantar e tentar colocar um olhar sério naquele rosto circular. Eloisa estava temendo que ele fosse cancelar a sua ida à temporada londrina, como se ela já não tivesse sido castigada o bastante. Mas ela jamais poderia imaginar o que ele disse.

— Você vai se casar — informou Martin.

— Perdão? — Eloisa com certeza havia escutado errado.

Porém, Rachel ficou de pé imediatamente, pois já conhecia o irmão muito bem.

— Você não fez isso, Martin! Eu não acredito que, depois de tudo que se passou nessa casa, você pôde fazer uma coisa dessas!

— Não use esse tom comigo — ele avisou à irmã. — Foi exatamente por tudo que aconteceu aqui que eu dei meu jeito de arrumar essa confusão. Você pode me agradecer depois.

— Agradecer? — Rachel era bem-educada demais para gritar, mas todo mundo tem seus momentos de revolta, e ela estava no seu.

Agora foi Eloisa quem ficou de pé, ainda incrédula demais.

— Papai... como o senhor... Com quem eu vou me casar? Não me diga que...

Era de dar pena. Por um momento breve e frágil, os olhos dela se acenderam. Sim, ainda estava recente demais, e o coração de Eloisa não se recuperara. Aquele

Encontre-me ao Entardecer 81

sentimento que ela gostaria de negar que sentiu ainda vivia ali. Ela imaginou que o pai — por mais que fosse extremamente improvável, ainda mais vindo de Lorde Perrin, que pouco se esforçava — tivesse conseguido consertar a situação com o conde de Brutton.

Assim que percebeu o que pensava, Eloisa se arrependeu, mas já era tarde demais. Sabia que ainda era uma tola por apenas considerar isso.

— Não dizer o quê? Espero que não esteja pensando que ainda vai se casar com aquele maldito rapaz dos Dunn — disse Martin, e escutá-lo falar nesse tom a machucava ainda mais.

— Seu maldito homenzinho inútil! — acusou Rachel. — Não pôde defender sua filha quando ela precisou e agora vai jogá-la para um desconhecido! Sua única filha!

— Preste atenção no seu tom! — Apontou para ela. — Ainda estamos sob o meu teto! Se não está satisfeita, dê meia-volta e retorne para a casa que seu marido lhe deixou!

— Eu só não fui embora ainda por causa dela! — Rachel apertou o braço de Eloisa. — Alguém tinha que se preocupar mais com ela do que em ficar sentado o dia todo comendo e fumando!

— Chega! — Martin levantou a voz e já estava vermelho. Ele mesmo percebeu seu estado e respirou fundo algumas vezes. — Eu lhe arranjei um belo rapaz, filho do visconde de Pratt. Seu filho mais velho, aliás. Vai sair daqui e, mesmo depois de tudo que aprontou, um dia, vai se tornar uma viscondessa. E eu nem sei se merece, pois, do jeito que se comporta, vai aprontar alguma coisa.

— Eu não faço nada de tão errado assim! Cometi um deslize e agora sou a ovelha negra da família? Tudo por um maldito passeio que deu errado? — exaltou-se Eloisa, cansada das acusações; ela já se castigava o suficiente.

— E por ser uma garotinha boboca e desobediente, achando que aquele rapaz ia querer algum compromisso com você. Ele queria usá-la, e acho bom que seja verdade que não levou sua intenção à frente! Eu soube que as pessoas estão falando!

— Papai! — gritou Eloisa, chegando a empalidecer.

— Pois eu garanti que qualquer coisa que ouvissem seria mentira. E que você é casta como no dia que nasceu.

— Você falou sobre isso? — Eloisa parecia a ponto de desmaiar.

— Martin... — Rachel estava tão chocada que não conseguia nem proferir insultos. — Como pôde fazer uma coisa dessas? Você não sai dessa casa, ninguém além dos envolvidos sabe do que se passou aqui. Até o maldito conde ficou de boca fechada. E agora alguém sabe porque você falou! Seu maldito linguarudo!

— Não entrei em detalhes, não sou idiota, mas um homem deve saber com o que pode acabar lidando caso alguém resolva falar. E vocês pensam que não falaram!

— Não há nada para falar! Eu não vou... — começou Eloisa.

O pai levantou a mão, calando as duas, e a olhou bem.

— Sim, você vai. Já esqueceu da humilhação que passou e da vergonha a que expôs essa família da última vez que me desobedeceu?

Eloisa engoliu as palavras e apenas ostentou um olhar magoado. Havia jurado que não ia mais desobedecer e que dali em diante se comportaria como a adulta que era. Rachel agora olhava o irmão com asco.

— Seu chantagista — murmurou a irmã.

Com dificuldade para se mover rápido e sentindo o peso do olhar delas, Lorde Perrin se virou e andou pela lateral de sua mesa, mas não conseguiu mais manter a pose e se virou novamente para elas, apoiando a mão no tampo e declarando:

— Eu vou morrer! — disse mais alto do que planejara. — Será que não conseguem entender? Não adianta nenhuma dessas palhaçadas que esses médicos dizem. Não quero terminar meus dias caminhando pelos corredores, com todas as minhas juntas doendo, e me privando de tudo que gosto, dos doces aos meus charutos. Eu vou morrer! E vai ser em breve. E como eu vou partir e deixar tudo assim?

— Você acha que, quando partir, nós vamos deixar tudo se acabar?

— Eu não vou partir e deixar minha filha dependendo da boa vontade alheia! Eu vou deixá-la casada e com um marido decente, alguém que vai lhe dar uma boa posição! E chega disso, já decidi. Não tenho que dar satisfações! Com o dinheiro que temos e minha outra pequena propriedade, vou lhe dar um belo dote.

— Você comprou um marido para ela?

— Não comprei nada, fiz um acordo. Casamentos são feitos assim, pare de ensinar essas tolices românticas à garota. Eu me casei assim, você se casou assim.

Encontre-me ao Entardecer 83

Mamãe também se casou assim, e nosso pai foi quem a comprou. Então pare com isso. Considero-a culpada por parte do que aconteceu aqui. Se não tivesse apoiado as loucuras românticas dessa menina, não teríamos chegado a esse ponto.

— Ela vai ser infeliz — murmurou Rachel.

— Parem de falar como seu eu fosse uma boneca ou uma criança! Chega, eu já causei mais discórdia nessa família nesse último mês do que todos os conflitos que aconteceram aqui dentro em anos e pelos mais diversos motivos. Chega, vamos resolver isso antes que Ingram volte.

— De forma alguma! — Rachel apontou para Martin. — Ingram é o seu herdeiro, seu velho tonto! Você pode não ter produzido um, mas eu o fiz. E duvido que ele concorde com seu novo plano de contenção.

— Ele não tem que concordar com nada enquanto eu estiver vivo! E não venha jogá-lo contra mim! E você... — apontou para filha — recomponha-se. Tem um noivo para conhecer.

Martin pouco saía de seu gabinete, era capaz até de enviar bilhetes dentro da própria casa. Por outro lado, quando se dispunha a alguma coisa, ele fazia o trabalho completo e, quando usava a ponta de sua pena, não gostava de enrolação.

Eloisa se virou e não foi trocar vestido nenhum, partindo pelo corredor em direção à sala de visitas. Era aí que o plano de Martin falhava. Ele não conseguia andar rápido; as duas mulheres eram muito mais ágeis do que ele. Bem que havia pensado em compartilhar seu plano com Ingram para que o ajudasse, mas então lembrou que o rapaz não havia mudado nada após sua volta da guerra e ia ficar contra ele, pois tinha o péssimo hábito de defender as mulheres, frequentemente arranjando meios de lhes dar alguma vantagem, mesmo quando a situação estava contra elas.

Assim que Eloisa entrou na sala, os dois homens que estavam lá — devidamente servidos de chá e com o mordomo para atender qualquer necessidade sua — ficaram de pé. Rachel veio esbaforida atrás dela e não deixou de notar a situação inadequada em que Martin deixara seus visitantes, desacompanhados na sala de visitas.

— Srta. Durant, é uma profunda felicidade finalmente conhecê-la — disse o mais jovem dos homens, fazendo uma mesura.

Eloisa havia esperado pelo pior, mas sua má notícia era um rapaz bem-vestido e normal. Ele parecia muito com o senhor que o acompanhava, ambos de altura mediana, o mais velho já grisalho. O rapaz que se levantou de sua perfeita reverência tinha o cabelo escuro e grosso, cortado baixo e bem penteado, olhos castanhos adornavam sua face fina e o queixo era idêntico ao do pai. Eram tão parecidos que jamais poderiam negar o parentesco.

No todo, não era um rapaz feio, era saudável e de aparência agradável. A palavra normal era a mais adequada para a descrição, não havia nada de mais nele. É claro que o lado maldoso do seu cérebro lhe lembrou que ele não era bonito como Tommy, mas também não devia ser cafajeste como ele. Assim ela esperava.

As apresentações foram feitas e elas descobriram que estavam à frente do visconde de Pratt e do suposto noivo de Eloisa, o Sr. Charles Gustin.

— Estou encantado, senhorita. — Charles segurou sua mão por tempo demais quando ela superou o choque e se aproximou.

Ela logo quebrou o contato, não o conhecia, então não precisavam se tocar. Mesmo que fosse se casar com ele.

— Desculpem o atraso — pediu Lorde Perrin quando finalmente conseguiu chegar à sala de visitas.

— Estou feliz em vê-lo pessoalmente — disse o visconde. — Achei que só nos encontraríamos no casamento, então preferi vir como companhia do meu filho. Também precisava conhecer minha futura nora. — Sorriu.

Rachel o olhou com desconfiança, achando aquele acordo fácil e rápido demais. Não estavam mais na Idade Média para arranjarem um casamento assim, com noivos que sequer se conheciam. Podiam muito bem ter ao menos dado um baile ou esperado a temporada para fazer uma apresentação formal. O casamento dela também havia sido uma espécie de acerto, mas foi com um homem que teve a oportunidade de conhecer e se entender antes de decidirem noivar.

— Eu também queria conhecê-los pessoalmente, mas ainda teríamos tempo antes de marcar a data. Vamos fazer o anúncio enquanto os noivos têm um tempo para se conhecer — explicou Martin, tentando agradar as duas partes.

Aproveitando a deixa, o Sr. Normal demais para guardar seu nome, pois Eloisa já esquecera o nome do futuro marido, se levantou e lhe abriu um sorriso.

— Gostaria de dar um passeio, senhorita? Passei muito tempo na carruagem e apreciaria esticar um pouco as pernas.

— Não vá muito longe, querida — pediu Martin, só para a filha se lembrar

Encontre-me ao Entardecer   85

no que se metera da última vez que aceitara ir a um passeio. Foi cruel dele lembrar disso agora, mas foi de propósito.

Se tinha passado pela mente dela negar o convite, sua chance terminara. Então, Eloisa se levantou e o guiou para o lado de fora, pelas portas que dariam no jardim. Assim que saíram, Charles lhe ofereceu o braço, e ela, resignada, aceitou.

— Eu vim pela estrada e notei que aqui é muito bonito, eu nunca tinha vindo para esses lados da Inglaterra — comentou ele, só para iniciar a conversa.

— É, não parece, mas os campos são vastos — ela murmurou.

Eles andaram por alguns metros, atravessando o jardim que não era rico em variedades de flores, mas compensava por repeti-las. Havia poucas rosas, eram flores delicadas e, segundo o jardineiro, geniosas demais para crescerem ali.

— É um belo local que tem aqui, senhorita — disse Charles, olhando em volta.

— Não é meu — lembrou ela.

— Bem, é onde mora.

— Sim, mas creio que sabe que ele não vai comigo no casamento — ela tornou a comentar em tom de lembrete.

Charles soltou o ar e tentou levar a situação de forma leve.

— Eu sei disso, senhorita. Conheço bem as nossas leis de herança. De toda forma, cresceu em um lugar muito bonito.

— Imagino que o senhor também, mas a propriedade que vai comigo é bem menor.

— Senhorita... eu sei que ainda precisamos nos conhecer melhor, mas não estamos em nenhum tipo de guerra aqui, imagino.

— O senhor foi comprado.

— Imagine só... — Ele sorriu sem jeito e sem saber o que responder a isso. — É um acerto muito comum, imagino que saiba. Quantos anos a senhorita tem mesmo?

— Não sabe a idade da sua noiva?

— Bem, eu acabei de completar vinte e três anos.

— Não é novo demais para já estar metido em um acordo de casamento?

— Sou o herdeiro, senhorita. Tenho um profundo interesse pelo casamento, para dar continuidade à minha família e seguir o exemplo do meu pai. Ele se casou cedo e aproveitou o companheirismo de minha mãe por anos.

— Ela se foi há muito tempo?

— Ah, não. Está em Londres.

Eloisa franziu o cenho, mas não comentou nada.

— Então o senhor me quer para companheirismo e filhos? Ora essa, e precisava ser comprado?

— Isso é um acerto, senhorita. — Ele continuava sem saber como se portar em relação ao que ela dizia. Não era para ela se comportar assim. Charles estava se esforçando para apresentar seu lado agradável. — Será sua primeira temporada, não é?

— Ainda irei a uma?

— Sei que, no nosso acerto, prometi que, mesmo após nosso casamento, irei levá-la para a temporada. Afinal, quero apresentá-la a amigos e à sociedade.

— Será muito excitante... — ela comentou com profundo desânimo.

— Será sim! — Ele nem pareceu notar sua falta de entusiasmo. — Poderei levá-la a muitos bailes.

Ela não parecia interessada nisso.

— Pensei em me hospedar aqui perto e visitá-la algumas vezes para nos conhecermos.

Agora sim ela reagiu.

— Eu acabei de passar por uma situação muito difícil, não sou uma companhia agradável no momento.

Charles percebeu isso, mas, como era a primeira vez que se encontravam, resolveu ignorar.

— Ah, eu soube por cima... — Ele a surpreendeu ao segurar suas mãos de forma tão abrupta e pouco charmosa que Eloisa ficou mais assustada do que embaraçada. — Quero que saiba que eu jamais me comportaria de tal forma. Caso eu... eu... bem, eu nem sequer iria passear sozinho com uma moça solteira, ainda mais por quem eu nutrisse certo sentimento.

Eloisa recolheu as mãos e ficou apenas olhando-o. Ela já sabia qual seria o problema ali: ficaria extremamente entediada na presença do Sr. Charles Gustin,

Encontre-me ao Entardecer 87

seu futuro marido. Aquela situação ainda parecia tão irreal.

— Porém, quero que saiba que entendo perfeitamente que foi apenas um mal-entendido e que estou disposto a me casar com a senhorita nesse curto espaço de tempo, até porque eliminará qualquer rumor que alguém mal-intencionado possa começar.

Só de escutá-lo falando ela já estava entediada.

— Foi apenas um passeio. O senhor sequer precisava saber disso. Eu gosto de passear com meus amigos, foi isso que aconteceu e a chuva nos prendeu. — Ela sabia que não havia sido "apenas" isso, mas era o que qualquer um precisava saber. — Como éramos amigos há muitos anos e parecia que estávamos nos acertando, minha família acreditou que uma proposta seria feita. E foi só isso que aconteceu.

Ela odiava resumir tudo a uma história tão insípida e, para livrar sua reputação, tinha que limpar o que Tommy fez, aquele crápula mal-intencionado. Assim, para se defender, ela iria eternamente defendê-lo também, mesmo que quisesse acabar com a raça dele e expor sua covardia e total falta de honra.

— Eu entendo, claro que entendo... não tenho moças como amigas, mas sei que muitos conhecidos têm.

Para piorar, o homem ainda achava que estava lhe fazendo um favor.

— Eu não desejo me casar. Prefiro passear pelo campo sozinha pelo resto dos meus dias, ainda estou muito sentida pelo acontecido. Acho melhor que o senhor me dê esse tempo antes do casamento para recuperar meu coração e minha calma e assim honrar os nossos votos. — Estava orgulhosa de si mesma por conseguir ser tão tediosa quanto ele e dizer exatamente o que precisava para se livrar de seu suposto noivo.

— Ah, claro... — Ele parecia desconcertado, aliás, era assim que estava desde que aquela conversa se desenrolara. Quando soube que sua noiva era uma jovem de quase dezoito anos e que vivia no campo, ele imaginara alguém diferente e mais fácil de lidar. Ao contrário disso, era ela quem o deixava nervoso. — Eu terei prazer em lhe permitir esse tempo.

Afinal, o que mais ele poderia dizer? Queria que ela pensasse nele apenas como agradável e compreensivo.

Capítulo 9

Apesar de a conversa para os acertos finais do casamento estar se desenrolando muito bem entre Lorde Perrin e o visconde, Rachel ainda não estava conformada. E não conseguia gostar dessa ideia. Ela sabia o que ia acontecer: Eloisa ia obedecer, já culpada demais por tudo que aconteceu. A sobrinha ainda estava triste e humilhada. E agora queria provar para o pai que era adulta o suficiente para lidar com as consequências. Mesmo que não merecesse. E Martin estava usando isso para conseguir o que queria.

Rachel pediu licença e enviou uma mensagem um tanto desesperada a Arwood, o que teria deixado Ingram extremamente irritado se ele estivesse lá. Ele havia dito que voltava logo. Já fazia dois dias, então devia estar de volta. Porém, a mensagem encontrou apenas Harwood, que foi obrigado a abrir porque Ingram lhe pediu para ficar de olho nas coisas que aconteciam com sua família. O que leu o deixou surpreso.

— Aonde vai, milorde? — A Sra. Darby se movia rapidamente, mas, no momento, ele estava sendo mais rápido do que todas as vezes que ela o viu andando depois que se levantou.

— Mande a carruagem ir me buscar — ele avisou antes de prender sua bengala e montar.

— O senhor está montando! — ela gritou como se tivesse acabado de descobrir o ouro.

— Não, não estou. Finja que não viu isso. Mande a carruagem.

Ele partiu. A distância era bem curta para percorrer a cavalo; se estivesse em bom estado, poderia chegar lá com uma caminhada enérgica. Mas também era algo que não tinha condições de fazer. Ingram não ia gostar nada disso quando retornasse, e ele o mandara em uma missão que devia ser sua, então, o mínimo que podia fazer era não decepcionar seu amigo e ir descobrir que história era aquela que Rachel enviara.

Mas sua rápida incursão não acabaria bem, ao menos não para ele. Estava

Encontre-me ao Entardecer 89

forçando seu joelho, sua perna machucada e sobrecarregando a perna boa. Ia doer muito depois.

— Lorde Eugene Harwood está aqui para vê-la — anunciou o mordomo.

— O quê? — Rachel ficou de pé imediatamente. — Mas ele já está saindo de casa?

Eugene entrou no recinto, andando bem mais rápido do que ela imaginava, mas apoiando-se em sua bengala, porque já abusara demais pelo dia.

— Agora estou, madame. — Ele fez uma mesura curta, pois até abaixar era doloroso agora.

— Mas... Oh, meu Deus! Aconteceu algo com meu filho.

— Não, madame. Ele simplesmente não está, mas sua mensagem era bastante urgente e ele me pediu para cuidar de seus assuntos em sua ausência.

— Oh, não... — Ela se sentou. — Eu estava transtornada quando a escrevi.

Eloisa entrou na sala de visitas. Escutara o cavalo chegando e, agora que as visitas haviam partido, ela não imaginava quem era, mas, se fosse seu primo, era melhor interceptá-lo antes que ele brigasse com o tio.

— Lorde Harwood! — Ela veio rápido demais para perto dele. — O senhor veio até aqui. Mas...

O mordomo havia se retirado para informar da visita ilustre ao barão, e era tão espantoso que Lorde Perrin até conseguiu andar mais rápido.

— Meu Deus, o senhor está de pé! Mas que notícia maravilhosa! — exclamou Martin, aproximando-se

— Milorde, enviei seu sobrinho para resolver questões importantes e, na ausência dele, fui incumbido de atender às demandas de sua mãe — explicou Eugene, indo direto ao assunto.

— Rachel! — Martin se virou para ela. — O que foi que enviou para Ingram? Está jogando-o contra mim outra vez, não é?

— A questão é... — interrompeu Eugene. — O que posso fazer para livrá-lo de uma ideia tão absurda antes que o seu sobrinho retorne?

— Não é uma ideia, milorde — disse Rachel. — Ele fez o que relatei. Não com tantas exclamações e nem da forma explosiva que escrevi, mas fez.

— Titia... — Eloisa chegou mais perto de Eugene. — O senhor quer se sentar? Não devia ter cavalgado até aqui. — Ela olhou para baixo, preocupada com o que a visita poderia causar a ele.

— Responda, Lorde Perrin. Que ideia mais estapafúrdia foi essa? — perguntou Eugene.

— Foi pelo bem de nossa reputação — resumiu o barão.

— Sua ou de sua filha? — Ele estreitou os olhos, desconfiando daquela história.

— O senhor não sabe o que se passou... — começou Martin.

— Muito pelo contrário. O senhor sabe muito bem que a senhorita Durant não veio direto do parque para casa.

— Eu devia ter desconfiado que... Ah, que vergonha! — Martin tampou o rosto com a mão rechonchuda.

— Eu tenho um noivo agora, milorde — informou Eloisa, e ela era a face do desânimo ao dizer isso. — Creio que... bem, será em breve.

Harwood olhou bem para Martin, e isso fazia muito mais efeito do que se fosse o seu sobrinho ali, lhe lançando aquele mesmo olhar. O barão tinha o péssimo hábito de prezar demais a opinião alheia, especialmente daqueles acima dele socialmente ou hierarquicamente. Para ele, era como ser censurado pelo duque em pessoa, mesmo que só tivesse encontrado o pai de Eugene duas vezes na vida.

— O senhor parecia um bom homem, um pai zeloso e compreensivo. E subitamente sucumbe ao medo de mancharem uma reputação que sequer usa, pois nunca sai daqui. Sacrifica sua própria filha em nome de algo que não tem o menor valor e não fará diferença em sua vida. Apenas por estar com medo do que as pessoas da igreja local, a mesma que o senhor não se dá ao trabalho de frequentar, irão dizer ao saber do suposto acontecido. Estou disposto a usar qualquer influência que possa ter para desmentir tudo. Irei pessoalmente e ajudarei de outras formas, se o senhor se dispuser a usar a força de vontade que ainda tem para não procurar o meio mais fácil de se livrar de sua filha — ofereceu Eugene, surpreendendo a todos.

Eloisa achava que o pai estava parecendo um garoto que foi pego no flagra, o que era inaceitável para alguém da sua idade. Ele prensou os lábios e levantou a cabeça subitamente.

— Eu não posso! Eu fechei o acordo. Fiz um acerto em meu nome! Como posso desfazer? Seria então a minha honra a ser manchada!

Encontre-me ao Entardecer 91

— E a honra que precisa manter à frente de sua família? Quando seu sobrinho voltar, vai perder completamente o respeito pelo senhor — lembrou Eugene.

Isso parecia fazer muito efeito em Martin, afinal, Ingram era o filho que ele não teve, era seu herdeiro. Por outro lado, Eloisa era sua filha única, ele tinha que dar um jeito de encaminhá-la, e precisava confessar que, em sua mente, ela também representava um impasse. Se continuasse ali, ia criar mais problemas, e ele tinha medo de que o maldito rapaz dos Dunn retornasse e ainda a encontrasse ali. Martin não confiava na filha para se manter longe dele.

— Tenho que arriscar! Ele entenderá... com o tempo, eu sei que vai. Agora não posso mais fazer nada além de proporcionar uma bela festa de casamento.

— Por favor, milorde... — Eloisa tocou o braço dele. — É melhor que se sente por um momento. Eu aceitei, dessa vez, não vou desobedecer, é só o que me resta fazer.

— Não vou me sentar, senhorita. Eu sinto muito por fazer essa desfeita em minha visita após tanto tempo. — Ele voltou a olhar para o pai dela. — Mas se o senhor deseja manter tamanha honra e reputação para desconhecidos que não lhe valerão de nada, espero que não se importe em perdê-la para sua família e amigos. Não tenho respeito por homens tão fracos e, no momento, o senhor não é melhor do que o conde e aquele seu herdeiro.

Agora sim Eugene havia insultado o barão seriamente e não parecia nada arrependido. E mais uma vez, Martin não tinha energia para se pôr de pé e demandar uma retratação. Então ficou tudo como estava: o barão parecendo amuado e envergonhado, Rachel sem saber o que fazer e Eloisa era a novidade. Agora ostentava um olhar de desilusão. Havia sido decepcionada por um dos seus melhores amigos e também a primeira paixão de sua vida, e agora pelo seu pai.

— Ao menos, espere para marcar a data após o seu sobrinho retornar — pediu Eugene, decidido a comprar tempo.

Eugene esperou o barão concordar, virou e foi para a porta, apoiando-se mais na bengala do que quando chegou. Até ficaria mais, porém, estava em seu limite para mascarar sua dor. Oferecer ajuda e tentar pôr algum senso na cabeça do barão era tudo que podia fazer; não podia levar sua intromissão além disso.

E tudo que poderia dizer ao seu melhor amigo quando ele retornasse era que havia tentado ajudar Eloisa até o limite de insultar o seu pai. Mas o barão merecia. Além de não ter conseguido ajudá-la e ter odiado ver aquele olhar triste em sua face, Eugene sentia que estava falhando com o amigo de alguma forma ao não conseguir ajudar a prima que ele tanto adorava.

Deixando o pai para trás, apesar de ele estar vermelho e com aquele jeito de que desfaleceria a qualquer momento, Eloisa seguiu Harwood e se surpreendeu ao ver a carruagem dele do lado de fora. O cavalariço já havia atrelado o cavalo que ele montara.

— Obrigada por fazer tamanho esforço para me ajudar, milorde — ela disse, parada nos degraus. — O senhor é o que eu chamaria de um verdadeiro amigo. Meu primo tem sorte de tê-lo.

— E eu tenho sorte de também tê-lo como amigo. Ele não está aqui por ter ido em uma missão que eu só pediria ao meu amigo de maior confiança.

Ele trincou os dentes e se aproximou da carruagem, mas não parecia que iria poder dobrar a perna para subir. Antes de usar os braços como suporte, ele virou apenas o rosto para ela.

— Também tenho muita consideração pela senhorita. Eu me ofereceria para salvá-la de outra forma, ouso pensar que seria menos penoso do que a união com um completo desconhecido. Mas, dado o meu estado atual e o que sei de como se sente, não é de um casamento que a senhorita precisa. Muito menos de alguém no meu estado lamentável. Gostaria que pudesse ter tempo e paz para se curar da desilusão.

Ele subiu na carruagem, mostrando a desenvoltura de quem já estava acostumado a usar a força dos braços para se erguer. Eloisa ainda estava muito surpresa pelo que ele disse, mas notou que Eugene não mexia a perna e, pela sua expressão, sua ida até ali já estava cobrando o preço. Ela lamentava tanto, queria poder ajudá-lo também, mas sabia que não tinha como.

<hr/>

Dois dias depois, quando Ingram voltou, ele realmente ficou chocado com a notícia e também com a regressão do estado de Eugene. Ele estava passando por dias muito doloridos e não deixou seus aposentos desde que voltou da casa do barão.

— Você não devia ter se esforçado tanto, por mais que eu agradeça que tenha me conseguido tempo de ao menos voltar — disse Ingram, sentado à sua frente na saleta do segundo andar.

— Estou melhorando. — Ele pousou a mão sobre a coxa. — E você faria o mesmo por mim. Eu também precisava ao menos tentar livrar Eloisa de mais essa decepção. Desculpe-me se meu argumento não convenceu o seu tio. Apesar de ainda achá-lo um covarde, ele tinha um ponto; agora que assumiu o compromisso, fica difícil voltar atrás.

— O médico está vindo? — Ingram perguntou ao ver a palidez de Eugene.

— Creio que esse meu ato impulsivo me fez descobrir uma coisa. — Pausou e retirou a manta que cobria sua perna. — Estou sangrando. — Sua mão tocou a lateral do joelho, onde um curativo o envolvia. — E, pelo que posso sentir, minha operação não foi assim tão boa. Apesar de não nos falarmos mais, Oscar havia me indicado um cirurgião, escreveu dizendo que é o melhor. Eu o chamei. Ele chegará logo. Talvez ainda haja um estilhaço na minha perna. Ou mais de um. Quem sabe?

— Por Deus, homem! A Sra. Darby sabe disso? Ela deve estar apavorada.

— Ah, sabe. Já preparou a cama com incontáveis toalhas e lençóis limpos e enfaixou minha perna com a dedicação de uma mãe.

— Você está calmo demais para alguém que voltará para a faca.

— Na verdade, da outra vez, eles estavam me fechando, agora serei aberto por pura vontade própria.

— Vai dar certo, meu amigo. Dessa vez, vai. — Ingram levantou e deu uma batida no ombro dele. — Obrigado mais uma vez, vou me trocar e ir até lá ver como estão as coisas. Volto logo, não ouse entrar na faca sem mim.

— Eu não me atreveria.

— Aliás, o duque lhe deseja melhoras e agradeceu sua mensagem.

— Obrigado.

<hr>

Eloisa só soube que Ingram estava em casa quando chegou ao primeiro andar e escutou as vozes que vinham do gabinete. Ela correu até lá e encontrou sua tia do lado de fora com o ouvido colado na porta.

— Titia... — Eloisa a olhava por estar escutando conversas, já que a tia costumava brigar com ela por fazer isso.

— Fique quieta.

Por causa da distração que proporcionou, elas não escutaram os passos se aproximando e a porta foi aberta bruscamente. Ingram estava lívido.

— Volte aqui, rapaz! Não ouse me deixar dessa forma! Eu já lhe avisei que...
— dizia Lorde Perrin lá de dentro.

— Deserde-me, se quiser! E dê tudo que tem para um primo desconhecido! Eu não vou compactuar com isso! Está sozinho em sua decisão! A menos que volte atrás e engula seu orgulho e sua maldita reputação, não voltaremos aos termos anteriores! — Ingram avisou antes de sair e bater a porta.

Ainda deu para escutar Martin gritando lá de dentro:

— Eu não posso!

Mas ninguém lhe deu atenção. Ingram se virou para Eloisa e soltou o ar.

— Quer que eu a salve, Elo? Eu faria isso por você, de verdade. Assim não tem que ir com um fulano qualquer que sequer conhece.

Ela arregalou os olhos com o que o primo dizia, se emocionou com a proposta dele e o abraçou. Ingram a abraçou de volta e esfregou suas costas para confortá-la como fazia desde que eram crianças. Eles tinham uma diferença de idade de sete anos, então ele sempre foi a sua figura de irmão mais velho. E esse era exatamente o problema para tal sacrifício.

A porta abriu atrás dele, e Martin estacou ao vê-los abraçados no corredor e com Rachel os olhando como se fosse a mãe dos dois.

— Não seja tolo, Ingram. — Eloisa deu um passo para trás e secou uma única lágrima que escapara. — Você é como meu irmão mais velho. Jamais poderíamos, mesmo que eu aceitasse tal ideia.

Ingram tocou o rosto dela e o acariciou levemente com o polegar.

— Você sempre vai ser como a minha irmã, mas... eu ainda faria isso para impedir que fosse embora assim. Depois pensaríamos numa solução.

Ele olhou para baixo, sabendo que isso nunca daria certo, ele jamais conseguiria tocar nela do jeito que um marido precisa tocar na esposa. E duvidava que ela conseguisse vê-lo de outra forma. Anular o casamento daria um grande trabalho e um dos dois teria que assumir uma culpa que não tinha e pagar o preço por isso.

— O que diabos vocês estão fazendo? — perguntou Lorde Perrin, apavorado.

— Não se meta nos nossos assuntos, você já fez o suficiente — avisou seu sobrinho.

Ingram deu o braço a Eloisa e levou-a dali, deixando Martin chocado e ainda

Encontre-me ao Entardecer 95

sem entender e achando que eles já estavam planejando algo. Ele até começou a ficar vermelho e a perder o ar. Porém, diferente das outras vezes, Eloisa e Ingram não voltaram para socorrê-lo.

— Parece que sou a única que ainda tem alguma compaixão para ficar ao seu lado — observou Rachel. — E apenas porque sou sua irmã e tenho pena do velho patético que se tornou.

Quando chegaram à parte da frente da casa, Eloisa se virou para o primo e tentou tranquilizá-lo. Ele devia estar mesmo transtornado para propor esse sacrifício, sabendo que jamais conseguiriam fazê-lo.

— Eu estou bem, Ingram. Meu noivo não é de todo mal, terei uma vida entediante e correta. E terei tudo que precisar. Assim que meu dote for pago, o visconde vai investir e melhorar sua renda. Até ele morrer e meu futuro marido herdar tudo, estaremos com as finanças controladas.

— Mas que diabos, Eloisa! Como é que sequer sabe disso? O acordo foi assim tão explícito?

— Não da parte deles, mas papai tem feito discursos motivacionais no jantar para convencer a todos e especialmente a si mesmo de que foi uma sábia decisão. E assim ele acabou contando todos os detalhes do que arrumou.

— Aquele velho odioso lhe comprou um noivo? E ainda por cima um falido!

— Eles não estão falidos, mas precisam do capital. E noivos ricos não podem ser comprados. Não é o que fazem todos os dias em Londres? Arranjam noivos de boa posição para herdeiras ricas em posições não tão boas. É o meu caso, sou filha única, meu dote é valioso, então...

Ingram andou de um lado para o outro, dizendo impropérios e algumas coisas inadequadas para Eloisa ouvir.

— Não vou desobedecer dessa vez. E não quero estar aqui quando o Sr. Dunn retornar.

— Ele nunca se atreveria a vir até aqui — disse Ingram. — Eu lhe daria um tiro. A questão é que você não precisa ir. Pelos infernos, se quisesse ficar aqui eternamente, poderia.

— Sei que você nunca me destrataria, mas eu não quero. Será entediante, mas ainda será minha casa e minha família. — Ela olhou para baixo; estava dizendo isso sem convicção, mas acreditava que era melhor seguir sua vida a ficar ali eternamente.

Ele não parecia nada convencido.

— E como está Harwood? Ele veio até aqui, mesmo sem poder montar, mas nem ele pôde dissuadir o meu pai.

— Ele vai ser operado — informou Ingram.

— O quê? — Eloisa arregalou os olhos e se aproximou. — Meu Deus, por quê? Por favor, não me diga que ele piorou tanto assim por ter tentado me ajudar. Ah, não! Até esse tipo de desgraça eu estou causando?

Ele a segurou pelos ombros e a fez ficar parada.

— Você não causou nada, pare com isso. Se tudo correr como o esperado, vir aqui o ajudou. Parece que ainda há estilhaços e o esforço o ajudou a descobrir.

Apesar do que ele dizia, Eloisa ainda parecia miserável por escutar a notícia do sofrimento de Eugene. Ela sentia vontade de chorar; desde aquela manhã maldita que só recebia notícias ruins em sua vida. Quando pensava que estava se recuperando e que, afinal, sobreviveria à dor e à desilusão, algo mais acontecia para estragar tudo. Estava fingindo que estava tudo bem em se casar com o tal Sr. Gustin. E até fingindo para si mesma que ia ser "interessante" ter sua família e ainda ser uma viscondessa.

Como se ela se importasse com isso. A única vez que se importou com que título iria adquirir após o casamento foi quando pensou que seria uma condessa. Mas a perspectiva de ser condessa de Brutton só parecia fantástica porque Tommy seria o conde. Agora, nada disso importava.

98 LUCY VARGAS

Capítulo 10

O cirurgião chegou na manhã seguinte, acompanhado de um aprendiz para auxiliá-lo, e se preparou para a operação no mesmo dia. Ele era um médico formado, não apenas um barbeiro, e já operara muitos soldados. Oscar o conhecia porque ele também tinha um segredo: trabalhava operando aqueles que se machucavam em missões confidenciais.

Segundo o Dr. Ernest, havia dois estilhaços que se desprenderam e agora machucavam quando Eugene se movia. Foi uma operação dolorosa, pois ele decidiu investigar em busca de mais resquícios e disse que Eugene foi sortudo por não ter havido complicações. Um dos pedaços que ele tirou parecia grande o suficiente para ser difícil pensar que esteve esse tempo todo ali dentro.

— Bem-vindo de volta, foi uma longa viagem — cumprimentou Ingram, assim que Eugene acordou. — Acredito que é melhor assim do que quando nos cortam e costuram ainda acordados na barraca médica — brincou.

— Correndo o risco de não parecer forte e másculo o suficiente, eu prefiro ser dopado — Eugene respondeu baixo, ainda voltando a si, mas seria submetido a doses de láudano por dias.

— Ninguém precisa saber. Para todos os efeitos, ser cortado no meio da guerra é muito melhor. Acaba mais rápido! — Ingram fez um movimento de força, tentando divertir o amigo para aliviar a tensão.

A Sra. Darby entrou trazendo mais toalhas; só Deus sabe de onde ela havia tirado tantas.

— Ainda bem que acordou. Eu nunca vi tanto sangue. — Ela largou as toalhas e foi até lá, pegou a mão de Eugene e a segurou brevemente. — Está frio demais. O médico terminou de enfaixar?

— Sim, ele disse que estava tudo pronto. Creio que foi se lavar e descansar um pouco — contou Ingram.

Já que estava liberada, a Sra. Darby puxou os lençóis sujos, tomando cuidado para não perturbar Eugene, mas ele ainda estava sob o efeito do láudano e via tudo rodar. Ingram a ajudou a trocar a roupa de cama e a deixá-lo confortável para começar a se recuperar outra vez.

— Acho que mandei aquela mensagem ao meu pai cedo demais — Eugene disse baixo.

— Não comece a ser pessimista agora. Assim que essa costura estiver firme, você vai voltar para o jardim — prometeu a Sra. Darby.

A indicação do médico foi o único contato que Eugene teve com Oscar desde que aceitou terminar seus últimos serviços. Ele ainda falava com a irmã, ou melhor, ela era a única que queria vê-lo, mas não podia vir sozinha e precisava da permissão do pai para fazer uma viagem até ali. Só que contar a ela que havia sido operado para retirar estilhaços seria o mesmo que contar ao pai. E, por mais que ainda estivesse mantendo o seu papel de pai magoado e profundamente decepcionado por seu filho ter desobedecido suas ordens, a última coisa que o duque queria era seu filho ferido.

<hr>

Nos dias que se seguiram, Eloisa conseguiu esquecer um pouco de sua situação. Georgia e Kit estavam arrasados com a notícia de que ela ia se casar em breve e partir dali. Era muito cedo para se separarem, não estavam prontos. Eles sequer sabiam direito onde esse tal filho do visconde morava. Segundo eles, era perto de Leicester, o que os deixava um bocado longe ali no sul de Somerset.

A paz dela durou até o Sr. Charles Gustin vir lhe fazer uma visita breve. Ele disse que veio para um final de semana na casa de um amigo e resolveu estender sua viagem e visitar sua noiva. Ela queria se encolher só de ouvir a palavra noiva.

— É um imenso prazer tornar a vê-la. A senhorita só ficou mais encantadora desde a última vez. — Ele fez uma mesura antes de acompanhá-la no chá servido no exterior da casa.

Estava cedo, pois ele não podia se hospedar na casa dela, então tinha de visitá-la e retornar para a casa de seu amigo, e isso demandava certo tempo. Lorde Perrin nem se dignara a sair do quarto, apesar de já estarem no final da manhã.

— É bom vê-lo em boa saúde. — Ela pausou e se ocupou com o serviço de chá à sua frente. — Chá?

— Sim, por favor.

— O senhor tomou seu desjejum?

— Na verdade, para chegar aqui a tempo de retornar, não tive tempo para uma boa refeição.

— Então, por favor, acompanhe-me.

Eles se ocuparam em tomar o café da manhã enquanto conversavam sobre amenidades e Charles contava sobre o evento que seu amigo estava promovendo para alguns conhecidos nos próximos dias.

— No próximo ano, você poderá me acompanhar, eu sempre participo. É tudo muito correto. E enquanto estivermos aqui, deixarei que visite seus antigos amigos — comentou ele, achando que a agradaria.

— Sim... — Ela bebeu mais um gole de chá, desanimada com a perspectiva de levar tanto tempo para poder rever seus amigos.

— A senhorita gosta de ir a eventos desse tipo?

— Aprecio, apesar de não ter muitas oportunidades. Em geral, vamos a eventos que voltamos para casa no final.

— Entendo. É divertido, sempre que eu for convidado, poderá ir comigo. Será depois que comparecermos à temporada.

Ela duvidava um pouco disso, mas estava sendo cética e não o estava ajudando a puxar assunto. Eloisa tinha outras preocupações na mente, não estava com humor para ajudar seu noivo a conhecê-la melhor. Ela já teria a vida toda para conhecê-lo, não precisavam começar antes.

Eles tomaram o café lentamente e permaneceram sentados. O dia estava ensolarado, mas, com a entrada do Outono, já não fazia tanto calor e, antes do sol esquentar no meio-dia, o tempo era fresco. Era ótimo para um passeio, mas ela não gostava mais de passear como antes. Seu olhar ia além das árvores, um local por onde ela nunca mais passou. Logo depois havia o parque entre as propriedades, outro local que Eloisa não tinha vontade de rever.

— Eu adorei reencontrá-la. Espero que possamos nos ver novamente antes de nosso casamento. — Ele estava com um sorriso enorme ao dizer isso.

Agora que estavam de pé no pórtico de entrada da casa para se despedir e Charles parecia mais uma vez sem saber como se portar, Eloisa estava menos aérea e pronta para terminar a conversa.

— Falta mais algum tempo — comentou ela, mas não devolveu o cumprimento sobre ser um prazer vê-lo.

Encontre-me ao Entardecer 101

— Eu soube que seu aniversário é no próximo mês. — Ele deixou o tópico aberto, caso ela quisesse interrompê-lo para convidá-lo.

— Ah, é mesmo. — Eloisa olhou para as próprias mãos; já não estava animada para completar dezoito anos.

— Vai comemorar?

— Não pensei nisso ainda — desconversou.

— Gostaria de lhe trazer um presente.

— Se não for incômodo — murmurou ela.

— Jamais, acredito que temos de estreitar nossos laços. — Ele sorriu.

Assim que Charles partiu, Eloisa trocou de roupa e pegou um cavalo para ir fazer uma visita. Ela desmontou quando passou pelas quatro enormes árvores que ficavam ali como se fossem uma entrada. Ela não esperava o que viu e ficou em silêncio, esperando não ser notada. Por um lado, estava feliz por ver Eugene do lado de fora, mas ele não parecia bem.

Eloisa não sabia que essa era a primeira vez que ele saía desde a operação, então, ao ver o que acontecia, soube que ele não gostaria que ela o visse assim. Eugene se levantou lentamente, apoiando-se muito na bengala, mas emitiu um som de dor e caiu. Teria ficado lá, mas Ingram foi rápido em ajudá-lo. Ele ficou um minuto no chão, respirando fundo, para encarar a dor outra vez. Ingram o ajudou a se levantar.

Eles seguiram com os braços um por cima do outro, exatamente como um soldado amigo ajudando seu companheiro ferido a chegar a um local seguro.

Eloisa continuou observando-os, mal ousando respirar, temendo ser descoberta. Esperou até que alcançassem a casa, para assim poder montar novamente e partir sem correr o risco de ser vista.

Capítulo 11
Algumas semanas depois

Eugene apoiou sua bengala e desceu da varanda para o jardim; estava mais fácil descer degraus. Depois de semanas de recuperação, quando passou muito tempo de cama, já não sentia aquela dor paralisante assim que tentava forçar os músculos de sua perna direita e especialmente a lateral do joelho que antes não podia dobrar. Não era nenhum milagre, ele sabia que nunca mais seria o mesmo, mas, se continuasse e não desistisse de sua melhora, acreditava que poderia viver sem a dependência total da bengala. E o mais importante: voltaria a montar e retomaria sua independência.

— Milorde, tem uma visita — anunciou a Sra. Darby.

Ele se virou e se surpreendeu ao ver Eloisa se aproximar com uma pequena cesta, parecendo muito melhor do que da última vez que a viu. Lembrava-se dela pálida e sem ânimo, com aquele olhar de aceitação e derrota. Uma resignação que não combinava com ela, mas agora estava sorrindo outra vez.

— É uma maravilha vê-lo aqui fora, milorde! — Ela parou ao lado dele.

— É bom vê-la novamente. — Assentiu para ela.

— Mesmo? Está se sentindo tão melhor que não sente vontade de me mandar embora e me destratar?

— Seria melhor destratá-la primeiro e depois mandá-la embora. Mas não tenho vontade de fazer nenhuma das duas coisas.

Ela assentiu rapidamente, feliz com o que escutou, e mostrou a cesta.

— Se estiver menos amargo, eu lhe trouxe alguns doces.

— Não creio que deveria estar aqui hoje. Seu primo comentou algo sobre o seu aniversário. É hoje ou me enganei e foi ontem?

— É hoje. — Ela continuou abraçada à cesta e perdeu parte da animação. — Mas eu estou me divertindo, o senhor não?

Ele notou que ela não queria tocar no assunto nem ser lembrada de que completava dezoito anos.

— Acompanhe-me. — Ele começou a dar passos lentos em direção às cadeiras no fim do jardim.

Eloisa se policiou para sempre andar na mesma velocidade que ele. Apesar de as pernas dele serem longas, precisava se apoiar na bengala e ia devagar, pois continuava em recuperação. Eugene estava melhor do que antes, e a grande diferença era que agora não sentia tanta dor quando se esforçava para continuar.

Eles se sentaram nas cadeiras que, a essa hora do dia, ficavam escondidas pela copa de uma árvore, mas, por causa do Outono, a cobertura já não era tão efetiva quanto antes. O intuito de Eugene era justamente tomar um pouco de sol, e Eloisa estava com seu chapéu de passeio para protegê-la.

— É uma bela data. Está oficialmente adulta — comentou ele quando se sentaram.

— Eu já poderia ir para o exército.

— Sem dúvida.

— Foi quando partiu para servir?

— Na verdade, só viajei aos dezenove. Tive um pequeno contratempo com minha partida — explicou, mas não ia entrar em detalhes. Seria muita história para contar sobre seu problema com seu pai e seu irmão mais velho.

Eloisa sorriu e abriu sua cesta.

— Doces, milorde? Esse aqui, com creme de frutas vermelhas, é amargo, como o senhor. Tenho certeza de que vai adorar!

Ele olhou para a cesta e levantou o olhar para ela. Havia um sorriso em sua face, como se estivesse mesmo se divertindo pelo que ela lhe levara. E achava graça de sua piada com seu amargor. Eugene pegou o pequeno doce e deu uma mordida. O maldito não era amargo. Era azedo mesmo, a cobertura parecia nem ter levado açúcar.

— É bom, muito bom. Azedo como deveria — opinou, após engolir.

Eloisa ficou olhando-o, sem saber o que dizer. Ele havia sorrido para ela. Nunca o vira sorrir, era a primeira vez que ele fazia isso. Ao menos na frente dela e, mais ainda, para ela.

— Sim. Ao menos, o senhor nunca ficará doente de tanto comer doces.

— Não quer dizer que eu não aprecie algo mais... azedo. — Ele levantou o pedaço da tortinha, como se brindasse, e terminou de comê-lo. — Obrigado.

Imagino que isso venha da comemoração do seu aniversário.

— De certa forma. — Ela soltou o ar. — Não quero participar de comemoração alguma.

— Não trouxe uma dessas tortas exageradamente doces que gosta?

— Sim, também trouxe dessas.

— Então vamos comê-las enquanto aproveitamos que o dia está bonito. Não vou obrigá-la a comemorar nada. Eu fiz aniversário há pouco tempo e também não estava num bom momento para festas.

— Foi quando estava muito amargo? — Ela pegou uma torta doce.

— Demais.

— Foi uma data marcante como completar dezoito anos?

Ele deu um sorriso muito leve agora, como se soubesse o que ela estava querendo perguntar. Eloisa o estava observando e viu os cantos de sua boca levantarem brevemente.

— Sou alguns meses mais velho do que seu primo. Faça as contas.

— Vinte e seis — ela respondeu prontamente.

— Pois bem.

Ele comeu mais uma daquelas tortas com cobertura azeda, apesar de o interior compensar as frutas vermelhas que havia em cima. Eloisa o acompanhou, mordendo sua tortinha de creme.

— Estou muito feliz que sua dor tenha passado.

Eugene apenas assentiu, não ia corrigi-la. Sua dor não passara, mas, comparado à tortura que foram seus dias, estava muito melhor agora. Confiava que um dia passaria, quando estivesse completamente cicatrizado.

— Obrigado, eu também.

— Em breve, vai poder montar e até me visitar. Mesmo que — ela pausou, lembrando de algo desagradável — eu não esteja mais aqui.

— Quando puder montar por um longo tempo, poderei visitá-la mesmo que esteja morando longe — afirmou, apenas para não vê-la perder o bom humor.

— Sim, talvez o meu... — Ela ainda não estava usando bem esse novo termo. — Futuro marido seja do tipo que deixa a esposa abandonada no campo e vai viver na cidade.

Encontre-me ao Entardecer 105

Ele virou o rosto e a observou atentamente.

— É isso que quer?

— Sim, senhor. Eu quero — confessou. Talvez não dissesse isso a mais ninguém, mas era como se não houvesse problema algum em confessar para ele.

Se um dia se casasse, Eugene nunca deixaria a esposa abandonada no campo ou onde fosse. No entanto, não era uma prática rara entre os casais, mesmo assim, para alguém como ela, ainda era triste que, antes mesmo de se casar, já desejasse ser deixada sozinha. Era fácil entender: ela não queria se casar com aquele homem. No futuro, Eloisa adoraria ter pouco contato com ele. Apenas o necessário para cumprir sua obrigação de produzir os herdeiros. Não precisava da presença dele nem para criá-los.

— Venha me visitar se ficar por perto. — Afinal, o que ele diria a uma moça tão jovem e já em sua segunda desilusão, sendo esta um fardo eterno? — Vou adorar tratá-la mal.

Ao menos ele conseguiu fazê-la rir.

— Não vai! Até lá, o senhor já estará bem e talvez vá passar temporadas na cidade também. Não vai mais maltratar ninguém.

— Devo avisá-la que, apesar de eu não maltratar pessoas por esporte, muito menos damas como a senhorita, meu humor não fica melhor do que isso. Esse é o meu máximo.

— Mas agora o senhor sorri.

Eugene se recostou e virou a cabeça para ela, um sorriso transversal levantando o lado direito de sua boca, mas, quando ela sorriu por vê-lo fazendo isso, ele completou o sorriso para ela. Eloisa não era cega, mas percebeu que não havia realmente olhado para ele desde que voltou da guerra. Sem a sombra da dor constante, ele já parecia diferente. Agora que seu cabelo estava crescendo o suficiente para as mechas se dobrarem, dava para ver a mistura de castanho com loiro escuro, e devia até parecer um pouco mais claro quando ficasse mais longo e, especialmente, se ele continuasse tomando sol.

Mesmo com o cabelo crescendo, o formato anguloso do seu rosto continuava proeminente. Era belo, mas ele ainda tinha alguns quilos para recuperar. Seus olhos eram de uma cor densa, azul bem escuro, como um lago no inverno: escuro por baixo, mas rajado de reflexos na superfície. E, diferente dela, que tinha grandes olhos castanhos, os olhos dele eram mais compridos, adornando bem seu rosto. Não serviam para suavizar, ele teria uma expressão mais terna e menos séria se seus olhos fossem maiores. Mas eram bonitos e quase não se enrugavam quando ele sorria.

Ela gostaria de vê-lo rindo, dando uma gargalhada, aí sim aqueles olhos deviam se enrugar de felicidade. E como seus cílios eram castanhos, sob o sol pareciam mais claros. O rosto de Eloisa era como um diamante lapidado, afinava embaixo, para se encaixar na base, seu queixo pequeno e pontudo. Mas o dele afinava apenas no último momento para dar forma ao queixo.

Um cavalo se aproximou num trote calmo até parar à frente deles, e Ingram os observou ainda de cima do animal. Ele não se parecia com a prima, lembrava o pai. Olhando de longe, alguém diria que ele era parente de Eugene, e não de Eloisa. De perto, a pessoa via os traços que Eloisa e Ingram compartilhavam, como os olhos, a testa e aquele sorriso de quem estava prestes a fazer algo que não devia.

— Começaram a festa sem mim? — perguntou ele.

— Onde você estava? A Sra. Darby disse que havia saído — disse Eloisa, acusando o primo.

— Fui encontrá-la, e minha mãe disse que você veio me encontrar, o que eu duvido.

— Eu queria encontrá-lo aqui e ver como Lorde Eugene estava passando, além de lhe trazer esses doces.

— Ele não gosta de doces, o que é ótimo porque ficam para mim — observou Ingram.

— Ele gosta sim, dos azedos — informou Eloisa, feliz pela descoberta.

— Ora essa, Harwood. Justamente os azedos — caçoou Ingram.

— Gasta menos açúcar. — Foi tudo que ele arranjou para se defender.

— Está pronta para voltar? — Ingram olhou para a prima. — Aquele seu noivo almofadinha está lá. Ele não gostou de mim, mas eu também não fiz questão.

Eloisa se levantou e deixou a cesta sobre a pequena mesa entre eles.

— Espero vê-lo em breve, milorde — se despediu ela.

Eugene apenas meneou a cabeça. Agora seu humor não parecia mais tão bom.

Antes de partir, ela se abaixou ao lado da cadeira de Eugene e disse:

Encontre-me ao Entardecer 107

— Correndo o risco de ser destratada, vou dizer assim mesmo: quero muito que se recupere logo e que possa fazer tudo que gosta e que não sinta mais dor. Vê-lo bem me deixará feliz.

Eloisa se afastou rapidamente e partiu com o primo. Eugene ficou apenas observando-os. Eles voltaram para a comemoração de aniversário que ela não queria ir. Ao menos, poderia ver Georgia e Kit, mesmo que fosse precisar socializar com o noivo.

O clima em sua casa não estava dos melhores. Ela obedecera ao pai, mas sua relação esfriara de uma forma que era impossível não notar. Porém, isso era algo que Lorde Perrin já esperava. O que mais o estava magoando e efetivamente acabando com seus dias era que Ingram não o respeitava mais. Exatamente como Eugene lhe avisara e tentara resolver antes que seu sobrinho voltasse. Ele não lhe dissera aquilo como uma simples ameaça, ele simplesmente conhecia seu melhor amigo.

E o barão adorava seu sobrinho, era seu herdeiro, tinha orgulho dele, e uma de suas felicidades fora vê-lo retornar da guerra. Agora, Ingram mal lhe dirigia a palavra, não parava mais para conversar com ele, não vinha lhe falar sobre a propriedade. Parecia ter perdido o interesse, ou melhor, ele estava lá quase todos os dias, só não ia vê-lo.

Era realmente uma decepção. Assim como Eloisa se decepcionara, o mesmo acontecera com Ingram.

Agora eles estavam presos no compromisso que o barão assumira e, mesmo que já estivesse arrependido, não podia voltar atrás. Não ia agir como um homem sem palavra. Já havia desonras e covardes demais naquela história.

<hr/>

Um mês depois, todos continuavam na mesma situação; era como se não tivesse se passado um dia na casa do barão. A diferença era que agora estavam prontos para um casamento. Eloisa estava no salão, pronta para entrar na carruagem e partir para a igreja. Tudo acontecia à volta dela, mas sua expressão não se alterava. Ela continuava achando o noivo uma pessoa tediosa, e ele a visitou mais duas vezes depois de seu aniversário.

Da última vez, disse que estava mais do que encantado por ela. E isso foi desde a primeira vez que a viu entrar na sala. Eloisa sabia que ficara apenas olhando-o. Parecia que anos haviam transcorrido desde a manhã em que o pai de Thomas esteve em sua casa.

— Vocês vão na frente, vou seguir logo atrás em minha carruagem — declarou Martin, sentado numa poltrona.

Ele estava mais nervoso do que a noiva e, possivelmente, do que todos ali. Estava assim desde que acordara. Afinal, hoje era o grande dia. Esperava que, assim que o casamento se realizasse, tudo voltasse ao normal. E, em algum tempo, quando a poeira baixasse, sua família não ficaria mais dividida como estava agora. Sendo que estavam todos de um lado, e ele, do outro.

— Você está uma bela noiva, minha querida — ele disse à filha.

Eloisa nem o olhou, parecia concentrada demais para dar atenção a ele. Ingram entrou, com seu uniforme formal completo, e andou até a prima. Ele ignorou o vestido que precisava se manter impecável e a abraçou. Ela reagiu a isso e o abraçou de volta.

— Vamos, Elo. Não podemos nos atrasar mais — avisou a tia e depois olhou para o irmão. — Não enrole, Martin. Entre na carruagem assim que partirmos.

O barão apenas assentiu, e Ingram ficou ali parado por um momento, apenas observando-as ir para a porta, com a camareira ajudando-as com o vestido.

— Agora que chegamos ao fim de tudo isso, você poderia recolher o seu ódio contra mim, rapaz — pediu Martin, observando o sobrinho.

Ingram o olhou e se aproximou, estendendo a mão para ajudá-lo a levantar, Martin aceitou a ajuda, pois a cada dia levantar seu grande peso ficava mais difícil. Ele não parara de engordar, pelo contrário, seu nervosismo só o fez comer mais.

— Eu não o odeio, tio. Porém, descobri que não é o homem que pensei que era e perdi uma figura que eu ainda tentava admirar. Acredito que é o tipo de decepção que não pode ser superada em poucos dias. Mas eu não poderia odiá-lo. — Soltou o seu braço depois de ter certeza que estava firme sobre as pernas. — Vamos.

Martin observou seu sobrinho partir rapidamente e olhou para os próprios pés, que pareciam grandes demais em seus sapatos lustrosos.

A noiva chegou à igreja da vila pouco depois do horário esperado e aguardou por seu pai, pois a carruagem dele não estava seguindo a sua. Ingram viera montado e chegara junto com elas. Ele acreditava que Eugene também estava a caminho, em sua carruagem, pois mal começara a subir novamente em um cavalo sem sentir dor. Ele poderia, se quisesse, do mesmo jeito que conseguiu naquele dia que tentou salvar Eloisa desse casamento. Mas, se esperava se recuperar

Encontre-me ao Entardecer 109

plenamente, era importante que não abusasse.

———

Eugene estava atrasado. De propósito. Ele achava um sofrimento ter que assistir Eloisa entrar na igreja, com o olhar vazio. Ela achava estar levando uma lição pelo problema no qual esteve envolvida com o outro rapaz. Mas Eugene sabia que aquele seria o fim dela, e não queria ver isso, mas prometera comparecer.

E lá estava ele. Desde que retornara, não precisara pôr seu uniforme de gala, e vesti-lo justamente para uma ocasião que abominava era um martírio. Ele sabia que nunca mais a veria sorrindo simplesmente por estar passeando por aí. E que também não seria mais uma jovem mulher curiosa e intrometida, ainda sonhando com um bando de coisas que não conhecia, esperando sua primeira temporada e se apaixonando tolamente só para ter o coração despedaçado.

O coração dela nunca mais sofreria. Talvez isso fosse exatamente o que ela desejava. Havia amadurecido muito num curto espaço de tempo, mas continuava uma jovem inexperiente em todo o resto. E agora partiria com o tal "almofadinha", que Ingram descrevia com crescente asco. Almofadinha e falido, pois esse foi exatamente o motivo para se casar com uma herdeira.

Eugene sequer conhecia o tal noivo, mas nunca quis ver a cara dele desde aquele dia em que foi até lá tentar colocar algum senso na mente de Lorde Perrin. Sabia que Ingram também estava sofrendo por sua relação com o tio ter sido destruída, e nunca mais seria a mesma coisa. Ele perdera o respeito, a confiança e boa parte do afeto pelo homem que lhe cederia seu posto como barão.

— Milorde, tem uma carruagem à frente bloqueando a estrada — avisou o cocheiro quando eles pararam abruptamente.

Ótimo, pensou Eugene. Agora seria poupado de ver Eloisa se casar com o maldito desconhecido.

Ele abriu a porta, agarrou sua bengala e desceu. Foi surpreendido pelo cocheiro da outra carruagem, que apareceu à frente dele, desesperado.

— Tem algo errado! Ele me mandou parar e agora não responde!

Eugene foi até lá. A realização do que estava acontecendo se deu apenas quando ele se inclinou lá para dentro e viu Lorde Perrin caído de lado no banco, vermelho como um tomate e com a mão sobre o peito volumoso, claramente sem ar.

— Manobre essa carruagem! — Eugene ordenou ao cocheiro. — Temos que voltar! E você. — Apontou para o próprio empregado. — Vá buscar um médico!

Ele pulou para dentro do veículo, ajeitou o barão e tentou reanimá-lo, mesmo quando a carruagem começou a se mover e fez uma curva apertada no primeiro espaço aberto que encontrou ao lado da estrada. Eugene se manteve no lugar, tentando fazer o barão se acalmar e voltar a respirar.

112 LUCY VARGAS

Capítulo 12

— Quanto tempo mais vamos ter que esperar? — demandou o noivo, parado do lado de fora da igreja, cansado de esperar lá dentro.

— Até o pai da noiva chegar — respondeu Ingram.

— Você é responsável por ela, pode acompanhá-la — teimou Charles, querendo logo que o casamento se realizasse.

— Volte lá para dentro — disse Ingram, como se não o tivesse escutado.

— Eu espero que não esteja armando nada — começou Charles, já nervoso o suficiente para dizer besteiras.

— Armando o quê? Pelos diabos! Se pudesse, teria armado. Eu tentei sim impedir que você levasse o prêmio, seu idiota. Por mim, pode ficar com o dinheiro do dote e deixar a minha prima em paz.

— Você a quer, não é? Quando o conheci, eu desconfiei! É por isso que...

Como se a situação já não estivesse ruim o suficiente com o pai da noiva atrasado, algo que para sua família era normal de se esperar de Martin, o noivo ia ter que casar com o rosto amassado.

— Ingram! Pelo amor de Deus! — Rachel gritou da janelinha da carruagem.

Ele deu um soco bem no meio da cara do noivo por ele ousar dizer tal despautério e ainda por cima na porta da igreja. E ali, Ingram teve um déjà vu; outro idiota mau caráter já insinuara isso. E, aos olhos de Ingram, eles eram muito parecidos, pois, desde o início, ele achou que aquele tal de Gustin estava fingindo. O que só o deixou ainda mais irado. A prima foi deixada por um garoto mimado, apenas para ser entregue a outro.

O visconde saiu da igreja para descobrir o que era toda aquela comoção e ficou chocado ao ver o filho sendo levantado por Kit, que o colocou de pé como um boneco de pano.

Charles olhou atravessado para os dois brutamontes que ele não gostou assim que conheceu: o primo de sua noiva e o tal amigo que ela prezava tanto. Ele

Encontre-me ao Entardecer 113

esperava que não houvesse mais nenhum homem na vida dela, até porque, assim que se casassem, ele ia afastá-la de todos eles. Não admitia esse tipo de relação.

— Chega disso, vamos lá para dentro — ordenou o visconde.

— Não vou! Não vou deixar minha noiva aqui fora com esses dois — rebateu Charles. — Aliás, eu quero uma prova de que ela está aí dentro.

— Ora essa, seu... — começou Kit e agora foi ele quem deu um passo para cima de Charles.

Ingram esticou o braço e parou o avanço de Kit. Ele ia dar uma boa resposta atravessada ao noivo, para piorar ainda mais a futura relação familiar que teriam. Porém, a porta abriu e Eloisa desceu. Estava cansada de ficar ali dentro e ainda mais escutando tudo que se passava do lado de fora.

— E onde acha que eu teria ido? Não sou tola, eu teria fugido muito antes de colocar o vestido se esse fosse o meu plano — ela dardejou o noivo com o olhar.

Charles mudou imediatamente.

— Minha querida, eu estou nervoso. — Ele tentou pegar sua mão, mas ela não deixou.

As pessoas dentro da igreja também estavam impacientes, e os vizinhos já estavam na porta, tentando saber o que se passava.

— Voltem todos para dentro — demandou Ingram, tentando conter o problema.

O grupo foi entrando, algumas pessoas achando que agora sim ia começar o casamento, já que a noiva estava às portas da igreja. Eles não prestaram atenção no cavaleiro que se aproximava num rápido galope até descer à frente da igreja.

— Harwood! — Ingram se virou e o olhou; até havia esquecido que ele também desaparecera. — Por Deus, homem, o que está fazendo em cima de um cavalo?

— Era o meio mais rápido. — Ele puxou a bengala de onde estava presa na sela. — Vocês precisam voltar para casa. Lorde Perrin teve um mal súbito no meio do caminho.

— O quê? — Ingram arregalou os olhos e se virou lentamente para olhar para a prima.

— Ele não está bem... — Eugene disse mais baixo e encarou seu amigo de um jeito que ele entenderia a gravidade da situação.

Na verdade, ele sequer tinha certeza se o encontrariam vivo quando retornassem.

Ingram desceu os dois degraus que levavam à igreja e se aproximou da tia e da prima.

— Vamos embora.

— Meu filho, você enlouqueceu? Só porque odeia o noivo não pode simplesmente... — começou Rachel.

— Ingram, o que está acontecendo? — Eloisa desviou o olhar para Eugene. Ela o vira chegar montado e partir direto para dizer algo ao seu primo.

— Perrin teve um ataque no meio do caminho. Vão na frente, preciso avisar a todos que o casamento está adiado.

— Um ataque, mas... como? — Rachel estava paralisada, afinal, estavam na porta da igreja, com sua sobrinha vestida de noiva, e o noivo dando ataques, pronto para armar mais um escândalo. Os convidados estavam inquietos, eles tinham uma comemoração os esperando e Martin havia resolvido passar mal?

— É melhor irmos — pediu Harwood, segurando Rachel pelo cotovelo, antes que ela desfalecesse ali.

Ela aceitou o apoio dele porque agora quem estava a ponto de desmaiar era ela. Eloisa nem olhou para trás, entrou na carruagem assim que Eugene deixou sua tia sentada lá dentro.

— Se não for incômodo, retornarei com as senhoras — ele declarou, mas saiu da porta e pediu que atrelassem seu cavalo.

Assim que entrou na carruagem, ele levou a mão ao joelho e o massageou enquanto explicava direito como encontrara o barão no caminho e o levara de volta para casa. E também mandara chamar o médico. Ele só não disse que não sabia se daria tempo de chegarem lá e o encontrarem vivo.

Era estranho estarem na carruagem, voltando para casa sem ter havido um casamento. Tia Rachel usava seu novo vestido de festa, Eloisa estava vestida de noiva — era um traje simples, sem volume e bonito, de um leve tom verde e com mangas compridas com detalhes em renda, afinal, já era quase inverno. Eugene estava impecável em seu uniforme de gala, como se não tivesse socorrido o barão e partido a galope para alertar sua família. Mas os três tinham em comum o fato de não estarem nada preocupados com o casamento.

Seria um problema muito maior enfrentar a morte de Lorde Perrin ou tê-lo

Encontre-me ao Entardecer 115

preso a uma cama do que perder o dia marcado para o casamento.

Assim que chegaram, Eloisa e tia Rachel entraram correndo para ver Martin. Não havia sido possível levá-lo para cima; além de o barão ser muito pesado, era perigoso e, quando chegaram, tudo que Eugene estava preocupado em fazer era estabilizar sua respiração. Elas ainda o encontraram deitado sobre o tapete, mas o mordomo lhe dera um travesseiro e o cobrira com uma grossa manta para protegê-lo do frio, e a lareira fora acesa.

— Pai! Pai! — chamou Eloisa, tentando acordá-lo.

— Pelo amor de Deus, Martin! Não vá aprontar uma dessas conosco logo agora!

Só havia um médico perto o suficiente para chegar ali rápido, e ele era obrigado a consultar casos tão diversos que ninguém sabia se ele tinha alguma especialidade. Ele chegou na carruagem de Harwood, pois o cocheiro fora buscá-lo às pressas. Ele abriu caminho e começou a massagear o peito do Lorde, tentando trazê-lo de volta a si. Ao menos ele pareceu ter mais sucesso, quando Martin tossiu e abriu os olhos. Ele continuava vermelho; para falar a verdade, estava ficando arroxeado.

— Ainda estraguei mais esse dia... — ele murmurou devagar, tão baixo que elas não escutaram, e pausando tanto que foi o médico que lhes passou o que havia sido dito.

Ingram estava demorando a chegar, provavelmente fora atrasado na igreja ao dizer a todos que seu tio estava passando mal e para se livrar do escândalo que o noivo estaria aprontando. Por isso, Eugene entrou e parou do outro lado do corpo estirado do barão, apoiando-se na bengala e mantendo a postura ereta como quem assistia a uma cena que merecia respeito.

O médico, acostumado a sempre tratar os nervos das mulheres como se fossem frágeis demais, levantou a cabeça para ele e a balançou levemente. Foi quando a porta tornou a ser escancarada e Ingram entrou correndo. Só de ele se aproximar, Martin moveu a cabeça nervosamente, tentando vê-lo. Ele só parou quando o sobrinho se ajoelhou ao seu lado e colocou a mão sobre o seu peito.

— Pare com isso, tio. Lembre-se do que conversamos, ainda precisamos de mais tempo para curar nossa família — Ingram pediu ao tio, mas todos o ouviram.

Martin não conseguia nem levantar o braço, mas fez um esforço e apontou para Ingram com a mão direita. Sua voz não saía mais, então, com um som baixo, quase como um sopro, ele disse:

— Você... Faça você. Tem mais coragem.

Ele ainda conseguiu apertar a mão de Eloisa. Elas não sabiam se ele estava sofrendo um ataque, se não podia respirar ou se seu corpo estava falhando. Mas o médico sabia que não podia fazer mais nada. Lorde Perrin morreu ali, roxo e sem ar. Ao menos foi com sua filha segurando uma de suas mãos e seu sobrinho com a mão descansada sobre seu coração. Enquanto sua irmã chorava sobre sua grande barriga.

⌁

Assim que o médico confirmou o óbito do barão, dois empregados foram chamados para ajudar Ingram a carregar seu corpo pesado para cima. Enquanto eles ainda estavam tirando o corpo do chão, uma confusão acontecia na porta da casa. O pobre mordomo estava desesperado.

Harwood não estava mais no salão; ele havia saído assim que Ingram chegou, para dar privacidade à família em seu último momento com o barão. E agora estava lá fora, contendo o visconde, seu filho e sua família, pois eles queriam entrar, mas Eugene jamais poderia deixar que entrassem e ainda encontrassem o corpo do barão estirado no chão.

— E quem o senhor pensa que é? — exigia o noivo, indignado. — Saia já da minha frente! Isso é uma armação! Um complô! E muito me admira o senhor, um oficial, metido neste tipo de...

— Eu sou apenas um amigo da família, aguarde aqui até que o Sr. Hampson permita sua entrada — disse Eugene.

— Ele não tem que permitir nada! Eu sou o noivo da Srta. Durant, estou acima do senhor. Saia da minha frente! Vocês estão armando contra mim!

O visconde, bem menos exaltado, tentou acalmar os ânimos, mas seu filho estava irredutível.

— Ou o senhor sai da minha frente ou serei obrigado a...

Eugene apenas pendeu a cabeça e o olhou seriamente como se o desafiasse a tentar. Com a perna em recuperação ou não, ele derrubaria aquele rapaz até em um dos seus dias doloridos, e hoje não era um deles.

Mesmo com o aviso mudo, Charles se virou de costas como se estivesse se acalmando e subitamente investiu em direção à porta como se fosse pegar Eugene desprevenido. Tudo que ele conseguiu foi levar um golpe com a bengala

Encontre-me ao Entardecer 117

bem no meio da testa. Antes de precisar conviver com a bengala, Eugene percebera que as pessoas pensavam que todos que a usavam por necessidade eram completamente dependentes dela. Agora que sua recuperação avançava, era um apoio para não forçar sua perna direita. E como vinha descobrindo, assim como foi ensinado a usar armas e uma espada, uma bengala era um perigo.

Charles parecia um enfeite de um apoio só, desses que, ao levar um empurrão na frente, imediatamente tombam para trás. Ele só não caiu porque o pai o firmou e Eugene o agarrou por seu traje de noivo.

— O senhor foi informado de que Lorde Perrin estava passando mal. Finja que tem respeito, já que esqueceu sua educação em casa — avisou Eugene.

Era um insulto que alcançava seus pais. Assim o visconde controlou o filho, antes que ele tivesse mais alguma ideia.

Foi o tempo de o salão ser liberado e tudo ser arrumado, como se o corpo do barão nunca tivesse estado lá. A porta se abriu e Ingram apareceu à frente de todos.

— Eu gostaria de pedir desculpas pelo incômodo e pelo cancelamento do casamento. — Ao fundo, foi possível ouvir o noivo exclamando "cancelamento". — Porém, meu tio acaba de falecer e agora estamos de luto.

— Luto? — Dessa vez, deu para ouvir a voz do noivo. — Mas... mas... isso... — Ele olhou para o pai, pedindo silenciosamente para dar um jeito numa situação que estava além de sua alçada.

O visconde se inclinou e falou baixo com o filho como se estivesse lhe aconselhando, provavelmente lembrando das regras do luto que nem ele podia ultrapassar e quanto tempo o luto familiar durava.

<hr />

As pessoas se dispersaram, e os únicos que ficaram foram os familiares do noivo, pois precisavam se preparar para partir; não havia sido assim que planejaram. E já que o casamento seria hoje, eles estavam hospedados na casa. O visconde decidiu que, assim que todos se trocassem e estivessem prontos, iriam partir. Depois, apenas ele e o filho retornariam para o enterro do barão, que seria na manhã seguinte.

Charles ficou lá embaixo esperando e pediu para se despedir de sua noiva. A primeira coisa que Eloisa fez depois de ir para o seu quarto foi retirar o vestido de casamento. Por cerca de meia hora, ela sequer conseguiu chorar.

Havia se preparado para aquele dia, esvaziara seus sentimentos, estava pronta para encarar tudo com distanciamento. Então, bem no meio, seu plano era todo derrubado e era exigido dela que desenterrasse suas emoções.

Apenas quando ficou sozinha, num canto do seu quarto, ela conseguiu chorar pela perda do pai. Era verdade que a decepção que ele causou havia mudado o jeito como se relacionavam e até como se importava com ele. Mas isso era diferente de simplesmente perdê-lo para sempre. Mesmo que o pai não lhe desse muita atenção, por ela ter a tia exatamente para se envolver com seus assuntos, ainda era seu pai. E, apesar de tudo, sentia a perda dele.

Quando tornou a aparecer, Eloisa já havia mudado completamente. De manhã, era uma noiva, não estava radiante, mas ninguém sabia como ela se sentia; ao olhar alheio, estava bela e saudável, pronta para entrar na igreja. Agora, quando desceu as escadas para se despedir do seu noivo, estava pálida e trajando preto.

— Sinto muito por algo tão terrível ter acontecido hoje, no dia que deveria ser o mais feliz de sua vida — disse Charles, tomando a liberdade de segurar suas mãos.

Eloisa assentiu, mas apenas continuou olhando-o com aqueles grandes olhos castanhos, agora muito tristes. Se ele queria partir achando que esse teria sido o dia mais feliz para ela, Eloisa não iria lhe tirar isso. Ele que fosse em paz.

— Eu retornarei para o enterro — informou.

— Obrigada pela consideração — murmurou ela.

— Eu sei que enfrentará um período de luto. — Ele queria soar compreensivo, mas ainda estava inconformado.

Charles não era paranoico o suficiente para achar que o barão poderia "morrer de propósito", mas, se aquele maldito Harwood não o tivesse encontrado na estrada ou não tivesse ido avisá-los, quando chegassem em casa ou quando a notícia fosse levada até lá por um empregado, Eloisa e ele já poderiam estar casados. Pois quem ia levá-la ao altar era aquele seu primo odioso. Charles esqueceu de considerar que, se fosse assim, a família não teria tido tempo de se despedir do barão e ele teria morrido sozinho com o mordomo, no chão do salão.

E agora, em vez de partir, se estivessem casados, Charles ficaria ali, ao lado dela e de olho naquele seu primo e no amigo ruivo dela que, para seu desgosto, tinha permissão para ficar enquanto ele tinha que partir. Com o luto e o casamento que não se realizou, Charles também não poderia levá-la dali e tampouco veria

Encontre-me ao Entardecer 119

seu dote que eles usariam para sua nova casa e para ajudar nos negócios.

— Sim... — respondeu ela.

— Eu também sei que pensará que um ano é tempo demais. Porém, quero que saiba que para mim só será longo se não puder vê-la.

— Um ano é realmente tempo suficiente para que o senhor se acerte com uma noiva. Em poucos tempo, pode ter um novo acerto, ainda mais porque nos aproximamos da abertura da temporada.

— A senhorita faz tão pouco dos meus sentimentos...

— Não há sentimentos entre nós — cortou ela.

Charles puxou o ar, engolindo as palavras, pois já esquecera que Eloisa fazia isso, dizia frases que o deixavam sem reação. Era muito inoportuno, ele havia esperado tirar esse péssimo hábito dela após o casamento.

— De sua parte, eu sei. Mas era algo que mudaria assim que fôssemos embora daqui para viver juntos.

— O senhor mal me conhece.

— Conheço o suficiente, e estou insultado por pensar que eu a abandonaria num momento tão difícil e quebraria nosso compromisso — respondeu ele, contente com a própria resposta.

— Eu o libero de qualquer compromisso — declarou ela, puxando as mãos.

A seriedade de como ela disse aquilo quase o fez gaguejar e Charles devolveu naquele seu irritante tom de lembrete.

— A senhorita não pode. Temos um acorto.

— Estou de luto e assim permanecerei por um longo tempo. O senhor está livre para encontrar outra noiva.

— A senhorita não pode quebrar o nosso compromisso, não é algo que pode ser feito no meio de um salão e após uma morte tão trágica. E quando estivemos na porta da igreja neste mesmo dia.

— Eu mantenho minha liberação.

— E eu mantenho a palavra de que nosso compromisso não está quebrado. Não seria correto — teimou ele, decidido a não ceder.

Georgia entrou rapidamente e abraçou Eloisa, ignorando completamente o fato de ela estar no meio de uma conversa com Charles.

— Eu sinto tanto, Elo! — disse, abraçada à amiga.

Christopher se aproximou também e olhou Charles de cima a baixo e, como ele era bem mais alto — afinal, o noivo tinha a mesma altura que Eloisa —, ficava uma manobra acintosa.

— Seu pai está lá fora o esperando — informou Kit, nada amigável.

Charles lhe lançou um olhar atravessado e esperou até que Georgia soltasse Eloisa.

— Sinto por sua perda, senhorita. Creio que voltaremos a nos ver em breve.

Só então ele partiu e Kit resmungou algo sobre ele ser um sujeitinho odioso. Apesar de pouco terem falado com o homem e mal o conhecerem, todos os homens presentes na vida de Eloisa rejeitaram o seu noivo. Até seu falecido pai, que arrumara o acerto, não quisera se envolver com o futuro genro. Ingram tinha motivos, pois se desentendera com ele. Kit tinha vontade de afastá-lo de Eloisa toda vez que o via por ali. E Harwood, que acabara de conhecê-lo, já o achava um péssimo exemplo de homem, mimado e desrespeitoso. E o pior é que Charles também odiava todos eles. Seria mesmo uma relação problemática.

Na manhã seguinte, Rachel e Eloisa prepararam o corpo do barão, e ele foi enterrado, com a presença de seus vizinhos, alguns empregados e os conhecidos mais afastados que puderam ser avisados. A família não era grande, tampouco morava ali perto, e não daria tempo de chamá-los. Ingram teve de escrever cartas avisando a todos do falecimento do tio.

Logo o advogado da família chegou para se reunir com o administrador e agora, muito antes do esperado e mais cedo do que gostaria, Ingram era o novo barão de Perrin. Por mais que não parecesse, mesmo movendo-se pouco e mal saindo do gabinete, a morte de Martin ia mudar tudo que seus familiares tinham planejado para o futuro.

Um mês depois, eles já planejavam uma reforma e mudanças nos negócios, pois Lorde Perrin já não tinha mais paciência para investimentos e se mantinha atrelado apenas aos que já fizera e deram certo. A economia avançava rápido demais e, com o fim da guerra, o país estava faminto pelo crescimento.

— Será melhor assim, querido — Rachel disse ao filho. — Eu teria ido muito antes se não fosse pelo meu irmão.

Encontre-me ao Entardecer 121

— Mas precisa ser agora, mãe?

— Sim, vai ser melhor. Para todos nós e especialmente para Eloisa, você verá. Ela precisa conhecer pessoas novas. Apesar de não podermos participar, ainda estaremos na temporada.

— Vou visitá-las assim que possível.

— Não se preocupe, vá apenas quando puder. Vamos sentir sua falta, mas sobreviveremos.

Eloisa foi rapidamente para perto do primo e o abraçou.

— Vou sentir saudades! — exclamou contra o ombro dele. — Vá me ver assim que possível.

— Claro que irei, mas a espero aqui para o verão.

— Nós voltaremos.

Ele as levou até a porta, onde a carruagem estava esperando. Tia Rachel havia resolvido ir ocupar sua casa na cidade, antes que renovassem o contrato de aluguel para a família de uma de suas amigas, para quem alugou no ano anterior pelo período da temporada londrina.

— É uma pena Lorde Eugene ter partido, eu queria me despedir dele — lamentou-se Eloisa.

— Ele precisava ver o irmão, foi informado de que ele não durará muito mais. E agora que consegue viajar em uma carruagem sem morrer de dor, era sua oportunidade — explicou Ingram. — Sua partida foi repentina, nem ele esperava. Um mensageiro do duque veio buscá-lo. Mas ele lhe deixou lembranças.

— Entendo, dê-lhe lembranças minhas — pediu Eloisa, ao se separar dele.

Antes de entrar na carruagem, ela levantou o rosto e olhou para a casa uma última vez. Seria o tempo mais longo que ficaria longe dali. E talvez nunca mais voltasse a morar na casa do barão. Ela sabia que sempre teria um lugar ali, mas também sentia que, agora que seu pai morrera e depois de tudo que aconteceu em sua vida nesse último ano, era sua hora de partir.

Tia Rachel estava contente de voltar para a cidade; ela havia passado mais tempo em Londres do que seu irmão. Antes de ficar viúva, era lá que morava, pois seu marido era o segundo filho de um conde e trabalhava como oficial de diplomacia do reino. O luto ainda era recente, e elas iniciaram a participação discretamente, ainda em trajes de meio-luto. Apesar disso, voltar para Londres tirou Rachel de sua tristeza pela perda do irmão, porque lhe deu outro propósito. Tinham esse tempo todo para se preparar.

Rever as amigas do seu grupo das Margaridas foi como rejuvenescê-la. Ultimamente, Rachel encontrava-se com elas fora da temporada, e só ao chegar de volta em sua casa foi que percebeu como sentiu falta.

Ela pretendia comprar um novo guarda-roupa para Eloisa e renovar seus próprios vestidos, afinal, teria de servir como acompanhante. E agora, ela e as Margaridas treinariam a sobrinha para os salões, longe daquela preceptora encardida e das ideias fora de moda de seu irmão.

Em breve, Georgia chegaria à cidade também e isso tornaria a alegrar Eloisa, assim como lhe daria assuntos para se entreter. No entanto, o luto lhes restringia, por mais que Rachel estivesse desobedecendo algumas convenções. Georgia e Eloisa não poderiam fazer tudo que planejaram, mas isso era só mais uma decepção no mar que as dragou naquele ano.

124 LUCY VARGAS

Capítulo 13
Londres, temporada de 1818

Eugene Harwood entrou no baile acompanhando sua irmã mais nova, Agatha. Ela apoiava a mão no seu antebraço e mantinha a cabeça erguida enquanto avançavam no salão. Ela era leve, parecia flutuar ao seu lado. Era a primeira vez que ambos participavam de uma festividade sem o sinal do meio-luto. Em vez do branco, ela optara pelo bom gosto de uma transição leve, e seu vestido lilás não diferia muito das cores que podia usar quando abandonou o luto total. Eugene preferia as roupas civis, só mudava para um dos seus uniformes de gala em ocasiões obrigatórias.

— É um prazer vê-lo por aqui — disse um homem do qual Eugene se lembrava vagamente.

— Fico feliz que tenha comparecido e em companhia de sua adorável irmã — cumprimentou Lorde Gastelier, o anfitrião da noite.

— Nós não deixaríamos de comparecer. Agradeço a consideração do convite.

Na verdade, era consideração deles agraciarem aquele baile com sua ilustre presença, eram convidados que com certeza atrairiam outros e fariam os presentes terem certeza de que escolheram o lugar certo para estar esta noite. E agora que o luto não impedia algumas de suas ações, era esperado que fossem mais assíduos.

Com a morte de Oscar, Eugene assumira uma posição que nunca almejara. Por outro lado, a última coisa que desejara fora se ferir e ficar impedido de seguir carreira militar. E agora é que não voltaria de forma alguma, mesmo para um cargo administrativo. Era o único herdeiro direto do duque de Betancourt, o que o tornava um dos melhores partidos disponíveis no momento, abaixo apenas dos raros duques solteiros que ainda existiam e não estavam falidos. Os Harwood certamente não estavam com suas finanças apertadas.

Agatha era uma jovem concorrida. Como única filha do duque, seu dote seria generoso, e seu casamento, puro status. Os Harwood eram parte do creme

Encontre-me ao Entardecer 125

mais fino da alta sociedade inglesa, quando se dispunham a participar.

— Deixe-me, vou passar um tempo com Amanda, é a única que conheço aqui — disse Agatha, liberando o irmão de ser sua sombra. Assim também evitava que ele ficasse preso ao lado dela o tempo todo e se tornasse alvo fácil das mães casamenteiras.

— Não me afastarei muito, fique onde eu possa vê-la — ele pediu à irmã.

— Você quem sabe, o perigo é todo seu — brincou ela.

Finalmente livre do luto, Agatha estava animada, mas não extasiada. Aos 17 anos, ainda era nova e não estava desesperada por um casamento. O fato de não estar precisando de um noivo rico ou de um motivo para finalmente sair de casa ajudava sua causa e a vontade de esperar pelo pretendente certo.

Eugene deixou-a com sua amiga e a mãe dela; ao menos as duas nunca tentavam envolvê-lo em seus assuntos. Era fácil perceber que ele não era chegado a conversas de amenidades. Assim que se afastou um pouco, ele observou o salão em busca de conhecidos que lhe agradassem, não que tivesse muitos. Infelizmente, Ingram não estava em Londres.

Foi quando ele encontrou o que esteve procurando, afinal, não tinha ido ali apenas para servir de acompanhante para a irmã. Eugene se aproximou lentamente, tomando cuidado para não ter um infortúnio no caminho, e traçando rotas que evitassem pessoas que tentariam estabelecer contato com ele.

Um pouco à frente, lá estava ela, de pé junto a um pequeno grupo de senhoras, destacando-se um pouco com seu vestido alegre, num tom leve de amarelo.

— Senhorita Durant, é um prazer tornar a vê-la depois desse tempo. — Ele fez uma mesura para ela.

Ela se virou subitamente, reconhecendo a voz, mas achando que ouvira errado. Seus olhos se arregalaram ao focalizar seu rosto, e um sorriso surpreso, grande demais para os padrões de fingido tédio dos salões, iluminou seu rosto.

— Lorde Harwood! — Eloisa exclamou, suas mãos se levantaram até a altura de sua barriga e ela deu um passo para perto dele.

Um sorriso apareceu no rosto dele ao notar a reação dela, ele estava sorrindo de verdade, com direito a dentes expostos e rugas nos cantos dos olhos. Eugene imaginou que, se ainda estivessem lá no campo, em um dos seus encontros em sua propriedade, talvez ela houvesse cometido o inaceitável, porém extremamente agradável, ato de abraçá-lo. Mas não estavam mais em casa. E ali o simples fato de ela ter soltado aquela exclamação e estar demonstrando tanta felicidade ao vê-lo já estava franzindo a testa de pessoas próximas.

— É... — Ela juntou as mãos e controlou sua euforia, seu rosto se apagou e no lugar do sorriso radiante apareceu um leve e respeitoso sorriso de boas-vindas. — É um prazer tornar a vê-lo.

— Foi um dos motivos para vir, queria ver como estava passando — explicou.

É claro que dizer que Eloisa era um dos motivos para ele ter comparecido ao baile não ajudava a manter seu encontro de forma discreta. No entanto, Eugene não se importava com isso, era a verdade. Ele não precisara se esforçar para saber que ela estava ali. Nesses dois anos, as coisas haviam mudado para ela. Eloisa agora não era mais a garota do campo, não se vestia e tampouco se comportava como antes.

Pelo que Eugene ficara sabendo, ela fazia parte de um dos mais notórios grupos de jovens da sociedade. Sempre eram assunto recorrente e, pelo que parecia, tratavam-se por apelidos estranhos, batizando a todos da mesma forma.

Apesar disso, Eugene ficou feliz em ver que, em apenas um segundo, ela havia mostrado que sua melhor parte não mudara. Não era possível fingir aquele sorriso.

— Eu estou bem, e o senhor? Temos que nos encontrar para conversar. Aqui certamente não conseguiremos muito tempo sem interferência.

— Seu cartão está cheio? — perguntou logo, pois dançar com ela seria uma forma de não serem interrompidos e ainda darem uma volta.

— O meu... não, mas... — Eloisa baixou o olhar. Pensando nisso pela primeira vez, ela moveu os olhos como se precisasse se esforçar para olhar os dois lados do corpo dele. Então levantou o rosto rapidamente e o encarou, depois voltou a olhar suas pernas, ainda em busca da bengala. — O senhor está curado!

Ela exclamou e, dessa vez, seu rosto se manteve naquela exagerada exposição de sentimentos; Eloisa estava maravilhada. Não podia esconder. Juntou suas mãos à frente do peito e permaneceu olhando-o como se estivesse extasiada, seus olhos castanhos brilhando.

— De certa forma — ele se limitou a dizer.

Estar curado era uma expressão muito forte. Ele nunca mais seria o mesmo,

Encontre-me ao Entardecer 127

isso era um fato que ele aprendera a aceitar e finalmente a dar o seu melhor para viver bem em volta das limitações que lhe foram impostas. A bengala não saíra da sua vida, pois ele a usava todos os dias, para evitar esforço desnecessário e nos dias ruins. Ela ia com ele onde fosse, nunca sabia o que poderia acontecer. Era possível vê-lo acompanhado de sua bengala quando saía para caminhar, mas ele não dependia completamente dela.

A dor agora era uma velha conhecida que o visitava esporadicamente; ela gostava de comparecer em certos dias, especialmente depois de uso forçado. Tudo que ele podia fazer era aceitar a visita e se cuidar. Assim se entendiam. A dor era caprichosa e, por vezes, sem educação, pois não mandava avisar.

Os músculos de suas pernas e coxas se fortaleceram e ele recuperara o peso perdido em seu tempo de convalescência, assim como o corado da pele. E não era visto pelas ruas com vincos de dor no rosto e recuperara seu aspecto jovial.

Eugene sabia que, se a guerra não houvesse lhe cobrado nenhum tributo pessoal, ele seria uma exceção. Era verdade que o preço fora alto, perdera o irmão, corrompera sua relação familiar e chegara perto de perder a perna. Mas ele aguentara, estava de pé, podia cavalgar e, com esforço, podia até dançar. Os médicos diziam que ele ainda continuaria se recuperando e ele preferia acreditar nisso. Não pretendia dançar a noite toda, mas uma dança especial não lhe faria mal.

— Da última vez que fui ao campo, o senhor não estava mais lá e não retornou, mas meu primo disse que estava indo bem. Vejo que era verdade. Permita-me dizer que está ótimo. Estou tão feliz que poderia rodopiar ao seu lado pelo salão inteiro.

Ele não desviou o olhar dela, mas sabia que estavam sendo observados. A cada minuto que passavam ali, de pé, naquela conversa e com ambos parecendo tão animados, seu número de espectadores aumentava.

— Eu não creio que conseguiríamos tal feito sem derrubar algumas pessoas, mas podemos nos dar ao luxo de alguns rodopios mais discretos.

— E sequer está me dando ordens como se eu fosse parte do seu regimento! — Ela prensou os lábios, forçando-se a controlar o sorriso e tentando novamente apagar todo aquele entusiasmo do seu rosto.

— Seria muito inconveniente reencontrá-la e já começar com as ordens — ele gracejou de volta.

— Além do mais, não estou mais invadindo o seu jardim. — Ela levantou o rosto, empinando seu queixo pequeno e pontudo.

A lembrança o fez sorrir novamente, dessa vez, de forma mais sutil.

— Devo retornar para buscá-la?

— Não, podemos ir agora. Espere um momento. — Ela se aproximou de Rachel. — Titia, lembra-se de Harwood?

— Ora essa, como eu poderia esquecê-lo? Eu o conheço antes mesmo de você o conhecer. — Ela se aproximou deles e disse baixo: — E ele não é mais Harwood.

— Eu sempre serei Harwood, madame. — Ele inclinou a cabeça como deferência.

— Quando era ainda mais novo, o senhor nos fazia chamá-lo por um título abaixo da realidade e agora pretende continuar com esse truque? — ralhou como se não tivesse se passado um dia e ele ainda fosse só o amigo do seu filho.

— Infelizmente, não tenho mais essa escolha.

Eloisa se inclinou e perguntou baixo:

— Então de que devo chamá-lo? Não sei seu novo título.

— Harwood — simplificou ele.

— Hosford — corrigiu tia Rachel.

— Mas todos dois começam com H? — Eloisa franziu o cenho.

— Visconde Hosford — explicou a tia.

— Ora essa, milorde. Sua família reservou todos os nomes com H? — telmou Eloisa.

Eugene apenas expressou um leve sorriso das tiradas dela, que pareciam genuínas, como se ela nem as estivesse encarando como uma piada.

— Futuro duque de Betancourt — explicou a tia, murmurando.

— Ah, mas é mesmo! — Eloisa parecia ter descoberto algo fantástico. — Eu já havia me esquecido desse detalhe. Estava tão acostumada a tê-lo como vizinho que esqueci do seu pai, o tal duque que nunca vi.

— Eu ainda prefiro ser tratado como seu vizinho.

— Chame-o de Lorde Hosford ou os outros pensarão que é uma tola ou que o está desrespeitando por chamá-lo por um título abaixo de sua colocação — instruiu Rachel.

Encontre-me ao Entardecer 129

Eloisa assentiu e aceitou o braço que Eugene lhe ofereceu. Assim que estavam longe o suficiente, ela sussurrou:

— Mas Harwood é tão mais bonito do que esse outro nome. Eu já até o esqueci outra vez.

Ele a olhou pelos cantos dos olhos, mas ela viu sua boca se mover em um sorriso. Quando ainda conversavam no jardim, ela havia aprendido a reparar em sua boca para avaliar se ele estava se divertindo, pois as demonstrações eram tão súbitas e sutis. E hoje ele já havia lhe sorrido duas vezes.

— Eu também prefiro, pode usá-lo comigo se preferir, vou gostar se ao menos alguém ainda usá-lo.

— Mas qual é mesmo o outro? Não posso passar vergonha.

— Hosford.

— Har... Hos... — ela repetiu para si mesma. — Lembrarei disso.

— Eu imagino que já tenha superado sua fase de memorizar nomes ou teve muitos problemas confundindo pessoas por aqui. — Eles pararam à beira da pista de dança, esperando o minueto.

— Como sabe? — Ela parecia chocada por ele já saber de um dos seus tropeços. — Já andaram caçoando de mim?

— Eu concluí.

A dança começou e ele a acompanhou para a formação de pares. Ao escutar os acordes, Eugene se concentrou. Ele só podia dançar determinados tipos de dança e tinha de manter-se atento para não se atrasar ou errar algum passo, portanto, preferia danças mais lentas. Por mais entrosado que parecesse, sua perna direita não tinha a mesma mobilidade. Então ele evitava dançar, mas queria fazê-lo com Eloisa.

Quando terminou, ele a levou para dar a volta no salão e serem fatalmente interrompidos, mas não havia como fugir.

Eloisa passava longe de ser a sensação da temporada, mas também não era nenhuma garota de cantinho de salão. Sempre havia alguns cavalheiros para convidá-la para uma dança. Ela também não era popular por conta própria, era incluída no meio das fofocas porque seu grupo de amigos era notório. Mas não era um grupo grande, havia poucas amigas com quem passava mais tempo.

Atualmente, a vida em Londres estava bem melhor para ela. Até se enturmar, Eloisa passou por situações difíceis e ainda tinha desafetos dessa época.

Havia chegado como a garota do campo; sempre havia algumas desse tipo debutando. Não importava se era ingênua e ainda em meio-luto pelo pai, era mais uma na disputa.

Recentemente, ela se tornou uma festeira digna de nota e envolvida com o Grupo de Devon, com outros cavalheiros e jovens damas com quem ela costumava interagir. Eloisa sempre tinha um lugar para ir e podia escolher. Havia inúmeros motivos para certas pessoas não gostarem dela, mas tia Rachel e sua amiga, Lady Ferr, tiveram certeza de que ela estava muito bem treinada antes de levá-la para os leões.

Se fosse vista ali, trajada nos mais finos e modernos vestidos, adornada por pequenas joias e domando bem sua natureza, nem diriam que era a mesma garota que corria escondida de casa até o parque e depois ia visitar todos os seus vizinhos a pé. Ou que apostava corrida com Kit e caía no lago e precisava ser resgatada. E menos ainda que fosse uma completa tola que acreditara cegamente em sua primeira paixão juvenil e assim quase se arruinara.

Havia leves rumores, algo sobre um possível noivado desfeito com o filho do conde de nome estranho. Ou uma antiga amizade próxima que deveria ter resultado em serem prometidos. Mas a história real ainda estava enterrada lá em Somerset, perto da divisa com Devon. Ou seja, a humilhação de Eloisa continuava coberta. Com alguns furos, mas escondida o suficiente para não estragar suas chances.

Agora, a camponesa da vez, como a Srta. Brannon a apelidara, se tornara um assunto de interesse. Afinal, por que o introspectivo futuro duque de Betancourt tinha interesse em dançar com ela? Ele nunca dançava com ninguém. Eugene também tinha suas próprias fofocas. Nada escandaloso como o passado de Eloisa, mas era mais ligado a quem ele era.

Todos sabiam que ele era o filho mais novo, e não seria agora o herdeiro do título se o seu irmão mais velho não tivesse morrido. E para não dizer apenas que ele era calado, uma descrição pobre, resolveram que era um homem introspectivo. Ou soturno. Diziam que ele não era chegado a conversas, preferia ficar pensando e observando e, para deixar tudo mais interessante, a culpa fora colocada em seus traumas de guerra. E lembrar que ele era um oficial, ferido em batalha como um herói, o tornava ainda mais intrigante. Isso e seu futuro título, e todo o dinheiro que agora era apenas seu.

Era de conhecimento geral que ele se ferira, mas ninguém ali sabia detalhes

Encontre-me ao Entardecer 131

ou a extensão do ferimento. Apenas os boatos de que o duque estava com problemas, com seu herdeiro vivendo seus últimos dias e seu filho mais novo que não andaria mais. Oscar, o filho mais velho, infelizmente faleceu. Eugene estava andando.

E afinal, quem ali se importava se ele mancava, se apoiava numa bengala ou até pulava num pé só? Ele era rico, ia ser um duque. Seu pai já chegara aos sessenta anos, não ia demorar a ir e deixar tudo para ele. Aquelas pessoas não sabiam de tudo que passou até estar ali de pé e saudável ou das limitações com as quais tinha de lidar. Essa parte não lhes importava.

Ainda bem que Eugene tinha poucos amigos, mas valiosos como o maior tesouro do mundo. Essas pessoas se importavam. Seu melhor amigo o apoiou o tempo todo. Até Rachel torcera por ele. E Eloisa, sem o menor planejamento, o envolvera em momentos que ele jamais esqueceria. Alguns ruins, outros mal-humorados, trágicos e tristes e ainda os escandalosos e felizes.

— Senti muito que não nos despedimos, queria ter lhe desejado melhoras. Achei que o veria quando voltasse no verão — disse ela, quando se afastaram da pista de dança.

— Eu tive que partir para ver o meu irmão, achavam que ele morreria a qualquer momento. Acabou durando mais algum tempo antes de partir e terminar seu sofrimento.

— Ingram nos contou. Sinto muito, milorde.

— Ele me passou seu bilhete de condolências. Obrigado.

Eles ficaram em silêncio por um momento e isso não parecia ser um problema para nenhum dos dois; não era desconfortável. Eugene gostava de pausas, apreciava um tempo para pensar e simplesmente observar. E Eloisa podia até parecer tagarela e era ótima em preencher os silêncios quando necessário, mas também gostava de apreciá-los se não havia nada mais relevante para dizer.

Seus antigos encontros ao entardecer eram breves, mas eles sempre dividiam alguns silêncios, fosse pelo mau humor dele ou porque sentiam-se confortáveis em apenas apreciar a companhia.

— Creio que sobrevivemos às nossas perdas. E tivemos nossas vidas viradas de ponta-cabeça por elas, mas ainda nos levantamos — comentou ela.

— Eu imagino que, a essa altura, tenha aprendido que não escolhemos cair, mas decidimos se ficamos lá ou se levantamos.

— O senhor me viu aprendendo tudo isso em um curto espaço de tempo.

— Eu gostaria de ter aprendido isso na sua idade.

— Na idade que eu tinha. Completei vinte anos. — Ela virou o rosto para ele. — Sou bem adulta agora. Se não tomar cuidado, logo vão dizer que estou passada. Ainda mais quando voltar para a terceira temporada.

Ele franziu o cenho para ela, mas foram interrompidos por conhecidos o cumprimentando e outros se aproximando para puxar assunto, sendo alguns homens obrigados por suas esposas, só para tentar se inteirar do motivo de Eugene estar passando seu tempo com Eloisa. Ele tornou a olhá-la assim que ficaram sozinhos outra vez, ou melhor, sozinhos como era possível estar no meio de um baile.

E sem se preocupar em disfarçar por olhá-la, estudou suas mudanças. Eloisa não parecia mais uma menina, amadureceu em seus traços e em sua beleza. Ele não achava que ela estivesse fingindo, mas havia mudado, dava para ver no seu jeito de falar, se mover, dançar e se comportar.

— Se vai voltar para a terceira temporada, acha que não terá se casado até lá? — perguntou quando pararam perto de uma das janelas, em busca de uma brisa e para beber negus, um ponche feito com vinho de menos e limão e açúcar demais.

— Não se eu puder evitar — brincou ela.

— Está evitando?

— Estive adiando.

— Não posso imaginar por que faria exatamente o contrário do que todas vêm fazer nesses bailes. Já superou o passado, eu espero.

— Oras, deixei o passado enterrado onde se deve, no passado. — Ela pausou e lhe lançou um olhar travesso. Eugene conhecia aquele olhar e ficava feliz em vê-lo novamente. — Eu estava esperando.

— O quê? Completar vinte e um anos?

— O senhor! O que mais eu poderia estar esperando? — ela brincou e então riu sonoramente.

Ele ficou muito sério enquanto apenas a observava. Eloisa não notou inicialmente e bebeu um gole de ponche, mas estranhou o silêncio dele e o encarou. Surpreendeu-se pela seriedade e intensidade do seu olhar e levantou as sobrancelhas enquanto o olhava.

Encontre-me ao Entardecer 133

— Bem, eu vim justamente para vê-la. Não sei em que pé isso nos coloca, nem acredito que esteja falando sério. Mas eu queria reencontrá-la porque tinha absoluta certeza de que sua versão adulta seria formidável, e eu não podia passar nem mais um dia sem conhecê-la. — Ele segurou sua mão enluvada, porém, não chegou ao ponto de beijá-la. — Eu ainda sou Harwood. Pode me chamar de Hosford, se isso vai lhe dar uma nova visão sobre mim, porém, prefiro a antiga familiaridade. E não sou mais seu vizinho ferido que vai destratá-la, mas ainda gosto só das tortas azedas. Vou convidá-la para dançar em todos os bailes que nos encontrarmos, vou levá-la para passear, para cavalgar e a importunarei durante as tardes para me oferecer o chá e conversar comigo. Se não quiser nada disso, seja sincera como sempre foi e diga imediatamente. Do contrário, vou cortejá-la sem escrúpulos ou hesitação até que me diga sim. Srta. Durant, eu não desisto até ter o que quero. E vim a Londres por você.

Eloisa ainda estava segurando o copo de ponche enquanto ele segurava sua outra mão, mas ela ficou tão pasma que o copo caiu, espatifando-se no chão à frente deles e espalhando o vinho sobre a barra de seu vestido, seus sapatos, a barra da calça dele e os sapatos de baile que Eugene usava.

Ela puxou a respiração e apertou as mãos, surpresa e ainda completamente fora dali. As palavras dele ecoavam em sua mente. Eugene apenas moveu o olhar da mão que ela soltara para o seu rosto e não pareceu perturbado pelo copo quebrado. Em compensação, todos por perto se viraram para olhar o acidente.

Capítulo 14

Com vários olhares fixos sobre ela, Eloisa deu um passo para trás, mas bateu contra a janela aberta e, se não fosse por Eugene segurar o seu braço, sua próxima grande saída seria cair pela janela.

— Acabei com meu vestido — murmurou e tentou se afastar discretamente e voltar para a segurança do grupo da sua tia. — Desculpe-me pela sua calça e seus sapatos.

— São pretos, não dá para ver nada — respondeu ele.

O vestido dela, em compensação, estaria manchado para sempre se a barra não fosse logo colocada em água morna e aos cuidados da camareira e suas receitas para tirar manchas.

A volta para perto de Rachel não foi das mais agradáveis, Eloisa tinha noção que passara de "apenas mais uma bonita mocinha" para o assunto da noite e das salas de visitas do dia seguinte, dos passeios no Hyde Park, das confeitarias e onde mais os membros da sociedade estivessem se reunindo para fofocar. E, como sempre, ela não podia sair por cima e ser um bom assunto, tinha que aprontar alguma na saída.

— Eloisa, aconteceu alguma coisa? — Rachel perguntou, assim que viu a sobrinha aparecer subitamente à sua frente.

Ela teve vontade de dizer: *Sim! Harwood ou Hosford, seja lá que outro nome com H a família dele tenha! Ele aconteceu como um furacão!*

Rachel alternou o olhar entre ela e Eugene, que a havia acompanhado até lá, esperando que um dos dois explicasse, mas, ao olhar para o rosto dele, viu que não parecia minimamente alterado.

— Meu vestido... derrubei o ponche — Eloisa disse baixo.

— Mas como?

— Um infeliz acidente — remediou Eugene. — Devo acompanhá-las até a saída? — Ofereceu-se para ajudá-las a chegar rapidamente à porta, afinal, moça

Encontre-me ao Entardecer 135

alguma ia permanecer num baile com seu vestido manchado e chamando mais atenção a cada minuto.

— Claro, será muito gentil de sua parte, milorde — disse Rachel, aceitando o braço que ele oferecia.

Ele levou ambas para a saída e, no caminho, fez um sinal com a cabeça para a irmã, que apenas assentiu e começou a se livrar de suas conversas do momento. Assim que ele retornou, encontrou com Agatha logo na entrada.

— Terminou o que veio fazer? — indagou ele. — Posso lhe fazer companhia por mais tempo.

— Estou entediada, conte-me sobre sua dama desastrada. Quando vou conhecê-la? Ela é a moça que veio procurar em Londres?

— Não seja curiosa. — Ele lhe deu o braço para partirem.

— Oh, por favor, Eugene! Não seja estraga-prazeres, você sabe que gosto de romances. Conte-me!

— É claro que era ela, por qual outro motivo eu teria passado todo esse tempo em sua companhia?

— Não sei, homens são criaturas estranhas. Você podia ter vindo, não encontrado a moça e se encantado por essa desconhecida.

— Está errando de conto de fadas, Agatha. No meu, eu não me encanto por desconhecida alguma, simplesmente continuo procurando a dama de meu interesse até encontrá-la.

Eles tiveram de andar um pouco até sua carruagem ao invés de aguardar que manobrasse na rua atulhada por outros veículos. Era bom, pois ambos apreciavam uma caminhada ao ar livre, mesmo que o ar de Londres não proporcionasse o mesmo prazer e frescor de um belo campo ao anoitecer.

— Já estou feliz o suficiente por você ter um conto de fadas. Me dá esperança, não somos muito chegados a romance na família, você sabe...

— Eu não sou chegado a romances, Agatha. Quero ter um romance com a senhorita Durant e mantê-lo durante a vida que ainda tenho, só isso.

— Isso não é um "só", Eugene. É algo bom! Diferente! E, vindo de um homem como você, é uma mudança de vida. Admita que agora gosta de romances.

— Pessoas que gostam de romance se interessam por eles, querem saber sobre eles, querem vivê-los e revivê-los. Eu só quero viver um, com uma pessoa, e este será o que me esforçarei para manter.

Agatha entrou na carruagem, mas sentou em frente ao irmão e o olhou seriamente como se ela fosse a irmã mais velha, pronta para dar lições e conselhos.

— Você já teve outros romances na sua vida, não é? — perguntou ela.

— Não.

— Não minta para mim, já sou adulta o suficiente para entender.

— Não.

— Mentira, você já esteve com mulheres!

— Estar com uma mulher não significa ter um romance com ela — cortou ele.

— Era assim que tratava essa moça? Se era, ela não vai querer nada com você.

— Era pior.

— Ah, Deus... Não temos nenhuma chance. — Agatha colocou a mão na lateral da cabeça, já lamentando.

— Não é "temos" no plural. E, apesar do meu comportamento, ela parecia se divertir.

— É claro que é no plural, estou envolvida nisso. Não descansarei até que você tenha um romance — declarou decididamente.

— Não está.

— Posso ajudá-lo.

— Não.

— Eugene!

— Nem pensar.

Agatha bufou. Ele era enervante. Nem se alterava para soltar seus cortes e ainda tinha aquele tom de decisão, exatamente como alguém acostumado que seus soldados lhe obedecessem sem que ele precisasse mover um fio de cabelo além de dizer uma palavra.

— Você vai seduzir essa moça e não quer que eu saiba e seja mau influenciada? — Ela o olhou com desconfiança.

— Não.

Encontre-me ao Entardecer 137

— Minha nossa! Eu não pensei que uma temporada com você seria tão excitante!

— O sarcasmo não combina com sua personalidade — opinou ele.

— Estou falando sério! Você vai seduzir essa moça e mesmo assim diz que não gosta de romance.

Eugene soltou o ar e virou o rosto para a janela; sua irmã era do tipo que vencia pelo cansaço. E ele era sua pessoa favorita para isso. Ela nunca teve muito contato com Oscar, mesmo antes de partirem para a guerra. E, nos últimos anos, também esteve longe de Eugene. O pai deles sequer contava para esse tipo de conversa. Então, ela parecia ter desenvolvido um grande apego pelo irmão que agora era o mais velho e único que lhe sobrara. Segundo ela dizia, "é para compensar meus anos afastada, crescendo como filha única, longe de vocês". Claro que ela dizia isso por puro drama.

— Não vou seduzi-la, Agatha.

— Então o que fará para convencê-la a lhe dar atenção?

Ele ficou quieto por um momento, mas voltou a olhá-la.

— Cortejá-la.

— Isso é linguagem de irmão mais velho para seduzi-la?

— Tenho certeza que sim.

— Você gosta de romance, Eugene! Não negue! Está no nosso sangue.

— Está se contradizendo, acabou de dizer que nossa família não é...

— Mamãe! Ah, Doug! Você também acha que eu nao sei? Nossa família paterna é composta por um bando de chatos, sem um pingo de romance e sedução no sangue, com aquelas caras de moscas mortas. Você já viu os quadros? Minha nossa, só de olhar para eles eu fico entediada. Mas a família da nossa mãe é repleta de escândalos, casamentos impulsivos, amantes famosos, paixões arrebatadoras e toda sorte de coisas que vocês não querem que eu saiba. Eu temi que, igual a Oscar, você tivesse puxado ao papai, mas você e eu... — Ela os indicou e sorriu. — Somos como a mamãe! Não é à toa que somos uma afronta aos Harwood e saímos com o cabelo claro como o dela!

Eugene ficou apenas encarando-a depois do seu longo discurso sobre a família deles e a propensão a escândalos do seu lado materno. Era tudo verdade e ele não sabia dizer como e quando Agatha descobriu sobre sua família materna. Seu pai não falava no assunto. Eugene achava que o duque teve muito trabalho com a esposa, mas, até onde sabia, eles se gostavam.

Porém, era só ir conversar com tios e primos do lado materno e as histórias fluíam. Pensando bem, uma tia deles ficou com Agatha por um tempo, Eugene podia apostar que foi como ela descobriu todas as histórias que tentavam acobertar. Algo que, na opinião dele, era inútil, pois os familiares vivos continuavam criando escândalos.

— Não sei de onde você tirou toda essa imaginação... — Ele pausou e balançou a cabeça, mas depois uma risada escapou e ele inclinou a cabeça, rindo ainda mais.

Ir morar com Agatha, ou melhor, tê-la perseguindo-o, havia sido uma das coisas nesses dois últimos anos que lhe devolvera o humor. Foi um alívio, já que ele não via mais Ingram como antes e nunca mais encontrou com Eloisa.

O assunto sobre o baile só voltou à tona na manhã seguinte. Rachel sentou-se à mesa e já encontrou Eloisa lá para o desjejum.

— Afinal, o que a deixou tão distraída ontem? Quando voltamos, você sequer explicou como acabou com um vestido arruinado. — Rachel quebrou a casca de seu ovo e levantou o olhar para a sobrinha.

— O copo escorregou da minha mão quando Harwood...

— Hosford — corrigiu Rachel.

— Que seja. Lorde Hosford me disse que veio a Londres especialmente para me encontrar.

A colher caiu da mão de Rachel e ela quase derrubou seu ovo do suporte e se embaralhou para segurá-lo a tempo.

— Perdão? — Ela não achava ter escutado certo.

— Lorde Eugene Harwood. — Eloisa levantou a mão. — Não me corrija, ele prefere assim e eu não vou confundir os nomes em público. De qualquer forma, ele pretende me visitar.

— Ele vai visitá-la? — Rachel franziu o cenho, confundindo-se com a escolha de palavras da sobrinha. — Para um chá e alguns biscoitos? Ou pretende tratar de assuntos sérios?

— Não temos assuntos sérios, tia.

— Bem, sei que os tempos estão um tanto mudados, porém, se um cavalheiro

Encontre-me ao Entardecer 139

solteiro diz a uma dama solteira que vai "visitá-la", isto ainda é um assunto sério.

— Não sei bem o que é...

Rachel descansou seus talheres lentamente, mal emitindo som, e olhou para Eloisa seriamente.

— O que está me escondendo, Eloisa?

Ela ficou olhando para o prato, ainda segurando os talheres, mas os descansou e olhou para a tia.

— A senhora acha que eu seria uma moça adequada para um futuro duque?

— Ah, Deus! — Rachel exclamou e fechou os punhos, depois os abriu em claro estado de nervosismo. — Ele vai cortejá-la, não é? É bem típico de Hosford dizer algo assim de forma tão crua. Ele sempre foi um rapaz com ideias claras demais. E um péssimo manejo social, para ser sutil.

— Sim, ele disse — resumiu ela.

— Não me admira que tenha derrubado o ponche. — Rachel estreitou os olhos para ela. — Não foi apenas isso que ele disse, não é?

— Ele pretende me visitar, como eu disse.

Rachel manteve seu cenho franzido enquanto pensava, mas voltou a olhá-la.

— Por que me fez essa pergunta, Eloisa? Você é mais do que adequada. Não posso imaginar por que algo assim passaria pela sua mente.

Apesar de assentir, Eloisa continuou olhando para baixo.

— É uma preocupaçao valida, tia. Apesar do tempo que estou aqui, não sou refinada e... Se eu fui rejeitada até para ser uma condessa de uma família de pouca importância se comparada a Betancourt, imagine se...

— Pare com isso imediatamente! — ralhou a tia, sobressaltando-a ao dar um tapinha sobre o tampo da mesa para chamar sua atenção. — Aqueles ratos jamais devem ser tomados como exemplo. Você é maravilhosa e seria a melhor condessa que aquela família já teve, porque está claro que a esposa do conde atual é uma péssima influência. Afinal, eles não têm um pingo de educação e decência. Gentinha sem honra!

— Continuo sendo simplória em comparação a...

— Não se atreva! Lady Ferr, eu e as outras senhoras do meu grupo levamos esses dois anos a tutelando e guiando. É uma das jovens mais bem apresentadas dos salões, só sai daqui com vestidos invejáveis. Foi criada sob minha supervisão, afinal, é filha do meu irmão e, apesar de tudo, ele era um barão. Trate de se enxergar como tal, está me escutando? E nunca mais volte a se pôr em dúvida, ignore as coisas que essas outras dizem de você. É uma adulta agora e o segredo está na autoconfiança. Se está pensando em rejeitar Lorde Hosford por isso, vou ficar decepcionada.

— Não estou pensando em nada disso. — Ela pausou. — Você já viu a duquesa de Hayward?

— Ah, meu bem. São coisas completamente diferentes. Ela apenas se comporta de uma forma única.

— É a única duquesa com idade próxima à minha que conheço. E ela é fantástica, parece uma rainha.

— Aquela moça nasceu para isso, acho que foi treinada para tal desde o berço. E tenho certeza de que ela não ficou assim, pondo em dúvida sua própria capacidade e valor e escutando o que diziam dela. Se acha a duquesa tão fantástica, espelhe-se em suas qualidades. Muitos não sabem, mas os Bradford estão falidos há anos. Imagine só que situação. Isso é algo com o qual não precisamos nos preocupar. Teoricamente, você tem uma vantagem que ela não tinha. Pode escolher e não precisa se preocupar. E espero que não esteja planejando se envolver em escândalos, pois o caminho daquela moça até o casamento foi um desastre. Para ser sutil. Ainda bem que ela prevaleceu.

— De todas essas moças dos bailes, ela é quem mais se parece com as beldades que eu imaginava quando criança e com uma duquesa. No entanto, não sei por que estou preocupada com isso. Harwood ainda não é o duque e tampouco temos qualquer compromisso um com o outro.

— Mas ele almeja ter, pelo que entendi.

— Não posso ter a menor certeza. Além disso, eu ainda não estou pronta para ter um compromisso com ele... ou com qualquer outro.

— Imagino então que estaremos aqui para uma nova temporada e até que esteja pronta.

— Imagino que sim — confirmou Eloisa.

Rachel apenas assentiu e resolveu ficar em silêncio para pensar na novidade sobre Eugene estar interessado em Eloisa. Ela também ia pensar sobre como sua sobrinha demonstrava que, apesar do tempo, de sua mudança, amadurecimento e

Encontre-me ao Entardecer 141

de tudo que aconteceu depois, uma parte dela permaneceu ressentida e insegura por ter sido humilhada e rejeitada para o único posto que já havia almejado.

De alguma forma, a tia queria ajudá-la para seu interior equivaler ao exterior, pois, apenas olhando para ela, Eloisa parecia perfeita, ao menos nas roupas e aparência. Porque seus modos... não era à toa que aquele seu grupo de amigos lhe chamava de Srta. Sem-Modos.

Depois de conhecê-la, a pessoa descobria que, por baixo de sua casca de jovem dama impecável e atraente, ela continuava uma destrambelhada. E Rachel não queria que isso mudasse. Mas um equilíbrio ao crédito que Eloisa dava a si mesma precisava ser encontrado.

Era mais um trabalho para As Margaridas.

Capítulo 15

— Lorde Hosford — anunciou o mordomo, usando um anúncio informal.

Eugene entrou e deixou o chapéu e a bengala para o mordomo pendurar, avançou pela sala de visitas e já encontrou Eloisa e Rachel de pé. Ele sorriu e fez uma mesura. Elas notaram que ele estava sem a sua bengala e parecia bem; era mais fácil ver à luz do dia e Eugene estava com uma aparência saudável, forte e com o cabelo ondulado brilhoso e limpo. Estava ótimo e era bom vê-lo assim.

— Não imagina como fico feliz em receber sua visita aqui na cidade, milorde — disse Rachel, sentando-se primeiro e indicando a poltrona à frente para ele.

— Eu também estou contente por encontrar as senhoras em tão bom estado. Depois de todo esse tempo, estava lamentando nossos desencontros.

— Concordo, com o senhor plenamente recuperado e Eloisa desimpedida, podemos todos participar dos mesmos eventos — comentou ela.

Eloisa fechou os olhos por um momento e olhou para a tia de esguelha. Será que ela ia continuar ali, soltando essas tiradas tão óbvias?

— Estou ansioso para tal — respondeu Eugene, afinal, era o que se esperava dele.

A pausa na conversa foi longa o suficiente para ser notada e Rachel chamou o mordomo para pedir aperitivos.

— Eu vim até aqui convidar Eloisa para sair de casa. Está um belo dia e sei que ela gosta de ficar ao ar livre. — Ele teve que explicar primeiro à tia dela, já que Rachel estava fazendo o favor de ficar ali e tornar a visita indireta. Mas logo após ele se virou para Eloisa. — A senhorita gostaria de me acompanhar?

Ela apenas piscou uma vez antes de dizer:

— Está mesmo um belo dia, não é? Vamos cavalgar ou apenas passear?

— Vamos cavalgar outro dia, não sabia se estaria disposta hoje.

— Estou sempre disposta!

— É bom saber disso, cavalgo todos os dias. Vamos?

Encontre-me ao Entardecer 143

— Cavalgar diariamente? — Eloisa franziu o cenho.

— Se quiser — ele concedeu e pendeu levemente a cabeça. — Mas sobre o passeio...

— Ah, sim! — Ela ficou de pé. — Vou pegar meus acessórios — anunciou antes de sumir do cômodo.

Tia Rachel havia alternado o olhar entre eles durante sua rápida troca de palavras, tentando pegar alguma coisa, ver algum sinal que lhe explicasse como haviam chegado à possibilidade de "se visitar". A arte da visita era algo muito importante na parte de cortejar uma dama, e Rachel queria enxergar um sinal da atração entre os dois, algo que lhe dissesse de onde havia saído o interesse de Eugene.

Ela concordava que sua sobrinha era uma moça adorável, cheia de vida, inteligente e divertida, porém, estava curiosa sobre quando Eugene notara isso também e se interessara. Afinal, não se viam há um bom tempo. E será que ele havia notado e descartado a possibilidade por causa dos incidentes em que Eloisa esteve envolvida?

Pensando bem, Rachel achava que era algo mais pessoal. Ele era muito consciente sobre si mesmo e ela sabia sobre as dificuldades que ele havia passado. Era provável que a chave para desvendar estivesse nele. Antes, ele é que não estava saudável, forte e apto. E era ele quem não se considerava uma boa opção. Tanto que descartou a possibilidade de salvá-la do casamento, pois, na época, estava tão descrente do próprio futuro que achou melhor ajudar Eloisa a ficar solteira do que a ter de ficar com um marido como ele.

Rachel podia entendê-lo e gostaria de voltar no tempo e lhe dizer que ele sempre foi um ótimo rapaz. Um sobrevivente. Um herói de guerra que se machucara salvando outras pessoas. E deveria se orgulhar. Ela sabia que, para ele, estar ali de pé era muito mais importante do que qualquer um que nunca perdeu essa capacidade poderia imaginar.

Mas Rachel sabia que não adiantaria lhe dizer isso naquela época, era provável que até hoje ele não valorizasse um feito que estava ligado à pior época de sua vida.

— Estou pronta — anunciou Eloisa, retornando à sala de visitas.

A tia sorriu; ela não parecia nada com aquela garota com as bochechas vermelhas e mais bronzeada do que o adequado que caminhava pelos jardins o tempo todo. Agora, era até mais fácil de notar o corado da sua pele, sem o bronze do campo. E sem o vestido com barras estragadas e o cabelo desfeito pelo vento. Eloisa estava arrumada em seu vestido de passeio, com chapéu, luvas, casaco curto e pegaria a sombrinha antes de saírem. Não ia mais para a rua sem a munição completa.

Quando eles saíram, Eloisa finalmente entendeu como iam passear e por que ele preferira deixar os cavalos de lado. Eugene trouxera um robusto cabriolé puxado por dois cavalos castanhos que até combinavam com as cores terrosas do veículo.

— É um belo veículo. Já arriscou usá-lo longe das ruas de Londres para ver do que é capaz? — sondou ela, aceitando a mão que ele lhe oferecia para subir.

Eugene riu da pergunta; era típico de Eloisa querer descobrir justamente o que não devia. E ainda sugerir a aventura. Era reconfortante perceber que as diversões que poderiam ter agora não haviam mudado.

— Ainda gosta de correr? — Ele se sentou e pegou as rédeas.

— Não na cidade. — Ela apertou seu guarda-chuva, mas não se preocupou em abri-lo. — Mas este parece tão bem feito que deve ser ágil.

— Eu o usei um bocado para viajar entre locais da propriedade.

— Mesmo? Parece novo.

— Não é. Se quer saber a verdade, ele é de grande ajuda na minha vida.

— Por quê?

— Eu cavalgo pela manhã — ele disse um pouco mais alto, sobre o som das patas dos cavalos na rua. — Mas, à tarde, prefiro o veiculo. Assim não estarei cansado de noite.

— O senhor não se parece com alguém que ficaria cansado à noite por uma ou duas horas de cavalgada.

— Não fico, mas prefiro não forçar minha perna. — Ele pausou e bateu as rédeas para se adiantarem e aproveitarem aquele pedaço de rua livre, já que outro veículo os deixara passar.

Eloisa virou o rosto para ele.

— Foi por isso que falou "de certa forma" quando eu disse que estava curado? — indagou ela, demonstrando que prestava muita atenção no que ele dizia.

— Há certas limitações que sempre existirão para mim. Mas não deixo que me impeçam, eu só aprendi a lidar com elas. Só precisa saber que elas existem.

Encontre-me ao Entardecer 145

— Eu não me importo com isso. Fiquei muito feliz de vê-lo recuperado.

Ele sorriu levemente e mudou o rumo da conversa.

— E prefiro não exagerar de tarde e poder dançar à noite. Eu lhe disse que dançaríamos em todos os bailes que nos encontrássemos. Odeio quebrar promessas.

Mesmo tentando evitar, Eloisa sentiu a quentura em suas bochechas e uma estranha vontade de começar a sorrir.

— E como vai saber em quais bailes eu irei? — Ela estava genuinamente curiosa.

As opções eram inúmeras. Durante a temporada, sempre havia muitas festas para uma moça bem relacionada. Para alguém como ela, havia sempre de três a quatro convites para escolher.

E Eugene com certeza não podia ficar lhe caçando pela cidade. Como um futuro duque, não havia um baile naquela cidade em que o nome dele não estivesse na lista de convidados, até naqueles em que os anfitriões tinham certeza de que ele não colocaria os pés. Mas não podia entrar em vários deles para procurá-la.

Só que esse era o problema com cavalheiros concorridos. Se fossem conquistadores com pavor de casamento, não iriam de jeito nenhum e era sempre uma surpresa quando chegavam a um baile. Em geral, acabavam aparecendo em um por obrigação ou quando estavam caçando alguma pobre moça que pretendiam conquistar com seu charme.

Eugene não era nenhum conquistador, mas estava na categoria dos cavalheiros do "contragosto". Apareciam em bailes apenas por algum motivo — geralmente uma dama — e, se lhes perguntassem, gostariam de estar em casa. E "casa" era só um sinônimo para qualquer lugar longe de todas aquelas casamenteiras.

— Tenho duas opções. — Ele sorriu antes mesmo de dizê-las.

— Quais? — Ela estava curiosa demais para ficar no suspense.

Ele moveu a cabeça, pedindo um minuto e finalmente conseguindo entrar no parque. Passear pela cidade até era interessante, mas, se não ficassem dando voltas em certas partes, o cheiro de determinados locais não era agradável e a chance de serem atacados, grande. Havia também o barulho do cabriolé deles sobre a pedra, e dos outros veículos e cavalos passando e atrapalhando o caminho. Tudo isso tornava o passeio um tormento.

Não era de se admirar que todo mundo acabasse no mesmo parque. Tinha como ser mais óbvio que o Hyde Park? Nenhum outro lugar conseguiria conter tanta fofoca e mal-entendido senão aquelas vielas de árvores e lama, já que a maioria dos dias parecia ser "após uma leve chuva".

Ao menos, havia o cheiro de floresta e grama — em geral, escorregadia. E eles eram dois apreciadores do campo. Ou seja, sabiam bem a diferença.

— Contratarei uns capangas e colocarei nas portas dos bailes para virem correndo me encontrar no caminho e dizer para onde devo ir. — Eles estavam indo bem mais devagar agora. — Ou a visitarei e espionarei os seus convites. Geralmente, o convite escolhido fica por perto, como hoje, que estava aberto e sobre a mesa próxima à sua tia. É ali que ela analisa os convites, não é?

— O senhor tem olhos de águia. Seria um ótimo fofoqueiro, se gostasse do esporte.

— E mãos leves também. Quando me deixarem esperando perto da bandeja de convites, vai ser fácil saber as opções do dia e devolver ao lugar sem ninguém saber.

Dessa vez, ela começou a rir, divertindo-se com a possibilidade de pegá-lo bisbilhotando seus convites.

— Duvido que ensinem roubo no exército.

— Você aprende de tudo um pouco.

Eugene tentou se manter longe dos outros, mesmo assim, não ficariam livres por muito tempo.

— Ah, não — disse Eloisa, ao avistar alguns conhecidos, e abriu seu guarda-chuva como se estivesse muito preocupada em se proteger do sol.

— Continue fingindo que não está vendo — ele sugeriu e fez o mesmo.

Ela já estava fazendo isso, então apenas virou o rosto para ele e se inclinou um pouco, como se alguém pudesse ouvir, mas o cavalo era a única criatura com chances para tal.

— Pode me ensinar a roubar? — ela perguntou baixo.

— Perdão? — Ele a olhou também, o barulho ali não era alto, mas ainda existia. — Acho que estou escutando coisas.

— Não pode?

— E com qual objetivo a senhorita iria aprender a roubar?

Encontre-me ao Entardecer 147

— Eu não ia roubar ninguém... só queria saber, caso precisasse algum dia.

— Eu não sou um ladrão experiente.

— E eu sou um tanto afobada. Se mexesse nos convites da sua bandeja, o seu mordomo certamente notaria.

— Não precisa aprender a roubar para mexer nos meus convites.

— Se eu fosse fazer isso, não iria lhe contar e odiaria que soubesse. Já pensou que situação!

— Bem, se eu fosse um romântico incorrigível, dado a rompantes poéticos e embaraçosos, agora teria aproveitado a sua deixa e dito que a senhorita já é uma ladra profissional, pois roubou meu coração sem que eu sequer notasse.

Ela começou a rir e chegou a abaixar a cabeça, e ele riu junto. De longe, ia parecer que estavam contando piadas.

— O senhor jamais diria isso! Não posso nem imaginar que cara faria ao dizer algo assim. É provável que até ficasse vesgo!

— Sorte a minha que não costumo tomar porres. Com duas ou três taças de um bom vinho, algumas pessoas já se transformam.

— Em poetas! — adicionou ela.

— Terríveis, por sinal.

Ela ficou segurando a sombrinha, deixando-a descansar em seu ombro enquanto o veículo aberto seguia, distanciando-se mais do pequeno grupo de conhecidos que Eloisa avistara.

— Se o senhor não é romântico, como é que teve o desplante de vir até Londres me procurar num baile e me dizer que vai me cortejar implacavelmente?

— Até que diga sim — lembrou ele, afinal, isso fazia toda a diferença.

— E, depois que uma dama diz sim, não merece mais ser cortejada?

— Todos os dias — respondeu, como se fosse óbvio. — Mas creio que, quando chegarmos a tais termos, já poderei seduzi-la também. — Ele virou o rosto para ela. — E isso tornaria tudo muito mais interessante.

Eloisa levantou as sobrancelhas, mas logo depois sua expressão mudou para travessa.

— Não pode me seduzir agora?

— Bem no meio do parque?

— Não sei a diferença.

Um leve sorriso apareceu no canto da boca dele.

— Vai saber quando eu começar a seduzi-la.

— E se eu por acaso me sentir seduzida antes?

— A senhorita não faria isso comigo. — Ele ergueu a sobrancelha, divertindo-se com o rumo da conversa. Do jeito que estavam no momento, ambos estavam testando suas habilidades sedutoras.

— Eu não sei a diferença, milorde. — Soou como um lembrete oportuno e sedutor.

Ele puxou as rédeas duas vezes, para o cavalo parar suavemente e não abruptamente; já estavam mesmo andando devagar. Dessa vez, Eugene realmente virou a cabeça para ela.

— E se você me seduzir antes?

Essa possibilidade a surpreendeu; deu para notar em suas sobrancelhas se erguendo novamente.

— E como eu faria tal coisa?

— Como fez agora.

Os lábios dela se entreabriram quando sua respiração parou por um momento. O olhar dele desceu para sua boca e se prendeu ali, e Eloisa o viu umedecer os próprios lábios. Até o momento, ela só reparara na boca dele para procurar um sorriso e, pelo que lembrava, nunca o vira reparar tão intensamente em seus lábios como fazia.

Ela fechou a boca e engoliu a saliva. Não fazia muito tempo que Eloisa, em seus momentos de dor, escondida no seu antigo quarto, jurara que nunca mais desejaria ser beijada. Mesmo quando quase se casou, sabendo que seria obrigada ao fato, sabia que desencorajaria seu marido a tocá-la, que dirá beijá-la.

Agora havia sido pega pensando sobre como seria se o homem à sua frente a beijasse. Levando em conta como estava sua respiração, sem Eugene sequer ter se movido, ela achava que iria desmaiar e subir um grau na escala de vergonhas que já passara na vida.

— Senhorita Durant! — chamou uma voz, mas podia ser só imaginação. — Senhorita Durant! — Agora a voz estava mais perto. E sua urgência estava a um fio de se transformar em ultraje. — Lady Eloisa! — Agora sim foi um grito ultrajado.

Encontre-me ao Entardecer 149

Eugene virou o rosto, e sua expressão se transformou numa carranca. Eloisa virou sua atenção para quem a estava chamando e era a fonte do desagrado súbito de seu acompanhante.

— Sr. Gustin? — perguntou ela, incrédula.

A figura estava quase à frente do cabriolé, segurando um bonito cavalo pelas rédeas. Sua expressão dizia que não estava nada satisfeito.

— O que a senhorita está fazendo aqui? Desacompanhada. — Ele disse essa última palavra tão claramente que pareceu ter separado as sílabas. — E nesse lugar frio!

— Não está frio.

— Esse vento frio! — exclamou ele. — Já está recuperada para isso?

Ela chegou a abrir a boca, mas então se lembrou que sua história dessa semana era um mal-estar que a atacava durante o dia e a fazia espirrar. A tia até adicionara, de um jeito encabulado, que causava secreção no nariz. Felizmente, Eloisa estava em ótima saúde. Charles só não precisava saber disso.

— Está... — começou Eugene, sem saber da mentira.

— Não! — exclamou ela, antes que ele continuasse. — Estou me recuperando plenamente.

— Mas na rua! E desacompanhada. — A palavra foi dita do mesmo jeito e novamente seguida por um olhar mortal para Eugene. — Isso é não só perigoso, como acredito que uma postura nada segura para uma dama em sua posição. Eu certamente não a aprovo. — Ele levantou o rosto, sua expressão mostrando sua profunda desaprovação.

— E desde quando você tem que aprovar alguma coisa? — perguntou Eugene, lançando-lhe um olhar gélido. — E abaixe o seu tom.

Charles chegou a prender o ar, escandalizado com a ofensa.

— Senhorita Durant, eu exijo que me diga quem é esse sujeito — demandou Charles.

— Ora essa, o senhor está precisando de óculos? Por que não os trouxe? Esse é Lorde Har... Lorde Hosford, que deve ter conhecido como Harwood.

— Claro que não é! — Charles se aproximou mais, efetivamente bloqueando o caminho com seu cavalo, e olhou para Eugene mais de perto. — Minha nossa, não é que se parece. Mas... — Pausou. — Não o vejo há anos, parece diferente.

— E, depois desses anos, o senhor continua mal-educado — apontou Eugene.

— Devo dizer que tenho a mesma impressão do senhor. — Ele fez cara de pouco caso e se virou para Eloisa. — Eu sei da antiga relação de sua família com esse senhor, mas não acredito que seja adequado que ande por aí com ele.

Eloisa viu Eugene soltar as rédeas e se mover. Charles Gustin, sim, seu antigo noivo, tinha o dom de irritar as pessoas de um jeito que elas sentiam uma estranha vontade de agredi-lo. Mesmo quando ele estava sendo prestativo e agradável, dava vontade de lhe dar um empurrão. Ela sabia disso, pois vivia tendo essa vontade.

E, quando ele se dispunha a ser desagradável com aquele tom de voz esnobe e por vezes agudo, acompanhado dos olhares, era desastroso. Sem contar os absurdos que colocava para fora e sua absoluta certeza de que sabia exatamente o que era ou não adequado. Não era à toa que Eugene estava a ponto de descer do cabriolé e provavelmente tirá-lo do caminho de uma forma dolorosa.

— Não! — Eloisa segurou o antebraço de Eugene a tempo de mantê-lo no lugar. — Meu médico me receitou ar fresco. Lorde Hosford, que é extremamente prestativo, se ofereceu para me trazer. Eu não sabia que o encontraria aqui nesse horário.

— Eu estava lá atrás quando passou na companhia desse... cavalheiro. Só não entendo o que ele estava fazendo na sua casa se a senhorita está se recuperando e, pelo que sei, seu primo não se encontra na cidade.

— Não é da sua conta — cortou Eugene, puxando as rédeas. — Agora saia da frente.

— Senhorita Durant. — Charles foi dando passos para o lado quando viu que Eugene dera rédeas aos cavalos para começarem a se mover e, conforme os animais voltavam ao rumo, seus passos para o lado iam ficando mais apressados. — Acho melhor que retorne comigo, eu a levarei em segurança.

— Eu não acho, estou muito bem aqui — disse ela, voltando a apoiar a sombrinha no ombro, pronta para retomar o passeio.

— A senhorita estava doente!

— Estou milagrosamente curada depois de tomar ar.

O cabriolé voltou a andar e foi deixando Charles para trás lentamente.

— Então vou acompanhá-la! — Ele montou no cavalo.

Encontre-me ao Entardecer 151

— Se o senhor não sumir da minha vista agora, vai parar dentro do rio — ameaçou Eugene, com seu mau humor recém-adquirido.

— Eu vou esperá-la, senhorita Durant! — exclamou Charles, mas ficou parado no mesmo lugar e o veículo continuava se afastando.

— Não posso, voltarei para me arrumar para um baile. — Ela teve que se virar no assento para dizer isso.

— Sente-se direito ou vai cair — avisou Eugene.

O cabriolé continuou por aquele pedaço, mas depois fez a curva para pegar um caminho mais aberto e por onde passavam mais pessoas. Eloisa virou levemente o rosto, esperando que seu acompanhante dissesse alguma coisa.

— Não adianta ficar me olhando. É você quem tem que me explicar por que está mentindo para esse maldito homem.

— Para não ter de vê-lo.

— E por que teria que vê-lo?

— Ele vive querendo me ver. Desde que deixei completamente o luto e ele veio para Londres, não consigo que se distancie.

— Como assim? — Ele virou o rosto para ela e, pelo seu olhar, aquela conversa não estava nem perto de agradá-lo.

Ela soltou o ar e resolveu resumir o problema.

— Ele não aceita a dispensa do compromisso, não importa o que eu diga. E, desde que o luto acabou, pensa que sou obrigada a me comportar, no mínimo, como uma jovem compromissada.

— Você tem um compromisso com ele? — Essa pergunta saiu grossa, do tipo que vem entre os dentes, com lábios mal se movendo e a voz profunda.

— Não! Bem, o senhor sabe que eu tive. E que não acabou como deveria, mas sabe como funcionam essas coisas. Ele não quer ser liberado. Acha que não estou liberada. Fica falando sobre honra e alega que algo acertado pelo barão anterior não pode ser quebrado sem acordo mútuo. Até disse a algumas pessoas que era meu pretendente oficial. E seus conhecidos esperam que nos casemos.

— Você quer se casar com ele? — Ele voltou a olhá-la demoradamente.

— Por Deus, não! Eu prefiro morrer!

— Então eles vão ficar esperando — disse Eugene, estreitando os olhos para lugar algum e guiando o veículo.

— Não posso não o receber sem um motivo plausível. A não ser quando finjo estar doente. Ou mentem que saí.

— Claro que pode. É só não receber.

— Ele disse que eu devo, que sou obrigada, pelo nosso compromisso. Ele até disse que seria um ato desonrado da minha parte não permitir que ele me corteje, pois nunca desfizemos o noivado oficialmente. E diz que vai ser obrigado a falar sobre as circunstâncias do nosso noivado.

A carruagem parou, dessa vez, abruptamente.

— Ele a está chantageando?

— Não é exatamente uma chantagem. Titia e eu pensamos que ele desistiria e poderíamos encerrar tudo sem escândalos. Mas o tempo acabou passando e só fica mais desconfortável.

Eugene largou as rédeas e olhou em volta, como se procurasse pelo sujeito, provavelmente para pegá-lo agora e afogá-lo no rio.

— Não! Nós lidamos com ele, é fácil de enrolá-lo.

— Seu primo sabe disso?

— Não diga nada a ele! Ingram nunca o suportou. Se chegar aqui e souber disso, vai pendurá-lo de cabeça para baixo na torre de Londres.

— Não, isso chamaria muita atenção. Afogá-lo é mais rápido. — Eugene tornou a procurar o sujeito com o olhar, mas acabou parando-o sobre ela. — Você sabe que seu primo virá a Londres, não é? Ele disse que me encontraria aqui em breve. Vai ser impossível esconder algo morando na mesma casa que ele.

— Pare de procurá-lo para afogá-lo! — pediu, vendo que ele havia olhado em volta novamente. — Até lá, terei pensado em algo. No entanto, não quero que ele diga por aí que noivamos, chegamos à porta da igreja e depois eu o rejeitei sem mais explicações. Meu falecido pai, aquele linguarudo, falou demais e ele sabe do meu problema anterior com o noivado que não aconteceu.

— A última parte é mentira dele. — Ele tornou a pegar as rédeas e pôs a carruagem em movimento. — Você já lhe deu explicações suficientes.

— Será tarde demais para provar isso. — Ela cansou da sombrinha e a fechou, apoiando-a no chão do veículo.

— Eu não me importo. Se está com medo porque vai haver uma mancha em sua reputação, espero que saiba que não é um completo segredo aqui em Londres

Encontre-me ao Entardecer 153

que a senhorita esteve noiva do filho do visconde Pratt, que, infelizmente, é o Sr. Gustin.

— E se o Sr. Gustin contar o que aconteceu antes... — murmurou ela.

Eugene balançou a cabeça. Sabia que esses assuntos do passado ainda apareceriam para infernizá-los, mas se recusava a deixar que se colocassem entre eles. O que tinham ainda era frágil demais, quase fugaz. Por enquanto, era só um flerte e uma promessa de sua parte. Se não se empenhassem, não se tornaria sólido.

Ele foi até ali por ela, levado por algo que desabrochara em seu coração lá no campo, e não ia deixar isso se enterrar. Era um sentimento que ele nunca sentiu antes e levou muito tempo para reconhecer e mais ainda para aceitar. Já se achou tolo por ser instigado por sentimentos, mas este lhe ajudou a superar algumas barreiras; até pouco tempo, não teria coragem de sequer tentar convencê-la a ter uma vida ao seu lado.

Agora, Eugene precisava saber se o brilho que via nos olhos dela quando estavam juntos podia se transformar em sentimentos por ele.

— Ainda não importará para mim. E a tirarei para dançar do mesmo jeito, a visitarei mais do que deveria e persistirei até tê-la para mim. Nenhum boato pode impedir isso, apenas você. Eu sei tudo o que aconteceu. E continuo aqui.

Eloisa gostaria de abraçá-lo e lhe agradecer. Mais um motivo para sentir falta de casa; se estivessem lá, ela poderia.

— O senhor é adorável. Eu já lhe disse que Ingram tem muita sorte de tê-lo como melhor amigo, não é?

— Mas eu não quero ser apenas seu amigo, Eloisa — ele disse seriamente.

Ela assentiu e não soube o que lhe responder. Ainda não sabia o que seria deles. Até Eugene aparecer, Eloisa tinha certeza de que não estava pronta para um compromisso. Já estava até planejando a próxima temporada e nem chegara ao meio desta. Agora, não sabia como se sentir sobre ele. Mas sabia que, desde que chegara ali, ninguém a havia feito passar por tantos sentimentos. E num espaço de tempo tão curto. Era diferente de seus dias de paixão inconsequente de juventude.

— E aquele verme não vai viver muito tempo se não mantiver a boca fechada — resmungou Eugene.

Capítulo 16

Não foi possível escapar de uma visita de Charles no dia seguinte, mas Eloisa adotou uma postura magoada e ultrajada pelo comportamento dele à frente de Lorde Hosford. Pelo menos, nem passava pela cabeça dele que tinha um novo e sério rival na briga pelo coração dela. E pior, o rival já havia passado a perna nele.

Apesar da ignorância momentânea, Eloisa sabia que essa paz não duraria muito tempo. Se Eugene continuasse cumprindo sua promessa de tirá-la para dançar em todos os bailes, visitá-la e levá-la para passear, logo estaria óbvio para qualquer um ver que ele a estava cortejando. Nem mesmo amigos da família podiam passar todo esse tempo com uma dama solteira e sair impunes.

— Até que enfim você chegou! — exclamou Eloisa, atravessando a sala e se jogando nos braços de Georgia. Algumas coisas nunca mudariam.

— Como foi difícil fazer a família Burnett chegar a Londres — reclamou Georgia, abraçada a ela.

— Eu senti sua falta.

— Duvido! Agora não se separa mais de Lydia Preston. Ao menos, tem alguém mais para defendê-la quando você resolve ser educada demais. — Georgia balançou a cabeça. — Vai precisar me informar tudo que perdi desde a abertura da temporada. Estou enferrujada nos nomes e apelidos, preciso de descrições!

Elas desapareceram no quarto de Eloisa para conseguir conversar sem tia Rachel por perto ou mesmo as visitas que ela recebia durante o dia. Foi fácil relatar a Georgia tudo que aconteceu, ao menos até a parte em que as coisas mudaram.

— Espere um minuto. — Georgia levantou a mão. — Volte até a parte de Lorde Harwood.

— Hosford.

— Eu também era vizinha dele, posso chamá-lo de Harwood sem ele saber. Ainda bem que ele vai usar esse outro nome por pouco tempo.

Encontre-me ao Entardecer 155

— Não fique agourando o duque. Ele já perdeu um filho.

— Não estou agourando, você pode, por favor, parar de me interromper? — Ela esperou a amiga assentir. — Pois bem, explique direito porque acho que ainda não entendi a gravidade da situação. Harwood é seu pretendente? — Ela exclamou a pergunta.

— Não! Ou melhor... não sei bem.

— Mas ele a está visitando, levando para passear, pretende passar parte de suas tardes na sua sala de visitas e está à disposição para os seus caprichos.

— Meus caprichos? Ele não disse isso.

— É isso que pretendentes fazem!

— Ele não é meu pretendente ainda.

— Você pode repetir exatamente o que ele disse antes de você derrubar o ponche e também o que disse no parque?

— Não! — Ela cruzou os braços e corou levemente. — Eu já disse uma vez, isso é particular.

— Minha nossa, acho que, se me dissessem algo assim, eu desmaiaria.

— Eu lhe asseguro que seria muito pior se desmaiasse. Garanto que o ponche cairia por cima de mim. Seria ridículo.

— Eu acredito, seria vergonhoso.

Georgia ficou de pé e alisou seu vestido. Ela continuava adorável, mas também já abandonara os traços de menina e amadurecera em todos os aspectos. Só que, assim como Eloisa, continuava solteira e ainda não estava preocupada com isso. Ela também planejava remediar isso a partir da próxima temporada. Só que agora, Eloisa fora surpreendida por alguém que queria mudar seus planos de solteirice.

— Eu queria ficar aqui com você, mas acabamos de chegar, está tudo um caos. Dessa vez, os Burnett vieram em peso. Ainda vou pedir à minha mãe para ficar aqui. Seria bom porque estou dividindo o quarto com minhas duas primas e elas não param de tagarelar.

— Do jeito que deve estar lá, se você fugir com uma trouxinha, vão levar dois dias para descobrir — brincou.

— Duvido! — Riu Georgia enquanto elas deixavam o quarto. — Kit está indo lá todo dia. Ele notaria minha fuga em pouco tempo.

— Que ótimo! Poderei vê-lo hoje à noite. Ele vai, não é?

— Creio que sim. Sabe como ele está metido à besta agora que finalmente foi para a faculdade.

— Kit sequer sabe o significado de ser metido.

— Pois eu acho que está.

— Você só está enciumada porque agora ele tem novos amigos.

— Eloisa! — Georgia parou na base da escada e a olhou. — Estamos falando da mesma pessoa? Desde quando Christopher consegue arrumar amigos facilmente?

— Todo mundo gosta dele.

— Não é o mesmo que ser amigo — teimou.

<hr />

Quando entraram no salão da noite, Eloisa viu logo que os Burke não tinham poupado nada. Também, com três filhas debutando ao mesmo tempo, eles precisavam impressionar. Antes do baile, já havia um comentário geral de que seria uma noite memorável. Enquanto ela e as Margaridas — como era conhecido o grupo de senhoras que a acompanhava — avançavam, as pessoas as deixavam passar para chegar às cadeiras.

— Minha nossa, só faltam alguns acrobatas para completar — disse tia Rachel, mais horrorizada do que maravilhada com a opulência da decoração.

— Espere até os cantores da ópera entrarem — declarou Lady Ferr, abrindo seu leque.

— Eles devem ter convidado toda a cidade de Londres. — Rachel virou a cabeça, vendo um batalhão de conhecidos e dando as costas para os mais próximos, só para não ser obrigada a cumprimentar.

— E arredores — completou Lady Daring.

— Imagine só se não casarem pelo menos uma filha nessa temporada. Seria um pesadelo, com todo esse gasto. — Lady Lorenz já parecia preocupada com a possibilidade.

— Eu só espero que tenha algo para comer além de todos esses enfeites — comentou Eloisa, intrometendo-se na conversa pela primeira vez.

— Eloisa! — a tia sussurrou uma reprimenda. — Não deixe ninguém a escutar dizendo isso, vão pensar que vem só pela comida. Estamos muito bem de suprimentos lá em casa.

— Bem que um pãozinho doce iria bem agora... — Lady Ferr murmurou, fazendo uma expressão engraçada por cima do seu leque.

— Não estamos em casa, e eu estou com fome agora — reclamou Eloisa.

— Tem ponche — comentou Rachel, quando avistou a mesa de bebidas do outro lado do salão.

— Com o calor que está fazendo, deve estar mais quente do que meu chá da tarde. — Lady Ferr liderou o caminho em direção às cadeiras perto das janelas.

Empregados uniformizados com o libré da família apareceram com bandejas e outros correram para destravar as janelas enquanto mais e mais convidados chegavam. Parecia aquele tipo de festa em que chega o horário de início e só um ou dois apareceram. Quando os anfitriões estão começando a ficar preocupados, aparece um grupo de pessoas. E é só eles se distraírem por um momento que, de repente, parece que a festa inteira chegou de uma vez.

Foi o que aconteceu com os Burke. Todos foram chegando, carruagens uma atrás da outra em uma fila interminável parando e despejando convidados. As meninas Burke nem haviam aparecido ainda e os possíveis pretendentes já estavam no segundo copo de ponche. E acredite, havia sabores variados à disposição dos convidados e nunca se sabe qual deles é o mais forte.

Antes mesmo de chegar a uma cadeira, um artigo de luxo no lugar — parecia que todas haviam sido roubadas —, Eloisa encontrou a Srta. Brannon e recebeu uma leve careta como cumprimento. Se ela contasse por aí quantas caretas já vira Harriet Brannon fazer, ninguém acreditaria. Afinal, uma moça tão prendada e de boa família, tão popular e concorrida, um exemplo a ser seguido, não podia fazer caretas.

Depois queria reclamar do seu apelido ser Srta. Insuportável...

Se perguntassem, Eloisa diria que ela fazia caretas e falava coisas nada dignas de uma "moça tão boa". Assim que chegou aos salões, foi a primeira a chamá-la de roceira. Até hoje se referia a ela como bicho do mato. E riu demais ao descobrir que ela só viera a Londres uma vez na vida antes de sua temporada de debute.

— Georgia está atrasada de novo — comentou Eloisa, olhando de rabo de olho para Harriet e suas duas ratas seguidoras e sentindo falta de um apoio próprio.

As garotas Burke apareceram e ficaram juntas, embaraçosamente expostas perto da entrada enquanto os pais capturavam pretendentes para piorar a situação delas. Apesar de estar sozinha com as senhoras do pequeno grupo de sua tia, Eloisa estava feliz por não estar no lugar delas. Esta noite seria um tormento para as três moças. Eram todas tão apresentáveis, bem-vestidas e encantadoras, ao menos assim ela achava. Se estavam assim tão interessadas num pretendente, o que não parecia o caso no momento, por que soava tão difícil?

Meia hora depois, os Burnett ainda não haviam chegado e Eloisa já tinha aceitado uma dança com um rapaz fofo e com o rosto roliço; ela nunca lembrava se o nome dele era Sr. Strode ou Sr. Strout. Às vezes, ele estava no grupo e o chamavam de Sr. Querido, mas não podia dizer isso por aí. Então, quando o cumprimentava, para fingir que sabia o nome, pronunciava de um jeito estranho e parecia até que tinha engolido um caroço ou que estava reprimindo uma tosse.

— Srta. Durant, eu ainda estou falando — disse Charles, quando ela se virou e deu a volta em torno do Sr. Strode-Strout.

— Estou um tanto surda hoje — respondeu ela, aceitando o copo de ponche que o Sr. Strode-Strout lhe deu.

— Eu realmente acho que um copo de ponche é o suficiente para uma dama. Notei que as opções servidas aqui estão mais concentradas do que o habitual e mais fortes do que o recomendável para um paladar sensível.

— Também notei isso — concordou o Sr. Strode-Strout, mas não estava preocupado; pelo jeito que bebia, estava gostando.

— Acho que os senhores são dois maricas — comentou ela, por cima do copo, seu terceiro da noite. No entanto, ela não estava nem sequer perto de ficar alta. Bebera copinhos pela metade, um de cada sabor. Eram doces demais, com gosto marcante, e, sim, o ponche não estava aguado como de costume. Os anfitriões da noite não estavam economizando, mas ouvir Charles reclamando disso era ridículo. Ele era um frouxo.

— O quê? — exclamou Charles, virando-se para ela.

— Perdão? — O Sr. Strode-Strout achava ter escutado errado, tinha que ter sido, ela não diria uma coisa dessas.

— Marionetes! Sabe, como aquelas que ficam dançando com as pernas bambas. Assim ficam as pessoas depois de beber demais — ela completou, saindo bem da situação.

Encontre-me ao Entardecer 159

— Acho que devo levá-la para tomar um ar — declarou Charles.

Ela revirou os olhos. Ele era todo cheio de "acho que deveria", "penso que deveria", "recomendo que me acompanhe", "devo insistir que me escute nessa questão". Mas que chateação! Ela nunca ia concordar. Ele era tão chato. Imagine só o Sr. Charles Gustin sendo romântico: "eu acho que deveria beijá-la", diria ao invés de aproveitar sua oportunidade. Ou "sou da opinião que deveríamos nos tocar", diria quando estivessem a sós, já além do inadequado.

Mas, quando era para arranjar briga e dizer o que não devia, ele logo ficava mais prático.

— Os senhores podem me dar licença? — Eloisa pediu, mas, no meio da frase, já tinha se virado, aproveitado um buraco entre os convidados e se enfiado por ele como se estivesse pulando para fugir num barco.

Ainda deu para ouvir Charles a chamando e, do jeito que era, ele provavelmente tentaria alcançá-la antes que saísse do seu alcance. Por isso, ela apertou o passo e acabou sozinha em meio aos convidados. Não conseguia ver nenhum dos seus amigos do grupo de Devon. Era melhor voltar para perto das Margaridas.

No ano passado, havia a neta e a sobrinha de duas delas. No entanto, a neta se casou com o primeiro que fez a proposta, e a sobrinha tinha se apaixonado por um rapaz que não era a opção preferida da família. Então, o casamento não foi exatamente abençoado, mas o pobre rapaz, que era uma espécie de professor, mas também pesquisador, era amável como um filhotinho de cachorro. Eloisa inclusive achava que ele se parecia com um cachorrinho e o apelidou de Sr. Terrier. Mas isso não era problema dela.

Ou seja, Eloisa havia sobrado no grupinho das Margaridas. Sem pressão, imagina, pressão alguma.

— Eloisa. — Ela ouviu ao ser chamada, mas só poderia ter imaginado, ninguém ali se dirigiria a ela dessa forma a não ser sua tia.

Nem mesmo Eugene a chamaria assim em público.

— Srta. Durant. — Ela ouviu novamente.

Ao se virar, certa de que imaginara o primeiro chamado, Eloisa quase deixou o copo que segurava cair. Outra vez. Ela chegou a sentir seus dedos se afrouxarem em volta dele, mas o apoiou na palma da outra mão antes que passasse vergonha de novo.

— Você está diferente, mas não poderia me enganar.

Lá estava Thomas Dunn, exatamente como ela esperava que ele estaria anos depois de se verem pela última vez. Estava ótimo. Ainda bonito, esguio, mas, dessa vez, com sua massa de cachos castanhos domados e penteados.

Ela sentia vontade de gritar: *desapareça da minha frente! Seu cachorro do inferno!*

Ou pelo menos se virar e sair correndo, fingindo que era uma visão. Por que agora, depois de tanto tempo em Londres?

— Sr. Dunn — disse ela, como uma forma de cumprimento seco.

Mantenha a pose, Eloisa, mantenha a pose.

— Eu desconfiei que seria inevitável encontrá-la hoje. Na verdade, senti um frio no estômago desde que saí de casa, aterrorizado com a ideia de vê-la.

Sinceramente, ela achou que seria pior para ela.

— E, no entanto, resolveu me chamar. Seria muito mais digno se fingisse que não me viu — respondeu ela, cortante.

— Não, não seria.

— Ah, seria sim — ela insistiu, o interrompendo. — Passar bem, Sr. Dunn.

— Eloisa, por favor! Estou há meses me convencendo a ir a qualquer lugar que você esteja.

— Srta. Durant — corrigiu ao se virar novamente para ele. — Nós não nos conhecemos o suficiente para que o senhor use qualquer outra forma de tratamento. E use apenas Lady Eloisa ao se referir a mim quando estiver fora da minha presença, mas espero que não se refira de forma alguma. Não mantenho relações com gente como você.

Ele parecia congelado enquanto a olhava.

— Nós nos conhecemos. Lamentavelmente para mim, não consigo desejar nunca a ter conhecido — ele se forçou a continuar a frase, mesmo com a expressão de pouco caso que ela demonstrava. — Eu só lamento o final.

— Seu maldito patife — ela disse mais baixo, rezando para que ninguém a escutasse usando esses termos. — Vir até mim não é ousadia, é falta de respeito. O senhor devia mesmo ter um pingo de vergonha e continuar não frequentando os mesmos locais que eu.

— Eu não consigo mais — respondeu ele, antes que ela conseguisse ir

Encontre-me ao Entardecer 161

embora. — Se eu não lhe pedir perdão, se não lhe disser quão patético eu fui, se não senti-la me humilhando e me fazendo pagar por cada minuto da minha covardia, nunca serei um homem. E jamais digno.

— Homem é exatamente tudo que você não é. — Ela não parecia sentir nojo, mas estava profundamente irritada por ter de tratar com ele.

Ele não tinha o direito de ir até lá lhe dizer nada disso, de encontrá-la no meio de todas aquelas pessoas, onde ambos tinham que se portar com elegância e discrição. E onde ele não escutaria o que merecia. Ela já não tinha mais o desejo de lhe dizer; sua fome de vingança queimara por meses e meses, mas foi se extinguindo, castigada pelos outros acontecimentos de sua vida que sopravam sem parar de um lado para o outro, mostrando como havia coisas muito mais importantes para viver. Então, a chama se apagou. Ela não queria mais vingança, mas sua mágoa adormecida podia ser acordada.

Eloisa se virou bruscamente e evitou a colisão com um cavalheiro desconhecido, mas, ao dar um passo, outra pessoa colidiu com ela e a segurou.

— Elo! — disse Kit, segurando seus braços para mantê-la firme.

Ela abaixou o olhar e encarou os botões do colete dele por entre seu paletó justo. Apesar de jurar que seu passado com Tommy não a afetaria mais, e por várias vezes ela mesma ter ensaiado um possível encontro, no qual seria melhor fingir que mal se conheciam, a realidade a havia vencido. Sua respiração estava irregular e não conseguia livrar sua mente de todos aqueles sentimentos ruins. Porém, foi Kit que a trouxe de volta ao dizer por cima de sua cabeça.

— Eu lhe avisei para não chegar perto dela — ele falou por entre os dentes, impedido de gritar ou mesmo exclamar uma acusação bem no meio de um baile.

Era sorte estarem perto de uma das grandes vigas que davam no corredor aberto, que era um belo enfeite para levar às laterais do grande salão. No entanto, o lugar estava cheio, devia ter capacidade para trezentas pessoas e pelo menos duzentas estavam ali dentro.

— Por favor, Christopher. Eu lhe disse que precisava. Só dizer a ela... — pediu Thomas.

— Desapareça daqui — avisou Kit, interrompendo-o.

Eles se viraram e Kit colocou a mão de Eloisa em seu braço. Ela segurou ali, surpresa por não ter derrubado o copo. Afinal, ela não era assim tão fraca, o copo continuava intacto em sua mão e ainda com metade do ponche. Kit era alto e, com aquele cabelo chamativo, apesar de ter sido bem mais ruivo na infância, era fácil encontrá-lo.

— Finalmente! — disse Georgia, aparecendo à frente deles.

Ela levou apenas dois segundos para notar que ambos estavam de mau humor.

— O que aconteceu? — perguntou, ainda os olhando.

— O Sr. Dunn está mais vivo do que gostaríamos — contou Eloisa e soltou o braço de Kit, virando-se para olhá-lo. — E você sabia.

Ela falou baixo, mas, se tivesse gritado, o efeito teria sido mais ameno.

— Aqui não — pediu, indicando o lado esquerdo com a cabeça.

Eles acabaram entrando embaixo do corredor dividido pelas belas vigas gregas e seguiram até o fim onde havia uma janela, um espaço quadrado onde haviam colocado uma namoradeira sem encosto. Só que nenhum deles se sentou. Era o máximo de privacidade que conseguiriam ali, apenas para saírem do foco dos olhares cruzando o salão.

— Christopher, o que foi que você fez? — Georgia virou-se para ele e colocou as mãos nos quadris.

— Eu fiz o que devia, mandei que ele ficasse longe.

— Vocês dois sabiam? — Eloisa alternou o olhar entre eles, mas balançou a cabeça e, aproveitando que ainda segurava o copo intacto, virou o resto de ponche que havia. Só podia esperar que ninguém a tivesse visto virar uma bebida como um trabalhador do cais e não como uma dama.

Kit tirou o copo dela. Imaginando que a situação pioraria, ele se inclinou e o deixou sobre a namoradeira.

— Kit já havia falado com ele. Na verdade, ele o tem visto desde que veio para cá estudar. Mas, como ele tem necessidade de compartilhar, acabou me contando quando cheguei aqui. — Dava para notar que o tom de Georgia era de reprovação.

Pelo olhar que Eloisa lhe lançava, parecia ter acabado de escutar que ele torturara um gatinho. Kit se sentiu um tanto oprimido sob a reprovação delas, pois eram duas das pessoas que ele mais adorava e prezava no mundo. No entanto, ele tinha seus problemas e, nos acontecimentos daquele verão infeliz, ele também teve suas perdas.

Encontre-me ao Entardecer 163

— A verdade é que eu fiquei sozinho. — Ele passou a mão pelo lado direito do cabelo ruivo, estragando um pouco o penteado. — Depois de tudo, perdi meu amigo de infância e também perdi você. — Olhou para Eloisa. — Não sou como a Georgia, que pode visitá-la o tempo todo, e tampouco posso me hospedar com vocês para a temporada. Fiquei no meio e todos vocês partiram. E, quando finalmente chegou minha hora de partir, não foi a mesma coisa. Eu não as recuperei como antes.

— Sinto muito — disse Eloisa, agora muito mais preocupada com ele do que com o desonrado Sr. Dunn.

— Estou dizendo isso porque não quero que me excluam só porque eu o escutei. Nos reencontramos e apenas escutei, então nos vimos de novo e acabei escutando de novo e ainda mais uma vez. Como sempre faço com todos.

Era fácil de ver, Kit era assim, o melhor amigo na hora que se precisava de um ouvido ou de um ombro. Ele era grandão e forte e ninguém diria que era tão bom ouvinte, mas era.

— Então você acha que devo perdoá-lo? — Não havia reprovação na voz de Eloisa, mas ela ainda estava magoada.

— Não. Eu o avisei para ficar longe de vocês. Especialmente de você.

Eloisa se virou e cruzou os braços. Georgia e Kit trocaram um olhar e ficaram em silêncio até ela virar o rosto e dizer:

— Sabe, foi o pior momento da minha vida. É muito difícil superar isso. Ainda mais quando tudo foi ficando pior. Eu nunca vou esquecer a humilhação e a desilusão, mas faz muito tempo que decidi que o ocorrido não vai reger a minha vida. Eu me recuso a ser dominada pela dor outra vez. Não quero me sentir como naquela época. E não vou. — Ela se virou novamente para eles. — É claro que eu não te culpo por hoje, Kit. — Ela tocou o antebraço dele. — Eu devia ter sido uma amiga melhor, mas estava mergulhada em minha própria dor.

— Eu te abraçaria aqui, Elo. Mas deixe para quando eu for visitá-la. Nós fomos o que pudemos naquela época.

Ela ia embora, mas franziu o cenho, parou novamente e o olhou.

— Mesmo depois da maior traição da sua vida, você seria capaz de perdoar o seu melhor amigo?

Kit franziu as sobrancelhas ruivas, pensando por um momento e incapaz de chegar a uma conclusão. Ao menos algo definitivo. Então disse:

— Perdoar é uma coisa, Elo. Minha avó me disse que muitas vezes o perdão é um bem maior para nós do que para o perdoado. Porém, confiança é um bem valioso demais. E sem ela, o perdão é só uma convenção. Ele passa pela vida das pessoas, fecha um ciclo, mas é esquecido. Só então entendi por que meu tio-avô nunca mais nos visitou e eu nunca soube o que ele fez para ela.

Eloisa podia entender isso e a fazia pensar sobre como perdoou o pai quando ele morreu. Era por isso que pessoas que estavam morrendo pediam perdão ou tinham como último desejo receber o perdão de alguém. Era rápido e durava pouco, mas se encerrava quando aquela vida acabava. E quem ficou vivo tinha para si um bem muito maior.

— Eloisa, eu a estive procurando por toda parte! Pelo amor de Deus, não faça mais isso. Todas do nosso grupo estão andando pelo salão atrás de você — disse tia Rachel, estendendo a mão para ela.

Estava aí uma coisa que ela não ia contar à tia.

166 LUCY VARGAS

Capítulo 17

Claro que um baile tão grandioso e caro não acabava cedo. Portanto, a noite era longa, cansativa e cheia de acontecimentos. E surpresas das mais desagradáveis ou não. Tia Rachel não esteve procurando Eloisa para levá-la embora, era porque uma moça simplesmente não podia desaparecer por tanto tempo após ter saído para apenas uma dança.

— Eu preferia estar nadando no Tâmisa — disse uma das Srtas. Burke.

Qual delas, Eloisa não lembrava.

— Acho que vou escolher o primeiro que aparecer e me livrar desse tormento — declarou a irmã dela, retirando um papel escondido em sua luva.

— Você mal lembraria o nome dele para sequer escolher.

Ah! Agora Eloisa conseguia identificar. A garota do papel era uma que ela sempre via nos bailes e, vez ou outra, a chamava de *Srta. Dorrant*. Ora essa, não estava em condições de julgar ninguém, até agora não sabia se seu companheiro constante de danças era Strode ou Strout.

Depois que lembrou a regra para os nomes dela, Eloisa as identificou. As três tinham nomes que começavam com A: Angela, Alicia e Alexandra Burke. Sim, era A + B. Os pais dela eram sem imaginação, e assim ficava mais fácil lembrar.

— Oh, inferno. O filho daquele duque está aqui. Mamãe vai se jogar no chão e agarrá-lo pelo pé até que venha aqui — lamentou a Srta. Burke mais velha, Angela.

— Vai ser pior do que com o filho daquele conde, Bratt, Cratt, Tratt... — completou Alicia Burke, a mesma que chamava Eloisa de Srta. Dorrant em vez de Durant.

— Pratt — corrigiu a mais nova.

Oh, não. A mãe estava tentando arrumar uma delas para se casar com Thomas? Mas que desgraça! Eloisa gostava delas.

— Ele está vindo para cá por contra própria — anunciou uma delas. — Acho que vou desmaiar.

Encontre-me ao Entardecer 167

— Controle-se — ordenou a mais velha. — Ele não é o duque de Hayward. Não aterroriza ninguém, é apenas soturno.

— Ele mal fala com as pessoas — retorquiu a Burke do meio. — Ele e o duque negro podiam ser amigos, já que ele logo será um duque também.

— O duque negro não tem amigos — discordou a mais velha.

— Tem sim, aquele conde... — contrariou Alicia. — Spirring, Sparring, Sparaging...

— Spalding! — disse Eloisa, já que as irmãs não tinham certeza.

— Isso!

Elas ficaram em silêncio subitamente.

— Srta. Durant — falou aquela voz masculina que ela conhecia bem.

Eloisa se virou e... oh, Deus! O tal "filho do duque" de quem elas estavam falando e acusando de ser soturno e não falar com as pessoas era Eugene! Mas ele falava! Ao menos com ela. Pela primeira vez, Eloisa parou para pensar que, se ele mantinha aquela personalidade que ela conhecia, então para os outros ele seria mesmo soturno e até mal-humorado.

— Lorde Hosford. — Ela fez uma leve mesura.

— Srtas. Burke. — Ele meneou a cabeça para elas. — Esta é minha irmã, Lady Agatha Harwood.

— Fico muito contente por conhecer todas vocês. O baile está lindo. — Ela deu um leve sorriso para as irmãs. — E por finalmente conhecer a senhorita. — Ela estendeu a mão enluvada para Eloisa, que achou o gesto estranho. Não estava esticada para apertar, era como se fosse lhe dar a mão para levá-la dali.

Pelo jeito, Agatha era tão cara de pau quanto o irmão, ao menos quando ambos queriam ser, pois realmente a levou dali, andando à frente de Eugene e junto com Eloisa.

— Pelo que me lembro, o combinado era você ficar e conhecer as garotas Burke — disse o irmão.

— Não quero. Sua dama é muito mais interessante, quero conhecê-la para saber por que estamos indo a bailes atrás dela.

Quando ele dizia a Eloisa que ia aos bailes para vê-la, soava de um jeito. Porém, quando sua irmã dizia que eles estavam indo a bailes *atrás dela*, ficava extremamente desconfortável. Para ele.

— Posso assegurar que não a estamos perseguindo — Eugene falou rapidamente.

— Ah, estamos sim. — Agatha virou o rosto para Eloisa. — A senhorita se incomoda?

— De ser perseguida? Geralmente sim, mas, nesse caso, creio estar segura.

— Viu, meu querido irmão? Pode continuar perseguindo-a. Creio que deve aumentar sua ação para eventos diurnos também — opinou a irmã.

— Vou deixá-la em algum lugar. — Ele olhou em volta, procurando as conhecidas da irmã ou algum grupo confiável para deixá-la antes que causasse um estrago maior.

— Por favor, não o deixe me abandonar assim tão abruptamente — suplicou Agatha, parando quando saíram do meio da multidão.

— Não deixarei — prometeu Eloisa.

Ela havia achado que sua noite estava acabada e que seu resto de baile seria passado procurando um lugar para sentar junto com as senhoras do grupo de sua tia. No entanto, tia Rachel a deixou com as garotas Burke e não percebeu a sua perturbação. Elas ao menos a distraíram, mas Eloisa não podia ficar com elas, pois a mãe delas capturava partidos para levar lá.

— Vamos — convidou Eugene, oferecendo o braço à irmã.

— Devíamos nos encontrar para um lanche essa semana — sugeriu Agatha.

— Não deviam não — cortou Eugene, pensando em todas as barbaridades que a irmã diria com o propósito de "ajudá-lo".

— Ele receia que eu conte que, na verdade, assim como eu, ele tem uma natureza passional e se interessa por romances — revelou Agatha.

Eloisa estranhou. Eugene se interessava por romances? E era passional? Então ele estava se interessando por romances há muito tempo? Com quem? Ela ficou curiosa. Será que nesses dois anos ele havia tido muitos romances?

— Lady Hampson, é um prazer tornar a vê-la — cumprimentou Eugene, ao encontrar Rachel. — Creio que ainda não conhece minha irmã, Agatha.

Agatha descobriu um novo grupo, as Margaridas, um bando de senhoras com boa memória, várias temporadas no currículo e que sabiam muita coisa do passado de todas aquelas pessoas. Era o melhor grupo que ela já encontrara num baile. Por que não lhe apresentaram antes? Além disso, ela poderia descobrir

Encontre-me ao Entardecer 169

tudo sobre a moça por quem seu irmão estava arrastando um regimento inteiro.

— Eloisa — Eugene chamou baixo.

Ela pensou que ele fosse levá-la para dançar, mas não chegaram perto do espaço reservado aos grupos de dança.

— O que está se passando com você? — perguntou ele, segurando seu pulso como se fosse seu jeito de manter sua atenção.

— Eu... acho que consumi mais ponche do que deveria.

— Ao menos uns oito copos?

— Três, mas este não é tão aguado. — Ela pausou e virou o rosto na direção dos casais dançando. — Vai me levar para dançar?

Eugene manteve o olhar em seu rosto e soltou o pulso dela, antes que os vissem com intimidades demais, mesmo que ele estivesse pouco se importando com isso.

— Não, você vai perder os passos e a música já está no meio.

— Não seja tolo, eu sei os passos, não tomei tanto ponche assim. — Ela se virou para ele novamente e ia até sorrir quando as três senhoritas Burke capturaram sua atenção a alguns passos dali.

Elas estavam novamente com a mãe, que se despedia efusivamente de Thomas, que se afastava educadamente, mas depois passou por entre as pessoas, saindo do alcance delas o mais rápido que podia. Assim que estava a salvo, ele parou e se virou para ela. Eloisa voltou a olhar para Eugene imediatamente, mas agora estava irritada outra vez por aquele bastardo ainda não ter ido embora. É por ser perseguido pela mãe das garotas Burke. Ela não podia dizer nada! Se contasse tudo que sabia e que havia lhe acontecido, o escândalo seria terrível para ela. Seu curtíssimo noivado com Charles já era uma pedra no sapato.

Como ia simplesmente dizer em que tipo de situação humilhante esteve envolvida com o filho do conde de Pratt? Filho este que era uma boa opção de partido, ainda mais para uma mãe com três filhas para casar. Herdeiro de um conde que já devia estar perto dos sessenta anos. Era ótimo! Óbvio que o perseguiriam. Ela estava lívida por não poder dizer nada. Era um mundo injusto. Como podia ele ter sido um covarde desonrado e a reputação dela que seria jogada na lama?

Já podia imaginar a Srta. Brannon dizendo que ela era mesmo uma camponesa boboca por achar que o herdeiro do conde de Pratt estava apaixonado por ela. E que era típico de roceiras como ela se disporem a andar na lama com rapazes. Ela podia até escutar a voz dela e de suas amigas, rindo e achando-a a mais tolas das "enlameadas" que ousara se expor na temporada.

Ela era mesmo uma tola. Uma completa e irremediável tola. Até hoje. Eloisa apertou as mãos enluvadas, sentindo-as suadas por baixo da seda, mas também sentia seus olhos arderem. Estava se odiando no momento, mas como fazia para parar?

Estava pensando em como se salvaria de sua própria tolice quando as lágrimas descessem, por ser uma fraca que se deixava assombrar pelo passado. Mas, quando voltava lá, tudo virava um bolo, os piores dias de sua vida, sua humilhação, a mudança na sua vida, o modo como perdeu alguém que pensava ser seu grande amigo desde sempre. A mágoa do casamento arranjado e a morte do seu pai, tudo num tempo curto demais.

Eugene segurou suas duas mãos. Ela mal sentia sobre as luvas, mas ele as deslizou e ela sentiu as mãos dele em seus braços, perto da manga do seu vestido.

— Por favor, Eloisa. Não posso abraçá-la agora sem que amanhã tenha que anunciar um casamento, e eu jamais faria isso com você. Não antes que me peça. Então, levante o rosto e olhe para mim.

O fato de a estar segurando pelos braços bem no meio de um baile já era um problema, mas que fossem para o inferno.

Com a voz dele e o aperto em seus braços, ela voltou à realidade e levantou o rosto para encará-lo.

— Desculpe, eu só...

— Não se desculpe. Você quer partir?

— Sim, eu gostaria, mas teria que ir até minha tia nessas condições e...

— Pegue o meu braço. Apenas pegue-o e me acompanhe.

Ele estava bem perto daquele tempo lá no campo em que usava aquele tom que parecia uma ordem. Estranhamente, isso substituiu suas lembranças ruins pelas memórias dele lhe mandando voltar, desculpando-se pelo seu mau humor e fazendo-a sentir-se adulta. E agora que ela realmente era uma adulta, ele ainda tinha o mesmo efeito.

Assim que ela mudou de lugar e ficou ao seu lado, Eugene levantou o olhar, localizando-se no salão para tirá-la dali pelo caminho mais curto. Mas Christopher Burnett, com aquele cabelo ruivo e sua estatura acima da média, chamou sua

Encontre-me ao Entardecer 171

atenção. Ele estava claramente chateado enquanto falava com outro homem. E Harwood não era o tipo que esquecia as pessoas facilmente. Ainda conseguia se lembrar até mesmo dos rostos de soldados do seu regimento e de alguns homens que matou ou salvou no meio da guerra.

Então era claro que ele se lembraria de Thomas Dunn, ainda mais por estar junto com Kit, o que comprovava que sua lembrança era certa. Eloisa estava de costas para ele, e Eugene parou de olhar por sua cabeça e a observou. Sua perturbação fazia sentido agora.

— O que estão fazendo? — perguntou Georgia, aparecendo bem à frente deles.

Kit tinha deixado Thomas lá e estava tentando localizá-las, mas só as encontrou porque usou o mesmo método e avistou Harwood, que era fácil de reconhecer com seu cabelo ondulado, que, sob centenas de velas, adquiria um tom dourado escuro.

É claro que todos eles estavam ali, não podia ser de outra forma.

— Srta. Burnett, por favor, diga à tia de Lady Eloisa que ela não está se sentindo bem e precisa partir.

— Não está bem? — Georgia apertou as mãos, para não piorar a situação e agarrar os ombros de Eloisa para exigir que falasse com ela.

— Estou bem, só quero partir — Eloisa disse baixo.

Ele a levou embora antes que Kit os alcançasse, e Georgia teve que lhe dizer.

Quando o ar frio da noite tocou seu rosto, Eloisa sentiu sua mente clarear e seus olhos pararam de arder, acabando com a ameaça de desgraçá-la

— Estava muito calor lá dentro — murmurou.

Eugene a escutou, mas não estava mais junto a ela. No entanto, voltou e ofereceu um lenço.

— Não vou ter uma crise nervosa — assegurou, mas pegou o lenço.

Ele deu alguns passos, mas parou na beira da calçada e pediu que trouxessem sua carruagem, depois, retornou e a observou, mas prensou os lábios. Harwood queria saber se aquele homem havia lhe feito ou dito algo para magoá-la. Ou se ela estava assim porque Thomas a descompassava. Ele não sabia se era a primeira vez que se encontravam desde o dia em que ela entrou em sua sala coberta de lama. Uma visão que ele jamais esqueceria, assim como o seu rosto devastado depois da decepção que se seguiu.

Então ele não só queria, ele precisava saber. Gostaria que fosse apenas o que parecia, que, depois de ver aquele homem após tanto tempo, sua mágoa e suas memórias a dominaram e tudo que ela precisava era de conforto.

— Seus olhos estavam quase transbordando quando lhe disse para levantar o rosto — ele disse baixo.

— Você fez passar... — sussurrou ela.

— Por que, Eloisa? O que lhe fizeram hoje? Achei que nunca mais a veria com esse olhar tão triste e machucado. Desde a primeira vez que o vi, nunca o esqueci. Roguei para que nada mais o causasse.

E então ele foi lá naquele dia, tentar impedir o erro que seria seu casamento, e tornou a ver aquele olhar que lhe cortava o coração. E o viu novamente enquanto o antigo barão morria. Mas não achou que o veria agora.

— Não quero falar sobre isso. — Ela fechou o punho junto à boca, ainda apertando o lenço que ele lhe dera.

Apesar de odiar vê-la fugindo, ele já estava além da sua cota. Já bastava o ex-noivo que não a deixava em paz, e agora Thomas, que Eugene nem sabia descrever o que era. Ele se recusava a ser o próximo homem que ia pressioná-la e decepcioná-la, mas não ia esquecer.

— Eloisa! Minha querida! — Rachel andava o mais rápido que podia. — O que lhe aconteceu?

— Foi só um mal-estar.

Amanhã seu mal-estar terá virado desmaio, abuso de ponche e até um corte que Lorde Hosford lhe deu, terminando suas esperanças de ter um pretendente — disse a tia, já se adiantando às fofocas.

<hr />

A fofoca tarda, mas não falha. No dia seguinte, na hora do lanche, quando as mulheres estavam fazendo suas refeições leves e os planos para o chá, a história já estava na parte em que a Srta. Durant quase desfaleceu nos braços de Lorde Hosford. E a Srta. Brannon já havia dito a mesma piadinha para pelo menos cinco pessoas:

— Para uma garota que até dois anos atrás nunca havia visto Londres, receber a atenção de um futuro duque deve mesmo causar desmaios. Pobre bichinho do mato.

Encontre-me ao Entardecer 173

— Ela é uma graça, talvez ele possa levá-la como um bicho de estimação para sua propriedade de campo — completou a prima dela, querendo aparecer, mas indo além da conta nas insinuações.

— Ah, mas que horror, querida — ralhou Harriet, batendo a mão no ar e impedindo-a de ir longe demais. — Não fique assim só porque também não vai casar com o herdeiro de um duque; nem todas podem ter o que querem. — Ela sorriu. — Sempre há os irmãos mais novos.

Suas três outras acompanhantes riram e concordaram. No momento, os filhos mais novos estavam em alta, afinal, não estava fácil nem chegar até eles, imagine só nos herdeiros.

<hr />

Sem imaginar o que estavam falando pelas suas costas, Eloisa acordou tarde e tomou seu desjejum sozinha. Não foi surpresa nenhuma Georgia aparecer a tempo de pegá-la à mesa. Como nos velhos tempos. Dessa vez, ela convidou Kit também, para passarem um tempo juntos.

— Espero que esteja com humor para passear. Vamos visitar alguns locais, preciso comprar vários itens, estou atrasada nas compras. Depois, pararemos em casa; nós já temos material para o chocolate quente. Mamãe não quis ser pão-dura dessa vez — brincou. — Mas é melhor não perdermos, não vai ter todo dia. Se bem que está mais em conta do que o chá.

Nos dois dias que se seguiram, os três passaram muito tempo juntos. Mesmo que se encontrassem à noite em eventos, ainda tinham programas e assuntos para o dia. No entanto, no terceiro dia, quando Kit teve de atender aos seus próprios assuntos, elas tiveram uma adição temporária ao pequeno grupo.

— Foi muita gentileza sua me acompanhar até aqui, eu ainda não tenho companhias na cidade. Ir às compras sozinha é tedioso — comentou Agatha, andando ao lado de Eloisa, no meio da tarde.

— Eu vou apresentá-la a alguns dos meus amigos daqui, acho que vai se dar muito bem com eles — prometeu Eloisa, pensando em apresentar Agatha ao grupo de Devon, com o qual ela combinaria.

— Nós viemos bem longe. — Georgia olhou para o outro lado da Praça Finsbury.

— Eu queria tanto conhecer a livraria — disse Agatha.

— Eu também nunca vim até aqui — comentou Eloisa, pensando se isso só provava que ela circulava pelos mesmos locais.

— Nenhuma de nós, então — concluiu Georgia.

No entanto, elas ainda tinham um longo caminho de volta a Mayfair. E agora Eloisa achava que precisava se aventurar mais pela cidade, estava sempre circulando pelo mesmo curto espaço, com exceção de alguns bailes. Até o teatro era no bairro bem ao lado do seu.

— Olhe, meu irmão! — notou Agatha, apertando o braço de Eloisa e depois o soltando ao se adiantar, toda animada, como se não o visse há dias. — Ele só podia estar por aqui nesse horário!

— Você sabia? — Georgia exclamou. — Eu acho que nem ele sabia.

Eloisa se apressou e seguiu Agatha, que ia um pouco à frente, pronta para interceptar o irmão. Harwood vinha calmamente pela calçada do parque, por isso elas tiveram de atravessar a rua. Agatha demonstrou ser mais rápida do que parecia, passando antes de uma carruagem. Ele não as viu imediatamente; talvez três moças correndo — ou melhor, uma moça em fuga e duas em perseguição — não chamassem tanta atenção.

— Eugene! — chamou Agatha, desviando de um senhor para chegar mais perto.

Ele estreitou o olhar e se aproximou. Eloisa notou que hoje ele estava com sua bengala. Ela ficou imediatamente curiosa sobre suas atividades nos últimos dias. Será que estivera exagerando?

O olhar dele passou pelas três, assim que pararam à sua frente. Dava para ver que ele sabia que estiveram aprontando alguma coisa. E a culpa desse momento era totalmente de Agatha; ela que era a irmã mais nova. Eloisa e Georgia não estariam perseguindo alguém se não fosse por ela. E como Agatha era a mais nova, as duas se sentiam na obrigação de tomar conta dela, e isso incluía persegui-la quando resolvia se apressar pela rua.

— Vocês percorreram um longo caminho de casa até aqui — observou ele.

— Não tão grande! — rebateu Agatha. — Eu sabia que você estaria por aqui.

— Sabia? — Georgia lhe lançou um olhar ameaçador.

— Imaginava... — a garota murmurou, um pouco mais baixo. — Ele vem aqui e visita a livraria, então.

— De qualquer forma, fico feliz em encontrá-las — disse ele, ainda as olhando de forma suspeita.

Encontre-me ao Entardecer 175

— Claro que fica, é ótimo nos encontrar — respondeu Agatha. — Especialmente a Srta. Durant, a quem você vem negligenciando nos últimos dias.

Os dois já estavam olhando um para o outro, como se tivessem algo para dizer que não podia ser exposto na frente das outras duas. Agatha ainda tinha que fazer o favor de piorar o momento.

— É mesmo. — O tom de Georgia era de quem tinha acabado de descobrir algo interessantíssimo. — Nesses últimos dias, nós saímos juntas. Será que o senhor foi até lá e não nos encontrou?

Eloisa estava a ponto de arrancar o delicado cordão da sua retícula de tanto que a esticava entre suas mãos. Parecia que o embaraço ficava pior a cada segundo.

— Tia Rachel teria dito. Tenho certeza de que... — começou ela, desesperada para fugir do assunto. Se ele havia resolvido não a visitar por algum motivo, ela não queria que as duas o constrangessem por isso.

O último encontro deles não foi dos melhores e a impressão que ficou foi péssima. Ela havia decidido não se deixar mais incomodar por aquela noite, mas se lembrava perfeitamente do que aconteceu. Especialmente daqueles minutos em que ficaram sozinhos do lado de fora.

— Não a estou negligenciando — ele respondeu à irmã, mas estava olhando para Eloisa. — Enquanto a senhorita se recuperava do seu mal-estar, eu dediquei meu tempo a algumas questões que, infelizmente, adquiri depois de herdar o título, os problemas e a propriedade do meu irmão.

O jeito como ele falou mal-estar fez Eloisa ter certeza do que ele já sabia do que se tratava. Ela não imaginava como, mas ele sabia sobre o retorno de Thomas e estava estampado em sua face o que achava do assunto.

— Esperamos que papai seja do tipo que dura além do esperado — comentou Agatha, sabendo que estava sendo inapropriada. Mas nem ela, tampouco o irmão, queriam perder outro familiar e ter de lidar com tudo que eles deixavam; parecia que levavam muito mais tempo para descansar em paz do que quando o caixão era fechado.

Toda vez que tinha que cuidar dos assuntos de Oscar e passar o tempo em sua propriedade, Eugene sentia-se pesaroso pelo modo como tudo acabou.

— Imagino que estejam voltando para casa. — Eugene puxou seu relógio e olhou a hora. — Terão compromissos para essa noite?

— Não, milorde, hoje terei um jantar em família — disse Georgia.

— Tenho um concerto particular para comparecer — respondeu Eloisa.

— Eu fui convidada para o mesmo concerto, quero ir também, você me levaria? — perguntou Agatha ao irmão.

Ele apenas a olhou seriamente e Agatha já sabia a resposta.

— Leve sua acompanhante — instruiu ele.

Agatha não gostou nada disso, mas assentiu e voltou um passo, parando ao lado de Georgia, e olhou para Eloisa, como se fosse a vez dela. No entanto, ela não queria que elas escutassem, então deu um passo para mais perto dele e disse baixo:

— Eu sinto muito por aquela noite. — Eloisa virou um pouco o rosto e olhou as outras duas pelos cantos dos olhos.

Georgia disfarçou e se virou, mas Agatha ficou observando-os. Então, a outra puxou seu braço para ela observar o parque e lhes dar certa privacidade.

— Não se desculpe — cortou ele.

— Não vai acontecer novamente.

— Por que está me dizendo isso, Srta. Durant?

— Naquela noite, o senhor me chamou pelo nome.

— Eu estava tentando chamar sua atenção.

— Funcionou.

— Fico feliz que seu mal-estar tenha passado.

— Passou. Estou muito bem agora.

Ele assentiu e deu um passo. Eloisa notou que ele apoiava a bengala, mas não descansava todo o peso nela como antigamente. Eugene percebeu para onde ela estava olhando, mas não se moveu.

— Eu lhe disse que a uso. Sempre vou usar e não é um acessório como vemos homens usarem. Eu realmente preciso dela.

— Eu sei. — Ela o encarou. — Estava imaginando se o senhor esteve exagerando. Disse que foi resolver problemas. Talvez tenha cavalgado um dia inteiro ou algo similar.

Ela queria muito perguntar exatamente o que ele esteve fazendo. Foi a outros compromissos sociais longe dela? Divertiu-se muito?

— Soa como uma reprimenda.

— Eu só acho que não deveria exagerar. — Ela pausou, em dúvida se devia tocar no assunto. — Não quero que sinta dor.

— Não sinto mais dor como antes.

Ela não deixou de notar que ele não disse que nunca sentia dor.

— É melhor irmos embora, ainda precisamos nos arrumar para mais tarde — disse Georgia.

Eles se despediram e, antes de seguir para a carruagem, Eloisa viu Eugene se afastando com sua bengala e atravessando para a livraria.

— Você é nova demais para já armar esse tipo de coisa — Georgia ralhava com Agatha.

— Eu vou fazer dezoito anos mês que vem. — Ela se virou para Eloisa. — Vocês não resolveram seguir caminhos diferentes, não é?

— Perdão? — Eloisa a olhou quando se sentou ao seu lado.

— Ora, esse é o modo complicado que usam para dizer que acabou tudo. — Agatha revirou os olhos.

— Não temos nenhum tipo de compromisso. — Ela apertou as mãos e virou o rosto para a janelinha, prensando os lábios como se admitir isso a desagradasse.

— Ele não lhe disse que ia cortejá-la? — insistiu Agatha.

— Como é que sabe disso? — Eloisa até corou.

— Eu sei.

— Eu também sei — lembrou Georgia.

— Não resolvemos nada. — Ela cruzou os braços e terminou o assunto.

Capítulo 18

Apesar de todos os bailes dos quais participavam, o grupo de Devon geralmente causava algum tumulto. O lugar preferido para o grupo se reunir era em eventos à luz do dia. Quando não havia nenhum, um deles sempre oferecia algo e convidava todos os outros. Se houvesse um evento bem movimentado durante o dia, um daqueles com uma extensa lista de convidados, com certeza seriam encontrados lá.

Apesar de pessoas mais conservadoras ainda implicarem com o que eles e outros jovens faziam em seu tempo livre, se quisesse vê-los e atrair os solteiros valiosos que havia no grupo, tinha de convidar todos. Se notassem que um deles estava sendo esnobado, os outros partiriam ou nem apareceriam.

Como dissera Georgia, desde que conheceu Lydia Preston há dois anos, Eloisa sempre podia ser vista com ela quando estava em Londres. Até foi visitá-la durante o período de luto da família. Ano passado, eles preferiram não vir a Londres.

— Não há nada de errado, eu estava em uma missão — disse Lydia.

— De casamenteira? — Eloisa parecia confusa.

— Eu sou ótima. Posso ajudá-la também.

— Por Deus, não!

— Não entendi o que está insinuando.

— Pois eu acho que você está estragando todos os encontros de Lorde Murro — confessou Eloisa, referindo-se a Lorde Greenwood por seu apelido.

— Não estou! Quem aqui pode ter encontros? — Lydia parecia realmente escandalizada com a questão.

— Você quer ter encontros? — Eloisa ergueu a sobrancelha, descrente. — Com quem?

— Não sei por que você está perguntando isso para mim. Afinal, que história é essa de você estar envolvida com o Herói de Guerra? Pensei que vocês

Encontre-me ao Entardecer 179

eram só conhecidos.

É claro que Eugene já havia recebido um apelido. Foi só ele se aproximar de Eloisa que caiu no radar do grupo e ganhou sua menção honrosa. E, como o Marquês de Bridington, o verdadeiro criador da onda de apelidos — mesmo que ninguém soubesse disso —, não andava com criatividade para isso, Lydia compensava.

— Nós somos. — Eloisa ficou sem graça enquanto seguia ao lado dela. — Mas também estamos mais próximos.

— Minha nossa! Você gosta dele! — Lydia cruzou os braços. — Por que todas as minhas poucas amigas resolveram se apaixonar?

Janet seguia atrás delas. Discreta como sempre, não era à toa que só a chamavam de Srta. Amável.

— Eu não estou apaixonada por ninguém — comentou.

Eloisa e Lydia estacaram e se viraram para encará-la seriamente.

— O que foi? Não estou, aquilo foi um... um... mal-entendido!

Foi quando elas pararam que Charles avistou Eloisa. Ele estava junto com um primo e outros conhecidos. Ele já havia apresentado Eloisa a eles em uma situação que ela não conseguiu fugir. Porém, como achava-os tão tediosos e antiquados quanto ele, sempre fingia que não os enxergava. Exatamente como ela fazia com Charles.

— Aquela não é a sua *noiva*? — perguntou o primo, dando ênfase à palavra noiva, pois gostava de provocar.

Charles causou esse problema a ele mesmo ao dizer isso ao primo e insinuar para os amigos que tinha um compromisso com a Srta. Durant.

— Noiva? — questionou outro conhecido e se virou para olhar. — Sua situação já evoluiu assim?

— Mas que sortudo, Gustin. Ela é uma beleza — falou o outro, esticando o pescoço para olhar.

— Eu não deixaria minha noiva na companhia de todos aqueles homens — provocou o primo.

Charles não precisava de provocação, ele desaprovava fortemente os grupos mistos. Ainda mais em ambientes como esse, sem os pais das moças ou acompanhantes adequadas.

Eloisa, Lydia e Janet seguiram pelos degraus que levavam à parte de baixo do jardim, onde já se encontravam os outros membros do grupo. Apesar de os membros originais estarem juntos desde a temporada de 1816, não havia mudado muita coisa. Apenas um casal do grupo vingara. Mas as pessoas ainda achavam que eles estavam todos planejando casar entre si.

— É estranho vê-lo acompanhado. Sei que não é da minha conta, mas... — comentou Ruth, juntando-se a Eloisa e às outras.

Elas olharam para Lorde Huntley, que não era o Sr. Garboso à toa, já que continuava bonito demais. E a pobre Srta. Wright vivia em altos e baixos com ele. Mesmo agora que diziam ser apenas amigos, era possível ver que ainda se importavam demais um com o outro.

— Ele a deixou lá em cima. Acho que foi obrigado a trazê-la — disse Lydia.

— Sim, pela família! — interveio Eloisa.

— Por que vocês não se casam logo? Resolveria tudo — Janet indagou, daquele seu jeito sutil.

— Somos apenas amigos, e agora... Sabem que não posso mais — lembrou Ruth. Ela nem ia mais a tantas festas, mas seria eternamente a Srta. Festeira.

Os rapazes estavam se divertindo bem ao lado, porém, Huntley se aproximou delas, e Ruth se virou abruptamente. Era incrível como a proximidade dele ainda a deixava inquieta.

— Vamos até o buffet, vou acompanhá-la — ofereceu ele.

— Não estou com fome ainda.

Ele pendeu a cabeça bonita, e seu olhar claro era uma mistura de pedido e sofrimento. Ruth se virou para as três como se tivessem que lhe dar apoio.

— Eu vi doces lindos — incentivou Eloisa.

— E uma torre de chocolate, estou maravilhada! Viu o tamanho daquele pudim? — completou Janet.

— Ah, por favor. Vá logo com ele. Nós todas sabemos que ele vai ficar com essa expressão de cachorro perdido e você vai ficar com pena e se lamentando. Poupe-nos — pediu Lydia, sem tato algum.

Ruth estreitou o olhar para ela e disse baixo:

— Seria bom se você fosse prática assim nos seus assuntos também.

Só as quatro ouviram isso, e Lydia cruzou os braços imediatamente. Ruth

Encontre-me ao Entardecer 181

acompanhou Huntley, caminhando ao seu lado, ambos fingindo que eram tão amigos que o envolvimento do passado não os incomodava mais. Os outros foram se dispersando, conversando entre si enquanto iam comer.

— Srta. Durant, não pode estar com problemas no ouvido. Não me escutou chamando? — perguntou Charles, finalmente conseguindo chegar perto dela.

— Não, acho que é o vento — mentiu.

Ela colocou mais pudim no prato. Era um desses eventos da moda, onde o cardápio sortido era servido como um buffet, em várias mesas, e os convidados comiam de pé ou sentados informalmente, usando pequenos pratos de louça. Dava mobilidade e independência a todos, apesar dos lacaios atuando constantemente.

— Venha sentar comigo. Meu primo está aqui. — O tom de Charles não soou como um pedido.

— Não, obrigada.

— Eu estou tentando preservá-la. Não fica bem essa sua assiduidade nesse grupo misto e mal falado. Eu certamente não aprovo.

Ela pegou um delicado rolo salgado e o enfiou na boca, só para não começar uma discussão bem ali.

— Não sabe o que escuto por aí sobre as... as... indecências dentro desse grupo e de outros!

Eloisa olhou para seu prato e aproveitou para colocar mais rolinhos; estavam uma delícia. Precisava descobrir o que era, para pedir ao chef de tia Rachel.

— Meus pais não podem saber que você se relaciona com esses outros jovens. São eles e pessoas pavorosas como aquele tal Lorde Wintry que dão má fama a todos nós. Mas, após o casamento, isso ficará esquecido — dizia Charles.

Eloisa olhou o prato dele, que estava uma pobreza só. Um pedaço de bolo sem graça, nada de pudim, nem algo chamativo. Nenhum bolinho de creme ou ao menos os pequenos pães recheados de sabores variados. Havia torres de doces, um cisne gelado esculpido pelo chef, mini sanduíches com sabores inéditos, bolos de três andares, e Charles estava preocupado com tolices.

— Isso está uma delícia! A senhorita já provou? — indagou Lorde Pança, parando do outro lado dela. Seu prato estava repleto de doces. Aquilo era o paraíso para ele.

Eloisa pegou o doce que ele indicava.

— Vamos nos sentar, você já ficou muito tempo aqui, seu prato está mais do que cheio — ordenou Charles, segurando o cotovelo dela.

— Não quero, deixe-me. — Ela puxou o braço. — Eu como o que eu quiser!

A reação chamou atenção, e Lorde Pança se inclinou e viu quem estava do outro lado de Eloisa. Ele estreitou os olhos e depois se virou para trás, fazendo sinal para os outros.

— Sr. Desgosto! — Lorde Keller apareceu ao lado de Charles, assustando-o. — Há quanto tempo não temos o desprazer de vê-lo!

Charles prensou os lábios. Ele não admitia aquele apelido que haviam lhe dado. Quando tornou a se virar, em vez de Eloisa, era Lorde Richmond que estava em seu lugar.

— Vai pegar mais desse bolo seco? Se não, com licença. — Richmond se inclinou e começou a encher o prato com opções bem melhores.

Eloisa já estava se afastando, satisfeita com seu prato, e ele nem percebeu. Ele saiu de perto do buffet para ir atrás dela, mas, no caminho, bateu de frente com algo duro. Ao levantar a cabeça, viu Lorde Greenwood, o tal Lorde Murro.

— Não precisa correr, tem bolo para todo mundo — caçoou Greenwood, atrapalhando-o.

Charles custou a desviar dele e viu que Eloisa já estava indo para uma mesa com aqueles desavergonhados. Antes que ele chegasse perto da cadeira ao lado dela, a Srta. Preston sentou-se e lhe lançou um olhar hostil. Sinceramente, ele achava que aquela moça era imprevisível.

— Srta. Durant — começou, pronto para lhe dizer que era melhor se levantar e ir com ele.

Porém, algo entrou à sua frente e ele piscou, vendo que eram os botões do peitoral de mais alguém.

— Sr. Gustin, mal cheguei e já o encontrei. Como sempre, é um grande desgosto — disse Lorde Latham, sem deixar passar o trocadilho com o apelido dele. — Lamento, mas estamos sem lugares vagos.

Charles percebeu que o homem não iria se mover da sua frente e os outros não o deixariam falar com Eloisa. Porém, deu para ver quando colocaram uma cadeira extra para... Aquele era Harwood? Até *ele* estava se envolvendo com essas pessoas?

Encontre-me ao Entardecer 183

— Pensei que não ia nos apresentar ao Herói de Guerra — reclamou Lydia.

Eugene sentou-se, e Eloisa torceu para ele não ter escutado.

— Não sabia que viria — comentou.

— Agatha insistiu — contou ele.

A irmã dele ainda estava se decidindo sobre tudo que queria comer.

— Confesse que faz as vontades dela.

— Quando possível. — Ele sorriu levemente. — Eu a vi lá em cima, mas você se afastou rapidamente.

Ela preferiu não dizer que estava fugindo de Charles.

— Eu queria começar a comer todos esses doces — confessou.

O prato dele tinha mais itens salgados, mas Eloisa riu quando viu um pedaço do que poderia ser considerado a única torta com sabor azedo. Era de framboesa e cereja e estava particularmente ácida. Eugene divertiu-se ao descobrir por que ela estava sorrindo.

— A senhorita deveria experimentar — recomendou ele.

— Apenas se provar do meu pudim extremamente doce.

— Eu não me atreveria.

Eloisa ainda estava sorrindo tolamente enquanto olhava para ele quando sentiu um chute por baixo da mesa e voltou a si, mudando sua atenção para o prato. A Srta. Preston, que havia lhe dado o chute, analisou Eugene em sua primeira chance de estar tão perto dele e à luz do dia. Ao menos na parte física, dava para entender por que Eloisa gastava seu tempo olhando-o.

Lydia ouviu dizer que ele era soturno e não fazia amizades. Mas o homem era mesmo encantador, tinha uma mistura única de seriedade e reserva, misturada a um fundo de gentileza. Seus olhos tinham um brilho travesso quando falava com Eloisa, e ele a olhava com admiração e um ar de quem ficaria ali por horas falando com ela sem lembrar de olhar o relógio. E como ele era muito atraente, juntava tudo isso à sua aparência e ficava memorável.

Mas a Srta. Preston era imune a tudo isso. Não gastava seu tempo. Ela colocou um pedaço de bolo na boca, viu Lorde Greenwood em outra mesa e lhe ocorreu, por algum motivo misterioso, que ela preferia os morenos. Altos, fortes, com o cabelo negro, sobrancelhas marcantes e um tanto rudes... Ah, mas que tolice!

— É uma honra finalmente conhecê-lo, falam muito do senhor — disse ela, distraindo-se e provando que podia sim ser uma dama gentil.

Eloisa ergueu a sobrancelha. Ela conhecia Lydia muito bem.

— Eu também fico lisonjeada que tenha vindo sentar-se conosco — completou Janet, mas era típico dela lembrar de expressar cumprimentos.

— Eu que fico agradecido pelas senhoritas me acomodarem em sua mesa.

Elas sorriram e Lydia fez um sinal de positivo para Eloisa, que franziu o nariz, dizendo silenciosamente para ela disfarçar.

Pouco depois, Eugene cedeu o lugar para Agatha e foi requisitado pelos rapazes do grupo, que tinham muitos comentários a fazer. Nenhum deles viajou para a guerra fora do país, e poucos se envolveram localmente. Mas tinham familiares que lutaram e alguns, infelizmente, não retornaram. Ainda sobravam conflitos a resolver, mas a guerra terminara há cerca de três anos. Porém, não era um assunto que desaparecia.

No entanto, quando prestou atenção, Eloisa viu que eles estavam rindo, falando de outros assuntos, e não de conflitos entre países. Ela não sabia se ficava aliviada ou preocupada. E se Eugene não gostasse dos seus amigos? E se eles não gostassem dele e mudassem seu apelido de lisonjeiro para desagradável? Antes de conhecê-lo, eles se referiam a ele com respeito e admiração.

Poucas pessoas tinham apelidos ruins; em sua maioria, eram referências à realidade ou a brincadeiras internas. Como ela, que era a Srta. Sem-Modos. As pessoas de fora não sabiam o porquê desse apelido, mas os amigos sim.

Mais tarde, Eugene acompanhou Agatha e Eloisa para a saída. Charles quase foi atrás deles, mas havia o grupo inteiro entre ele e seu alvo. E com certeza não iam deixá-lo atrapalhar. No fundo, ele tinha medo deles. Em sua opinião, eram muito selvagens. Sem educação mesmo. Queria saber o que havia lá na água de Devon e se era contagioso.

— Já percebi que, seja no campo ou na cidade, nossos encontros costumam terminar ao entardecer — disse Eugene, enquanto a levava até sua carruagem.

O cavalariço abriu a porta, mas se afastou, já que ela tinha companhia. Eloisa se virou.

— Porque eu sempre tenho de retornar antes do anoitecer.

— Fico feliz de ter vindo. Mesmo que tenhamos passado pouco tempo juntos.

— Sim, ainda bem que Agatha o convenceu.

— Eu desconfio de que ela sabia que você estaria aqui.

Eloisa sorriu. Também desconfiava disso. Agatha estava se saindo uma boa alcoviteira. Antes de entrar na carruagem, ela falou:

— Agora conheceu meus novos amigos. Já não são tão novos para mim, mas são recentes. — Ela permaneceu olhando-o com expectativa, esperando sua reação.

— Sim. Eles são interessantes. — Ele sorriu. — Não esperava conhecer pessoas tão únicas por aqui. Tenho certeza de que se diverte muito com todos eles. Acabei de descobrir que todos nós moramos consideravelmente próximos uns dos outros. Não mais do que algumas horas de distância.

Eloisa abriu um enorme sorriso. Ele não citara nada sobre seu grupo ser misto. E conhecera suas amigas e os rapazes, que geralmente afugentavam novatos.

— Tenho certeza de que se dariam bem.

— Agatha parece gostar deles. Eu só não sei se ela já consegue acompanhar seu ritmo.

— Sabe como ela é esperta.

Eugene assentiu. E ela aceitou sua mão e subiu no degrau da carruagem, porém se virou e o olhou novamente. Dava para ver em sua face que ela gostaria de ficar; seu olhar chegava a ser saudoso. A expressão dele era algo que Eloisa já considerava uma característica. Era serena e agradável, mas seu olhar era sério e, no momento, bastante cobiçoso.

— Então nos veremos em breve — despediu-se.

— Sim — confirmou ele.

Eugene levou sua mão aos lábios, beijando os dedos. Demorou mais do que a regra silenciosa de tempo para esse tipo de cumprimento com a mão de uma dama. Demorar tanto, mesmo que fossem apenas alguns segundos, demonstrava interesse explícito.

Eloisa sempre seria arteira. E isso o encantava. Então, quando ela olhou para os lados e se inclinou, surpreendendo-o ao dar um beijo em sua bochecha, Eugene sequer teve reação. Foi tão rápido que, num piscar de olhos, ela já tinha se escondido na carruagem e fechado a porta. O veículo começou a se afastar e ele só virou o rosto e observou.

Ainda bem que Agatha não podia vê-lo naquele momento. Teria certeza de duas coisas. Primeiro, ele era um tolo. Segundo, nada conseguiria convencê-la de que ele não estava cedendo ao seu lado passional. Por isso que estava apaixonado pela Srta. Durant.

E achava que tinha chances de conseguir o que queria.

188 LUCY VARGAS

Capítulo 19

No meio da tarde, o tempo havia se firmado e resolvido que não seria mais um dia chuvoso em Londres. Com essa perspectiva em mente, Eugene foi recebido por Rachel na sala de visitas de sua casa em Mayfair.

— Ah, como é bom revê-lo. Desde aquela noite que não nos encontramos.

— Acredito que sua sobrinha esteja completamente recuperada.

— Está, mas eu lhe passei uma descompostura por abusar do ponche. Aliás, que ponche concentrado, não é?

— Sim, bastante — respondeu ele, percebendo que até hoje Rachel não sabia do que havia realmente se passado. — A Srta. Durant se encontra?

— O Sr. Carey avisou da sua chegada. Ela vai recebê-lo na sala de música.

Assim que entrou na sala de música e Rachel não o seguiu, Eugene percebeu que, logo hoje que pretendia que sua visita fosse rápida, eles iriam ficar sozinhos. E privacidade era algo tão raro e caro que até deixava a pessoa confusa, procurando assuntos que precisavam ser tratados em particular.

— Harwood, que bom voltar a vê-lo. Ela se levantou do banquinho do piano e se aproximou. — Posso lhe oferecer algo?

— Eu estou bem. Estava se exercitando? — Indicou o piano.

— Na verdade, não. Estava apenas lembrando de uma melodia. O senhor toca?

— Tentaram me ensinar na infância, mas com certeza não vim com o dom da música.

— Também não sou muito boa, aprendi mais por obrigação do que por prazer, porém, não possuo talento para impressionar. Mas posso tocar algo curto, para disfarçar.

— Está oferecendo?

— Oferecer seria um tanto demais. No entanto, se ficar por um momento, posso tocar para o senhor.

Encontre-me ao Entardecer 189

— Eu posso ficar — garantiu, desistindo imediatamente de sua visita rápida.

Eloisa tornou a se sentar e começou a tocar uma cantiga campestre, animada, mas não muito rápida. Mesmo assim, ela errou uma ou duas notas e parou de repente.

— O senhor sabia que conheci uma dama que dança?

— Foi no teatro?

— Não, num baile. Eu estava aqui tentando lembrar disso...

Ela tocou algo completamente diferente, notas de uma melodia de uma das apresentações de balé da temporada no teatro Real.

— Num baile? Ela estava se apresentando lá?

— Não! — Ela ficou de pé e parou à frente dele, para falar mais baixo. — Ela é filha bastarda do Marquês de Rottenford. Na verdade, seu pai se casou com a mãe dela depois que a marquesa morreu.

— É mesmo? Acabei de adquirir toda uma nova admiração pelo marquês.

— A mãe dela era uma bela bailarina e a ensinou. Ela ia dançar se o marquês não a tomasse como filha. Mas pobre garota... sabe como a encontrei?

— Não faço ideia.

— Pelos cantos dos bailes. Sabe que não sou a mais popular das moças. — Ela baixou o rosto e soltou o ar, mas o levantou enquanto voltava a falar. — E ela é menos ainda. Sempre que estou sem meus amigos do Grupo de Devon, fico sozinha. Em alguns lugares, nos encontramos nos cantos, onde não lembram de nos ver nem ninguém virá nos buscar para dançar. Sabe como são essas pessoas, elas a desprezam pela sua origem. E eu sou uma roceira que é fácil de não notar com tantas outras opções.

— Você não é uma roceira, tampouco é fácil de ser esquecida. Eu que o diga.

— De qualquer forma, ela me contou muitas coisas. Quando entramos na biblioteca, ela saiu rodando e mostrando como é leve.

Eloisa abriu um enorme sorriso e se afastou dele.

— Acredite, ela é leve! Pode fazer todas aquelas coisas que as moças do teatro fazem. Mesmo com o vestido de baile. E nós derrubamos uma pilha inteira de livros enquanto ela tentava me ensinar! Temos nos divertido assim em vários bailes tediosos. — Ela sorriu. — Ainda não contei isso a ninguém.

— Fico honrado que conte a mim.

— Eu sei que nunca contaria. E aqui há espaço. — Ela moveu os braços, claramente imitando alguém, e saiu rodopiando e fazendo leves movimentos pela sala de música. Suas sapatilhas de pano não faziam barulho sobre o piso de madeira lustrada e, com o vestido branco e leve, ela se movia com facilidade.

Ele acompanhou sua movimentação com o olhar, seguindo-a pela sala, sem sair do lugar. Invejando um pouco sua leveza e cobiçando-a mais do que achava saudável. Como alguém que se detém para observar um pássaro sob a luz do dia, desejando que ele quisesse ficar, sem jamais precisar prendê-lo para poder admirá-lo todos os dias.

— Imagino por que derrubaram os livros — observou ele, enquanto acompanhava os movimentos com o olhar.

— É uma pena que eu já esteja tão velha para aprender a dançar.

— Não está velha, tem apenas vinte anos.

— O senhor abusou hoje? — ela perguntou subitamente.

Eugene piscou duas vezes, mas logo entendeu.

— Não, estou me comportando.

— Venha. — Ela ofereceu a mão.

Ele olhou para sua mão nua e aceitou; queria ver o que aconteceria. Eloisa sorriu quando ele a pegou e voltou a dançar, levando-o com ela. Eugene acompanhava, tentando não atrapalhar, já que ela segurava sua mão e fazia movimentos leves enquanto respondia a uma música que tocava na sua mente, e ela reproduzia com os lábios.

Depois de um minuto, até ele tinha a música na cabeça. E ela girava e se virava para ele, levando-o pela mão e sorrindo. Eugene não sentia dor naquele leve exercício, mas, nesse momento, sabia que não pararia mesmo se sentisse. Assim como um simples momento como aquele lhe fazia lembrar dos dias mais angustiantes de sua recuperação. E se ele estava de pé, com Eloisa levando-o pela mão, sua dor não foi em vão.

— O senhor disse que me levaria para dançar em todos os bailes que me encontrasse.

— Não foi possível.

— Já fui a mais dois bailes e não o encontrei.

Encontre-me ao Entardecer 191

— Eu lamento muito. — Ele seguia pela sala de música acompanhando-a como podia, mas não havia como fazer movimentos como os dela, então ia como um mal dançarino, apesar de seus movimentos lembrarem algumas danças dos salões.

O cômodo não era grande, então eles davam voltas, com suas botas de montaria fazendo barulho sobre o piso, enquanto ela seguia nas pontas dos pés sobre suas sapatilhas delicadas. A porta — que esteve encostada — abriu, e o Sr. Carey entrou com uma bandeja. Ele os viu dançando, mas, como o bom mordomo que era, não fez caso, seguiu para a mesinha no canto e depositou o que veio trazer.

— Devo servir, milady? — perguntou ele, já que ela parecia muito ocupada.

— Por favor — ela respondeu e deu um giro, mas se desequilibrou e Eugene se apressou para segurá-la.

O Sr. Carey continuou seu trabalho, e apenas olhou pelo canto dos olhos para ver se aconteceria um acidente.

— Eu disse, não danço como ela. Mas descobri que é um ótimo exercício.

— Eu achei um belo espetáculo. — Ele ainda estava deslumbrado por ela.

— O chá está servido — o mordomo avisou antes de sair e encostar a porta.

Eles ignoraram a partida do Sr. Carey, e Eloisa se apoiou no antebraço dele, levantando o rosto para manter o seu olhar.

— Fiquei feliz por não ter desistido de me ver.

— Eu lhe disse que não desistiria.

— Foi antes daquela noite.

— Nós já passamos por situações piores.

— Isso foi antes de resolver que queria me visitar.

— Sua insistência em dizer que quero vê-la ou que decidi visitá-la é para não dizer que quero cortejá-la?

— Isso soaria pretencioso.

— Mas é a verdade. Quero passar o tempo com você, espero que continue me contando coisas que não diz a outras pessoas. E dançar à luz do dia foi muito melhor do que sob a luz de centenas de velas. Aqui eu posso vê-la claramente.

Eloisa soltou o apoio dele e voltou a levá-lo para dançar, dessa vez, apenas como se estivessem num salão, mas, já que não havia outros trinta pares de dançarinos em volta, ela executava movimentos mais expansivos. Ela girou duas vezes e ele segurou sua mão, mas ela parou no final do último rodopio e ficou de costas para ele, ainda segurando sua mão ao lado do seu corpo.

— Naquela noite, eu não passei mal — ela disse de repente.

— Eu sei.

— Não, não sabe. Não foi o ponche, eu não beberia tanto.

— É bom saber disso.

— Eu vi um antigo amigo que não gostaria de ter visto.

— Entendo.

Ela virou o rosto para ele, mas não chegou a olhá-lo sobre o ombro.

— Mesmo? Não parece algo completamente tolo para você?

Eugene deu um passo e ficou bem perto dela, assim ela podia vê-lo, mesmo com o rosto apenas virado.

— Somos todos tolos em algum momento. Eu estava lá, lembra? Eu quero entender. E vou repetir todas as vezes que estarei aqui.

Ao ouvi-lo, Eloisa virou mais o rosto e manteve o olhar no dele. Ela pressionou os lábios para engolir a saliva e conseguir coragem para perguntar:

— Quando vai me beijar?

O olhar dele foi imediatamente para os seus lábios, como naquele dia no parque, e ele se aproximou naturalmente. Foram puxados pelo magnetismo da atração que havia entre eles, mas esta era tratada tão polidamente que precisava se rebelar para levá-los ao impacto.

— Eloisa... — murmurou ele, tão baixo que o som saiu falho, rouco em sua voz masculina.

Com a aproximação dele, ela havia entreaberto os lábios, e sua boca ficara seca de nervosismo, sua respiração, irregular, mas ela o entendeu errado. E quando ele murmurou seu nome, Eloisa voltou a si e virou o rosto, incapaz de reconhecer um sussurro de desejo, já que nunca escutara um. Assim que ela virou o rosto tão abruptamente, ele piscou repetidas vezes e engoliu a saliva. Ela também soltou a mão dele, juntou as suas à frente do corpo e abaixou a cabeça, envergonhada.

— Que tola eu sou, não é? Depois de tudo que passei, eu deveria saber melhor do que me render a um beijo. Ou ousar pensar em perguntar. Logo depois

Encontre-me ao Entardecer 193

de ter reencontrado o meu passado, e eu sei que o senhor sabe muito bem sobre meu verdadeiro mal-estar, eu não subestimo sua inteligência.

Eugene queria aquele beijo há muito tempo e não ia deixá-la em dúvida, tampouco se recriminar por algo que não era errado.

— Antes que alguém entre nessa sala, eu vou beijá-la. E não ouse não se render.

A surpresa não foi apenas a voz dele, ainda mais perto do que antes. Eloisa chegou a achar que dançariam de novo quando o braço dele a envolveu, mas ela nunca havia dançado nada com um movimento tão íntimo. Ele a puxou para ainda mais perto, suas costas encostaram em seu peito rígido e ela tornou a virar o rosto. Mal deu tempo de encontrar o olhar dele. Eugene segurou seu queixo, e ela fechou os olhos, mas não sentiu mais nada, apenas o leve aperto em sua mandíbula e o corpo dele, quente e forte contra o seu, enquanto seu braço apertava em volta de sua cintura. Eram toques e sensações demais para ela associar. Talvez, se mantivesse os olhos fechados, conseguisse entender os sinais do seu próprio corpo.

— Olhe para mim, Eloisa.

Ela abriu os olhos e juntou os lábios rapidamente, para engolir a saliva. Pôde vê-lo sorrir levemente antes de inclinar mais a cabeça em sua direção. A respiração dela nunca esteve tão irregular, mas chegou a cessar quando os dedos dele apertaram mais seu queixo, e os lábios tomaram os seus.

Suas bocas não se encostaram polidamente como ela achava que aconteceria. Os lábios dele pareciam pesados contra os seus, pressionando e a compelindo a acompanhá-lo. Eloisa correspondeu e o toque ficou mais úmido e mais forte. Ela lutava com a boca dele, que tomava a sua e usava a ponta da língua para conseguir mais espaço. Eugene sorriu quando ela se abriu para ele, pronta para ser realmente beijada, mas sem fôlego algum.

O espaço que ele lhe deu para respirar era ínfimo e ela soltava o ar quente contra seus lábios e deixou o peso do corpo contra o dele. Eugene acariciou a sua mandíbula, soltando seu rosto e deixando a cabeça recostar contra ele. Então a envolveu ainda mais, abrangendo-a em seus braços; se alguém olhasse da porta, sequer poderia vê-la a menos que olhasse para baixo e visse seu vestido.

Ele tocou seus lábios levemente, dando beijos curtos e conseguindo mais espaço gradativamente até tê-la correspondendo igualmente e novamente sem ar. Eugene parou, beijou seus lábios de leve outra vez, seguiu um caminho e beijou seu queixo até retornar à sua boca e beijá-la outra vez até ela não perder mais o ar e buscar seus lábios tão avidamente quanto ele tomava os seus.

Eugene soube que a tinha quando ela colocou o braço para trás e segurou em seu pescoço, com as pontas dos dedos puxando seu cabelo enquanto tentava mantê-lo perto. Porém, se ele não a soltasse em breve, não soltaria mais, e a porta ia abrir, não havia como não ser aberta a qualquer momento. Mas o perigo causa essa sensação de desafio de conseguir só mais um pouco até o último segundo antes do limite.

As mãos dele sentiram o corpo dela recostado contra o seu e desceram pelo tecido leve do seu vestido diurno. E como estava de costas para ele, seus dedos passaram por baixo dos seus seios, sentindo o formato deles, e a vontade de simplesmente segurá-los e acariciá-los ia além da conta. Eloisa moveu o corpo contra o dele, que segurou sua cintura, acariciando-a e mantendo-a no lugar. Quando suas bocas se afastaram novamente, ela deixou escapar um suspiro e virou o rosto, deitando a cabeça contra ele.

— Eu realmente preciso soltá-la, Eloisa. Mas se você continuar...

— Beijando-o? — interrompeu ela.

— Também.

— Eu gostaria de ser beijada assim todos os dias. Mesmo que acabe me rendendo.

Ele esticou o braço e apoiou uma mão na parede, bem ao lado da janela que os iluminava e arejava o aposento. Eugene soltou o ar e parou de olhá-la ou só Deus sabe o que a pessoa que abrisse aquela porta iria encontrar.

— Eu posso fazer isso. Posso beijá-la várias vezes ao dia, mas...

— Ah, não... sempre há um *mas* quando há algo bom para ganhar — reclamou.

— Vai ter que me dizer sim.

— Vou?

— Eu lhe disse que iria visitá-la, cortejá-la, levá-la para passear e que dançaríamos juntos. Posso beijá-la em todas essas ocasiões, mas vou fazê-la se render cada vez mais e vai me dizer sim antes do que pretende.

— Está me aconselhando a não aceitar os beijos.

— Estou lhe dizendo o que vai acontecer.

Encontre-me ao Entardecer 195

Eloisa se desencostou do corpo dele e se virou rapidamente, tão rápido que o surpreendeu.

— O senhor é mesmo um conquistador. Bem que sua irmã disse que havia uma veia sedutora e persistente que não podia esconder, por mais que tentasse — acusou.

Ele ergueu a sobrancelha. Já havia sido insultado, xingado e escutado muitas coisas a seu respeito, mas nunca lhe acusaram de ser um conquistador. Eugene tinha certeza de não ter o talento necessário para o papel.

— Não caia nos delírios românticos da minha irmã.

— Está tentando me seduzir desde que chegou a Londres!

— Espero que "tentando" seja apenas sutileza sua, pois parecia seduzida o suficiente nos meus braços.

— O senhor é tão... — ela começou em tom acusatório.

A porta abriu e Rachel entrou apressadamente, como se tivesse esquecido algo muito importante ali.

— Desculpem! Eu os deixei sozinhos, mil perdões. Espero que o senhor não se importe com minha ausência, mas estava um tanto atarefada com questões da casa.

Os dois se viraram assim que ouviram a voz dela, porque a porta não fazia barulho, assim como as sapatilhas dela. Rachel viu o serviço de chá intocado e olhou de novo, mas seu olhar recaiu sobre sua sobrinha, com o coque frouxo e ainda ruborizada. Confusa, ela balançou a cabeça e olhou para Harwood, que parecia alinhado, mas aquilo em suas bochechas era um corado, não era?

— Nós estávamos dançando — disse Eloisa. — Eu estava contando a Lorde Eugene como conheci uma bailarina.

A tia voltou a olhar o chá intocado e agora frio e depois se aprumou e juntou as mãos, talvez tentando pensar na melhor forma de lidar com a situação.

— Imagino que aproveitaram bem a dança longe dos salões lotados — comentou Rachel.

— Bastante. Aqui é muito mais fresco — respondeu Eugene, de volta ao seu estado de pura polidez aristocrática.

— O senhor passou para uma visita, mas creio que minha sobrinha ficou tão entretida com seus novos passos de dança que esqueceu de sentar-se para o chá. — Rachel lançou um olhar de reprimenda para Eloisa.

— Na verdade, eu não pretendia me demorar. Vim convidar Lady Eloisa para cavalgar, mas agora está tarde. — Ele se virou para Eloisa. — Podemos marcar para outro dia?

Ela estreitou o olhar para ele, mesmo sob a vigília da tia.

— Eu vou precisar checar meus compromissos, milorde. Pode, por favor, enviar um mensageiro amanhã para confirmar minha disponibilidade?

Eugene havia apenas virado a cabeça para ela, mas, assim que ela terminou, ele realmente se virou no lugar e a encarou. Eloisa continuava olhando-o do mesmo modo, como se lhe dissesse que não ia ser seduzida assim tão facilmente. Já Eugene não estava achando nada fácil ali. Se fosse fácil, não estariam sob o olhar confuso da tia, e sim com o casamento marcado e passando tanto tempo sozinhos que já teriam cometido atos muito mais inapropriados do que um primeiro beijo na sala de música.

Eloisa, por outro lado, lembrava muito bem do seu próprio primeiro beijo. E não havia sido nada parecido com o que acontecera ali, de forma alguma. Absolutamente. Nada havia sido como o que se passara naquela sala. Harwood, com o jeito de cavalheiro mais apropriado do reino e que, por vezes, esquecia que não estava mais dando ordens no exército real, não passava nada longe dos sedutores citados nas fofocas de salão. Ele só era bom demais em esconder. Um "cavalheiro decente" não podia beijar assim, como um sedutor que desencaminhava moças por esporte. De jeito nenhum.

— Eu perdi alguma coisa? — indagou Rachel, vendo que os dois continuavam se encarando numa espécie de batalha mental.

— Não, milady — disse Eugene, virando e se afastando de Eloisa antes que perdesse a compostura. — Enviarei um mensageiro amanhã. — Ele fez uma leve mesura para ambas. — Até breve.

Assim que ele saiu e os passos se afastaram o suficiente, Rachel se aproximou da sobrinha e colocou as mãos na cintura.

— Eu os deixei sozinhos por tempo demais. Não era para passar de cinco minutos, e tenho certeza de que estiveram aqui por, no mínimo, vinte minutos.

— Dançando — explicou Eloisa rapidamente.

— Eu a criei, Eloisa. Participei de cada travessura sua. Nem tente.

Ela cruzou os braços e deu um muxoxo.

Encontre-me ao Entardecer 197

— E as travessuras de Harwood, a senhora por acaso acompanhou ao longo do tempo?

— Ora essa, o rapaz esteve no exército desde novo. Assim como seu primo.

— Isso o impede de cometer travessuras?

— Certamente que não, mas...

— Pois saiba que Harwood não passa de um sedutor — interrompeu ela.

— Eugene? — Rachel riu. — Imagine só! Ele sequer tem tempo para isso! Esteve ocupado demais para ser um conquistador.

— Tem certeza?

— O que ele andou aprontando por aqui? — Rachel cruzou os braços também. — Vinte minutos é tempo suficiente para traquinagens e comportamentos bem além do adequado.

— Não se estiver se divertindo. E dançando. Certamente dançando. — Ela se afastou em direção à porta. — Preciso escolher o que usarei hoje à noite.

Capítulo 20

Assim que entrou no salão, Eloisa procurou por Georgia, pois ela enviou uma mensagem para escolherem o mesmo programa para a noite. Então, os Burnett estariam ali em peso. Porém, não foi a amiga que Eloisa avistou primeiro, e sim Kit. E ele não estava com a prima ou outros familiares. Ela ficou chocada ao vê-lo acompanhando a Srta. Insuportável. Sim, ninguém mais, ninguém menos do que Harriet Brannon. E o mais estranho era que suas duas amigas venenosas não estavam perto dela.

Os dois pareciam estar se divertindo enquanto deixavam a pista de dança para dar uma volta pelo salão. Mas o que Kit estava fazendo com aquela cobra? Ah, que horror! Ele não podia estar interessado nela. Seu coração seria quebrado em milhares de pedaços. Era o que Harriet fazia com seus pretendentes!

O pobre Lorde Keller, conhecido no grupo como Lorde Tartaruga, havia tentado cortejá-la. Apesar do desencorajamento dos outros. E ela fingiu dar-lhe esperança, só para ter o prazer de dispensá-lo depois. Eles sequer combinavam, ninguém sabia por que ele se interessou por ela.

— O que foi que perdi? — Eloisa, ainda com olhos arregalados, perguntou a Georgia assim que a encontrou.

A amiga estava descontente e, assim que ouviu a pergunta, cruzou os braços e sua expressão se intensificou. Ela virou de lado, como se não pudesse nem ver o que se passava no salão.

— Não é a primeira vez. Pensei que havia sido uma coincidência e resolvi não lhe dizer, pois sei que não se dá bem com aquela mulher. Mas agora ela o fica "requisitando".

— Requisitando? — questionou Eloisa.

— Ah, sim. E ele vai, como um cachorrinho. O bobão! Ontem mesmo a levou para passear, até levou o cachorro dela.

— Georgia... — Eloisa se virou para vê-los. — Temo que isso não dará certo.

Encontre-me ao Entardecer 199

— Eu tenho certeza.

Não pegava bem passar tanto tempo só com um pretendente, a menos que você quisesse que ele fosse o escolhido e que todos soubessem disso. A seu ver, era exatamente isso que estava parecendo, pois a Srta. Brannon não soltava o apoio que Kit lhe dava.

— Parece até que não consegue andar sozinha — disse Georgia, logo após voltar de uma dança curta.

Kit só voltou porque pediu licença e se adiantou pelo meio dos convidados, parecendo o típico pretendente em fuga. Muitos desses eram vistos em um baile, sempre batendo em retirada pelo meio das pessoas, para ser mais difícil de serem seguidos.

— Não vai me dizer que ela já foi reclamar com você — acusou Kit, assim que ficou sozinho com Eloisa e Georgia.

— Eu não reclamei de nada! — defendeu-se Georgia.

Eloisa tinha jurado não dizer nada, mas já sabia o que andaram dizendo por suas costas depois daquela noite. E isso incluía o que Harriet e suas amigas ainda mais tóxicas disseram. Sempre caçoando dela.

— Ela é má — acabou resumindo, ou teria muito a dizer.

— Eu lhe proíbo, Christopher! — ordenou Georgia, estourando como se estivesse apenas esperando alguém dizer algo.

Ele virou seus olhos azul-escuros para ela e disse seriamente:

— Você não pode me proibir de nada.

Georgia recebeu o golpe e só ficou ali parada, sem reação.

— Eu só não quero que você se machuque, não seria o primeiro que ela não levou a sério no final. Ela foi terrível com Lorde Keller. Porque ela não é boa, é má e vil. E você é... diferente — falou Eloisa, soando preocupada ao invés de indignada, como Georgia.

Kit se virou para ela e franziu o cenho.

— Diferente como?

Ela pensou em como explicar o que achava, mas de um jeito que ele entendesse e não ficasse irritado com ela.

— Você é o rapaz mais amável, sincero, bondoso e protetor que conheço. O melhor amigo também. É transparente como um livro aberto. E é bom demais, merece uma moça que lhe dê valor e o ame como é. E que não queira mudá-lo. Você não é só mais um desses cavalheiros de salão. Não quero que ela lhe machuque. Mas se você gosta dela... tudo que posso fazer é ajudá-lo. No entanto, já vou lhe avisar que vou defendê-lo se ela lhe tratar mal.

Kit sorriu, achando engraçado que ela quisesse protegê-lo. Mas, naquele tipo de assunto, o tamanho dele não importava, não é? Podia se machucar de qualquer forma. E Eloisa estava genuinamente preocupada. Kit podia ser o típico nobre do campo e ainda era meio rude, grandalhão e ruivo. E para elas, era perfeito. Até hoje, deixava que elas o chamassem de Kit, um apelido de infância, que ninguém mais podia usar, afinal, agora ele era Christopher Burnett, um adulto.

— Não estou apaixonado, se é isso que temem — ele admitiu, por fim. — Acho que só fiquei lisonjeado demais por uma dama como ela se interessar por mim. Ninguém nunca havia realmente demonstrado tanto interesse antes.

— Como não, somos o quê? — exaltou-se Georgia.

Essa era a hora que ele deveria lançar um olhar que dizia o óbvio, afinal, ele as conhecia desde sempre. Isso não contava. Porém, ele só desviou o olhar para Georgia, que voltou a cruzar os braços.

— Não seja tolo, Kit. É só porque você não teve muito contato com moças disponíveis. Agora que está participando da temporada de verdade, terá várias para conhecer e até escolher. Vai ver. — Eloisa apertou o antebraço dele, querendo incentivá-lo a ver seu valor.

— Pois é, você pode até não ser o herdeiro, mas é nobre, respeitável, tem sua própria renda e uma casa que será só sua. Com certeza há mulheres aqui que desejam um pretendente com tudo isso a oferecer. Acredite, todos sabem que não há condes, marqueses, duques, etc suficientes para todas essas moças. São com rapazes como você que elas se casarão — disse Georgia, tentando apoiar também, mas colocando a questão de um jeito estranho, por mais que fosse verdade.

— Mas você almeja um barão, não é? — perguntou ele, concentrando a atenção nela.

— Não almejo nada — Georgia respondeu, na defensiva.

— Menos do que isso não é suficiente para você.

— Eu nunca disse nada disso. — Ela moveu os braços como se fosse tornar a cruzá-los, mas já tinha esgotado sua cota de cruzadas e só os enrolou e voltou

Encontre-me ao Entardecer 201

a soltá-los.

— Pois bem, vou encontrar moças que me achem suficiente, já que há tantas assim. — Ele se virou e partiu.

As duas observaram-no partir a passos largos, abrindo caminho entre os convidados, facilmente identificável com seu jeitão, sua altura e o cabelo ruivo acima da cabeça da maioria das pessoas por quem passava.

— Georgia, tem algo que não está me contando? — perguntou Eloisa, ainda acompanhando-o se afastar.

— Não, Christopher só está em meio a uma típica crise masculina. — Ela estava emburrada de novo e foi se juntar ao grupo de sua família.

***

Deixada pelos dois amigos, Eloisa ficou com As Margaridas, o grupo de tia Rachel, o que nunca se provava monótono. Aquelas senhoras sempre estavam ocupadas com algum esquema, fosse conseguir informações para sua rede de fofocas ou bancando o cupido para alguma neta, sobrinha ou amiga de uma delas.

A bailarina de quem Eloisa falou tanto para Eugene era a Srta. Adele Kenyon, que tinha um parentesco distante com Lady Daring através da família de seu pai. Eloisa a encontrou novamente, circulando perto das janelas, depois pelo canto do salão, e sempre descobrindo uma biblioteca, sala de visitas ou algum outro cômodo de uso comum que estivesse aberto para os convidados.

— Aquele homem insuportável a está procurando de novo — avisou Adele.

— Ah, não! Ele está vindo?

— Acho que deu tempo de se esconder — disse ela, baixando o rosto, pois Eloisa tinha acabado de se curvar e tentar se esconder atrás de um vaso enorme.

Charles passou por elas e não a viu, mas, se continuasse ali, seria apenas uma questão de tempo. Ela entrou no que parecia ser um salão de jogos e havia alguns cavalheiros numa mesa mais ao canto. Eloisa viu quando uma das Srtas. Burke passou com a irmã, como se estivessem apenas olhando ou procurando alguém. Quem sabe estavam se escondendo também.

— Como está, Srta. Durant? Não nos vemos desde o concerto — cumprimentou a Srta. Burke mais velha, que Eloisa já havia esquecido o nome de novo.

— É mesmo, o concerto. — Que, na opinião dela, foi uma tortura. — Foi mesmo um acontecimento.

Lady Burke adentrou o recinto. Essa era a melhor descrição, pois a dama sabia causar uma impressão ao entrar num lugar, especialmente quando estava à procura de suas filhas para jogá-las em cima de mais algum pretendente. Logo depois dela, o Sr. Strode-Strout entrou animadamente e se dirigiu à mesa onde os outros homens estavam.

— Ah, vocês estão aqui. Eu não disse que não as queria perambulando por outros locais além do salão? — falou Lady Burke para as filhas. — Aqui ninguém as verá. A não ser que...

A mulher se virou e viu que, na verdade, ali havia alguns cavalheiros interessantes. No entanto, eles estavam tão concentrados no jogo que talvez não fizesse muita diferença.

— Estávamos apenas esticando as pernas, mãe — explicou Alicia Burke.

Lady Burke voltou a se virar e prestou atenção em Eloisa e Adele, com quem suas filhas estavam conversando. Ela olhou Adele de cima a baixo, mas não pareceu fazer muito caso dela nem a desprezar, mas fixou o olhar em Eloisa.

— Ah, querida. Soube que teve de se ausentar mais cedo do baile em minha casa. Desde então, não nos encontramos mais. — Esticou sua mão enluvada e apertou levemente o pulso de Eloisa. — Sinto muito que seu prelúdio com Lorde Hosford tenha se encerrado logo no meu baile. Fiquei muito sentida.

— Mamãe. — Alexandra arregalou os olhos para ela.

— O que foi? Estou mesmo sentida, gosto muito da Srta. Durant, ela sempre passa um tempo com vocês — defendeu-se a mãe. — Mas todas sabemos que um pretendente como o herdeiro do duque de Betancourt não é algo fácil de manter, e é claro que a história se espalharia.

— Mãe, está piorando! — disse Alexandra. — A pobrezinha já sofreu essa decepção, e você ainda toca no assunto.

A mãe sussurrou que era mesmo uma grande decepção perder um futuro duque como pretendente, mas ela só queria ajudar. Pelo jeito, as fofocas sobre seu último incidente foram muito mais longe. Com certeza, a Srta. Brannon e a língua das amigas dela tinham participação nisso.

Eloisa duvidava que ela estivesse mesmo sentida. Na verdade, devia estar sondando o terreno para saber se realmente acabara, assim Eugene ficaria livre para ela perseguir com suas filhas.

Encontre-me ao Entardecer 203

— Eu não sabia nem que vocês tinham um acerto — Adele falou baixo.

— Nós somos amigos de longa data — Eloisa sussurrou de volta.

— Isso quer dizer que ele nunca foi seu pretendente? — Alexandra também sussurrou, curiosa.

— Eu não disse isso — corrigiu Eloisa, ainda sem saber como classificar sua relação com Eugene.

Antes que elas pudessem se afastar, ouviram Lady Burke chamando alguém.

— Ah, não. Vamos passar mais vergonha — lamentou uma das Srtas. Burke.

— É um grande prazer reencontrá-lo aqui, Sr. Dunn. Nunca mais nos vimos, achei até que tivesse se retirado para o campo.

Eloisa se virou lentamente, e lá estava Tommy, com seus olhos castanhos pousados sobre ela, ouvindo Lady Burke, mas sem prestar a menor atenção. Durante todo o tempo que esteve ali, ela não o vira sentado no canto da mesa de jogos.

— Eu estive em outros compromissos — explicou ele, ignorando todo o resto que a mulher disse.

— Outros bailes? — perguntou ela, sondando para saber se ele esteve perseguindo outras moças.

— Estou um tanto cansado de jogar. Gostaria de dançar.

— Ah! — exclamou Lady Burke, pronta para jogar uma das filhas nos braços dele.

— Srta. Durant, que bom a rever aqui. Gostaria de me acompanhar? Depois, levarei todas essas magníficas damas para a pista também. — Sorriu.

E como o mundo ainda era injusto, ele ainda tinha aquele enorme e brilhante sorriso. A única diferença era que agora não surtia o mesmo efeito.

— O senhor não prefere começar sua rodada de danças com uma nova companhia? — respondeu ela, tentando fugir.

Ele fez uma bela expressão de desapontamento.

— Não dançamos há tanto tempo que sua companhia é nova para mim.

Lady Burke virava a cabeça de um lado para o outro, alternando entre eles, sem entender por que ela não aceitava logo ou por que ele a convidou primeiro. E imaginando qual o grau de conhecimento deles. Ela não fazia ideia de que eles haviam sido vizinhos. Ao menos até o ouvido dela não chegara nenhuma insinuação sobre o passado deles. Pelo jeito, os rumores que chegaram a Londres começavam apenas em Charles. E Eloisa faria de tudo para manter a história dessa forma.

Ela deu um passo na direção dele, que lhe ofereceu o braço, e ela juntou as mãos, sem querer tocá-lo, e deu alguns passos, o acompanhando. As outras vieram atrás. Adele não tinha escolha; iria com eles ou ficaria sozinha. E Lady Burke não esqueceria que ele havia prometido levar todas para dançar e iria esperar a vez de suas filhas, mesmo que estas preferissem se esconder.

— É melhor pegar o meu braço ou jamais conseguiremos dançar.

— Eu não o quero tocando em mim — ela disse entre os dentes.

— Está de luvas, sequer vai sentir.

— Por que tinha de fazer isso? — perguntou enquanto se afastavam mais delas. — O que quer de mim? Eu não quero dançar nem falar com você.

— Não consigo parar de pensar em você, especialmente quando estamos no mesmo lugar.

— Eu o desprezo. Você não tem o direito de me dizer nada disso.

— Eu sei. Não me entenda mal, Eloisa.

— Srta. Durant. Já exigi que não tomasse liberdades com o meu nome — cortou ela.

Eles chegaram novamente ao salão, e ele tornou a oferecer o braço, para conseguirem passar juntos em meio às pessoas e seguirem até esperar a próxima dança. Eloisa olhou para o braço dele, totalmente coberto por sua camisa e pela casaca formal, e colocou a mão levemente, protegida por sua luva, que cobria até o seu cotovelo.

— Eu não estou lhe dizendo o que pensa que estou. Por favor, escute. Estou pensando nisso porque... na verdade, faz tempo que não paro de pensar. Piorou depois que reencontrei Kit e, acredite, ele acabou comigo. Ele me fez sentir mais baixo do que um ladrão de latrina.

— Acredite, é o que penso de você.

— Eu sei disso.

Eles passaram por entre as pessoas, e paravam de falar ou falavam ainda mais baixo quando estavam próximos demais de ouvidos curiosos.

Encontre-me ao Entardecer 205

— Então por que não me deixa em paz? — Ela soltou o braço dele, assim que pararam.

Tommy se virou de frente para ela.

— A forma como me olha já me diz exatamente como me despreza. Seu olhar sequer tem ódio, ele é frio e cheio de desprezo.

— Você não faz a menor ideia do que me fez passar.

— Eu faço. O pior é que faço.

— Não faz, ou não teria coragem de vir aqui.

— É exatamente por saber que adquiri a coragem que não tive naquela época. Eu não apenas sei o que acha de mim, eu me sinto assim. Fui o mais fraco, o mais tolo dos homens. Fui desonrado e desprezível. E a abandonei quando mais precisou de mim.

Eloisa apertou as mãos e virou o rosto. Ela não ia deixá-lo penetrar em suas defesas, não ia sentir seus olhos arderem novamente. Não ia se deixar levar por sua própria mágoa. Ela se lembrou da conversa que teve com Kit e a manteve na mente. Talvez deixar aquilo no passado e tentar encontrar o perdão dentro de seu coração fizesse melhor a ela do que a ele.

O que quer que ele fosse dizer, não deu tempo, pois a quadrilha ia começar, e eles descobriram que haviam se disposto a dançar uma das novas e mais animadas variações que entraram na moda recentemente. Eloisa ainda ficou mais irritada. E se ela não soubesse dançar isso? Ainda bem que as Margaridas jamais deixavam suas pupilas desatualizadas. Eles se separaram e iniciaram a dança com os outros; não podiam sonhar em dizer nada em meio aos dançarinos, ninguém podia escutar. Então dançaram em silêncio, enquanto ele mantinha o olhar nela, que estava absorta em seus próprios pensamentos, mas não perdia os passos.

Assim que terminou, Eloisa aceitou seu braço para se afastar e ele colocou a mão sobre a sua, para mantê-la enquanto saíam dali. Ao invés de voltar direto para o grupo do qual a tirou, onde teria de pegar outra moça, ele foi para o outro lado, como se ela tivesse aceitado rodar o salão com ele.

— Chega. Não quero voltar a vê-lo.

— Eu não vou lhe pedir perdão pelo que fiz com nós dois, com o que sentíamos um pelo outro e pelo futuro que estraguei.

Eloisa deu um passo para trás, sentindo que estava sendo magoada outra vez. Mas, antes que ela dissesse algo, Kit apareceu e tocou o ombro de Tommy, afastando-o dela. Se não estivessem ali, ele com certeza teria lhe dado um soco. Ele os viu dançando e lamentou tê-la deixado sozinha para que Tommy pudesse chegar perto.

— Eu lhe avisei para não chegar perto dela — ameaçou Kit.

— Eu lhe disse que precisava, que não conseguiria não dizer — respondeu Tommy, encarando-o.

— Não, deixe-o. — Eloisa segurou o braço de Kit e ficou ao seu lado, olhando para Tommy.

— Eu precisava dizer — continuou Tommy e mudou seu olhar para Eloisa. —Sinto muito por todos nós. Não vou pedir perdão pelo que fiz com o nosso relacionamento, com o que poderíamos ter sido. Eu sinto pelo que tínhamos de mais precioso e que jamais teremos outra vez. Nossa amizade. Nós éramos amigos desde sempre, você... — Ele olhou Kit também. — Vocês eram tudo que eu tinha de mais precioso. E agora não tenho mais. Não valeu a pena ser um fraco, não valeu a pena abaixar a cabeça para os desmandos do meu pai. Eu a perdi e perdi vocês e, quando me dei conta do que fiz, perdi também meu pai, quando entendi por que ele me afastou e o que ele fez ao ir à sua casa naquele dia. Ao ir lá no meu lugar. Eu só queria pedir desculpas por destruir o que tínhamos.

Eloisa sentiu os olhos arderem e virou o rosto na direção do braço de Kit, onde ela segurava cada vez com mais força. E ele também não parecia bem com tudo aquilo. Assim como Tommy, que perdera toda a sua compostura e parecia acabado à frente deles. Aquela era a parte que ainda doía em Eloisa e o que a fez se sentir mais traída. Ela ainda achava que, se tudo tivesse acontecido de outra forma, mesmo que eles não tivessem ficado juntos como um casal, a amizade que tinham era muito mais importante. Ao menos isso eles poderiam ter salvado. Mas agora era tarde demais.

— Nunca mais foi a mesma coisa, nunca — ela disse baixo. — E não vai ser agora. Aquela paixão juvenil que nós tínhamos talvez não sobrevivesse nem ao período de noivado, e acabaríamos seguindo caminhos separados do mesmo jeito. Mas ainda seríamos amigos. E agora não há nada. Nunca seria a mesma coisa para nós dois, mas não vou ficar chateada se vocês dois deixarem a mágoa no passado. — Ela apertou o braço de Kit. — Eu sei que não sobraram outros amigos.

— Não consigo mais confiar nele — determinou Kit. — Ele não só a magoou.

Encontre-me ao Entardecer 207

Ele traiu, mentiu, fugiu e se desonrou. Somos adultos agora, mas também não éramos mais crianças naquela época para não ter noção dos grandes erros que cometemos. E não consigo admirar um homem assim. Preciso admirar meus amigos.

— Lembra do que me disse? Então. Eu acho que ainda há uma chance para vocês, ao menos para existirem um para o outro. — Ela voltou a olhar para Tommy. — Mas não para nós. Você era meu outro melhor amigo. Já o esqueci como uma paixão, mas não como o amigo que era. Por que, Thomas, por quê? — Balançou a cabeça. Ela sempre quis perguntar isso. Só que sabia que não importava mais.

— Não sou mais o rato desonrado que era. Você tem todo o direito de nunca mais me enxergar como homem. Eu mesmo não me perdoaria. Porém, eu aprendi. Eu realmente aprendi o que é ser um homem de verdade, e nunca cometer um ato tão baixo como o que eu fiz. E jamais vou esquecer.

Ela apenas o olhou e se virou para partir, mas Kit foi junto com ela. Enquanto se afastavam, ela tentava não deixar que nada daquilo a abalasse outra vez.

— Você realmente quis dizer aquilo? Acha que ainda poderíamos conviver com ele?

— Eu não sinto mais nada. Meu coração não dói mais por ele. Não da forma como doía quando eu queria passar o resto dos meus dias ao lado dele. O que dói agora é que todos nós nos separamos.

— Estou aqui agora, Elo. Vamos dar um jeito nisso. — Kit ofereceu o braço para levá-la. — Não precisa se preocupar comigo e tentar relevar para que eu tenha novamente um amigo que já perdi. Não estou sozinho, estou bem.

— Obrigada por aparecer logo — respondeu ela, emocionada por ainda tê-lo em sua vida.

— Estava procurando por você. Georgia está de péssimo humor e seria uma companhia terrível. Achei que estivesse com sua tia ou com Lorde Hosford e a irmã dele.

— Ele está aqui? Com Agatha?

— Ele que me disse onde você estava, dançando com Thomas.

Ela fechou os olhos por um momento.

— Isso é um problema? — Ele franziu o cenho quando ela parou de andar.

— Eu quero que ele me veja como uma adulta. Alguém que não está preso ao passado, uma mulher que superou o que aconteceu. Não quero voltar a ser só aquela garota tola e iludida.

— Posso dar minha opinião masculina e cabeça-dura? Se eu estivesse correndo atrás de você, depois de tudo que sei e vi que aconteceu, e chegasse aqui e a visse dançando belamente com sua antiga paixão, eu ficaria um bocado aborrecido. Para ser sutil. Na verdade, eu ia querer pegar o primeiro objeto pesado que visse e ir lá bater na cabeça do maldito homem, para então lhe perguntar que história é essa. — Kit pausou e pareceu ponderar. — Só que eu não tenho o controle e muito menos o refinamento de Hosford. Os nervos dele foram treinados em batalhas.

— Ele sabe muito bem que eu jamais aceitaria Thomas de volta.

— Sabe mesmo?

— Deveria saber.

— Ah, as mulheres — disse Kit. — Quanto mais me envolvo com elas, menos as entendo.

Encontre-me ao Entardecer 209

210 LUCY VARGAS

Capítulo 21

Na tarde seguinte, Eloisa esperou pelo mensageiro de Eugene, para dizer que estava disponível. Ela se sentou no sofá no final da manhã e apertou as mãos. Se o compromisso fosse de tarde, o correto seria mandar o mensageiro durante a manhã. Assim, ambas as partes podiam se preparar e atender a suas outras necessidades, especialmente uma dama, que precisaria escolher o que vestir. Porém, o mensageiro não veio nem sequer na primeira hora da tarde.

— Não está chovendo, não é? — Eloisa perguntou à tia, quando ela chegou depois de ter feito a refeição da tarde na casa de uma de suas amigas.

— Não, hoje o céu está até bem claro para os padrões londrinos.

Eloisa tornou a se sentar e soltou o ar. Depois de esperar por mais meia hora, lembrou do seu tempo no campo. Era tudo tão mais fácil quando podia simplesmente ir caminhando pela trilha que passava do lado oeste da propriedade do seu pai e cortar caminho por parte das terras dos Burnett e chegar a Arwood, a propriedade de Eugene. E ninguém a via, mas, mesmo que vissem, não se importavam sobre para onde ela estava indo.

— Titia, onde Harwood mora aqui na cidade?

— Hosford — corrigiu Rachel, pois era mais forte do que ela. — Não faço ideia, querida — disse Rachel, dispensando o Sr. Carey depois de receber a correspondência da manhã.

— Seria onde fica a casa do duque aqui na cidade?

— Eu também não sei onde é a residência dos Betancourt.

Ela escutou a sobrinha soltando o ar.

— E mesmo que soubesse, você não iria lá.

— Mas Agatha também mora lá.

— Claro que você pretende visitá-la.

— Pretendo.

— Depois de passar mais vinte minutos sozinha com Lorde Hosford.

Encontre-me ao Entardecer 211

— Não pretendo nada disso. — Ela se levantou. — Vou dar uma volta.

— Se pretende perambular por Mayfair para tentar descobrir onde é, pode dar meia volta e ir para os seus aposentos.

— Nem eu sou tão tola, tia.

— Você não é nada tola. Se fosse, ficaria sentadinha nesse sofá, ao invés de ter ideias sobre ir até lá resolver seja lá qual questão tem com Lorde Hosford. Eu o vi ontem, aliás. O que foi que disse a ele? Algo que não devia? — A tia levantou o olhar da carta que estava lendo, apenas para dar uma olhadinha suspeita para a sobrinha.

Eloisa voltou a sentar rapidamente, mas agora na poltrona em frente a Rachel.

— A senhora o viu? Ele estava de bom humor?

— Não posso afirmar isso, mas você sabe que ele não vive a sorrir por aí, então nunca se sabe.

— E para onde ele foi?

— Por que acha que ele me diria isso?

— Mas, quando cheguei lá, ele não estava e sumira. Assim como a irmã.

— Parece que tinham outro compromisso. Ao contrário do que pensa, eles haviam chegado há um tempo, mas você estava desaparecida em algum lugar com aquela sua nova amiga. Como é mesmo o nome dela?

— Adele.

Sim, a bailarina.

— Ela não é bailarina, ao menos não como profissão.

Rachel abaixou a carta e a deixou sobre o colo, aprumou-se e olhou para a sobrinha seriamente.

— Eu só gostaria de saber em que momento iria me contar que está novamente fazendo amizade com o Sr. Dunn.

Rachel estava usando aquele seu tom sutil, de quando Eloisa aprontava alguma coisa e ela queria tirar satisfações, porém não se rebaixava a perder a compostura. Quando ela fazia isso, todos que a conheciam já sabiam que era por não aprovar algo.

— Não estou fazendo amizade alguma com aquele homem.

— E por que acha que deveriam dançar?

— Não tive escolha, foi uma situação incômoda.

— Ah, querida. — Rachel balançou a cabeça e colocou a carta sobre a mesinha. — Eu não quero que se magoe outra vez.

— Não é nada disso que está pensando, tia.

— Você costumava me dizer isso antigamente, antes de sair para um dos seus passeios. Não tem mais dezessete anos, Eloisa. E, como eu disse, não é tola. Nem tudo na vida merece uma segunda tentativa. Ser sábio é saber distinguir isso.

Eloisa se levantou e fechou os punhos.

— Eu não o quero mais! Se nem a senhora acredita em mim, como os outros acreditarão? Eu não o quero! Não sinto mais nada por Thomas. Amor não pode te fazer sentir um nada, corroída e humilhada, não como me senti. Não pode! E não o quero nunca mais.

Tia Rachel ergueu as sobrancelhas e ficou surpresa com a reação dela. O mordomo estava de pé na porta, mas piscou e fingiu que era surdo enquanto anunciava:

— Lorde Hosford para ver Lady Eloisa.

Eugene entrou na sala. Era provável que tivesse escutado algo, ao menos parte do que ela disse ao se exaltar. Porém, se isso aconteceu, a expressão dele era tão séria que, a menos que ele dissesse, ela nunca saberia.

Eloisa se virou num rodopio, despreparada para encará-lo e surpresa por ele ter vindo.

— Viu? Se saísse para procurar a casa dele, provavelmente se desencontrariam — disse Rachel antes de levantar e pegar suas cartas. — É um prazer vê-lo, milorde.

Sem dar mais explicações, ela foi saindo. A sala de visitas tinha duas entradas e um espaço bem aberto, completamente diferente da sala de música, ou seja, não era um lugar que proporcionava privacidade.

Assim que ficaram sozinhos, Eloisa voltou até o meio da sala.

— Eu ia lhe enviar uma mensagem, mas percebi que não sei onde mora. E como não enviou o mensageiro...

Eugene estava segurando suas luvas de montaria, mas as colocou no bolso

Encontre-me ao Entardecer 213

da calça e se aproximou. Ele debateu consigo mesmo por toda a manhã. E, por isso, não enviou a mensagem. Preferia resolver suas questões pessoalmente, olho no olho. Ainda mais quando estava decidido. A noite passada fora um golpe em seu coração. Não exatamente por ele achar que Eloisa ia reavivar os sentimentos por aquele homem fraco e mau caráter.

Viu-a dançando uma quadrilha com o Sr. Dunn. Uma dança animada, enérgica, de passos rápidos e longa. Eugene não podia dançar esse tipo de música. Só a convidava para danças sutis. Podia não parecer, pois ele era visto andando sem a bengala e até voltara a montar, mas danças como aquela exigiam outro tipo de esforço de sua perna. Ele temia que seu joelho falhasse. A dor já não o derrubava mais, porém, nunca teve de enfrentá-la no meio de um salão.

No momento que a viu dançando, aquilo o atingiu. Era algo que ele nunca poderia lhe proporcionar. E, às vezes, Eugene era atacado pelas limitações que vinha vencendo diariamente. No entanto, ele lembrou justamente disso. Vencera. Estava de pé. Dançara com ela na sala de música. Ele era muito mais do que um estilo de dança num baile. E mais importante: ele a queria com uma força que foi capaz de levá-lo até Londres, ignorando todas as suas inibições. Seus sentimentos por ela eram mais fortes do que uma lembrança ruim do passado.

Ele aprendeu a dançar para ir vê-la. E não ia recuar agora.

— Eu ia deixá-la em paz, tinha até decidido que era melhor me ausentar e cuidar dos meus negócios pessoalmente. Mas eu tenho um problema: eu não desisto, Eloisa. E odeio promessas quebradas. Também não digo nada que não pretendo. E eu a quero. Eu lhe disse que vim aqui para vê-la. E continuo voltando porque a quero para mim. Ele parou ainda mais perto dela e disse mais baixo: — Quero tê-la e possuí-la completamente, de formas que, agora, você não faria ideia. Mas não paramos de dar voltas em toda essa história. Eu odeio dar voltas desnecessárias.

Enquanto Eugene falava, ela passou por vários picos emocionais: surpresa e felicidade, apreensão, embaraço e desejo. Até que ele parou e ela começou a respirar mais rápido, em busca do que dizer.

— Eu teria ficado muito triste se tivesse deixado a cidade, mesmo que por poucos dias. Fiquei com saudade nos dias que não nos vimos. — Ela apertou as mãos e manteve o olhar nele. — Pensei que me beijaria todos os dias.

— Pensou?

— Eu queria que me beijasse todos os dias.

— Sou bem simples, Eloisa. Quero levá-la para cavalgar. Se tiver algum compromisso, cancele.

— Não tenho, eu não aceitei nenhum compromisso.

— Por quê?

— Você me disse que mandaria um mensageiro hoje.

— É melhor se trocar, precisamos aproveitar a luz do dia.

Ela ficou olhando-o, engoliu a saliva, umedeceu os lábios e seu olhar também foi para sua boca. Eugene se aproximou até estar bem à frente dela e segurou seus antebraços, subiu as mãos até estarem em seus braços e se inclinou para ela. Eloisa precisou levantar bem o rosto, mesmo quando ele se inclinou e sorriu levemente, antes de sussurrar:

— Sabia que sua tia está atrás da porta, esperando dar cinco minutos?

Ela arregalou os olhos e ficou muito mais corada.

— Acha que ela escutou o que dissemos?

— Faz diferença?

O olhar dela se iluminou. Realmente, agora não fazia mais.

Eugene puxou o ar e deu um beijo em sua boca, breve o bastante para não moverem os lábios, mas longo o suficiente para terminar com o som de um beijo. Depois, ele a soltou, recuou dois grandes passos e colocou as mãos para trás, segurando-as. A porta abriu e Rachel entrou, sem saber o que aconteceu, mesmo que houvesse escutado algo. Eloisa ainda estava olhando-o, mas virou o rosto assim que ouviu a tia, e sorriu.

— Lorde Eugene veio me convidar para cavalgar. Vou me trocar — anunciou antes de sair animadamente.

～

Os dois chegaram ao Hyde Park rapidamente, já que a casa dela, na Rua Hill, ficava bem próxima, e passaram tão velozes pela entrada que devem ter levantado vestidos, tirado chapéus e carregado guarda-chuvas. E ninguém poderia dizer quem eram, mas talvez o homem estivesse em perseguição à moça.

Estava muito cedo para o gosto dos seus pares aristocráticos, então eles tinham o caminho mais livre. Ou melhor, Eloisa tinha espaço para cometer suas traquinagens sobre o cavalo.

— Eloisa! — chamou ele, quando ela virou numa transversal, mostrando

Encontre-me ao Entardecer 215

que ainda sabia montar muito bem.

Ela incitou sua montaria, mas olhou rapidamente por cima do ombro.

— Tem de se divertir um pouco, milorde! Aperte esse passo! Assim, nunca me alcançará em campo aberto!

— Não duvide disso!

Ela riu e continuou no caminho. Na velocidade em que iam, eles deveriam seguir a Rotten Row como os outros, mas foram pela grama e pelo caminho à beira do rio Serpentine, e encontraram outro grupo, fazendo sobrancelhas se erguerem. Só foram parar na beira do rio, perto da divisão para os jardins de Kensington.

— Cansou? Foi curto, para os nossos padrões de criaturas do campo — disse Eugene, fazendo o cavalo apenas andar ao lado da montaria dela para esfriar.

— Foi intenso. — Ela estava até ofegante. — Tenho certeza de que há pessoas nos amaldiçoando agora.

— Eles não deviam ficar no caminho, ou melhor, no seu caminho.

— Ora essa, o senhor nunca arriscou sair daquele caminho chato onde todos só podem ficar trotando?

— Constantemente, mas não numa fuga desesperada.

— Ajude-me a descer.

Eugene desmontou e foi até o lado da montaria dela ajudá-la.

— Sei que consegue pular daí. Eu já a vi fazer isso. — Ele esticou os braços, pegou-a pela cintura e a colocou no chão.

— Isso foi há muito tempo, quando eu ainda o visitava lá em Arwood. Agora, eu costumo fingir que me comporto bem.

— Pedir-me para pegá-la pela cintura e tirá-la do cavalo não é se comportar bem, Eloisa.

— Eu tento... — Ela abriu um grande e luminoso sorriso.

Eugene queria beijá-la bem ali, à beira do Serpentine, à vista de pessoas demais. Os cavalos não proporcionavam a cobertura necessária.

— Não tem ninguém olhando — ela disse baixinho.

— Você me faz querer cometer os atos mais impensados, Eloisa — ele respondeu rápido, tanto que o nome dela chegou a sair sussurrado porque, com a mesma rapidez, ele se inclinou e a beijou.

Foi rápido demais, perigoso demais para eles. Não queriam ser forçados a nada; precisavam que tudo acontecesse no seu próprio tempo. E trocar um beijo no parque mais frequentado pela aristocracia da cidade, com certeza, não lhes ajudava.

— Eu queria estar longe daqui. Pela primeira vez, sinto vontade de voltar para casa e poder andar pelo parque. Lá ninguém nos interromperia.

— É a primeira vez que quer voltar?

Ela assentiu e se virou, puxando as rédeas do seu cavalo.

— Eu já voltei antes, passei o verão lá.

— Mas ainda não passeia pelo campo e pelo parque como antes, não é? — Ele pegou as rédeas do seu cavalo e a seguiu.

— Não... Eu só mudei um pouco. Tenho passado tempo demais na cidade.

Eles permaneceram em silêncio enquanto passavam entre as árvores e voltavam para o caminho ao longo do Serpentine.

— Você esqueceu ou ir para casa a perturba? — perguntou de repente.

— Eu lhe disse que deixei o passado no passado — Eloisa respondeu ao virar o rosto para ele.

— Ele não parece ter ficado lá. Ou talvez não queira mais ficar.

Ela parou e prensou os lábios, depois olhou para baixo. Sabia que, em algum momento, chegariam nesse assunto. Demorou muito, pois, desde o começo, ele soube e preferiu não perguntar nada. Mesmo quando estava bem à sua frente e ele se dispôs a salvá-la de mais um vexame naquele baile.

— Para mim, ficou.

— E é esse o problema, sempre vai estar lá. Como um marco que nunca pode ser apagado e sempre estará no caminho quando voltar até lá.

Ela soltou o cavalo e se virou para ele.

— Você acha que não o esqueci, não é? Olha para mim e continua vendo aquela garota tola que acreditava cegamente em sua primeira paixão.

— Se fosse assim, eu não teria vindo até Londres por sua causa. Contudo, por que não consegue tratar o assunto claramente? Por que a vi a ponto de chorar outra vez, perturbada como no dia em que ele partiu e te deixou no chão daquele salão?

— Eu não vou sucumbir. Se está me dizendo isso porque acha que sucumbirei aqui, está errado.

— Espero, com toda a minha fé, que você não sucumba, porque a garota que vi pela última vez, após os piores dias de sua vida, já havia aprendido a se reerguer. Mas a mulher que vim até aqui encontrar jamais se deixaria sucumbir outra vez. E eu não acredito que me decepcionaria.

Eloisa ficou olhando-o, mas não sentia os olhos arderem porque ia sucumbir, pelo contrário, era apenas de emoção.

— Você sempre acreditou em mim. Sempre me levou a sério, mais do que todos os outros. Mesmo quando queria me mandar embora ou falava comigo como o comandante do regimento. Assim como sabia que, naquela época, eu era tola e infantil demais para você sequer considerar.

— Assim como eu estava amargo e vazio demais para merecê-la. E mesmo assim você vinha iluminar meus dias. — Ele pausou. — Além disso, seu coração pertencia a outro.

— Não pertence mais.

Eugene a olhou, como se a esperasse ter certeza.

— E você? — perguntou ela.

— Estou livre.

— Mas não estava naquela época. Seu coração não estava preso por outra mulher, era pior, ele estava lacrado. Mas e agora? Você veio até aqui, me fez acreditar novamente, me fez repensar meus planos e disse que me queria.

— Eu quero.

— Sabe, ainda há resquícios daquela garota aqui. Eu ainda quero me apaixonar, mas não se não receber o mesmo. Você me quer, mas o que você sente? Eu nunca consegui ver, não dá para lhe enxergar. Você é como uma porta secreta. Em alguns momentos, revela todo o mundo de maravilhas que há por trás, mas, na maior parte do tempo, está tão bem fechada que sequer dá para ver que há uma passagem.

Agora, foi ele quem olhou para as próprias botas, mas voltou a encará-la. Assim como ela sabia que seu passado voltaria, ele sabia que, para tê-la, provavelmente passaria por esse problema. Precisaria se entregar e demonstrar para consegui-la. Só que isso era tudo que ele vinha se esforçando para fazer desde que confessou a ela que estava em Londres por sua causa. Eugene não acreditava ser um homem de sentimentos; ele não esteve nessa posição antes, porém, não desejava fugir.

— Ao contrário de você, que é clara como cristal — ele disse baixo.

— Eu já achei que era correspondida uma vez, como a mais boba de toda a corte. Não vou fazer isso de novo. Desde que cheguei aqui, quando você não estava nos meus planos, eu decidi que seria claro que me arranjaria com alguém por quem não nutriria sentimentos românticos e isso seria mútuo. Ou eu me apaixonaria novamente e nunca achei que alguém retribuiria de verdade. Lembra-se quando me disse que, se eu deixasse de acreditar no amor, seria uma tola?

Eugene não sabia o que lhe dizer. Ela era assim, conseguia deixá-lo sem saber como prosseguir, e precisava de um momento para compor seus pensamentos. No campo dos sentimentos, ela pensava bem mais rápido. Isso, porém, não significava que ele estava indeciso.

— Eu não me comprometerei com o senhor ou com qualquer outro que não possa ter a mulher que sou agora e ainda realizar os devaneios amorosos que sobraram daquela garota que ainda vive em mim.

Dessa vez, ela se virou e sentiu as lágrimas descerem. Trazer "aquela garota" à tona sempre mexia com seus sentimentos, porque, nos últimos anos, tudo que ela fez foi enterrá-la cada vez mais fundo. Mas ela se recusava a morrer, porque era sua essência, e o resultado era uma mistura do que ela era agora e do que foi; não podia viver se matasse um dos lados.

— Eloisa. — Eugene a seguiu e chamou quando ela foi andando à frente. — Eu vou lhe entregar tudo que precisar. Cada pedaço meu que quiser. Eu não vou ser o que imagina, sei que não sou material de fantasias. Mas posso ser o que precisa.

Ela havia parado quando ele a chamou, mas secou as lágrimas incômodas e tornou a se virar para ele.

— Eu nunca me apaixonei antes, não amei mulher alguma. Não tive tempo ou oportunidade, e confesso que nem interesse. Eu não sei como é, não sei descrever. Tudo que tive foi rápido, indolor, funcional e fácil de esquecer. Você viveu mais do que eu. Pois se apaixonou, se machucou, se decepcionou, e rogo para que tenha superado. Porque eu quero que se apaixone por mim. Seja lá como explicam isso, mas a forma como eu a quero não é normal. Com certeza não é saudável, e pouco me importo com o adequado ou mesmo com minha dignidade. Nunca senti tanta vontade de abandonar meu orgulho e começar a confessar o que sinto.

— Creio que está começando a sofrer do mal da paixão, milorde.

— Querer outra pessoa assim não é normal. Você entende que não faz sentido? Eu já estou perto dos trinta, não me apaixonar não significa que não vivi alguns interlúdios. Mas, por todos os infernos, Eloisa, não foi nada como isso! Eu a desejo tanto que fico nervoso longe de você, meu corpo dói com a vontade de tocá-la e apertá-la em meus braços. Eu nunca quis possuir completamente uma mulher como a quero agora. Quero que seja minha, irrevogavelmente. E pareço uma criatura ensandecida ao vê-la com outro, seja dançando ou passeando.

Ele soltou as rédeas que segurava com a mão esquerda e deixou suas mãos caírem ao mesmo tempo em que balançava a cabeça.

— É extremamente embaraçoso para um homem adulto confessar toda essa insanidade. Acredito que sejam sintomas e consequências de se apaixonar.

— Eu não sou especialista para diagnosticá-lo. Mas o que sinto por você é tão embaraçoso quanto — ela declarou, sorrindo.

Eles assentiram e mantiveram seus olhares conectados. Era incômodo para ambos não poder se abraçar e se beijar nesse minuto. Mas não estavam ensandecidos o suficiente para cometer tal ato bem à vista de todos os passantes do Hyde Park. Já era um privilégio terem podido conversar em paz, perturbados apenas pelos sons dos patos no rio Serpentine e outras aves que viviam em volta.

Eugene assentiu levemente, parecendo ter aceitado melhor seu destino agora que o confessara. Logo depois, ele já parecia mais dono de si ao dizer:

— Nós podemos recuperar toda a energia que gastamos sobre os cavalos se me acompanhar ao Gunter's.

— Para bolo e sorvete, eu espero — reagiu Eloisa.

— Como quiser.

— Sabe, não vendem sorvete azedo lá.

— Há sim, uma calda de frutas tão ácidas que sua bochecha murcha.

— Não vou experimentar isso!

— Se eu a beijar depois, talvez sim.

As sobrancelhas dela se ergueram, pois isso pareceu lhe interessar.

— Seu beijo jamais seria ácido. — Ela puxou seu cavalo e depois olhou para Eugene por cima do ombro. — Afinal, vou comer o bolo mais doce que houver lá. E sabemos que o açúcar prevalece. É você quem terá de experimentar a doçura.

Duas noites depois, Eloisa tinha novamente a companhia de Kit e Georgia em um baile. Eles estavam observando o desenrolar da noite. A fofoca do momento era o escândalo com a amante de Lorde Medine. E a tal amante, pelo que diziam os rumores, não era a mulher que ele tentava esconder. Era, na verdade, a criada. A verdadeira amante era Lady Irving, que estava para morrer porque ele se interessara por uma moça solteira com quem poderia se casar. A fofoca era realmente uma teia de informações, digna dos suspenses.

— Você também tem uma amante, Kit? — Eloisa perguntou de repente.

Ele engasgou e começou a tossir; foi difícil parar e disfarçar.

— Por que está me perguntando uma coisa dessas?

— Eu soube que todos os cavalheiros que se prezam têm uma amante — explicou, porque era isso que se escutava ali.

— Até os casados? — indagou Georgia, espantada.

— Bem, espero muito que não todos. Mas com tantos casamentos de conveniência para produzir herdeiros... Sabia que até as damas casadas têm amantes? — indagou Eloisa, como se contasse uma grande curiosidade.

Os três ficaram olhando as pessoas no salão, como se fossem animais estranhos, enquanto tentavam distinguir quais teriam amantes e quais seriam os possíveis pares.

— Minha nossa, somos mesmo rurais demais! — brincou Georgia.

— Afinal, você tem ou não? — Eloisa se virou para Kit.

Georgia também ficou muito interessada e, com ambas o olhando tão seriamente, ele ficou sem graça.

— Por que não pergunta isso a Lorde Hosford? Ele é muito mais vivido do que eu. Nunca tive uma amante fixa.

Eloisa franziu o cenho. Será que Eugene tinha uma amante? Oh, por Deus, que ele não tivesse alguém fixo, isso seria um fracasso. Ele mesmo confessara que teve seus interlúdios, mas manter uma amante era muito mais sério. Além de todo o trabalho para terminar o caso. Afinal, a maioria dos escândalos amorosos que ela soube desde que chegou ali estouravam justamente quando um dos lados resolvia terminar a relação.

— Mas já teve uma? Digo, uma amante — Georgia perguntou rápido.

Encontre-me ao Entardecer 221

Kit fez uma cara óbvia e zombeteira.

— Oras, Georgia, não sou mais um garoto. Homens adultos se relacionam com mulheres.

Ela parecia que ia morrer a qualquer momento ou que ia pular no pescoço dele. Eloisa ficou entre eles e chamou a atenção de volta ao assunto.

— Eu não quero que ele pense que sou uma simplória que sequer entende das relações na alta sociedade. Duquesas não podem ser camponesas bobas.

— Você não é boba, Elo. Está apenas descobrindo certas coisas que escondiam de você. Duvido que Lorde Hosford se preocupe com isso — assegurou Kit, parecendo entendido demais no assunto.

— Então você realmente está pensando em se casar com ele? — indagou Georgia, com parte de sua atenção no assunto, mas ainda lançando olhares para Kit, que fingia que não via.

— Bem, eu gosto muito dele... — Ela sorriu levemente.

— O que você está escondendo? — Georgia quis saber.

— Nada que você também não esteja.

— O quê? — Georgia não pegou a insinuação.

— Oh, não, lá vem ela. Está desesperada. — Eloisa se virou para Kit. — O que você fez? Jogou esse seu charme ruivo para cima dela e agora não consegue fugir?

— Ah, Deus. Mais uma, não. Vou ficar um tempo na mesa de jogos.

Ele saiu rapidamente e Eloisa ficou rindo, mas Georgia não achou graça. Logo, Harriet Brannon estava bem à frente delas, dessa vez, sem suas duas acompanhantes insuportáveis.

— Foi algo que eu disse, não foi? — perguntou ela, surpreendendo-as.

— Perdão? — Eloisa a encarava com desconfiança.

— O Sr. Burnett está fugindo de novo. Agora, ele vive fugindo de mim.

— Ele é um homem adulto em idade para casar e num salão cheio de moças solteiras, é claro que vai fugir — respondeu Georgia.

— Mas ele não foge de vocês.

— Somos amigos de infância, como família — explicou Eloisa, empinando o nariz.

— Eu só queria conversar um pouco. Ele é tão atencioso. Realmente presta atenção no que digo e tem paciência para conversar — confessou Harriet, parecendo inconformada.

— Minha nossa, você deve estar apaixonada. Está até sociável — falou Eloisa.

— E ainda não nos alfinetou nenhuma vez desde que parou aqui — completou Georgia.

— Não sejam más — pediu ela.

— Nós? — as duas perguntaram ao mesmo tempo.

— É sobrevivência, não veem? Não preciso ser assim o tempo todo, mas me torna popular. Enfim, podem, por favor, dizer ao Sr. Burnett que gostaria de vê-lo?

— Vou pensar no seu caso — respondeu Georgia, dispensando-a.

— Kit está mesmo fazendo sucesso! — Riu Eloisa. — Eu sempre soube que ele era bonitão, mas acho que nunca realmente enxerguei, afinal, ele é o Kit! Eu não noto a atração que ele exerce.

— Atração até demais — resmungou Georgia.

— Georgia, vocês são primos de segundo ou terceiro grau? Caem em ramos familiares diferentes apesar de todos viverem perto, certo?

— Por que está recitando minha árvore genealógica? Você conhece toda a minha família.

— Nada... — Ela pausou, mas não conseguiu ficar quieta. — Você sabe que é muito comum que primos se relacionem, não é?

— Eloisa! — Georgia se virou para ela. — Do que está falando? Nós somos como... como... irmãos!

— Tudo bem, então deixe que a Srta. Brannon o capture. Depois que ela fincar as garras nele, será irreversível — declarou.

Georgia se virou, mas ficou apertando as mãos.

224 LUCY VARGAS

Capítulo 22

Os dias de Eloisa estavam normais demais. Ao menos assim ela pensava. Com exceção de sustos ao se deparar com uma fofoca sobre ela, encontros com Eugene que a deixavam com o coração na mão e a relutância de Georgia em aceitar o óbvio, estava tudo correndo bem. E para ela, isso era sinal de que havia algo errado.

Naquela tarde, estava mais uma vez sentindo falta do ar puro de casa. O jardim dos Warrington proporcionava uma boa lembrança do campo, talvez por ser mais afastado, o que deveria afugentar os convidados, mas até parece que isso aconteceria.

Rachel havia sido convidada, tinha bastante conhecidos em Londres e seu falecido marido foi muito chegado à família. Os Burnett não estavam na lista de convidados, mas Eloisa não frequentava apenas os mesmos lugares que Georgia e Kit. Eles certamente tinham outro evento para comparecer.

— Em vez de um grande baile, os Warrington sempre proporcionam um dia de diversão diurna aos seus convidados. E deixam o baile para o fim da temporada, ao menos quando estão com humor para tanto — explicava tia Rachel.

— Eles nem sempre estão em Londres, e você sabe que aquele castelo deles é longe o suficiente para conseguir desencorajar a ida até das matronas mais desesperadas por um conde rico — respondeu Lady Ferr.

— Eu adoro eventos diurnos, dá para ver bem melhor. E sem todo aquele calor das velas — comentou Lady Lorenz.

Apesar de Harriet Brannon e suas amigas gostarem de chamá-la de roceira e coisas parecidas, Eloisa até ganhara um apelido carinhoso. Não sabia quem o criara e nem quando, mas descobriu, por meio dos seus acompanhantes de dança, que não era assim tão desconhecida, já que alguns a chamavam de "rosa entre as margaridas", porque, muitas vezes, ela era a única jovem entre o animado grupo de senhoras, além de ser vista circulando por inúmeros eventos com esse grupo, todas amigas e conhecidas de sua tia.

Porém, ela era a "nova rosa", pois não era a primeira jovem dama

Encontre-me ao Entardecer 225

apresentada e acompanhada por aquelas senhoras; outras rosas já haviam passado por Londres, as netas, filhas e sobrinhas das participantes do grupo. Nenhuma delas era um estouro de popularidade, mas apareciam o suficiente para receber o apelido, assim como, até agora, a maioria teve o final feliz que almejou, o que lhe dava esperança. As Margaridas tinham histórico de ver suas protegidas fazerem ótimos casamentos. Fossem estes ótimos pela visão comum ou apenas para a dama que o conseguiu.

— Creio que as palavras "podre de rico" são o que as encoraja a ir quase até a fronteira da Escócia para ver o castelo — disse Lady Daring, com humor.

— Como se os Warrington convidassem qualquer um para o seu castelo — apontou Lady Baldwin. — O lugar pode até ser visitado, mas não quer dizer que você tem um convite para ir além do salão.

— Eles são espertos por morar tão longe — deduziu Rachel. — Assim, ninguém pode simplesmente passar por lá. Afinal, quem estaria passeando por perto da fronteira escocesa?

— Não é tão perto assim.

— É perto o suficiente, contramão demais e longe o bastante de Londres para evitar visitas indesejadas — determinou Lady Daring.

Elas continuaram conversando sobre os donos da casa, e Eloisa se afastou um pouco, andando pelo jardim londrino da mansão da família. Suas acompanhantes não demonstravam muita mobilidade e tinham uma lista de eventos que carecia de assentos. Se fosse para chegar lá e passar o tempo todo em pé, elas não iam. Portanto, estavam muito bem acomodadas em cadeiras e numa namoradeira com uma mesinha de centro para os petiscos.

Ao menos, todos sabiam que, quando se importavam em fazer algum evento, os Warrington não eram pão-duros e ninguém precisava sair de barriga vazia.

Quando estava se afastando mais, Eloisa viu a condessa viúva, e ela bem que poderia ser uma perfeita adição ao grupo das Margaridas.

— Srta. Durant! — Escutou alguém chamá-la. Quando olhou, viu Charles se aproximando.

Ele estava tentando conversar há pelo menos três dias e, até o momento, ela conseguira escapar. Se não desse certo hoje, não seria por falta de tentativa. Não queria ficar sozinha com ele, por isso entrou por trás de uma árvore e contornou a cerca viva que cobria apenas uma curva. Ela escutou vozes e se surpreendeu ao ver um casal discutindo da forma mais contida que conseguia. Ela continuou rapidamente e passou pelo arco de flores; aquele era justamente o lado enfeitado do jardim.

Não dava mais para ouvi-lo chamar. Será que ele não via que era muito inadequado que ficasse por aí chamando o nome dela? Certa de que o havia despistado, Eloisa se virou e levou um baita susto quando viu alguém se levantando de um banco colado à cobertura viva da parede.

— Algo a assustou? — perguntou ele, saindo de baixo do corredor florido e chegando ao seu campo de visão e à iluminação do dia.

Ela franziu o cenho. Tinha a impressão de já ter encontrado aquele homem em outra ocasião. Mas era fácil saber quem ele era. Estava escondido ali, sozinho, era alto, atlético, tinha cabelos loiros e olhos acinzentados. Parecia ter pulado de um daqueles quadros de guerreiros do norte e colocado roupas atuais. Ela apostava que era um Warrington.

— Não, eu estava apreciando a beleza do seu jardim — respondeu ela, também jogando verde para ver se ele ia negar que o jardim era dele.

— Correndo?

— Andando apressadamente, e tropecei.

— Claro... — Ele meneou a cabeça, já se despedindo. — Espero que aproveite o passeio, senhorita... — Ele deixou as reticências no ar, para ela corrigi-lo se não fosse uma senhorita e para se identificar.

— Durant, Srta. Durant.

Ele tornou a fazer um leve meneio, agora em cumprimento.

— Havenford — respondeu, se apresentando da forma mais curta.

Viu? Se ela tivesse apostado com alguém e chutado que, escondido ali, a salvo das matronas, esse só podia ser o dono da casa, o conde de Havenford, ela teria vencido. Ele foi embora, provavelmente preferindo ficar a salvo de qualquer mocinha que fosse, e Eloisa resolveu tomar um caminho similar, mas não o mesmo, não querendo que ele pensasse que ela era mais uma o perseguindo.

Segundo as más línguas, o conde esteve interessado numa moça considerada inadequada para os padrões da sociedade. Porém, parece que o enlace não deu certo ou não estava dando certo. E Eloisa continuava sem conseguir descobrir quem era a moça. Mas, se o conde estava ali, a moça devia estar também. Os Lordes de Havenford nem sempre se dignavam a serem sociais na temporada.

Encontre-me ao Entardecer 227

Eram como o duque de Hayward: existia, era sempre lembrado, mas não era possível encontrá-lo. Ele que encontrava as pessoas.

— Eloisa! — chamou Charles, pegando-a pelo braço e fazendo-a parar imediatamente.

— Eu nunca lhe dei permissão para me chamar pelo nome! — repreendeu, no segundo que ele a virou.

— Estava fazendo o quê com aquele homem? Eu o vi saindo daqui e você furtivamente pegando outro caminho!

— Eu acabei de conhecê-lo! — exclamou, horrorizada com tais conclusões. — Aquele é Lorde Havenford, seu tolo. O dono da casa onde está agora.

— Meu Deus! — espantou-se ele, a informação parecendo tê-lo deixado em choque. — Até ele! Você está tentando seduzir o conde? Por quê? Não sou rico o suficiente? Ah, claro, eu sei, está iludida pela beleza do homem!

— Você está completamente louco. Solte o meu braço imediatamente.

— Você está novamente se dando ao desfrute, Eloisa. Não mudou nem um pouco. Será que não aprendeu com o que lhe aconteceu? Algo para o qual eu tive de ser convocado para salvá-la.

— Você foi comprado! E continua à venda como antes! — acusou ela, revoltada. — E eu não me dou ao desfrute!

— Comprado... É assim que se negocia casamentos. Especialmente quando a noiva não consegue conter seus ímpetos. E, mesmo depois de tudo, estou disposto a honrá-la. E limpar seu nome.

— Limpar meu nome? — Ela estava tão abismada que disse isso um tom mais alto do que o necessário para aquela discussão não chamar atenção.

— Estou lhe dizendo, Eloisa. Mais um escândalo como esse e, se estiver novamente se encontrando com homens por aí, nem eu vou aceitá-la.

— Eu nunca estive me encontrando com homens, seu maldito! — Ela bateu nele com o leque que estava em seu pulso e acabou quebrando o acessório no braço dele.

Charles largou seu braço, mas a segurou pelo ombro; ele realmente parecia irado. Ele estava possesso desde o dia em que foi enxotado pelos amigos dela do Grupo de Devon. Sorte a dele que Eloisa nem sempre estava protegida por eles ou por aquelas senhoras, senão jamais teria a oportunidade de lhe dizer o que achava que precisava.

— Eu que fui salvá-la! Cheguei às portas da igreja com você! E vem para Londres, agindo como se nada disso tivesse acontecido. Primeiro, diz que está de luto. Depois, dança pelos salões como se fosse livre para ser tomada. Então, se envolve nesse boato ridículo com o filho do duque de Betancourt, como se Lorde Hosford fosse se casar com você! E então o seu antigo amante, Lorde Dunn, retorna! Eu o vi! E eu a vi dançando com ele. Pensa que sou cego? Não admito que...

— Eu sou livre, você não tem que admitir nada! Eu o liberei do compromisso. E nunca tive amante algum, seu homenzinho doente! Se tivesse, também não seria assunto seu!

— Mas eu não a liberei! Eu nunca a liberei. Você é minha noiva! E não vai arrastar meu nome na lama, envolvendo-se em... em... interlúdios com homens!

— Vou me envolver com quem eu quiser! — devolveu, lutando para se soltar.

— Eu exijo que assuma o compromisso — demandou ele, menos raivoso. — Não vai ficar pelos cantos de um jardim se encontrando com ninguém. Exijo que assuma nosso noivado!

— Nem morta! Eu não vou me casar com você!

— Sou o único noivo que teve. Se não assumir nosso compromisso, eu vou contar para todos que você tinha um caso com aquele maldito rapaz, Lorde Dunn. E ninguém vai acreditar que não estava se deitando com ele no mato.

Depois de tudo que disse em tom alterado, escutá-lo proferir o pior insulto em tom calmo foi um choque para Eloisa. Ela arregalou os olhos e bateu em sua face esquerda com o leque quebrado, que ainda estava em seu pulso. Charles levou um susto e colocou a mão no rosto, pois a haste quebrada o feriu.

— Seu chantagista nojento! — Ela se afastou. — Eu não me casaria com você por nada no mundo. Nem pelo pior escândalo da minha vida.

Charles deu um passo e a capturou, agora, segurando-a pelos dois braços e a puxando para perto.

— Se o seu pai não tivesse morrido, a essa altura, já seria minha! — Encostou-a ao corpo dele. — Por que não? Não me acha atraente o suficiente? Não sou bonito como o conde com quem estava agora? Você o beijou? Tenho certeza de que sim! Você gosta disso, Eloisa. Já voltou para os braços daquele maldito garoto? Você não aprende a lição!

Encontre-me ao Entardecer 229

Ela queria gritar, mas só havia uma coisa em tudo aquilo que Charles estava certo: ela não podia lidar com o escândalo.

— Se você não me soltar agora... — tentou ameaçá-lo.

— Quantos homens você beijou por aí? Éramos noivos e eu mal podia tocar na sua mão! Enquanto fica sozinha pelos cantos com outros! — Ele a puxou e Eloisa virou o rosto, evitando que beijasse seus lábios.

— Solte-me! — Ela pisou no pé dele e conseguiu algum espaço.

— Quero saber como é beijá-la. Deve ser muito inebriante para aquele cafajeste ter vindo atrás de você depois de tanto tempo.

— Eu nunca voltaria para ele, seu maldito!

Ela plantou as mãos no peito dele e o empurrou, tentando livrar-se. Estava vendo que não ia ter opção, teria que gritar e causar um escândalo enorme. Porém, alguém deu um murro na lateral da cabeça de Charles, e ele caiu estatelado no chão. Quando Eloisa se viu livre, mal conseguindo respirar, achou que ia desmaiar de pavor quando descobriu que quem acabara de salvá-la era o tal cafajeste com quem ela jurara que não se envolveria nunca mais.

— Você está bem? Ele a machucou? — perguntou Thomas, parando à frente dela e olhando seu rosto.

Ao mesmo tempo em que as bochechas de Eloisa ainda estavam coradas pelo esforço de se soltar de Charles, seu rosto estava pálido e ela apertava o leque quebrado, ainda assustada.

— Não, não estou — murmurou ela.

Charles ficou de pé, e Thomas se virou, empurrando-o.

— Seu maldito tarado! O que estava pensando? Alguém poderia ter visto!

— E se visse? Ela é minha noiva, saia de perto dela agora. Deveria ter pensado nela antes de largá-la. Agora, ela já é minha.

Thomas ficou entre os dois e não o deixou chegar mais perto de Eloisa.

— Eu era um bastardo inconsequente e imaturo que nunca terá perdão. Qual a sua desculpa para atacá-la bem aqui?

— Eu não a ataquei. — Charles teve o desplante de negar.

— Tenho nojo dele! Ele não é meu noivo. Tentou me beijar à força — acusou Eloisa, se afastando.

Thomas se virou para Charles e, antes que o outro impedisse, ele o agarrou e o jogou na cerca viva.

— Kit teria feito isso se estivesse aqui — disse, antes de levar Eloisa dali. — Mas, se fosse ele, duvido que você ficasse vivo.

Eles saíram da área escondida do jardim, pegando um caminho diferente do que Eloisa percorreu quando entrou. O conde não estava em nenhum lugar à vista, então não escutara nada da discussão com Charles. Ninguém mais aparecera, então talvez pudessem sair ilesos de mais essa.

— Tem certeza de que não precisa de um minuto? — perguntou Thomas.

Ela havia se recomposto o máximo possível, mais ainda sentia que cada pessoa que a olhava podia ver estampado em seu rosto tudo que se passara e ler em sua testa todas as mentiras que Charles dissera. Ela estava tão humilhada. Pelo jeito que se referiu a ela, parecia que era uma mulher da vida que ele estava se sacrificando para salvar ao se casar com ela.

— Ele vai contar tudo. — Ela parou, procurando um lugar para ir e tentando disfarçar sua perturbação. — Vai contar sobre nós. Vai dizer que nós dois éramos amantes. Não como os tolos apaixonados que achávamos ser, mas como amantes reais, que... que... — pausou, incapaz de engolir a raiva de tudo que tivera de escutar — são íntimos.

— Ele não vai fazer isso — disse Thomas.

— Ele vai! Eu vi nos olhos dele. Era verdade, ele não me ameaçaria assim se não planejasse ir até o fim.

— Ele é mesmo seu noivo?

Eloisa levantou o rosto e o encarou.

— Era meu noivo. Assim que você me deixou, meu pai achou que precisava me casar rapidamente para abafar tudo.

Thomas baixou a cabeça, envergonhado pelo passado e sentindo-se tão humilhado quanto, mas levantou a cabeça subitamente.

— Você quer que eu repare o que fiz?

— O quê? — Ela estava incrédula.

— Posso reparar o que fiz.

A única reação dela foi piscar. Ainda estava sob os efeitos do choque que sofreu e agora sua mente não queria entender aquelas palavras. Thomas notou a perturbação dela e segurou sua mão, trazendo-a de volta à realidade.

Encontre-me ao Entardecer 231

— Deixe-me reparar o que fiz. Não importa o que ele diga, se todos souberem que ainda terminaremos juntos, não fará a menor diferença se ele contar essas mentiras.

Agora a boca dela se abriu e levou uns segundos para voltar ao lugar. Sentia a garganta seca e umedeceu os lábios antes de dizer:

— Solte a minha mão agora. Tenho certeza de que há pessoas nos olhando. Eu já dancei com você uma vez e fui vista andando por um baile em sua companhia. Se eu puxar a mão, vai parecer que estou repudiando-o em público. E isso só pioraria qualquer boato que houver sobre nós.

— Eloisa, por favor. Deixe-me reparar tudo que causei. Aquele maldito homem jamais poderá lhe fazer mal outra vez.

— Quando supostamente me amava e deveria ter ficado para se casar comigo, você fugiu. Foi fraco e cumpriu as ordens do rato sem honra que é o seu pai. E agora se oferece para reparar? *Reparar?* Eu não o quero mais. Jamais o aceitaria de volta nem para lavar minha honra.

Não deu tempo de soltá-la. Apesar da recusa, Thomas ia argumentar que precisava levá-la em segurança de volta para suas acompanhantes e, ao invés de deixar sua mão enluvada, ele a apoiou no antebraço. Porém, ela não ficou lá por muito tempo. Eugene parou ao lado deles e olhou para ambos. No segundo seguinte, ele segurou a mão de Eloisa e a libertou. Na verdade, a arrancou do antebraço de Thomas e manteve-a segura. Então o encarou.

— Afaste-se daqui — ele ordenou a Thomas, substituindo o cumprimento.

— Lorde Hosford... — Thomas iniciou um meneio.

— Desapareça da minha frente — demandou Eugene, melhorando o seu tom de aviso para ficar bem claro que não era opção. Como opinara Kit, Eugene parecia muito com alguém que ia pegar um objeto pesado e jogar na cabeça do seu desafeto.

Thomas terminou a curta mesura, como se fosse mesmo uma despedida — ao menos assim pareceria para os outros —, e foi embora dali. Eloisa apertava a mão de Eugene, queria se jogar nos braços dele e começar a chorar. Sim, como uma tola. No entanto, assim que escutou a voz dele, foi como ser salva do meio do furacão.

— Sua tia está preocupada, disse que sumiu de repente — disse Eugene, levando-a de volta.

— Não, eu... — Eloisa estacou. — Ela vai notar.

Ele só permaneceu ao lado dela, mas sua mandíbula estava tensa, sinal de que trincara os dentes e continuava tenso, mesmo após Thomas se afastar.

— Não posso levá-la embora dessa vez.

— Eu sei...

— Vai ser assim toda vez que o encontrar? — perguntou ele.

— Não foi só ele, na verdade, ele me salvou.

Juntar a palavra "salvou" a Thomas era uma frase estranha demais para ele escutar de Eloisa.

— E depois estragou tudo de novo — adicionou, já que Eugene permanecia quieto.

— Diga-me o que aconteceu.

— Não posso, foi absurdo. O Sr. Gustin... ele me atacou e me acusou. E disse coisas absurdas. Ele se referiu a mim como uma rameira. Ele pensa que vivo pela vida me envolvendo com homens. Eu acabei de conhecer Lorde Havenford, e ele nos viu e acha que eu estava tendo algo com ele.

Ele franziu o cenho e ficou de frente para ela, parando bem à sua frente. Eloisa não poderia continuar o caminho nem se quisesse.

— O que exatamente ele fez?

— Não quero nem repetir.

Diga-me o que ele lhe fez.

— Eu não quero falar... — Ela sentiu que, mais uma vez, queriam que perdesse a batalha contra as lágrimas, mas isso não ia acontecer. Não ali. — Eu queria que me abraçasse. Mas, ao contrário disso, ainda está me olhando como se eu tivesse cedido. E voltado atrás e decidido que quero aquele homem de volta, só porque ele apareceu depois de todo esse tempo e me salvou de alguém muito mais nojento.

Eloisa apertou as mãos, ainda com o leque quebrado preso ao pulso, e ficou olhando-o com aqueles grandes olhos castanhos. Dessa vez, ela não pôde sentir, não houve aviso algum, ele sequer se retesou. Foi só no segundo que olhou em seus olhos que percebeu como Eugene realmente a estava olhando, mas era tarde demais. Ele a abraçou. Na verdade, como ela estava com os braços dobrados e as mãos junto ao peito, foi como englobá-la em seu aperto confortável e quente.

Encontre-me ao Entardecer 233

Se estivessem sozinhos, teria sido mais apertado, ela estaria esmagada contra seu peito, mas ainda assim...

— Eu não estava olhando-a de maneira alguma, eu estou preocupado. Acabou de me dizer que foi atacada, e eu quero arrancar a cabeça de quem lhe fez isso.

— Ah, não! Não! — ela exclamava várias vezes. — Você está me abraçando! Solte-me. Afaste-se de mim lentamente, mas imediatamente.

— Você pediu para ser abraçada, estava no seu rosto que precisava. Não quero ver seus olhos tão tristes novamente, Eloisa.

— Meu Deus! Agora vou ter de me casar com você!

Ele a soltou e a observou.

— E isso seria terrível, eu imagino. — Era fácil ver a mudança no tom de voz dele.

— Não! Claro que não seria terrível. Mas não assim. Minha nossa, estão todos olhando em absoluto terror, não estão? — Ela não conseguia nem olhar para os lados.

Eugene soltou o ar e balançou a cabeça como se não acreditasse.

— Você passou tempo demais preocupada em esconder seu passado e em agir como se fosse uma debutante perfeita e sem máculas em sua história. E assim, fingindo ser entediante também. Eu pouco me importo com o que eles acham, gosto de você como realmente é. E se tivesse pedido um beijo, agora estaríamos sendo postos daqui para fora. Apesar de que... não, Lorde Havenford é liberal demais para isso. Nós mesmos íamos preferir sair.

— Por favor, não vire as costas e me deixe aqui. Eu acho que está certo, só não faça isso depois de me abraçar em público. Pode me desprezar depois por eu ter me tornado uma tola que precisa cultivar a opinião alheia. É apenas medo, eu juro que é medo do passado. Quanto mais eu luto, mais tenho de me esconder.

— E medo do presente, assim como do futuro. Você está com medo de mim, Eloisa. — Ele lhe ofereceu o braço. — E eu não ia deixá-la. Especialmente não quando precisa de mim. Não sou o seu passado. Eu não a abandono.

Eles não precisaram ir muito longe, pois foram cercados pelas Margaridas, com Rachel à frente delas.

— Vocês tiraram o dia para fazer uma grande apresentação — disse ela, um tanto aflita. — Não sei nem como classificar isso.

— Ora essa, ele acabou de abraçá-la bem aqui nesse jardim, com pelo menos cinquenta convidados à vista. Os que não viram saberão em minutos — elucidou Lady Daring. — Pergunte logo se, enquanto a tinha nos braços, ele estava propondo em seu ouvido.

— Só isso explicaria toda essa demonstração de paixão gratuita — completou Lady Ferr.

— Fiquem quietas — Rachel ralhou baixo. — Nós sabemos que não é a primeira vez que se abraçam.

— Mas é a primeira em público — lembrou Lady Baldwin.

As senhoras estavam olhando para os dois jovens, esperando que eles esclarecessem a situação.

— Tia, acho melhor partirmos — pediu Eloisa. — Já tive aventuras demais para um dia.

Agora, todas olharam para Eugene, pois era a vez dele de se explicar ou dizer qualquer coisa. Mas ele não parecia envergonhado pela atenção delas.

— Ela não me quer — ele declarou simplesmente, mas resumiu bem a situação.

— O quê? — exclamou Eloisa, tornando a se virar para ele. — Eu nunca disse isso!

— Tampouco disse que quer — apontou ele, calmamente.

— Eu disse o que sentia.

— Não precisa dizer nada. — Ele fez uma mesura, despedindo-se de todas. — Creio que agora é melhor deixá-la com suas acompanhantes.

Num mundo ideal, ele teria simplesmente saído, mas Eloisa já passara por coisas demais naquele dia, não tinha mais o que preservar. Amanhã, sua confortável posição de pouco destaque na sociedade seria estraçalhada e estaria entre os principais tópicos da fofoca. Nessa temporada, ela já havia sido notícia por causa de seu suposto envolvimento com o "filho do duque" e logo depois pelo suposto término.

Sem contar seu longo envolvimento em eventos do popular e escandaloso Grupo de Devon. E agora Eugene a abraçava em público, depois de ela ter estado de braço dado com o Sr. Dunn, seu antigo vizinho, que alguns diziam que, um dia, teve chance de ser um pretendente. Ah, se eles realmente soubessem...

Encontre-me ao Entardecer 235

— Então nada do que dissemos faz diferença? — perguntou ela.

Eugene parou e se virou de lado, apenas para olhá-la.

— Diga que voltaria para casa comigo. Juntaríamos nossos pertences e voltaríamos para Arwood. E que não está fugindo de lá por ter medo de reviver suas lembranças.

Ela hesitou. Era para irem agora?

— Ainda é o único que quero — disse ela, mas isso não era o que ele precisava escutar agora.

— Você deixou a vida que tinha antes e se apegou demais a essa. — Ele parecia expor um lamento que o entristecia, apesar de aceitá-lo. — Eu não a culpo, não estou falando sobre a cidade, é claro que voltaríamos. Mas está tão confortável na posição em que se encontra agora que se escondeu dentro dela.

— Tudo que eu lhe disse naquele dia no parque era verdade. — A voz dela soava diferente, tomada por emoção.

— E eu estou lhe dizendo agora que a amo, mas você não me quer o suficiente para abandonar a posição segura que conseguiu conquistar ao deixar o campo e fugir do passado. — Ele deu mais um passo. — Agora vou descobrir da forma difícil o que aquele homem lhe fez.

Ele partiu e, dessa vez, ela não o impediu. No fundo, deu para ouvir uma das senhoras dizendo que ia desmaiar, e outra a censurando por já ser experiente demais para esses arroubos.

— Passada demais, você quis dizer — falou uma delas, implicando.

— É melhor sairmos discretamente. — Rachel deu o braço à sobrinha, que continuava olhando para o caminho que Eugene tomara para ir embora. Eloisa nem se mexia, apenas continuava apertando o leque quebrado e piscava rapidamente, com a expressão desolada. Era horrível constatar quão certo ele estava. Mas vê-lo partir era o que mais lhe doía.

— A opção da discrição não existe desde o momento em que ele a abraçou — Lady Daring lembrou, sarcasticamente.

Elas partiram lentamente, apesar de todo o estrago que já estava feito. E sequer foi preciso esperar pelo dia seguinte. Nos eventos noturnos, todos já sabiam que Lorde Hosford parecia ter proposto à Srta. Durant, porque apenas um casamento marcado explicaria tamanha intimidade. Georgia e Kit ficaram chocados ao escutar a fofoca. Entre o evento na casa dos Warrington e os bailes e peças da noite, eles não falaram com Eloisa.

Também foi comentado que Lorde Havenford havia convidado o Sr. Gustin a partir de sua casa por causa de comportamento impróprio. Subitamente, a Srta. Durant parecia muito mais interessante do que antes. Afinal, como ela esteve vivendo entre eles tão discretamente? E como ela foi de Srta. Sem-Modos no meio daqueles jovens de Devon para, de repente, estar enlaçando um futuro duque bem debaixo dos narizes de todas as matronas da sociedade inglesa.

Afinal, quem é essa moça?, disseram os mais desinformados e menos assíduos dos eventos.

Aquela garota sem modos?, haviam gritado algumas moças, completamente revoltadas.

Eu sabia que ela estava aprontando. Eu a vi junto com aqueles bagunceiros de Devon. Inclusive, anda demais com a Srta. Preston, outra que não sabe o que é discrição, lembrou outra senhora.

Estou chocada, Harriet Brannon limitou-se a dizer, recusando-se a insultá-la como antes. Já não via motivos. Estava mais preocupada com Christopher, que era justamente um grande amigo de Eloisa.

E Charles Gustin não pôde sair naquela noite porque estava com um lado do rosto roxo e inchado e o corpo dolorido. Porém, ele ficou sabendo de tudo na tarde seguinte. E imaginem só o ódio que ele sentiu. Tinha acabado de dar um ultimato a Eloisa, e agora ela estava se abraçando com alguém bem no meio de um evento. Pior, com Lorde Hosford, o tal filho do duque. O mesmo que Charles odiava desde o dia do casamento que não aconteceu.

Ele não podia admitir mais um insulto desses. Eloisa não podia ficar noiva de dois homens. E muito menos desonrar um acerto que chegou às portas da igreja.

Encontre-me ao Entardecer 237

238 LUCY VARGAS

Capítulo 23

Quando desceu para o desjejum, Eloisa viu uma figura de pé na sala, olhando pela janela, ereta e de braços cruzados, apenas observando o movimento.

— Ingram! — gritou, desceu correndo e se jogou nos braços dele. — Você veio!

— Eu precisava resolver algumas coisas. — Ele a pegou quando ela o abraçou. — Mentira, eu estava morrendo de saudades!

Agora que era o barão de Perrin, Ingram vivia atarefado. Atualizar e descobrir tudo que o tio foi deixando e literalmente empurrando com a barriga era um trabalho que estava se provando mais longo do que o esperado, assim como a propriedade que estava precisando mesmo de uma mão para guiá-la e de alguém que efetivamente deixasse a casa e fosse investigar cada canto do lugar.

— Finalmente! Pensei que só o veria quando voltasse para casa. — Ela passou o braço pelo dele e foi levando-o para a mesa do café.

Rachel entrou na sala matinal. Gostavam de tomar o café na saleta do fundo, que era menor, porém, mais iluminada e dava para o minúsculo jardim da casa.

— E esse garoto passou parte da noite na estrada, para chegar a tempo do café! — Ela se sentou e acariciou o braço do filho, com aquele olhar de mãe feliz.

— Mas me digam, o que perdi? Quero saber tudo que têm feito. — Ele não quis café, pois pretendia dormir um pouco antes de sair para resolver seus problemas.

Elas omitiram algumas coisas, ou melhor, Eloisa omitiu a maior parte e, pelo que disse, parecia até que estava tendo uma temporada tediosa, o que era o completo contrário. Ingram levantou seu copo de limonada e assentiu levemente enquanto mantinha o olhar nela, percebendo que não estavam lhe contando tudo.

No meio da tarde, depois que Ingram já havia descansado, se lavado, barbeado e não parecia mais um viajante perdido, ele começou logo a alterar a rotina da casa, despachando mensageiros e recebendo outros com respostas e

Encontre-me ao Entardecer 239

mandando chamar comerciantes para acertar as contas.

— Mas você está melhor do que há dez anos! — disse Ingram, quando Eugene entrou no cômodo.

— Há dez anos, éramos garotos inexperientes, ainda pensando em assumir um posto no exército. — Ele sorriu. — Mal sabíamos o quanto íamos apanhar.

— E como apanhamos. — Ingram passou o braço por cima do seu ombro e olhou para baixo. — Vejo que está mais firme do que nunca.

Eugene estava acompanhado de sua bengala, mas, do jeito que ele parecia saudável, ela realmente era uma acompanhante.

— Assim parece que não nos vemos há anos.

— Meses, desde minha última visita. Depois você veio para a cidade — lembrou Ingram.

Ao escutar as vozes, Eloisa saiu da sala de música, onde gostava de passar seu tempo, e foi lentamente até a sala de visitas, onde o primo estava recebendo. Ela andava devagar e apertava as mãos. Seu intuito era espiar, mas as portas duplas estavam abertas e eles estavam de frente para o corredor, então, quando ela se aproximou, ambos a viram.

— Eloisa, imagino que tenha encontrado muito com Lorde Hosford pelos bailes — comentou Ingram. O final da frase foi em tom de troça; eles ainda brincavam com a troca de títulos.

— Ela ainda me chama de Harwood — explicou Eugene, apenas olhando-a.

Ela forçou um sorriso, mesmo que este só tenha movido suas bochechas. Ainda estavam nos termos daquela despedida um tanto dramática e incerta. Desde então, eles não haviam se encontrado ou se comunicado. Ela encontrara com Agatha, que não ajudou muito falando de como achava que o irmão não estava bem. Porém, ele parecia ótimo ali na sala junto com Ingram. Nem um pouco triste por terem chegado a uma espécie de ultimato.

— Sim, nos encontramos. Não nos vemos há uns dias, mas costumávamos nos encontrar bastante — ela respondeu.

— Soube que esse maroto aqui está se tornando um tremendo pé de valsa. — Riu Ingram.

— Você sabe muito bem que dançar não é o meu forte. Eu tento. Ao contrário de você, que gosta de arrastar ao menos cinco damas para a pista.

Ingram riu. Eles faziam Eloisa se lembrar de quando estava junto com Kit e Georgia, fazendo piadas internas e sorrindo junto, dividindo memórias que só eles sabiam. E era um tremendo avanço daquela época lá no campo em que Eugene quase não sorria e ela via Ingram o apoiando e tentando ser o lado com humor da amizade. Deu certo, olha como estavam agora.

— Vão ficar em casa? — perguntou ela. — Posso pedir limonada ao Sr. Carey. Está um tanto abafado.

— Vamos ficar, temos negócios a discutir — confirmou Ingram.

Ela assentiu e seu olhar foi para Eugene, que também estava ao lado de Ingram, apenas a olhando. Quando ela saiu para fazer o pedido e depois voltou para a sala de música, os dois ficaram em silêncio até terem certeza de que não seriam ouvidos.

— Eu sinceramente não previ isso — Ingram sussurrou. — Eu juro que não percebi. Se você não tivesse me dito, eu jamais perceberia os seus sentimentos.

— Não pude evitar. — Eugene deu de ombros.

— Venha — ele chamou com a cabeça, e eles foram para o escritório. — Antes que ela apareça novamente e você fique com essa cara de bobo. Achei até que ia derrubar a bengala.

Eugene andava lentamente atrás dele, com um leve sorriso na face. Divertia-se por ter Ingram por perto; só ele lhe diria esse tipo de coisa. E pior, estava certo.

<hr />

No dia seguinte, cerca de meia hora depois que Rachel e Eloisa saíram para se encontrar com as Margaridas para outro evento diurno, o Sr. Carey entrou e anunciou:

— O Sr. Charles Gustin para ver Lady Eloisa.

Charles passou pelo mordomo com um ar superior e um sorrisinho convencido na face. Estava pronto para não ceder em nenhum ponto e apresentar todas as suas demandas. Recebera o recado de que Eloisa precisava vê-lo imediatamente, e veio certo de que ela iria chorar e propor alguma solução ou pedir o adiamento do casamento. E ele não ia aceitar nenhum dos pedidos dela.

Porém, assim que entrou na sala de visitas, quem se levantou para recebê-lo não foi Eloisa com um ar humilde de quem sabia estar errada. Ele estacou assim que percebeu.

Ingram ficou de pé e o encarou criticamente, juntando as mãos à frente do corpo. Como seu visitante não disse nada, ele aguardou.

— Devo servir... — começou o Sr. Carey.

— Não, nosso visitante não vai demorar. Obrigado, pode nos deixar agora — interrompeu Ingram, e dispensou o mordomo.

Charles esperou o mordomo partir e voltou a olhar para seu anfitrião.

— Não nos vemos há muito tempo — comentou. — Devo me referir ao senhor como Lorde Perrin agora, não é?

— Não sei por que está fazendo essa pergunta, estava lá no dia em que meu tio morreu. Sabe que é assim que me tratam desde então.

— Podia haver outro herdeiro...

— Sei que gostaria disso. Porém, algumas responsabilidades vêm com o título. Isso inclui minha prima.

Não deu nem tempo de Charles pensar no que dizer.

— Você está oficialmente dispensado do compromisso com ela. Se isso não ficou claro antes, o que sinceramente acho impossível, está agora. Eu o estou dispensando.

— Não pode fazer isso.

— Já fiz. Na verdade, ela o fez há dois anos, mas você está demorando demais a entender que apenas a minha prima decidirá com quem ela vai ficar. E ela já deixou claro que não é com você.

— O antigo barão firmou um compromisso com o meu pai e comigo. Esperei por ela em seu período de...

Ingram deu dois passos e o agarrou pelo colarinho, arrastando-o para o hall, onde o prendeu ao lado da porta.

— Você foi obrigado? Alguém o obrigou a esperar alguma coisa? — indagou Ingram. — Eu vim aqui especialmente para me livrar de você! Eu soube o que fez com ela. E ainda não sei por que não vou matá-lo. Acho que estou com pena do seu pai. Ele não sabe o que fazer com você, mas iria doer muito perdê-lo. Aproveite enquanto penso nele. E diga-lhe que você não está à altura dela e por isso foi dispensado.

Ele soltou Charles, que bateu com os pés no chão e se segurou na parede.

— Aliás, o seu papai sabe o que tem feito em Londres?

Charles abriu a porta e ficou sob o batente, pronto para correr, caso necessário.

— Você não vai me matar, Perrin. É um soldado, não um assassino.

Os olhos de Ingram faiscaram e ele avançou, fazendo Charles sair rápido e só parar nos degraus.

— Você não sabe o que é um soldado, seu maldito chantagista barato. — Ele chegou a abrir um sorriso irônico. — Especialmente não um soldado que sobreviveu a uma guerra. São todos assassinos, com as honrarias, os nomes bonitos e os atos heroicos. Ninguém que lutou no front volta limpo de uma guerra. A linha entre os dois lados é muito tênue.

Charles era abusado, mas viu algo nos olhos de Ingram que o assustou. O homem não estava tentando assustá-lo, ele queria dizer cada uma daquelas palavras.

— Fique longe dela. Eu vou sair esta noite e comentar sobre como liberei minha prima de um compromisso antigo, já que, desde a morte do meu tio, eu sou o responsável por ela. Pense bem antes de desmentir, Gustin. Se eu tiver de colocar as mãos em você novamente, a próxima cerimônia da sua família será um enterro.

<hr>

Exatamente como disse que faria, Ingram acompanhou a mãe e a prima naquela e em mais duas noites e deixou escapar aqui e ali sobre como dava dor de cabeça liberar damas de compromissos não desejados. Charles não foi visto por uns dias, e Ingram já pretendia voltar para casa, onde deixara muitas pendências.

— Mas ele já vai partir? — perguntou Georgia. — Você sequer me avisou a tempo que ele estava aqui.

— A tempo de quê? — a amiga perguntou.

— De ela fazer algum tratamento de beleza — disse Kit, revirando os olhos.

— Não... — Georgia balançou a cabeça. — Eu não ia usar nada dessas coisas. Eu só gosto de rever meus vizinhos.

— Claro que gosta, principalmente quando eles são bons homens, agradáveis ao olhar e, de preferência, com um título para chamar de seu. — Kit estava sendo sarcástico, o que não era o comum dele.

— Isso é absurdo! — exclamou ela, ficando vermelha, não de embaraço, mas de raiva. — Você se refere a mim como se eu fosse mais uma desesperada caçadora de maridos. E pior, uma fútil mulher louca por um título!

Kit havia desviado o olhar para algum lugar do salão, mas, quando ela foi tão enérgica em sua reação, ele virou o rosto e lhe lançou um olhar sério.

— Isso é exatamente o que você é — respondeu.

— De novo não! — disse Eloisa, entrando no meio. — O que eu faço com vocês?

— Desapareça daqui! — demandou Georgia, chamando um pouco de atenção, pois estava lívida, a ponto de esbofetear Kit. Ela fechara as mãos e o encarava, como se seus olhos pudessem queimá-lo.

— Peçam desculpas — orientou Eloisa.

— Ela sempre o achou bonito, mas só virou uma paixonite depois que ele recebeu o título de barão — expôs Kit. — Mas eu temo dizer que ele não é o único da lista, mas é o mais próximo, os outros não estão sendo fáceis de encontrar pelos bailes.

— Você é ridículo! Ridículo! Fica me censurando enquanto sai para passear com aquela maldita Srta. Brannon!

— E por que eu não poderia? Ela é bonita, muito mais agradável longe daquelas duas víboras e não escolhe suas companhias baseando-se na chance de conseguir um título.

— Christopher! — exclamou Eloisa. — Vá encontrar sua companhia e deixe-nos. Agora!

Ele nem hesitou, se virou e partiu. Eloisa o observou por uns segundos, mas se virou e encarou Georgia. Ela ainda tinha os punhos fechados, mas agora estava com os olhos repletos de lágrimas que estavam a ponto de encharcar seu rosto.

— Venha — pediu Eloisa, pegando-a pelo braço e levando-a para a varanda, onde podiam se esconder da maior parte dos olhares.

Ela tentou conter suas lágrimas e secá-las com as pontas dos dedos enluvados. As pontas da seda marfim logo ficaram úmidas.

— Por que o mandou ir encontrar Harriet Brannon? Ela não serve para ele — murmurou Georgia.

Eloisa se afastou um passo, cruzou os braços e a olhou.

— Você tem mesmo uma paixonite por Ingram?

Georgia olhou para baixo e novamente usou os dedos enluvados para se livrar dos resquícios das lágrimas e fungou, obrigando-se a se recompor.

— Eu tinha... Ao menos acho que tinha quando era mais nova, na mesma época que você e Thomas se envolveram.

— E por que nunca me contou?

— Você é como a irmã dele. Fiquei com vergonha, e não era nada, mas por quem mais eu teria uma paixonite? Ele era mais velho, era forte, um herói de guerra, um futuro barão e bonito. E, depois que voltou para casa, eu sempre podia vê-lo. Então, foi fácil. Mas eu cresci, esqueci isso.

— Mas Kit sabia...

— Sim, sabia, mas não porque contei, ele nota as coisas.

Eloisa balançou a cabeça e soltou o ar.

— Sabe, Georgia... A Srta. Brannon vai conseguir o que quer. Ela sempre consegue. E é verdade que, apesar de não gostarmos dela, ela não se importa com títulos.

— Christopher é um exagerado! Você me conhece, eu não me importo apenas com isso.

— Mas se importa...

— Minha família se importa.

— E você aceita.

— Não, eu não... não sou contra o suficiente, nunca fui rebelde. Eles já fizeram planos para o meu futuro. Nao difere nada dos planos que outros pais da sociedade fazem; querem me ver casar bem — ela terminou a frase com um lamento.

— Eu não sei o que fazer com vocês. Estão brigando toda vez que nos encontramos. Imagina em casa.

— Ele não está morando conosco, só ficou lá nos primeiros dias.

— Foi embora porque vocês brigavam?

— Não sei bem... só sei que nunca realmente sabemos dele. Agora, ele mora sozinho em seu estúdio de solteiro e faz as coisas dele. — Ela apertou as mãos. — E tem suas próprias companhias.

— Estamos falando do Kit — lembrou.

— Ele não é mais o mesmo, Elo. — Georgia balançou a cabeça, confusa. —

Encontre-me ao Entardecer 245

Bem, ele também é um adulto agora e certas coisas mudam. Ele mudou.

— E você levou todo esse tempo para perceber? — Eloisa parecia até assustada.

Georgia levantou a cabeça e se virou para o jardim.

— Bem, ele pode viver a vida dele. Daqui a pouco, irá embora para sua casa e não sei para onde acabarei indo, mas sei que quase não nos veremos.

— E é isso que você quer? — Eloisa ficou encarando o seu perfil.

— Não há como impedir — continuou Georgia, ainda olhando o jardim.

Agora foi Eloisa quem ficou danada da vida.

— Se quer saber, eu cansei. De ambos. Eu sei o que ele sente. E você gosta dele! Está com medo de assumir! Porém, vai deixá-lo partir.

Era melhor não discutir com seus amigos, precisava dos dois, se quisesse ajudar. Porém, eles a deixavam louca. Kit havia mudado, não era mais aquele rapaz afável que parecia não se importar com nada. E Georgia estava se mostrando a teimosa mais cabeça-dura do mundo, recusando-se a aceitar o que estava estampado à frente deles.

Eloisa fechou os punhos e voltou sozinha; estava disposta a ajudar de alguma forma, mas eles precisavam colaborar. Desconfiava que, se tentasse falar com Kit sobre isso, ele seria irascível, mas ainda conseguiria algo, pois ele não negava a verdade. Se negasse, não discutiria tanto.

— Eu sabia que a encontraria sozinha! — disse Charles, pegando-a pelo braço e a puxando.

Assim que ela escutou aquela voz, soube que estava com problemas. Sua reação imediata foi gritar e balançar a mão. O som saiu, mas sua boca foi coberta. Logo depois, a porta da sala bateu e ela foi jogada para frente, tropeçou e continuou até conseguir se escorar em uma cadeira, que quase tombou com ela.

— Você tem alguma ideia da situação em que me colocou? — Ele se aproximou dela. — Eu vou ser morto!

Eloisa não lhe deu ouvidos, ficou de pé e olhou em volta, procurando outra porta, pois, para aquele aposento estar bem ali, devia ter uma saída para o corredor.

— Você vai consertar isso! — Ele foi atrás dela e a pegou pelo braço. Nem parecia aquele Charles cheio de não me toques, mas ele já não parecia assim desde o encontro no jardim.

— Afaste-se de mim. Você já cavou um buraco bem fundo para si mesmo.

— Vamos sair daqui e você vai anunciar que quer se casar comigo por livre e espontânea vontade. É o único jeito de garantir que não serei morto pelo desgraçado do seu primo!

Eloisa o empurrou e depois lhe deu um tapa bem sonoro.

— Seu maldito covarde! Se meu primo não te matar, eu mato. Vamos, obrigue-me a um compromisso. Você não vai durar uma noite. Eu vou matá-lo enquanto dorme.

— Não vai, você vai ser minha! Depois de casados, você será completamente minha e eu direi tudo o que vai fazer! — Segurou-a pelos braços.

A porta abriu e o Sr. Strode-Strout, conhecido como Sr. Querido, entrou rapidamente e estacou, chocado com o que estava vendo.

— Sr. Gustin, isso não é maneira de segurar uma dama — ele disse de lá, mas não se aproximou para separá-los. Era delicado demais para se envolver em brigas.

— Ela é minha noiva! — rugiu Charles.

— Não sou! — reagiu Eloisa.

— Não é não — apontou o Sr. Strode-Strout. — Eu mesmo ouvi Lorde Perrin negando que ela tivesse um compromisso com você ou qualquer outro.

— É mentira! Ele a quer para ele!

Como a porta estava encostada, três senhoras do grupo das Margaridas entraram, seguidas pelo Sr. Dunn, que as seguiu quando viu o Sr. Strode-Strout as chamando.

— Solte-a imediatamente! — ordenou Rachel. — O senhor não está se comportando como um cavalheiro.

Eloisa estava brigando com ele, mas Charles se virou e a agarrou pela cintura.

— Nós vamos nos casar, pode mandar o seu filho assassino ficar longe de mim. — Ele apontou para Rachel.

Thomas passou entre as mulheres e olhou bem para Charles.

— Ah, o amante! — exclamou ele. — Eu sei o que vocês têm feito. Agora

Encontre-me ao Entardecer 247

acabou, você vai ficar longe dela. Vamos sair daqui juntos e anunciar. Ou eu vou levá-la lá para fora e contar tudo! E depois nem eu vou querer me casar com ela — continuou, triunfante, pois os deixara sem saída.

O Sr. Strode-Strout parecia horrorizado. Lady Lorenz olhou em volta, procurando algo para bater em Charles, e Rachel olhou para ela, como se esperasse a arma. Eloisa arranhou Charles, e ele a puxou para perto da porta, mas Thomas entrou na frente.

— Pode ir até lá e fazer o escândalo. Faça papel de idiota, conte todo o nosso passado. Eu me casarei com ela e o farei parecer um total e completo bobo que foi enrolado por dois anos. E, no final, quando eu reparar o que fiz e nos casarmos, você vai parecer o que é. Um tolo.

Charles ficou com tanto ódio que pulou em cima dele, e foi bem na hora que Lady Daring entrou, acompanhada de Eugene. Ela quase foi derrubada pelos dois, mas ele impediu, empurrando ambos.

— Eu o trouxe, Rachel! — anunciou Lady Daring, fugindo para perto delas.

Agatha parou na porta, para impedir que qualquer um entrasse na sala, que agora estava cheia.

Eugene separou os dois. Como hoje estava com sua bengala, usou o topo grosso como se fosse um porrete e acertou a cabeça de Thomas, derrubando-o.

— Você só vai reparar alguma coisa por cima do meu cadáver — bradou Eugene.

Eloisa se afastou antes que Charles, agora livre, pudesse capturá-la novamente. Porém, quando ele se virou, Eugene agarrou seu lenço do pescoço, o que o fez perder o ar, e depois o segurou pela gola e o arrastou.

— Você estragou tudo! — protestou Charles, acusando-o, enquanto movia os braços no ar, parecendo um boneco de cordas descontrolado.

Eugene bateu sua cabeça na quina de uma estante para que ficasse quieto, arrancou o puxador da cortina e o passou em volta de Charles, prendendo-o, e depois o amarrou, imobilizando seus braços. Só para ter certeza, ele arrancou o outro puxador e o amarrou em volta de suas pernas também.

— Cale a boca. — E enfiou o lenço que arrancou do seu pescoço em sua boca.

Rachel e Lady Daring tentavam consertar o cabelo de Eloisa e deixá-la apresentável de novo.

— Eu disse para trazê-lo se não voltássemos em cinco minutos — disse Rachel. — Você levou quase dez minutos!

— Não levei mesmo. Acha que é fácil passar disfarçadamente pelo meio dessa gente? — defendeu-se Lady Daring.

Quando estava calma o suficiente, Eloisa se adiantou e olhou para Thomas, ainda sentado no chão, tonto pelo golpe, e Charles estava todo amarrado e vermelho de raiva e esforço para se soltar.

— É realmente uma pena que seu primo já tenha retornado para casa — lamentou Eugene, mas não a olhou, apenas pegou Charles pelas amarras e foi arrastando-o para a porta do corredor.

As quatro senhoras do grupo das Margaridas ficaram olhando-o arrastá-lo.

— Agatha, fique com elas. Se eu demorar, pegue a carruagem e retorne — instruiu à irmã.

— E perder toda a diversão? — ela perguntou lá da porta.

O Sr. Strode-Strout ajudou Thomas a se levantar. Ele nem sabia o que dizer, mas Eugene parou na porta, ainda segurando Charles, que, quando não era arrastado, precisava pular para acompanhar, pois estava amarrado como uma linguiça.

— Se isso sair daqui, irei buscá-lo com uma corda — Eugene avisou ao horrorizado Sr. Strode-Strout.

— Jamais, milorde! — ele exclamou, com a voz aguda.

Eugene saiu pelo corredor, levando Charles consigo.

— O que Lorde Hosford vai fazer com ele? — perguntou Lady Lorenz, ainda chocada.

— Aposto que vai jogá-lo no Tâmisa — opinou Lady Daring.

— Pois eu aposto que vai afogá-lo antes — desafiou Lady Baldwin.

— Isso lá é algo para se apostar! — ralhou Rachel, e se virou para Eloisa. — Você está bem, querida?

— Claro que não! Ele vai matá-lo! — Eloisa deixou a sala rapidamente, seguindo pelo corredor.

Pela configuração da casa, quando se ia para o lado esquerdo do corredor, acabava na mesma varanda onde ela esteve com Georgia. E dali era possível ir para o jardim mal iluminado, que foi exatamente onde ela viu Harwood. E agora

Encontre-me ao Entardecer 249

ele arrastava Charles pela terra, mas parou quando chegaram lá no final. O jardim não era grande, mas tinha espaço suficiente para decoração, algumas paredes de plantas e mesinhas perto de uma fonte que não esguichava água, mas talvez houvesse plantas aquáticas ou peixes ali dentro.

As senhoras a alcançaram, junto com Agatha, que levava a bengala do irmão e não perdia nada. O Sr. Strode-Strout vinha um pouco mais atrás, mas Thomas não estava com eles, talvez ainda estivesse sentado na sala.

Elas imaginaram se Eugene sabia de algum portão que o permitiria sair pelo jardim sem ser visto, mas as senhoras exultaram num susto quando ele levantou Charles e praticamente o jogou dentro da fonte.

— Eu falei que ele ia afogá-lo primeiro! — disse Lady Baldwin.

— Faz tempo que ele disse que ia afogá-lo! — exclamou Eloisa, descendo as escadas rapidamente.

Ele mergulhou a cabeça de Charles na fonte umas três vezes, a cada hora mantendo um pouco mais, e o puxou para perguntar se ele pretendia atacar mais alguma dama em sua vida.

— E você vai desaparecer de Londres. Não quero mais ver a sua cara. Eu ainda não sei por que não vou afogá-lo numa latrina.

Eloisa chegou correndo e parou do outro lado da fonte.

— Pelo amor de Deus, não o mate!

Eugene mergulhou a cabeça de Charles novamente e manteve a mão por cima, levantando o olhar para falar com ela, como se não estivesse afogando um homem.

— Seu primo não pode saber do que se passou aqui, entendeu? — Manteve o olhar nela.

— Sim! — ela respondeu rápido.

— Ou não vai adiantar nada que esse palerma saia vivo. Ele o encontraria de qualquer forma. — Ele desviou o olhar dela só por um segundo e puxou o relógio do bolso.

— Eu sei! — ela disse, mais aflita.

— Ele ficaria extremamente irritado se soubesse que veio até aqui para resolver isso discretamente e não adiantou nada, porque esse idiota aqui não entende um recado. — Olhou o relógio, verificando a hora ou quem sabe conferindo quantos segundos já mantivera a cabeça do outro sob a água.

— Eugene! — gritou Eloisa.

Ele puxou a cabeça de Charles da água e agora ele estava quase inconsciente.

— Eu vou lhe dar até às seis da manhã para deixar a cidade — avisou a Charles e bateu no seu rosto para acordá-lo. — Seis da manhã na estrada ou no fundo do Tâmisa. De acordo?

Charles assentiu e seus olhos reviraram. Eugene o puxou e o deixou cair no chão, longe da água. Eloisa respirou aliviada, colocou a mão sobre o peito e podia sentir seu coração batendo na garganta. Ela podia odiá-lo, mas não queria que alguém saísse morto daquela história.

— Agora peça desculpas e vamos embora — ele disse a Charles, o empurrando para que virasse de barriga para cima. Era até melhor para voltar a respirar.

— Eu... — Ele puxou o ar. — Lamento demais.

Sua voz estava estranha, mas era possível entender.

— E vai prometer a Srta. Durant que, até o último de seus dias, nada sobre essa história sairá dos seus lábios.

— Eu prometo! — conseguiu exclamar e se moveu, tentando ficar de lado. — Prometo! — Charles balançou a cabeça e tossiu. — Vocês são todos loucos! Nunca mais quero vê-los!

— Ótimo, é mútuo — falou Eugene, e conferiu se seu relógio estava bem guardado.

— Tem certeza de que não vai matá-lo, não é? — ela indagou, ainda desconfiada.

— Não faço trabalho pela metade. Essa fonte daria conta da questão. — Eugene passou as mãos pelos antebraços, secando-os como dava, e puxou suas mangas de volta para o lugar.

— Obrigada por me salvar desse crápula — agradeceu, apesar da situação.

— Foram suas acompanhantes que a salvaram. — Ele se abaixou e puxou as amarras, liberando as pernas de Charles. — Tente ficar em segurança, apesar de eu achar que hoje foi seu último dia de grandes emoções nessa temporada.

— Tentarei — respondeu ela, mas achou estranho, parecia que ele estava se despedindo.

Encontre-me ao Entardecer 251

Eloisa voltou rapidamente para a varanda e ele saiu pela lateral. Não fazia ideia de como ele pretendia tirar Charles dali sem ser visto, mas Eugene não parecia preocupado com isso.

— Precisamos partir — disse Rachel. — O mais discretamente possível.

— Foi o que mais fizemos nessa temporada — comentou Lady Baldwin. — Partir pela esquerda, como fugitivas.

— Poucas damas da nossa idade podem dizer que ainda passam por tantas emoções numa temporada! — Lady Lorenz se divertia.

— Eu preciso encontrá-las mais vezes. É tudo tão mais interessante. — Agatha as seguia pelo corredor.

Eloisa ia logo atrás, mas, como a noite não podia ficar pior, ela tomou coragem e virou para o único homem do grupo.

— Afinal, o seu nome é Strode ou Strout?

— Eloisa! — ralhou Rachel. — Será que perdeu toda a sua educação numa única noite?

Ele continuou seguindo-as, mas a olhou de esguelha e disse:

— Na verdade, é Sprout.

— E eu venho chamando-o pelo nome errado há dois anos? Por que nunca disse nada?

Tia Rachel tornou a olhá-la de cara feia.

— Não achei adequado corrigir uma dama na frente de outras pessoas, pois nunca disse meu nome quando estávamos sozinhos. Acredite, não é a única, não sei quem foi que disse que meu nome era Strout, mas pegou.

— O senhor é tão delicado. — Ela aceitou o braço dele quando passaram novamente pelo salão antes de ir embora. — Vou considerá-lo um amigo a partir de agora. — E seria o único homem delicado com quem ela mantinha laços, porque Ingram, Kit e Eugene não se qualificavam para essa característica.

— Ficarei honrado, especialmente se isso mantiver minha cabeça longe de uma fonte.

Capítulo 24

Apesar de ter esperado para ir à estreia da nova peça no Teatro Royal, Eloisa perdera a vontade. Nos últimos dias, ela não queria comparecer a nenhum dos bailes e eventos para os quais era convidada. Até recusou uma ida à ópera, mas já havia prometido a Georgia que iriam ver a Noiva de Abrydos, mesmo que dissessem que não era uma das peças mais indicadas para jovens damas.

— Não sei se estou prestando tanta atenção quanto deveria — Georgia sussurrou ao ouvido de Eloisa.

— Você me fez vir, agora preste atenção.

— Acho que prefiro óperas, ao menos tem cantorias — resmungou.

Quando o segundo ato acabou, ambas resolveram esticar as pernas e deixaram os Burnett ocupando o camarote onde estavam.

— Imaginei que a encontraria passeando — comentou Harriet Brannon, ao encontrar Eloisa.

— Não sei o que aconteceu com a senhorita para subitamente ter começado a me tratar bem, mas prefiro assim. — Ela ergueu a sobrancelha, esperando-a mudar de ideia.

— Não fale alto, eu tenho uma reputação a manter — advertiu Harriet. — Além disso, o Sr. Burnett tem me feito ver o quanto é ruim que eu compartilhe de certas opiniões, e ele fala muito bem de você.

Georgia cruzou os braços imediatamente e bateu em Eloisa com o cotovelo.

— Bem, foi um prazer encontrá-la. — Eloisa sorriu levemente. — Nunca imaginei que lhe diria uma coisa dessas.

— Espere. — Harriet se manteve no lugar. — Imagino que vamos nos encontrar mais tarde.

— Por quê?

— Para o aniversário de Lady Powell. Ela é parente do duque de Betancourt por parte de casamento.

Eloisa ficou apenas olhando-a, sem saber o que dizer, mas conseguia imaginar por que ela estava fazendo aquela associação. Georgia, que não era das mais competentes em sutilezas sociais, se virou para ela e perguntou:

— Você vai a esse aniversário? Pensei que ia junto comigo para...

— Não — interrompeu Eloisa. — Eu vou com você.

— Ah, querida — disse Harriet. — Pensei que nos veríamos, já que soube que está em tão séria negociação com Lorde Hosford.

— Ele é um amigo da família — Eloisa respondeu rápido.

— Sim, eu sei. E não são sempre os "amigos da família" os primeiros pretendentes em vista? — comentou ela.

— Pelo jeito, sua família não tinha muitos amigos — alfinetou Georgia.

— Eu não os queria — devolveu Harriet. — Preferi buscar outras possibilidades em outros amigos. — Sorriu.

Georgia não sorriu de volta, pelo contrário.

— Acho melhor voltarmos, vai acabar o intervalo — concluiu Eloisa.

Harriet subiu os degraus com elas, mas se virou e olhou incisivamente para Eloisa.

— Eu estava até torcendo por você. Mesmo que agora Lorde Hosford esteja acompanhando aquela moça empertigada para todo lado. Eu realmente não gosto dela, tem o nariz mais empinado que eu. E certamente se acha mais importante até que a própria duquesa de Hayward. — Sorriu ironicamente, como se tal pretensão fosse absurda.

Georgia entrou, ansiosa para não ter que olhar mais para Harriet e ser lembrada do quanto Kit parecia estar adorando a companhia dela. E assim deixou as outras duas sozinhas, a acompanhante de Harriet mantendo-se a uma distância respeitável.

— Acompanhando? — Eloisa perguntou baixo, devido ao nó que se formara em sua garganta.

— Sim, acompanhando — confirmou Harriet. — Afinal, onde você tem estado? Acho que tem escolhido mal os seus convites, nunca está nos mesmos bailes que Lorde Hosford, por isso não a vejo há tanto tempo.

— Na verdade, eu tenho ido a menos eventos — respondeu, pensativa.

— Imaginei — afirmou, pela primeira vez sendo delicada o suficiente para não apontar o fato de que talvez Eloisa não tivesse sido convidada para os eventos dos quais ela estava falando.

Por seu lado, Eloisa sequer sabia se havia sido convidada; simplesmente assumira que Eugene estava desaparecido, pois não conversavam desde o acontecido no jardim dos Warrington. Depois, só tornaram a se encontrar na sala da sua casa, quando ele foi visitar Ingram, e então, naquela noite fatídica, em que ele quase afogou Charles. Desde então, não se viram mais. Ela esteve achando que ele se recolhera, afinal, não era fã de bailes.

— Ele tem participado de muitos eventos? — Eloisa não queria parecer tão interessada, mas como ia disfarçar? E Harriet era esperta demais.

— O suficiente para ser notado. — Pausou. — Ainda pode fazer algo quanto a isso?

— Está me perguntando isso porque acha que eu gostaria de fazer algo ou só porque não quer que essa tal acompanhante dele...

— Vença — completou Harriet. — Sim, por que iríamos deixá-la vencer alguma coisa? Além disso, você é amiga do Sr. Burnett, e eu gosto muito dele. E bem, pensei em tentar ser mais como alguém que ele admira.

— Você quer dizer que resolveu ser uma boa pessoa?

— Eu não sou má! — ela reagiu e ignorou o aviso sonoro de que o último ato começaria. — Apenas saio um pouco do esperado e digo coisas um tanto maldosas porque isso me dá fama e público, e assim fico viva e concorrida na temporada. Porém, nada disso me importa como antes. Estou cansada. — Ela deixou os ombros caírem por um momento ao confessar. — Já passei três anos encenando, cansei de tudo isso.

— Eu entendo. Na verdade, entendo bem.

Era mais uma coisa que Eloisa nunca imaginou que diria à odiável Srta. Brannon, mas era como diziam, nem tudo é o que parece. Ela já havia infernizado a vida de muita gente, mas agora estava ali, parecendo aliviada por ter acabado de dizer que estava cansada.

— Enfim. — Voltou a se aprumar. — Sinto não a ver mais tarde, de verdade.

Pelo resto da peça, Eloisa não pensou em outra coisa. E passou a ser ela e não Georgia a não prestar a menor atenção em nada.

— O que aquela esnobe disse para deixá-la tão perturbada? — perguntou Georgia.

Encontre-me ao Entardecer 255

— Não estou perturbada. — Eloisa descia as escadas rapidamente.

— Está sim! — Georgia tentava acompanhá-la, mas estava com medo de cair.

— Mudei de ideia, quero ir para casa — a amiga disse, quando chegaram às portas.

— Mas por quê? Foi algo que ela lhe disse, eu sei!

— Pare de me perturbar! — reagiu Eloisa, falando um pouco mais alto.

Georgia fechou os punhos e prensou os lábios, olhando-a seriamente, mas acabou desistindo e se virou.

— Eu vou lá e vou tirar satisfações com ela!

— Não! — Eloisa a segurou pelo braço. — Ela não fez nada. Bem, fez. Mas não exatamente o que você pensa.

— Se não me explicar, eu irei lá e ela se verá comigo.

— Ela me contou por onde Harwood tem andado. Ele está acompanhando outra pessoa.

— Aquela irmã linguaruda que ele tem? — indagou Georgia, esperançosa.

— Não, outra dama.

— Mas que dama? Onde ele pode tê-la conhecido?

— Ora essa, nos bailes... vai ver, enquanto eu me via em todo tipo de confusão, quando ele não me encontrava ou não estava me salvando, acabou conhecendo uma opção mais aceitável e mudou seu encantamento para ela. Isso acontece toda hora, você sabe.

— Lorde Eugene não é volúvel. E entre procurá-la, salvá-la, visitá-la, desviar das matronas casamenteiras e acompanhar a própria irmã, em que momento ele teria tempo para encontrar essa tal?

— Não tente ser razoável agora, Georgia. Você não tem talento para isso.

— Eu sei! Mas estou só expondo os fatos. Não quero aceitar que ele fez uma coisa dessas, simplesmente mudar seu foco de interesse bem no meio da temporada como um desses cavalheiros frívolos que nunca se decidem.

Eloisa ficou olhando para baixo e apertou as próprias mãos.

— Da última vez que nos encontramos, foi como o fim. Não estou falando daquela noite pavorosa, mas sim sobre nossa última conversa. Foi o modo como ele disse as últimas frases. É provável que essa seja a forma decente e respeitável que os adultos maduros terminam seus breves envolvimentos.

— Às favas com isso. Nós não temos talento para sermos tão adultos assim. O que aquela maldosa lhe disse? Por acaso ela falou que ele está marcando um noivado com outra?

— Não, ela disse que sua nova acompanhante é uma mulher esnobe, empertigada e que se acha mais importante do que a duquesa de Hayward.

— Ora essa, ninguém pode se achar mais importante do que uma dama doida o suficiente para se casar com o duque negro. É certo que essa moça não serve para ele.

— Ele que seja infeliz! — Eloisa passou pelas portas. — Precisamos ir embora.

A família de Georgia demorou muito para finalmente deixar o teatro, ou melhor, para todos conseguirem se reunir à frente do local e se dividirem nas carruagens. Elas foram com a avó dela e Thea, uma das tias de Georgia, uma jovem viúva da guerra que estava em Londres pela primeira vez após a perda do marido. Ela era a irmã mais nova do pai de Georgia.

— E pensar que ele veio a Londres por mim. Ao menos assim disse ele — murmurou Eloisa, enquanto repuxava a luva e depois a arrancou e jogou no banco, no espaço entre ela e Georgia.

— Exato! Ele veio por sua causa — incentivou Georgia.

— Não veio nada.

— Veio sim!

— Então mudou de ideia.

— Ele não muda de ideia com essa facilidade.

— Você não sabe disso — teimou Eloisa.

— Claro que sei, é Harwood, nós o conhecemos!

As duas mulheres à frente delas não estavam entendendo direito. Dava para pescar o assunto no que elas diziam, mas não os pormenores.

— O que essas garotas estão aprontando agora? — perguntou vovó Burnett.

— É Eloisa, vovó! Ela estava tendo um caso com Lorde Eugene Harwood.

— Um caso? — exclamaram as duas mulheres.

Encontre-me ao Entardecer 257

— Não era um caso — agitou-se Eloisa. — Estávamos... bem, talvez estivéssemos nos acertando.

— Com declarações e tudo — completou Georgia. — Ele até já sabe que a ama. E ela não sabe de nada, ao menos acha que não sabe, mas, na verdade, gosta dele como nunca gostou de ninguém e está sofrendo demais desde que eles se separaram.

— Não nos separamos — resmungou Eloisa.

— Bem, eles parecem ter terminado em termos civilizados. — Georgia revirou os olhos. — Sequer sei o que isso significa.

— Você nunca saberia o que são termos civilizados, querida — disse Thea.

— E Harwood... — Georgia continuou.

— Agora ele não é Hosford? — perguntou a tia.

— Também! — disseram as duas.

— Agora, ele está acompanhando outra moça e, segundo relatos, essa tal dama é arrogante, empertigada e se acha mais importante do que a duquesa de Hayward — contou Georgia.

— Só a rainha acharia tal coisa! — exclamou a avó.

— Pobre rapaz — lamentou Thea.

— Mas ele disse que veio a Londres por Eloisa. E agora terminam assim? Civilizadamente? — teimou Georgia.

— Pessoas tentam ser civilizadas, querida — ponderou a tia. — Diferente do você e Christopher, que brigam como cão e gato. É realmente incrível que veja os termos da vida de Eloisa tão claramente e mantenha os seus na obscuridade.

Georgia fechou seu semblante e cruzou os braços, recostando-se no assento.

— Vire a carruagem! — gritou Eloisa e pegou a bengala da vovó Burnett e bateu para chamar o cocheiro.

— Para onde? — questionou Thea.

— Para onde ele está! Eu não sou civilizada coisa nenhuma! — exclamou Eloisa.

Quando a carruagem precisou parar para outro veículo passar, o cocheiro percebeu o chamado.

— E onde ele está? — perguntou Georgia, ainda de braços cruzados.

— Onde Lady Powell mora? — Agora, Eloisa estava confusa.

— Ora essa, quem nessa cidade não sabe onde Lady Powell mora? Siga para os jardins de Cavendish. Quando eu vir a casa, saberei — disse a avó.

Elas não precisaram ficar caçando a casa, foi só uma questão de ir para onde várias carruagens estavam parando. Vovó Burnett ficou no veículo, mas a tia desceu porque não queria perder as duas de vista.

— Como vamos entrar? — sussurrou Georgia.

— Junto com os outros, ora essa. — Eloisa se adiantou a subir atrás das pessoas.

— Tem certeza de que você não foi convidada? — Georgia ajeitou seu vestido.

Felizmente, vinham do teatro e estavam vestidas com trajes para a noite. Georgia usava um robe espartano de crepe azul sobre o vestido branco de cetim, com bonitos braceletes de ouro sobre as mangas longas. Já Eloisa tinha um guarda-roupa todo aprovado pelas Margaridas, então suas roupas para a noite eram especialmente luxuosas. Ela trajava arminho italiano, sobre anágua com a beira entremeada de ouro, que ficava exposta propositalmente quando precisava levantar a barra do vestido. O modelo da vestimenta era moderno, o corte nas costas, baixo, e o corpete simples para dar destaque ao decote com o enfeite de ouro era preso por um belo broche. Ambos combinavam com o enfeite de seu penteado. Elas não pareceriam fora do contexto entre os outros convidados, mas não estavam trajadas com a formalidade que aquele tipo de evento exigia.

— Não tenho como saber, creio que titia diria alguma coisa. Não acha?

— Claro que não. Se pensa que você e Harwood terminaram, ela não diria. E ainda a despacharia para o teatro comigo.

— Eu creio que não fomos convidados... — sussurrou Eloisa.

— Mas vocês não são amigos?

— Dos Harwood, não de Lady e Lorde Powell. Acho que não temos status suficiente para sermos convidados para um seleto baile de aniversário na casa deles. Meu falecido pai se certificou disso. Acho que Ingram não passou tempo suficiente em Londres para ser incluído em toda e qualquer lista de convidados apenas por ser um barão solteiro, rico, jovem e à procura de uma esposa.

Para surpresa delas, não foi difícil entrar. Eloisa mentiu, é verdade. Identificou-se como Lady Eloisa Durant e disse que estavam com o seu primo,

Encontre-me ao Entardecer 259

o Barão Perrin, que estava chegando para acompanhá-las. Pelo jeito, Ingram era esperado, mas não se atentaram para o fato de que ele já deixara Londres.

Elas entraram em meio aos vários convidados bem trajados, que deixavam chapéus, xales e casacas na chapelaria. Elas não tinham nada, haviam deixado seus acessórios na carruagem, então passaram direto.

— Vou esperá-las bem aqui — orientou Thea. — Voltem exatamente por aqui.

Eloisa seguiu à frente, apertando os punhos para não desistir de sua mais nova loucura. No entanto, ela ia resolver isso e provavelmente sairia fugida. Não foi tão difícil encontrar quem queria. O salão ainda não estava lotado e era só olhar por cima da cabeça das pessoas. Quando se aproximou, ela sabia que ia surpreendê-lo. E sentia que estava fazendo algo ainda mais inconsequente do que no dia em que ficou presa na chuva.

— Lorde Hosford — chamou, antes que não conseguisse fazer sua voz sair.

Ele se virou imediatamente, e ela pôde ver que ele estava com um pequeno grupo de pessoas. Agatha estava lá, e havia uma jovem de cabelo escuro que só podia ser a "tal dama" que Harriet descreveu, porque ela realmente tinha uma pose empertigada, como se estivesse usando um espartilho apertado e com uma madeira comprida por dentro dele, mantendo suas costas daquele jeito. Havia também uma senhora e um homem alto, lá pelos seus sessenta anos.

Pelo movimento da boca dele, deu para ver que, assim que pôs os olhos nela, Eugene ia dizer seu nome, mas sua mente o lembrou onde estava, e ele só respondeu um educado:

— Srta. Durant. — Ele estranhou ao ver Georgia vir rápido demais e estacar atrás dela, parecendo um tanto nervosa; estava corada e com olhos arregalados.

O silêncio durou apenas dois segundos enquanto ela o encarava, e as pessoas que estavam com ele tomavam conhecimento da sua figura. Não deu nem tempo de Eugene fazer as apresentações. Quando ele ia pensar nisso, Eloisa disparou:

— O senhor desistiu?

Eugene umedeceu os lábios com a língua antes de responder e ganhou tempo para se recuperar da pergunta.

— Não.

— Mas desistiu por ora.

— Também não creio que tenha feito isso.

— Não crê? Mas, se não desistiu por ora nem eternamente, desistiu pela temporada?

— Eu já lhe disse que não gosto de desistir.

— Não gostamos de muitas coisas, mas somos obrigados.

— Veio me obrigar a desistir? — Ele ergueu a sobrancelha.

— Está estudando outras possibilidades? — Eloisa desviou o olhar para a companhia dele.

Eugene pendeu a cabeça levemente, olhando pelo canto do olho para ter certeza de para onde Eloisa havia olhado.

— Seu primo, Lorde Perrin, não disse nada antes de partir? — Ele parecia ter mudado de assunto.

— Em que isso importa? O senhor o avisou formalmente que desistiu?

— Então ele não lhe disse nada.

— Nada que pudesse mudar qualquer coisa entre nós.

Ela fechou as mãos em punhos e se manteve firme. Georgia olhava disfarçadamente de um lado para o outro, vendo que estavam começando a chamar atenção. Ela viu Harriet, que estacou assim que notou o que acontecia, mas agora ela estava com duas outras moças, que começaram a rir baixinho enquanto falavam baixo.

— Não mudaria, só não chegaríamos a esses termos, mas creio que ele gostaria de nos ver assim — comentou Eugene.

— O senhor disse que não desistia e que não voltava atrás. Também disse que iria continuar até que me convencesse. E ainda disse que me amava. Eu o achei corajoso por dizer antes, nunca imaginei que diria algo assim. E ao mesmo tempo terminou tudo. Eu não agi quando deveria, mas não precisava desistir. Apesar de dizer tudo o que disse, ainda desistiu. Sequer me deu a chance de agradecê-lo por seu auxílio. E por todos os problemas e por tudo que eu não disse. Eu nem pude agradecê-lo pelos momentos que passamos porque o senhor foi civilizado demais em sua desistência.

— Eloisa. — Ele deu um passo para perto dela e, como falou baixo, era provável que só Georgia o tivesse escutado a chamando assim.

— Não me chame pelo nome agora. — Ela levantou a mão e mesmo assim

Encontre-me ao Entardecer 261

não percebeu que estava só com uma das luvas, um dos motivos para aquelas duas maldosas estarem rindo. — Eu achava que não era adequada o suficiente, e você me convenceu do contrário.

— Nós dois vamos sair daqui e eu vou levá-la para casa — disse ele.

— Não vai não. Já que desistimos em comum acordo, o senhor não pode me levar para casa.

Agora foi ele que não gostou nem um pouco do andamento daquela conversa, se é que dava para ele ficar ainda mais preocupado.

— Eu não permito que você desista. De mais nada — avisou.

— Você não tem que permitir nada. Foi você que desistiu primeiro e nunca mais foi me ver. Toda aquela história de me visitar era mentira!

— Eu nunca menti para você, Eloisa. Eu falei a verdade quando disse que não estava pronta para deixar sua posição por mim. Você não estava.

— Eu pareço que não estou pronta agora? Acabei de arruinar toda a minha suposta posição ao vir até aqui só para lhe dizer que está enganado.

— Eu gosto de me enganar em determinados assuntos.

— Mas você desistiu de mim e de todo o drama que o cansou. Eu entendo, cansaria qualquer um. Porém, acreditei quando disse que nada disso o faria partir. — Eloisa sentiu Georgia puxando a manga do seu vestido; provavelmente a atenção que estavam chamando já estava demais.

Georgia conseguiu puxá-la para tirá-la dali, mas Eloisa se virou.

— E o senhor não será feliz com ela. Sou tola e, mesmo quando acaba tudo, eu ainda me importo. E sei que não será feliz, é melhor procurar outra. Essa moça claramente não serve para você. De estoico, já basta o senhor. Trate de encontrar alguém que pareça mais com o seu oposto.

Ela ia embora, mas ele foi mais rápido e a segurou pelo pulso descoberto pela luva, mantendo-a no lugar enquanto Georgia tentava levá-la. Isso chegava ao nível de a ter abraçado nos jardins dos Warrington, mas ali havia mais gente, e eles já estavam no meio de um problema.

— Deixe-me apresentá-la a...

— Isso não me importa — disse ela, tentando dar um passo para trás.

— Minha prima, Lady Norma. Chegou a Londres há poucos dias, não conhece ninguém além dos familiares.

Norma estava entre apavorada e surpreendida. Ela era mesmo empertigada e jamais, de forma alguma, por motivo nenhum, teria coragem de ir até ali confrontar um homem sobre como eles "terminaram" seu envolvimento. Ainda assim, apesar de Harriet ter feito sua caveira e das outras já terem lhe dado um apelido, ela não era má. E seu terror pela situação estava acompanhado de certa fascinação.

Seria bom para ela conhecer pessoas mais soltas e menos atreladas a todas as regras do mundo sobre etiqueta. Pessoas como Eloisa, Georgia e até sua prima, Agatha. Norma achava que Eugene era um cavalheiro extremamente controlado e adequado. Acabara de descobrir que nem tanto assim. E também não era um completo erro assumir que Eugene estava acompanhando outra dama.

Na cabeça dele, não estava, pois, para Eugene, acompanhar uma dama em quem poderia ter interesse e acompanhar uma prima que precisava de auxílio eram situações diferentes. Mas os pais de Norma achavam que os dois combinavam e não faria mal que passassem um tempo juntos.

Eloisa soltou o braço e deu um passo para trás, com Georgia a ajudando a conseguir uma rota de fuga. Eugene soltou seu pulso, mas continuou olhando-a seriamente. Estava mortificada, queria sair dali. Ainda não notara a falta de uma luva, mas, desde que entraram, estavam com aquela sensação de não terem se trajado como o evento pedia e, para piorar, ainda causavam uma situação.

— Acho melhor levá-la. — Ele não parecia nem um pouco disposto a deixá-las partir.

— Eu já tenho acompanhantes — respondeu ela, dando outro passo.

Ele pouco se importava com as acompanhantes que ela trouxe, apenas sabia que Eloisa não ia entrar ali, fazer essa cena, decidir que estavam "desistindo" e depois fugir impune.

— Você não vai me apresentar? Entendo a necessidade de esclarecer que não está a ponto de levar sua prima ao altar, mas eu ainda mereço uma nota de adição. Ou vou ter que me apresentar no meio do ato? — perguntou o senhor que estava no pequeno grupo deles e que se aproximou também.

— Esta é a Lady Eloisa Durant, prima de Lorde Perrin. — Eugene deu um passo como se fosse capturá-la antes que ela fugisse. — E este é Betancourt, meu pai.

Georgia quase caiu dura, e Eloisa a segurou pelo braço. Elas estavam tão absolutamente encrencadas. Não ia dar para se livrar dessa. Ambas queriam

Encontre-me ao Entardecer 263

morrer agora, mas tinham que parecer ótimas, apesar do que já haviam aprontado.

— Saímos correndo ou nos curvamos? — Georgia sussurrou, aflita e falando rápido demais.

— Sua Graça. — Eloisa fez a leve mesura, e Georgia só imitou, incapaz de falar, seu pensamento já estava na parte em que sua mãe ia saber disso. — Foi uma honra conhecê-lo. Lamento não nos vermos novamente, desculpe pelo transtorno.

Elas deram passos lentos para trás e, quando parecia ser adequado, se viraram e entraram no meio dos convidados, furando a barreira dos corpos que as atrapalhavam e fugindo dali o mais rápido que o adequado permitia.

— Por que demoraram tanto? — perguntou a tia, se apressando para acompanhá-las. — Não era apenas para chegar e pegá-lo dançando com outra?

— Não foi assim tão fácil — respondeu Eloisa.

Elas efetivamente seguravam o tecido do vestido com as pontinhas dos dedos para ninguém notar o que faziam, mas dava uma diferença de poucos centímetros que permitia que seus pés cobertos por sapatilhas se movimentassem mais rápido.

— Eloisa! — Ela escutou seu nome, e sabia muito bem que só havia um homem ali que o usaria.

Ela empurrou Georgia e a tia para entrarem na carruagem e se virou, bem a tempo de Eugene a pegar pelos braços, pronto para não deixar que escapasse.

— Por que fez isso? — indagou, entre surpreso e indignado.

— Eu não sei terminar civilizadamente como adultos maduros e corretos.

— Por Deus, nem eu! Não com você.

— Mas foi o que você fez.

— Eu não terminei nada e tampouco desisti. Eu nos dei um tempo. Em alguns dias, talvez, você desistisse dessa maldita ideia de ter que voltar para a terceira temporada.

Eles levaram um susto quando uma sombrinha bateu bem no meio do rosto dele.

— Deixe-a em paz, seu brutamontes! Volte para sua outra dama! — dizia Thea, brandindo o guarda-chuva todo enfeitado e com rendas nas pontas.

Eugene se abaixou e evitou outro golpe. Georgia tentava agarrar a tia, mas o espaço da portinha era muito estreito.

— Pare com isso, tia! Ele não a está obrigando! — As mãos de Georgia apareciam por trás, tentando agarrá-la.

— Eles estão brigando! — teimou Thea. — Vou defendê-la desse brutamontes!

— Não estão! Ela quer falar com ele! — Georgia conseguiu puxá-la para dentro.

Eloisa se recuperou do choque do guarda-chuva, e Eugene apenas esfregou o nariz dolorido antes de se concentrar nela novamente.

— Você nos deu um tempo e foi dançar pelos bailes da temporada com outra!

— Ela é só minha prima.

— Primos se casam desde que o mundo é mundo! Eu garanto que os pais dela pensaram nisso!

— Ela só precisava ser apresentada. Você sabe como as coisas funcionam.

— Não, eu não sei! Eu sei que esteve dançando com outra mulher quando, na verdade, prometeu que me levaria para dançar em todos os bailes! — Estava estampado na face dela o quanto isso a deixava enciumada.

Eugene abriu as mãos no ar e olhou-a seriamente.

— Isso é totalmente inútil, Eloisa! Você vai deixar tudo aqui por mim? Agora? Bem no ápice da temporada, quando são marcados os eventos mais importantes? Vai se passar quase um ano até voltar para sua tão sonhada terceira temporada, quando tomará suas decisões, e eu ainda não sou uma delas. — Ele pausou e balançou a cabeça. — É por isso que acabamos aqui. E por isso precisamos de um tempo, porque, em um ano, não serei eu a desistir primeiro.

Então, eles não iam terminar civilizadamente, iam terminar na incerteza. Ela ainda sentia medo. Para falar a verdade, tinha se preparado para nunca se casar ou se conformar com uma relação aceitável entre duas pessoas que não se amavam, mas eram amigáveis. E estava buscando alguém que pudesse lhe ser agradável. Então, ele vinha e destruía todo esse plano e lhe oferecia o amor arrebatador que ela sempre quis antes das maiores decepções que mudaram sua vida.

Encontre-me ao Entardecer 265

Eugene tinha certeza demais para conseguir manter mais esses meses finais da temporada se envolvendo em algo que não mudava. E não sabia se ela simplesmente decidiria que não seria ele. Temia que, no fim, Eloisa perderia para o medo e voltaria para uma terceira temporada. E então buscaria algo menos perigoso do que se apaixonar novamente.

Ele seria muito magoado se descobrisse que os sentimentos dela por ele não eram assim tão fortes.

Não fazia muito tempo que tudo era diferente, ela teve certeza e tudo desmoronou mais de uma vez. Eugene não teve oportunidade de ficar confuso, mas tinha outra certeza: a de que nunca mais estaria na posição em que estava agora.

— Nós temos que ir embora! Tenho certeza de que o resto da família já notou que fugimos! E aprontamos um bocado em um baile para o qual nem fomos convidadas! — exclamou Georgia, da portinha da carruagem.

Eugene ficou esperando que ela entrasse e fosse embora em segurança, porém, ela voltou até ele, que se aproximou para encurtar o caminho.

— Eu não preciso voltar para uma terceira temporada — Eloisa disse baixo, inclinando a cabeça para encará-lo.

— Então não volte — pediu ele.

Eloisa levantou a mão para tocá-lo, mas foi leve demais, sobre a camisa, o colete e a casaca, e ele nem sentiu. Eugene foi rápido e segurou sua mão, justamente a que estava sem luva. Ele a apertou, depois soltou e passou o braço em volta dela, pressionando a contra seu peito, o que a aqueceu imediatamente.

— Você está gelada, vamos.

Os dois voltaram para a carruagem, onde Georgia acenava para irem logo.

— Se tiver certeza antes do próximo ano, eu ainda estarei aqui — ele murmurou e a soltou, depois lhe ajudou a entrar no veículo.

A carruagem partiu imediatamente. Elas teriam que usar o tempo do percurso para inventar uma boa história para o sumiço.

Capítulo 25

— Nós estamos encrencadas, mocinha — declarou tia Rachel, sentada na sala da casa de Lady Daring.

— Temos que criar algum plano de contenção — opinou Lady Lorenz.

— Especialmente se pretendemos chegar ao final da temporada — adicionou Lady Balwin, e se serviu de mais biscoitos.

Lady Ferr deu um tapinha na mão dela, pois, quando ficava nervosa, não parava de mastigar.

— Eu não me importo de não ser convidada para tantos eventos. — Eloisa cruzou os braços e virou o rosto.

Tia Rachel puxou sua mão a fez descruzar os braços imediatamente.

— E vai ter que ser um modelo de postura, se quiser parecer que nada do que aconteceu é o que parece — completou a tia, soltando os braços dela e descansando suas mãos sobre seu colo, numa pose polida e perfeita.

— Não vai ser fácil — começou Lady Daring. — Nós estamos há duas temporadas e meia desviando e nos equilibrando sobre a corda bamba dos rumores. E agora todos já descobriram que é verdade, que ela quase se casou com o Sr. Dunn.

— Na verdade, eles sabem disso, mas não sabem que isso é uma mentira. Ela não quase se casou com ele. Agora, as pessoas acham que ela teve um fim inexplicável de um suposto compromisso com o Sr. Dunn. Compromisso este que nunca existiu, mas, pelo menos, o maldito rapaz não fez mais do que sua obrigação ao corroborar essa história e ainda dizer que foi ela quem o dispensou — opinou Lady Ferr.

— Isso só é bom por um lado — lembrou Rachel. — Pois agora pensam que ela dispensou dois pretendentes, ambos em situações pouco explicadas.

— Pouco explicada coisa nenhuma — protestou Eloisa. — Eles acham que dispensei o Sr. Gustin porque não o queria mais após a morte do meu pai. E que

Encontre-me ao Entardecer 267

meu primo não o achou de acordo com minhas necessidades. Apenas minha história com o Sr. Dunn é nebulosa. E se ele quer reparar alguma coisa, precisa continuar dizendo que foi dispensado do suposto compromisso. O que, no fim, é bom para ele também, assim ninguém saberá do seu passado desonroso.

— Em meus livros, isso a tornaria uma jovenzinha concorrida que já deixou dois pretendentes para trás. — Lady Daring revirou os olhos. — Ela pode até se gabar por ter rejeitado dois partidos enquanto outras pobres moças não conseguem encontrar um nem se usarem um bolo de três andares na cabeça.

Algumas deram risadinhas, mas outras balançaram a cabeça, ainda preocupadas em resolver o problema atual.

— O que não atrairia nenhuma simpatia para ela. Lembram de como tratavam a Srta. Bradford por ela ter todos os pretendentes do país aos seus pés? Eles a odiavam e inventavam e aumentavam todos os boatos sobre ela. Era terrível de ver e escutar — lamentou Lady Lorenz. — Só pararam quando o duque negro anunciou o noivado com ela. Agora, todos só faltam beijar os pés dela.

— Ora essa, foram só dois pretendentes e nenhum dos dois é o *crème de la crème* da sociedade, como eram os partidos da Srta. Bradford. O Sr. Dunn é um fulano, filho de um aristocrata rural que ninguém nem sabe por que tem um título de conde. E o Sr. Gustin, por favor, um dos motivos para ele ter ficado obcecado por Eloisa é exatamente porque jamais terá uma noiva à altura. Ele só entrou nisso por causa da... — Ela pausou e pediu desculpas a Rachel. — Imbecilidade do falecido barão, que Deus o tenha — concluiu Lady Lorenz, que era a pessoa que menos falava do grupo, mas também dizia tudo que precisava.

Elas concordaram e o silêncio momentâneo durou um minuto enquanto cada uma bebia de sua xícara ou mastigava um biscoitinho ou dois. Apenas Eloisa permanecia recostada na cadeira, com o cenho franzido e revoltada por ser a mais prejudicada de toda a história, outra vez.

E novamente, não cometera nenhum grande pecado. Ao menos, dessa vez, ninguém a obrigaria a nada, e tinha aquelas senhoras ao seu lado, se preparando para qualquer eventualidade.

— O escândalo naquela sala do baile não passou totalmente despercebido. As pessoas estão comentando que nós estávamos envolvidas em alguma alteração ali dentro, junto com o Sr. Gustin, o Sr. Sprout, Lorde Hosford e Eloisa. Agora, até o pobre Sr. Sprout está envolvido na história — lembrou Lady Ferr.

— Aliás — Lady Baldwin descansou sua xícara e voltou a ficar ereta. —

Aquele homem está preso no fundo do Tâmisa ou conseguiu deixar a cidade a tempo? Até hoje, ninguém me disse nada.

— Da última vez que vi Lorde Hosford, ele me garantiu que o Sr. Gustin havia partido e não nos importunaria mais. No entanto, eu fiquei sem jeito de lhe pedir para especificar se "partido" significava que ele partiu da cidade ou se havia partido daqui para o inferno. — Rachel abriu as mãos como se não pudesse fazer nada.

— Bem, vamos esperar — disse Lady Ferr. — Se o corpo não aparecer e um aviso de falecimento não for publicado, saberemos que ele está escondido na propriedade do pai.

Voltou a acontecer aquele breve silêncio em que cada uma se ocupava com sua xícara; Hoje estavam todas aproveitando o chocolate quente em mais um dia chuvoso. Eloisa bebeu um pouco, mas continuava irritada com a perspectiva.

— Vamos ser sinceras aqui, senhoras. Não temos como salvá-la — declarou Lady Baldwin. — Não é possível desmentir algo que aconteceu na casa dos Powell. Depois de abraçar o futuro duque de Betancourt e fazer uma cena em frente ao próprio e atual duque em pleno baile de aniversário de Lady Powell, confrontando abertamente Lorde Hosford sobre o envolvimento deles, acho melhor todas nós sairmos em uma viagem. A menos que ela tenha outros planos.

As cinco senhoras se viraram para olhar Eloisa.

— Estou pouco me importando com o que eles acham. Eu iria lá quinhentas vezes e diria tudo que eu disse a Lorde Hosford! Não passei por tudo isso para terminar sendo tão civilizada. — Ela deixou sua xícara, se levantou e foi para perto da janela.

As senhoras levaram mais um momento bebendo seus chocolates, e Lady Daring serviu mais um pouco da chaleirinha que o estava mantendo aquecido.

— Eu não creio que essa história acabará aqui — Lady Ferr disse baixo e tocou a mão de Rachel. — Acho melhor inventarmos a mentira agora, assim dá tempo de memorizarmos, especialmente para aquelas de nós que já estão com a memória debilitada.

— Por que está olhando para mim? — indagou Lady Lorenz. — Minha memória está afiadíssima! Inclusive, eu me lembro que você estava com esse mesmo vestido quando o nosso lanche foi na minha casa.

— Mas que observação deselegante, Sylvia — ralhou Lady Ferr, alisando o

Encontre-me ao Entardecer 269

corpete de seu vestido. Ela gostava muito dele.

———

— Eu continuo achando que isso é uma péssima ideia — avisou Kit, descendo da carruagem em frente à casa dos Harwood.

— Shhh, fale baixo. — Eloisa não saiu da carruagem, mesmo assim se mantinha bem escondida sob o seu chapéu, não querendo ser vista por ninguém.

O mordomo o atendeu e, aparentemente, Kit estava lá para ver Agatha. Quando percebeu que Kit estava sem companhias e ele disse que precisava *admirar* seus amigos, Eloisa pensou se não seria bom que ele conversasse mais com Eugene, e quem sabe assim até encontraria novos conhecidos. Eles ainda não eram amigos, claro, mas o fato de interagirem fez com que Kit conhecesse Agatha e não parecesse tão estranho que estivesse ali.

— Ainda bem que veio! — animou-se Agatha, entrando na carruagem e pegando as mãos de Eloisa. — Fiquei com medo de não a ver mais, ou que resolvesse...

Eloisa segurou as mãos dela, mas estava surpresa.

— Não era para deixá-la vir para a rua. Eu nem sei se ela pode sair sozinha.

— Estamos só na frente de casa — protestou Agatha, que sequer estava trajada para sair, usando um simples vestido para atender às suas necessidades domiciliares.

Kit se inclinou para dentro e a olhou.

— Você já conversou com essa menina? Ela é impossível e tem um jeito de descobrir as coisas; ela sempre consegue. — Ele estava digno de pena.

— E o senhor fique sabendo que não sou mais uma menina. — Ela empinou o nariz ao olhá-lo. — Já fiz dezoito anos. Aliás, o senhor não é tão mais velho do que eu. Pelo que sei, ainda tem vinte e dois anos. Somos todos jovens.

— Eu sei que não é uma criança, pois criança alguma poderia se comportar como a senhorita sem ficar de castigo ou levar umas palmadas. O que direi ao mordomo agora que a raptei? Ele pensa que saímos juntos, desacompanhados e só Deus sabe para onde pensa que a levei.

— Acalme-se, ele sabe que a carruagem está parada aqui.

— Se a senhorita é tão adulta, já devia saber que não pode ficar sozinha comigo numa carruagem.

Agatha teve a decência de corar levemente com o tom dele, e Eloisa resolveu interferir.

— Vocês fugiram? — arriscou Eloisa.

— Ela fugiu — acusou Kit. — E vem me dizer que não é uma...

— O senhor não ouse. — Ela levantou o dedo para ele.

— Vejo que está mais amigo de Agatha do que de Lorde Eugene — comentou Eloisa.

— Não somos amigos — os dois responderam em uníssono.

— Ele é bem o que eu esperaria de companhia para o meu irmão: um chato.

— Kit, chato? Jamais! Eu o indiquei para o seu irmão exatamente para ele aprender alguma seriedade — respondeu Eloisa, franzindo o cenho, mas achando graça.

— Kit? — Agatha perguntou, antes que ele pudesse falar. — Você o chama de Kit? — Ela riu. — Por quê?

— É um privilégio apenas dos meus amigos mais íntimos. — Ele realmente a estava censurando com o olhar, algo que Eloisa não o via fazer, a não ser com seus familiares.

— Ele se chama Christopher. Quando criança era Kit, então...

— Eu não sabia que esse era o seu nome, só o conheço por Sr. Burnett — disse Agatha.

Kit voltou para o lado de fora.

— Andem logo com isso. — Ele fechou a portinha.

Agatha tornou a se virar para ela.

— Eu fico muito feliz que tenha vindo me visitar, mas por que não entrou? Eu já posso receber.

— Eu não posso ser vista aqui. — Eloisa olhou para o colo. — Ainda mais depois do que aconteceu na casa dos Powell. Agora todos já sabem que fui lá confrontar o seu irmão e creio que estou um tanto... em baixa. Ou talvez rejeitada pelos meus maus modos. Quem sabe até esteja banida para não ser uma má influência.

— Eu a achei tão corajosa! E se pudesse, faria a mesma coisa. É muito chato termos de ficar apenas sentadas em nossos cantos, aceitando o que nos acontece enquanto os homens têm toda a liberdade para tomar as decisões.

Encontre-me ao Entardecer 271

— E nós ficamos apenas com as consequências, a culpa sempre sobra para nós — concordou Eloisa. — Eu decidi que, se íamos terminar nosso breve envolvimento, não seria civilizado como pareceu ser. No entanto, não saiu exatamente como eu imaginava. E era para ele ter ficado lá dentro, não ter ido atrás de mim.

— Você não o quer? — Agatha estava a ponto de chorar. — Eu acreditava tanto em vocês, pensei que... quando apareceu lá, eu pensei que... pensei...

— Não! — Eloisa apertou a mão dela. — Quero dizer, onde ele está? Será que poderia lhe dizer que preciso vê-lo? Eu não queria mandar uma mensagem.

Agatha se recuperou imediatamente e fungou, apenas para afastar as lágrimas.

— Creio que terá de ser uma carta. Ele partiu.

— Partiu? — Agora sim ela soltou uma exclamação digna de nota. — Partiu para onde? — Seu tom era desespero puro.

— Bem, para resolver uns assuntos. Aqueles assuntos chatos que agora ele precisa resolver, coisas com terras, arrendatários e tudo mais. E depois disse que iria para casa, pois estava cansado e não tinha mais paciência para a temporada.

— Então ele não vai mais voltar depois de resolver esses assuntos?

— Não. E ele me disse que, se você se decidisse e resolvesse não retornar para uma terceira temporada, saberia para onde enviar a carta para avisá-lo, pois ele estará em casa.

— Aquele maldito!

— Imagino que, pela sua reação, não se decidiu. — Agatha estava triste outra vez.

— Eu tinha coisas para falar com ele.

— Ia lhe dizer que vão ficar juntos?

— Íamos descobrir...

— Acho que ele está magoado. — Agatha fez uma expressão triste para acompanhar sua declaração. Era sua chance de interferir no assunto sem o irmão por perto para impedi-la. — Sabe como é o meu irmão, tem sido muito difícil para ele ter de lidar e admitir todos esses sentimentos. É a primeira temporada que ele comparece após se recuperar dos ferimentos. E ele foi se encantar logo por uma dama tão incontrolável como você.

— Incontrolável? — Eloisa não sabia o que sentir com essa denominação.

— Não pode negar que você não é uma paixão fácil de ter. E meu pobre irmão não estava preparado.

Eloisa achava que Eugene não tinha nada de "pobre irmão" em seu ser. Mas não ia estragar a ilusão de Agatha.

— Você poderia lhe escrever. Combinar algo... — O tom de sugestão de Agatha não poderia ser mais óbvio.

Kit abriu a portinha e as olhou.

— O mordomo está vindo com o que eu acredito ser um segurança da sua casa, pois ele é bem grande. Porém, ele mandou o seu leão de chácara aguardar quando percebeu que estou do lado de fora da carruagem. Acho melhor aparecer aqui.

Ele deu a mão para Agatha, que saiu e encontrou o mordomo. Eloisa apareceu brevemente, ainda bem escondida pelo chapéu, para mostrar que era com ela que a moça estava conversando.

274 LUCY VARGAS

Capítulo 26

— Milorde, tem uma carruagem chegando — disse a Sra. Darby, ao bater na porta do quarto de Eugene.

Ele saiu logo depois, terminando de fechar seu colete e carregando a casaca, imaginando se precisaria receber alguém. Talvez fosse apenas sua irmã rebelde que resolveu que não ficaria na cidade sem ele, mas Eugene não tinha essa sorte. Era o seu pai, que resolvera sair da toca e visitá-lo. Já haviam tido uma conversa em Londres, mas ele deixara a propriedade do irmão, que agora era sua, e voltara para o lugar que considerava sua casa. Já imaginava que teriam novamente aquela conversa sobre ele ter de assumir tudo.

Os dois nunca iriam concordar. Eugene não queria a casa do irmão, sequer gostava do lugar. Teria de mudar tudo para tirar aquela impressão de que estava ali como hóspede. Eles tinham gostos diferentes para tudo e agora ele já estava mudando boa parte do sistema da propriedade, desde regras até impostos e a forma como os arrendatários plantavam.

Eugene até contratara botânicos de Cambridge para melhorarem essa parte, porque era um militar, não um senhor de terras. E assim, queria suas estratégias e planos bem executados para aprimorar tudo. Afinal, seu irmão também tinha interesses diferentes de sua propriedade. Ele foi um maldito espião. E ninguém sabia. Eugene jamais contaria.

Arwood, sua casa, era menor e tinha um administrador que sabia o que estava fazendo; ele estava feliz ali. E, de qualquer forma, não levava muito tempo para chegar à verdadeira casa do visconde de Hosford, que agora lhe pertencia. Poderia ir lá a curtos intervalos. Mesmo assim, o lugar também não era grande, pois era só a segunda propriedade, afinal, quem fosse o dono dela, uma hora ou outra acabaria com um problema enorme nas mãos. Burton House, a morada do duque de Betancourt, ficava longe o suficiente dali para Eugene não saber por que seu pai viera visitá-lo agora.

Ele estava com um problema enorme nas mãos, pois, agora que era o único

Encontre-me ao Entardecer 275

filho, ficaria com as três propriedades e esperava muito que seu pai tivesse uma vida longa e assim Eugene teria tempo para estudar melhor suas possibilidades e formas de manter os locais. No entanto, era provável que abrisse mão de uma delas para investir em mercados mais promissores; disso ele entendia melhor. Se não tivesse partido para o exército, esse seria seu foco. E agora que não podia voltar a lutar, estava investindo sua mente nesses assuntos. Enquanto esteve em Londres, ele teve boas conversas sobre isso.

Antes de sair, ele agarrou sua bengala, que estava ao lado da porta, e aproveitou o apoio dela para ir rapidamente. Ele mal havia saído da casa e a carruagem já parara bem à frente da varanda. Porém, ao invés de ir oferecer o apoio ao pai para descer, ele estacou ao ver Eloisa sair da carruagem e parar no degrau. Ela estava enrolada num xale, segurando-o à frente do corpo para mantê-lo no lugar, e estava claro que viajara durante parte da noite, pois parecia gelada e descomposta.

Na última vez que ele a viu com o cabelo solto, ela estava toda molhada e com o vestido sujo de lama, mas foi ali mesmo naquela casa. Só que, naquela época, eles nem imaginavam a que ponto chegariam. Talvez ele, na privacidade dos seus aposentos, tivesse pensado sobre isso na época do incidente, mas ela estava ocupada demais para isso.

— Espere. — Ele encostou sua bengala, desceu os degraus e foi até a carruagem. Parou à frente dela e a segurou, tirando-a dali e levando para a varanda, evitando que ela molhasse as sapatilhas finas ao pisar no solo molhado da chuva da madrugada.

Eloisa tornou a apertar o xale em volta de seus ombros e abriu um sorriso para ele assim que Eugene parou à sua frente, apenas a observando como se ainda precisasse ter certeza de que ela estava lá. Sinceramente, ele até olhou para trás, imaginando que seu pai sairia da carruagem ou sua irmã também pularia de lá e começaria a rir da sua cara de bobo.

— Veio me ver antes de ir para casa? — arriscou, mas queria perguntar como ela chegara ali sozinha, a menos que estivesse vindo de casa. O que obviamente não era o caso.

Dessa vez, ela negou e o olhou seriamente:

— Eu deixei a temporada para trás e qualquer chance de consertar tudo que aprontei lá. E cancelei meus planos para uma terceira temporada. Simplesmente larguei tudo em Londres. Na verdade, eu fugi. Sozinha. Destruindo todas as minhas chances de salvar um pouco da minha reputação de jovem dama à procura de um marido adequado. Especialmente depois de tudo que aprontei nessa temporada. — Parou e voltou a puxar o xale, apertando-o em volta dos seus braços.

— Ou que aprontaram com você — ele adicionou, e levantou a mão esquerda para puxar seu xale, ajeitando-o em seus ombros.

Sua mão direita apertava o topo de sua bengala com tanta força que, se não fosse da melhor madeira, reforçada e trabalhada, era capaz de rachá-la. No momento, ele não conseguiria largá-la por nada, ao menos não até Eloisa terminar de lhe dizer por que estava ali. Ele achava que a tinha escutado dizer que cancelou sua terceira temporada, mas talvez seus ouvidos estivessem querendo escutar isso. E ainda bem que ele havia recuperado sua bengala, era provável que fosse precisar do apoio dela, independentemente do que ela terminasse de lhe dizer.

Antes que ele dissesse algo mais, ela continuou, pois tinha que falar tudo antes que desse errado ou tivesse que partir ou que ele a mandasse embora por ela ter acabado de confessar que fugiu.

— Eu fugi porque, depois do que fiz, eu não queria mais ficar lá fingindo. E agindo como se nada tivesse acontecido. Tudo aquilo aconteceu. Você aconteceu. E, quando eu vinha aqui passar meu tempo com você, não achei que um dia eu deixaria de ser só a prima do seu melhor amigo. Mas, no fim, pensei que poderíamos ser amigos, antes de eu ter que me casar. Agora não quero mais vir aqui apenas visitá-lo e perguntar como vai sua saúde. Aliás, o senhor tem abusado?

— Não uso a bengala só quando abuso — ele disse rápido.

— É um acessório charmoso, gosto dela. Daquela outra que usa a noite, mais escura, também gosto. Ou daquela bem rústica, que leva presa à sela do seu cavalo. Imagino que ainda tenha outra em sua carruagem. Gosto que seja prevenido, pois não sou nem um pouco. Gosto até quando a deixa para trás e sai arrastando outro homem para afogá-lo numa fonte, mas confesso que foi um tanto chocante no início.

— Ele está vivo. — Eugene finalmente conseguiu soltar um pouco o aperto na bengala; seus dedos já estavam dormentes.

— Sim, eu soube. Porém, quero que saiba que eu ainda o culpo por não me levar para dançar todas as vezes que prometeu. Também não me visitou tanto quanto eu gostaria. E deveria ter me levado para passear mais vezes. Eu ficava

Encontre-me ao Entardecer 277

lá esperando durante as tardes que passava em casa. No entanto, mesmo com todas essas quebras... — Ela pausou e adicionou espirituosamente: — E creio que os meus problemas interferiram nos seus planos iniciais. Ainda assim, o senhor conseguiu o que queria. Eu atrapalhei sempre que pude, porque... bem, todos têm defeitos.

— O que eu queria?

— Não lembra mais o que queria? — Ela ficou muito preocupada com isso.

— Quero que repita para ter certeza de que sabe bem o que eu lhe disse que queria.

— O senhor queria me cortejar sem escrúpulos e hesitação até que eu cedesse. Tudo teria corrido bem se todas aquelas situações e pessoas indesejáveis não tivessem aparecido.

— Eu duvido que tivesse conseguido o que queria se nada disso acontecesse.

— Não sei bem, passei por situações muito difíceis e estou terminando essa história como uma fugitiva que, no momento, não é uma boa influência para damas decentes da alta sociedade. E, ainda assim, não me arrependo nem por um minuto. Pode ter conseguido o que queria, pois, mesmo dando errado na maior parte das vezes, ainda me seduziu. Certamente me conquistou. Mas eu também consegui o que almejava desde sempre. E já que foi a Londres me encontrar, voltei para casa somente para encontrá-lo. Não tenho nenhum outro motivo para vir até aqui além de lhe dizer que não quero voltar para uma terceira temporada, quero ficar aqui com você.

Eugene finalmente conseguiu soltar a bengala. E Eloísa já estava pronta para recomeçar a falar, pois não conseguiu dormir na carruagem e teve tempo demais para arquitetar tudo que diria. Porém, ela mordeu o lábio quando ele a tocou e logo depois escutou o som da bengala tombando no chão. Ele a segurou pelos ombros e a beijou. Eloisa soltou o xale e segurou nos dois lados da casaca que ele não fechou. Quando ele subiu as mãos pelo seu pescoço e a acariciou, o xale caiu, mas foi como a bengala, ninguém se importou.

— Você não quer me deixar terminar? — murmurou. — Eu ensaiei a viagem inteira.

Ele passou as mãos pelo cabelo dela, afastando-o de seus ombros. Ainda estava parcialmente preso atrás, mas todo o resto se desfizera e ele o empurrou para suas costas.

— Eu também pensei muito no que lhe diria quando a encontrasse em Londres, mas esqueci tudo. — Eugene levantou o olhar para ela, mas voltou a prestar atenção em seus lábios; no momento, só conseguia pensar em beijá-la.

— Já não lembro o que mais ensaiei. — Ela piscou algumas vezes e também ficou olhando para os lábios dele. Sua atenção se perdeu quando ele colocou a mão quente por baixo do seu cabelo, cobrindo a pele do pescoço, e a afagou, trazendo-a para ainda mais perto. Isso com certeza ajudava a aquecê-la. — Acho que disse um bando de...

Era bom que Eloisa não soubesse o que achava ter dito, porque esqueceu assim que ele a beijou novamente. Ela colocou as mãos por dentro da casaca dele, mantendo-as aquecidas no calor do seu corpo, e ele a abraçou, mas ela gemeu em protesto e buscou a mão dele, devolvendo o toque sobre a sua pele.

— Seu toque sobre a minha pele é quente. — Ela sorriu levemente. — Eu gosto.

Eugene colocou as duas mãos nos ombros dela, no espaço que o vestido de mangas compridas permitia, depois segurou seu pescoço e beijou seus lábios novamente. Eloisa apertou os dedos contra o tecido do colete e pendeu a cabeça. Eugene beijou o contorno da sua mandíbula até perto da orelha, e a boca dele com certeza era ainda mais quente do que seu toque.

Eles voltaram a se beijar com muita avidez quando ouviram alguém parado atrás dele, emitindo sons discretos, até que houve um limpar de garganta mais pronunciado.

— Desculpe interromper, milorde. Devo mandar que levem a bagagem da dama para dentro?

A voz da Sra. Darby era inconfundível, assim como suas inflexões, seu sotaque campestre do norte inglês e os tons que usava para dar ênfase a determinadas palavras. E tudo isso fez Eugene querer rir. Ele não a via, pois estava de costas, mas podia imaginá-la parada ali na porta, com as mãos juntas à frente do corpo em sua melhor pose de governanta. E com certeza estranhando que ele estivesse beijando alguém em plena varanda, quando ela nunca o viu levar mulheres para lá.

Eugene olhou Eloisa e ergueu as sobrancelhas, pois ela precisava responder se ficaria ou se continuaria a fuga para sua antiga casa, que não era longe dali. Quando ela assentiu, ele se virou para a Sra. Darby.

— Sim, por favor, peça para que levem tudo para dentro. — Ele olhou a

Encontre-me ao Entardecer 279

carruagem; para falar a verdade, não havia muito: uma caixa com os chapéus, alguns itens pessoais e uma mala mediana.

— Não é fácil fugir com vários pertences — Eloisa disse baixo, ainda atrás dele.

— Imagino que não. — Ele deu alguns passos e recuperou sua bengala e o xale dela do chão.

A Sra. Darby, porém, não se moveu. Na verdade, soltou aquele som de susto e descoberta e deu um passo à frente.

— Lady Eloisa! Há quanto tempo não a vejo! Como é bom vê-la em tão boa saúde e de volta a... — Ela até abriu a boca para a próxima palavra, mas subitamente se deu conta de que era ela que Eugene esteve beijando com tamanha dedicação. — Eu... bem... não podia imaginar vê-la tão repentinamente, mas estou muito feliz. A senhorita está belíssima.

Eloisa apenas sorria, ciente de que a governanta sabia que ela estava aprontando alguma coisa. De novo. Pois a última vez que a Sra. Darby a viu foi quando ela visitou Eugene antes do seu quase casamento, mas o que ficou mesmo na memória foi a governanta a ajudando a se secar e limpar da chuva e da lama e a colocar o vestido limpo que veio de casa.

— É muito bom vê-la novamente — cumprimentou Eloisa, abrindo um sorriso.

Eugene colocou o xale em volta dela novamente e a levou para dentro da casa. A Sra. Darby tinha acendido a lareia na sala de jantar e servido parcialmente o café da manhã, apenas os esperando para trazer pratos quentes. Ela mandou levarem a pouca bagagem de Eloisa para cima e, quando entrou na sala de jantar, os encontrou juntos novamente. E percebeu que iria passar por isso muitas vezes, ao menos naquele dia, e precisaria superar o embaraço.

— Ajude-me a prendê-lo. Na carruagem, ficava mais confortável, mas não para me sentar à mesa — pediu Eloisa, tentando resgatar os grampos em meio à massa de cabelo castanho que se soltara.

— Por quê? Nós estamos sozinhos. — Ele tentava encontrar os grampos também.

— A Sra. Darby — sussurrou ela. — Quero parecer uma moça comportada.

— Você estava me beijando na varanda da casa — lembrou ele, e conseguiu achar mais dois grampos.

— Foi você quem me beijou.

— Eu não a ouvi reclamar.

— Eu não reclamei.

Ele colocou os grampos no bolso e pousou as mãos sobre a pele exposta do começo das suas costas e da curva do pescoço. Eloisa pendeu a cabeça e sorriu levemente quando ele beijou seu rosto. Eugene viu enquanto ela fazia um coque e colocava os grampos que ele lhe dava. Com seu pescoço à mostra, ele não resistiu e beijou seu rosto novamente e depois a lateral do pescoço, causando-lhe um arrepio.

— Eu preciso me afastar ou vou me exceder. — Ele puxou sua cadeira e a esperou sentar.

A Sra. Darby entrou rapidamente com uma bandeja, e com o lacaio a seguindo com mais comida para o café da manhã.

— Eu sinto que não tenhamos mais variedade para lhe oferecer, mas milorde não se importa muito com o cardápio matinal. Ou melhor, o cardápio de uma forma geral seria considerado simples para um homem em sua posição. Um duque com o paladar de um soldado é algo que terá de ser corrigido — falou a Sra. Darby enquanto servia.

— A senhora poderia esperar o jantar para começar a reclamar de mim — disse Eugene, se divertindo.

— Não há tempo a perder, não sei até quando teremos visitas. E o senhor tem de se livrar desse paladar de militar em campanha. Não estamos mais em guerra.

— Também não sei, mas espero que dure. — Ele olhou para Eloisa.

Ela ficou apenas sorrindo, mas também não sabia o quanto poderia ficar; esperava que por tempo suficiente para chegarem a um acordo ou algo assim. A partir dali, ela imaginava que fosse simples, mas, como nada vinha se mostrando simples em sua vida, era melhor conter as expectativas.

Quando terminaram o café e saíram da sala de jantar, a Sra. Darby deixou o lacaio para limpar a mesa e foi com eles, pronta para ser útil e sem saber se devia se retirar ou bancar a acompanhante. Ela estava muito perdida com a presença de Eloisa, e mais ainda porque os dois estavam demonstrando um nível de intimidade muito acima do que ela podia lidar. Há dois anos, ela não lembrava de eles terem dado sinais de que as coisas mudariam assim.

Encontre-me ao Entardecer 281

E agora não sabia se devia deixá-los, pois, se já fossem íntimos demais, não faria diferença. No entanto, se não fossem, já que a jovem não tinha acompanhante, era dever dela proporcionar companhia adequada e cuidar para que não resolvessem ultrapassar os limites sob sua tutela.

— Mandei colocar os pertences da senhorita no quarto com vista para o jardim — informou a governanta. — Do outro lado do corredor.

— Muito obrigada, Sra. Darby — disse Eloisa.

— Imagino que a senhorita vá querer descansar no seu quarto, depois de uma viagem tão extenuante — completou ela. — Acabei de mandar que acendessem a lareira e levassem água para lá.

— Sim, eu gostaria muito. — Ela assentiu. Agora apenas segurava o xale, pois dentro da casa estava bem aquecido.

— E milorde certamente tem seus assuntos para tratar neste andar. Acho que o ouvi dizer que ia ter com o Sr. Grosby — continuou, falando do administrador.

— Tenho muitos assuntos para tratar, bem longe do quarto da minha convidada — respondeu Eugene, divertindo-se muito com a preocupação da governanta.

— O senhor se importa que eu me retire por algumas horas? — Eloisa o olhou e até piscou os olhos de forma coquete, encarnando sua versão adequada, bem-comportada e humilde.

— De forma alguma. Eu teria sugerido, mas felizmente tenho a melhor governanta da região — comentou, fazendo uma divertida alusão à preocupação da Sra. Darby com a situação.

A Sra. Darby até corou com o elogio, mas continuava perdida. Tinha pavor de atrapalhar, mas eles teriam de ser mais claros com seu grau de envolvimento; ela ainda não conseguira descobrir em que pé estavam.

Capítulo 27

Horas depois, Eloisa estava descansada da viagem e se trocou para ir investigar a casa. Era estranho estar hospedada em Arwood. Ela sempre conheceu a casa, ao mesmo tempo em que não a conhecia de forma alguma. Só andara pelo seu interior naquele dia fatídico e não prestara atenção em nada.

— Você deixou ao menos um bilhete de explicação para sua tia? — Eugene perguntou no minuto em que Eloisa se sentou ao seu lado no degrau da varanda.

Ela estava bem melhor, não estava mais pálida e nem com o semblante cansado, havia dormido por seis horas e agora ainda era o meio da tarde. Por causa do tempo, Robs, o cão da casa, havia ficado preso e só agora corria ao longe pelo gramado. Ele gostava de ir se aventurar no meio das árvores. Ele se tornara um animal muito aventureiro desde que Eugene se recuperara e voltara a caminhar.

— Sim, eu deixei um em cima da minha cama. Ela com certeza encontrará.

— Disse apenas que fugiu?

— Não, disse que fugi para casa. Sua casa é perto o suficiente para que essa pequena omissão de percurso não seja uma mentira. É como se eu estivesse em casa, posso chegar lá em pouco tempo.

— Espero que se sinta em casa.

— Eu acho que ela sabe para onde realmente fui.

— Por quê?

— Ela sabe que você está fora da cidade. E que eu o estava procurando, e bem... ela me conhece. Para onde mais eu fugiria?

Ele pausou por um momento e manteve o cotovelo apoiado no joelho enquanto olhava a extensão do campo até as árvores e sorria. Dali podia ver o local onde costumava sentar-se em seu período de recuperação. Naquela época, a caminhada até lá era um martírio que ele se obrigava a vencer diariamente. Ficava muito deprimido nos dias em que a dor era tanta que ele sucumbia antes de chegar lá.

— Gostei de ser a primeira opção. — Ele ainda sorria, agora mais discretamente.

Eloisa franziu o cenho e manteve as mãos sobre suas coxas, ajeitando o vestido no lugar.

— Mas você é a única opção. Eu não fugiria para nenhum outro lugar.

Agora que ela não estava mais com o vestido de manga comprida, ele tinha muito mais espaço para tocar e admirar. E assim que tocou seu braço, ela se aproximou e Eugene a beijou.

— Eu duvido que sua tia ficaria calma sobre você ter fugido para me encontrar se ela soubesse que quero beijá-la o tempo todo.

Ela deixou seu ombro se apoiar contra o braço dele e sorriu levemente.

— Acho que ela deveria ficar muito mais preocupada se soubesse que eu também quero beijá-lo o tempo todo. Resolvi que é uma das melhores formas de socializarmos.

— É mesmo? — ele questionou de um jeito divertido e curioso.

— Sim, se nos beijarmos por tempo suficiente, vamos nos conhecer muito melhor.

— E mais perigo você vai correr — ele comentou e ficou de pé. No momento, estava sem sua bengala, pois a tinha deixado ao lado da porta enquanto descansava ali.

Eloisa pulou de pé rapidamente e ajeitou a saia leve do seu vestido diurno.

— Vamos passear?

— É um convite?

— Sim. Vamos para lá. — Ela apontou justamente para o lado que ele esteve olhando e lembrando.

Eugene caminhou ao lado dela por um pedaço do gramado. Robs voltou e correu em volta deles, depois partiu na frente. Eloisa lembrava de como o cão ficava deitado perto da espreguiçadeira onde Eugene se instalava. Ela deu uma olhada em volta. Sempre achou que Arwood tinha um visual meio rústico, pois não havia muitas flores. A casa ficava no meio de um extenso gramado, com arbustos colocados em certos locais em volta dela. Havia árvores por perto, mas se multiplicavam após o gramado. Elas faziam uma divisão entre a casa e o resto da propriedade. Porém, na varanda, havia alguns vasos com flores de fácil cultivo.

— Uma das minhas memórias mais vívidas daquele tempo foi quando me sentei ao seu lado e desabei em lágrimas, e você me deu o seu lenço. Eu ainda o tenho. E um dos meus dias preferidos foi quando descobri que você gosta de tortinhas azedas. Ingram achou isso um absurdo, mas eu achei fantástico, afinal, quem gosta delas? Assim como naquele dia que andamos para longe da casa e você ainda estava sofrendo tanto com a dor. Mas nunca parava e não permitia que seu corpo se entregasse. Eu nunca lhe disse, mas eu pensava nisso quando queria me entregar à tristeza e à vergonha e nunca mais sair ou desistir de ir para a temporada. Eu me inspirava na determinação que você tinha. E veja só, você está bem aqui, no mesmo lugar e conseguiu o que buscava.

Eloisa se afastou alguns passos, mas ainda o olhava, e parou, dando uma leve puxada nos lados do vestido e o soltando como um comprimento. Eugene andou até ela, numa situação bem diferente. Ele não sentia dor, e sua força para seguir não era apenas a persistência para se recuperar e voltar a andar.

— Eu consegui muito mais do que buscava. — Ele a surpreendeu ao abraçá-la. — E me lembro de cada vez que veio me visitar. Eu não a tratava como merecia. Quando sentava ao meu lado, só havia amargor para enxergar. Porém, a cada vez que vinha, eu tinha um novo motivo para levantar e conseguir chegar lá, pois, se não chegasse, você não poderia me visitar. Naquela época, eu jamais admitiria, mas eu me arrastava até aqui em alguns dias, na esperança de que viesse me importunar.

Eloisa ficou olhando-o com os olhos cheios de lágrimas, mas também sorria.

— Então admite que eu o importunava.

— Tudo me importunava naquela época, porém, você era o único infortúnio que eu ansiava por receber.

— Eu ainda chego sem avisar.

— E eu ainda anseio que venha.

Eloisa o apertou em seus braços, envolvendo sua cintura e pressionando a bochecha contra seu peito.

— Eu virei — prometeu ela.

— E como eu lhe convenço a não partir mais?

Ela o soltou e deu um passo para trás, para poder encará-lo.

Encontre-me ao Entardecer 285

— Peça — respondeu.

— Eu gostaria muito que ficasse aqui comigo, Eloisa. Estou lhe dizendo isso nesses termos, pois não quero assustá-la. Porém, jamais conseguirei esquecê-la. Sem você, meu corpo ainda aguentará meu peso, mas estarei incompleto. Vazio como achei que era até esse sentimento que tenho por você transbordar em mim. Eu queria poder ficar de pé à sua frente como estou agora, para me considerar digno de lhe fazer esse pedido: por favor, fique.

Eloisa balançava a cabeça para ele, com as primeiras lágrimas descendo, o que o deixou em pânico por, ao menos, dois segundos que seu coração parou. Ela o abraçou abruptamente, e ele aguentou o impacto do corpo dela contra o seu. Ela sequer pensou nisso, mas esse era só um dos pequenos detalhes que faziam diferença para Eugene. Ele levantou todas aquelas vezes para ter momentos como esse.

— Seu tolo! Nem ouse! É claro que você é digno, você sempre foi, mais do que qualquer outro. Você tem de aprender limites. Apenas um "por favor, fique" já funcionaria sem me destroçar como acabou de fazer. — Ela ainda balançava a cabeça ao falar, mas ele conseguia entendê-la.

Eugene passou os dedos pelo seu rosto, afastando as lágrimas, e ela fechou os olhos, deixando-o fazer isso até secá-las. Então o olhou.

— Você não vê que antes eu não teria a pretensão de achar que poderia conquistar mais do que sua amizade? Eu queria muito ser sua amiga. E verdadeiros amigos não desistem. Então eu voltava.

Ele manteve o olhar nela, umedeceu os lábios e a beijou subitamente. Eloisa tornou a se recostar contra seu peitoral e cerrou os olhos, entregando-se ao beijo. Eugene tinha dificuldade de navegar por suas reações. Era isso que Eloisa trazia para sua vida: emoção. E com tudo que sentia, estava miserável naquela situação incerta. Por vezes, pensava que não estava lhe entendendo bem.

— Mas eu não posso mais ser apenas sua amiga — murmurou com os lábios ainda roçando nos dele.

Eugene suspirou, e suas mãos deslizaram pelas costas dela, acariciando levemente.

— Você me causa certos alívios que eu não sei descrever. — Balançava a cabeça e sorria.

Eloisa inclinou a cabeça e riu. Ele realmente estava com uma expressão de alívio. Será que pensou que chegariam até ali para ela falar sobre o potencial de sua amizade?

— Vamos. — Indicou o caminho pelo gramado. — Ainda não chegamos lá.

Ela continuou andando, e ele a alcançou para irem até o exato local onde Eugene se sentava para tomar sol. Percorreram o pedaço que faltava em silêncio, cada um com suas lembranças sobre aquele tempo. A vista dali era bonita, dava para ver toda a linha que as árvores faziam até a abertura para o resto da propriedade. O jardim era todo bem cuidado, com os arbustos altos bem delineados pelos jardineiros, colocados a certa distância um do outro. Até caminhos que levavam para longe, feitos entre paredes retas de mais arbustos verdes. Como ela já havia notado, era um visual planejado, mas rústico. E prático até demais.

— Você precisa de uma plantação de flores silvestres. Bem ali, depois da divisão. — Ela apontava. — Vai ficar um fundo bonito. Um pouco de cor. É tudo verde ou madeira.

Ela colocou a mão sobre a testa, protegendo-se do sol fraco do fim de dia para poder olhar para a casa, lá no fundo, de onde vieram. Até ela era cor de areia, e sob a luz do dia, parecia terra clara, com detalhes brancos.

— Lá em casa tem muitas, vou trazer para plantar.

Quando Eloisa tornou a se virar, viu que Eugene não se sentara em uma das cadeiras de madeira e nem no banco. Ele estava apenas observando-a.

Ainda havia uma espreguiçadeira de madeira, que era onde ele costumava ficar, pois sua perna precisava ficar esticada. Eloisa notou que os estofados nos assentos não haviam sido colocados ali ainda.

— Você ainda não disse que vai ficar — lembrou ele.

As sobrancelhas dela se ergueram; parecia ter perdido esse importante detalhe.

— Eu estou planejando plantar flores no seu jardim!

— Você me trazia doces, mas partia. O que lhe impede de me trazer flores e depois se despedir?

Eloisa juntou as mãos e se aproximou, parando tão perto dele que teve de inclinar a cabeça para encará-lo.

— Meu amor por você. Isso que me impede de ir. Eu sou uma fugitiva, sei

Encontre-me ao Entardecer 287

que já sabem. Eles só não sabem que vão me encontrar onde eu me sinto em casa. E isto será onde você estiver. Agora você pode, por favor, se inclinar um pouco? Já fiquei muito nas pontas dos pés. E gostaria de completar minha declaração de amor com um beijo.

Ele riu e passou os braços em volta dela, apertando-a contra seu corpo e inclinando-se para beijá-la. Eloisa passou os braços em volta do pescoço dele, mas ele ainda estava sorrindo.

— Eugene!

Ele levantou a cabeça e abriu um sorriso.

— Vamos, já estamos no entardecer — chamou ele.

— Eu ainda preciso partir quando chega essa hora?

— Não, vamos assisti-lo. — Ele a levou pela mão para sentar-se no banco de jardim, ao lado da espreguiçadeira que ele costumava ocupar. — Depois voltaremos no escuro, nos guiando pela luz da casa ao longe.

Eloisa sentou-se ao lado dele e recostou-se quando Eugene envolveu seus ombros com o braço. Dali, eles tinham uma bela visão do entardecer, até o sol cair ao fundo, atrás das árvores que ficavam tão longe que eles até pegariam cavalos para ir até lá.

Capítulo 28

— Você está atrasado, milorde. Ora essa, perder-se no seu próprio jardim. Podiam ter gritado, eu levaria uma lanterna. Robs certamente saberia guiá-los, mas ele voltou sozinho.

— Nós não nos perdemos no escuro, foi proposital — esclareceu Eugene. — Não fique nervosa, não há nada de mais em um jantar na varanda.

A Sra. Darby estava com dificuldade de levar toda a história levianamente. Ela ainda não tinha certeza sobre o que estava acontecendo, mas já concluíra algumas coisas, imaginava outras e desconfiava de mais algumas.

— Pois eu acho que o senhor está planejando estreitar laços com Lady Eloisa — sussurrou, inclinando-se em sua direção sobre a mesa.

— Eu acho que a senhora está correta — respondeu ele, divertindo-se.

— O senhor não sabe estreitar laços com jovens damas.

— Agora a senhora está me insultando. — Ele fez de tudo para não rir.

— Estou a seu serviço há anos. É um desses típicos solitários, só que ainda está novo demais para isso. Algo que não o impediu de continuar sozinho. Nem sequer troca cartas com damas. Ao menos para treinar o trato.

Ele colocou a mão sobre a boca. Se começasse a rir, aí mesmo que a Sra. Darby teria certeza de que havia algo de errado com ele. Eloisa escolheu esse momento para chegar ao lado de fora. A governanta se virou rapidamente e Eugene ficou de pé.

— Jantar ao ar livre! Há quanto tempo não faço isso. — Eloisa se aproximou e tocou o antebraço dele, depois sentou-se ao seu lado.

A mesa que ficava do lado de fora era redonda e comportava cinco pessoas confortavelmente, mas quebrava regras de formalidade do jantar. Então, a Sra. Darby teria de se contentar com a informalidade de vê-los sentados lado a lado.

— Eu fico contente que a senhorita tenha permanecido para o jantar. Com a sua presença, temos um cardápio que realmente beira o adequado para pessoas

Encontre-me ao Entardecer 289

de sua posição. — A governanta se referiu a eles no plural, mas seu olhar de reprovação estava sobre Eugene.

Ele estava recostado na cadeira, mas dava para ver que se divertia. Podia não ser uma pessoa de riso fácil, mas era só aprender a ler suas reações. Depois que o reencontrou, após seu doloroso período de recuperação, Eloisa havia descoberto que, ao contrário do que os outros pensavam, era só olhar para ele que dava para perceber que geralmente estava se divertindo e costumava demonstrar estar entretido. Dava para notar as maçãs do seu rosto protuberantes porque sua boca estava esticada em um sorriso que, por vezes, era leve demais. Mas dava para ver os vincos nas bochechas. E seus olhos azuis escuros se estreitavam conforme seu nível de diversão. Naquele momento, ela podia ver até as rugas que se formavam nos cantos.

Um lacaio começou a servir enquanto a Sra. Darby, esperançosa, falava do cardápio da noite. A sopa de cenoura e bacon não era servida muito quente, mas já estavam se aproximando do verão, a temperatura exterior estava boa. Eloisa sequer usava seu xale sobre os ombros. Naquela parte de Somerset, eles precisavam se planejar e encomendar para receber peixes frescos, então, a Sra. Darby mandou preparar opções com peru, pato e vitela. Espalhados em suculentas fatias de tortas e pedaços sob molhos e legumes. Ela queria impressionar.

E, sempre que retornava para a troca de pratos, soltava comentários sobre como a casa ficaria mais bem organizada com alguém que se preocupasse com isso. O alento de Eugene era que ela era mil vezes mais discreta do que Agatha.

Apesar do clima favorável, com o avançar da hora, eles terminaram a refeição e se retiraram para perto da lareira. A Sra. Darby deixou-os sozinhos, mas antes se inclinou por trás da parede e espiou. Se aquilo desse certo, ela já achava que ele ia fazer todas as vontades de Eloisa antes mesmo de ela ser a Lady Hosford. Por ela, tudo bem, achou que ele nunca se casaria e sobraria para Agatha ter filhos para herdar o ducado.

Eloisa engatinhou sobre o tapete, ignorando o fato de arrastar seu vestido, e espiou por cima do sofá para ver se estavam sozinhos.

— Ela já foi — disse Eugene, divertindo-se com o que ela fazia.

Ele se aproximou, deixou sua bengala negra do lado do sofá e sentou-se mais perto do fogo. Eloisa foi se aconchegar junto dele e, como não tinham mais que fingir para a governanta que tudo ali era muito apropriado, descansou o peso contra seu corpo e o beijou. Eugene a abraçou e a trouxe para ainda mais perto.

Ela sorriu timidamente quando ele ficou admirando-a em silêncio.

— Você acha a minha boca estranha? — indagou ela, aproveitando que tinha toda a sua atenção.

O olhar dele foi para seus lábios. Desde que ela chegara, Eugene não conseguia pensar em muitas coisas além de beijá-la.

— Como poderia?

— Me disseram isso algumas vezes, porque ela não tem forma. É esquisita.

Ele não conseguia se decidir se queria continuar admirando, até levantou a mão inconscientemente, querendo tocar seus lábios.

— Ela é linda, eu adoro que seja diferente — Eugene murmurou, querendo rir de si mesmo, pois tinha certeza de que estava olhando-a como um bobo apaixonado.

— É sem forma e estranha. — Seu lábio superior era mais carnudo porque mal havia o pequeno V. Era diferente e não deixaram de notar. Sua boca fechada parecia redonda, lembrando uma fruta rosada.

Eugene desejava beijá-la e sugar seus lábios, mas queria tanto que precisaria mordiscá-la. Como a vontade era forte e nada ia impedi-lo, ele se inclinou e a beijou.

— Quem lhe disse isso é completamente cego — sussurrou ele, mas nem quis parar de beijá-la. Estava entretido demais. E agora fazia questão de gastar um longo tempo mostrando que ele era o maior adorador daqueles lábios.

Ninguém voltou para incomodá-los e eles se beijaram até dar para perceber que a luz que vinha da lareira estava mais fraca. Eloisa apoiava as pernas dobradas sobre a coxa esquerda dele, com a saia do seu vestido claro espalhada. Até que ela levantou a cabeça do seu ombro e o observou.

— Está tarde — disse ele, olhando-a de perto. — E você sabe que amanhã não poderá mais continuar fugida.

— Sim, eu sei.

Antes que ele se levantasse, ela apoiou a mão em seu joelho esquerdo. Uma vez, Ingram lhe disse que ele também ferira a perna esquerda superficialmente; os danos severos foram na direita.

— Você faz algo para se cuidar após o esforço do dia?

Eugene só levou um momento para entender o que ela estava perguntando.

Encontre-me ao Entardecer 291

— Sim, toda noite.

— Mostre-me — pediu.

Eugene manteve o olhar nela, mas franziu o cenho, como se não tivesse o que lhe dizer. Ele não sabia como reagir e encarou o fato de que teria de aprender a dividir seus momentos mais íntimos e que, por muito tempo, lhe foram dolorosos e motivo de vergonha. Eloisa se levantou e ajeitou o vestido, depois tornou a olhá-lo.

— Se você quer que eu fique, não haverá mais o que esconder. Nós seremos tudo um para o outro e eu serei sua parceira na vida. Não enfrentaremos mais nada sozinhos.

Ela pausou e o viu se levantar e encará-la. Seu olhar era de alguém que estava surpreendido por algo que ainda não pensara.

— Você me deixaria sozinha?

— Não, eu não poderia.

Eloisa sorriu e passou o braço pelo dele, mas se inclinou e recuperou a bengala. Ele a deixou subir antes, mas atualmente ele não era mais tão lento em escadas, só precisava do corrimão. Ou de concentração, como nas escadarias dos bailes em que estiveram, com escadas largas e corrimões afastados. Eugene entrou em seu aposento e se virou, com um brilho travesso no olhar.

— Eu teria de tirar minhas roupas na sua frente — avisou.

Ela fechou a porta, descansou a bengala dele ao lado e se aproximou.

— Se eu vou ficar, acredito em algum momento teria que tirá-las na minha frente, não é?

Ele riu da expressão dela, e Eloisa mordeu o lábio, entre divertida e embaraçada. Eugene pegou o castiçal e acendeu mais luzes no quarto. Assim, encontrou seus botões facilmente e começou a soltá-los, com o olhar alternando entre o que fazia e o rosto dela. Mas Eloisa estava mais inclinada a ajudá-lo do que a sair correndo.

Depois que os sapatos e meias já tinham sido deixados de lado, ele tirou o paletó, o lenço e o colete. E soltou a camisa. Então, se sentou e abriu a gaveta do criado-mudo, retirando um vidro de lá. Quando se aproximou e olhou a gaveta, ela viu que havia vários deles. Todos iguais.

— Quando chego a esse ponto, já não deixo peça alguma. Mas não é o que acontecerá hoje.

Dessa vez, foi Eloisa quem riu. Ele já estava apenas de camisa e ceroulas; na concepção geral, já estava nu. Não havia como complicar mais dali em diante. Ela levantou e trouxe uma das chamas para perto. Eugene piscou algumas vezes, acostumando-se com a luz tão perto deles.

— Eu não sou agradável de olhar por baixo de todas essas camadas de roupas. — Ele não estava mais brincando, seu olhar estava na chama, porém ele o desviou.

— Eu duvido disso.

Ele não respondeu, mas soltou os laços nas laterais dos joelhos. A peça que usava tinha aberturas dos dois lados da perna, propositalmente. Quando ele levantou o tecido, Eloisa prestou atenção no que ele fazia. Eugene não dizia nada, não era nenhuma novidade para ele, era o que via todos os dias, e já não se preocupava com isso. Mas passava por um momento difícil, imaginando se ela sentiria algum tipo de repugnância, pois as consequências não eram apenas físicas, mas estéticas.

Não havia o que suavizar, eram cicatrizes feias. A pior ia pela perna e pela lateral do joelho direito. Era grossa e parecia exatamente o que era, como se tivessem cortado no mesmo lugar mais de uma vez. Ele fora ferido e costurado em campo, e lá ninguém estava preocupado com beleza, só em dar pontos grosseiros e parar o sangramento. Foi operado às pressas. E depois veio o médico indicado pelo seu irmão.

Havia as marcas em suas pernas, sobre o seu joelho, e cicatrizes feias subindo pela coxa direita e desaparecendo por baixo do tecido que ele levantara uns quatro dedos acima do joelho. Agora, ela podia ver as marcas mais leves que provavam que a perna esquerda sofrera ferimentos superficiais. Eloisa jamais tentaria minimizar, nunca diria que não era tão ruim. Era real, elas não desapareceriam. Mas era pele, e talvez com os anos realmente suavizassem. A verdade era que não a incomodavam. E não mudava o que sentia por ele. Ela só o admirava mais.

Sabia que havia sido doloroso voltar a andar, mas só olhando a realidade que podia imaginar. Eugene não precisava que ela se preocupasse com o passado. Ele queria que ela ficasse para viverem juntos dali em diante.

— O que você faz? — indagou ela.

Ele destampou o vidro de bálsamo, com um cheiro de ervas que ela nunca sentiu perto dele. Claro, esse momento era relegado à privacidade da sua hora de dormir. Eloisa puxou o vestido, ajoelhou-se sobre a cama e pegou o vidro.

— Eu massageio e continuo mesmo quando dói.

Ela assentiu e abaixou a mão sobre seu joelho direito, espalhando o bálsamo e massageando.

— Você vai precisar ser um pouco menos delicada. Não precisa ter medo de me machucar. Essas marcas já estão há alguns anos comigo.

Ela apertou com mais força, esfregando pelo joelho e parte da perna. Ela podia ver quando os músculos respondiam, dependendo de onde ela apertava. Especialmente quando passou para a coxa.

— Dói?

— Às vezes. Mas então eu sei que está funcionando.

Eloisa foi massageando e, quando terminou, continuou sentada sobre as pernas, observando-o. Ele havia fechado os olhos em algum momento, mas ela esperou que ele voltasse a encará-la.

— Você realmente achou que suas marcas de guerra me impediriam de ficar?

Ele não ia mentir, então só pôde manter o olhar no seu rosto. Teria de confessar que a quis tanto, que se concentrou apenas em arrumar um jeito de convencê-la a aceitar sua corte. E pensaria no resto depois. Mas "o resto" chegou inesperadamente, e agora tudo que ele tinha era seu amor e anseio por ela.

— Ou de desejá-lo? — perguntou mais baixo.

A expressão dele dizia que não; ele precisava muito que isso jamais acontecesse. Mas, quando entreabriu os lábios, ela se aproximou e o beijou.

— Eu tenho algumas marcas para lhe mostrar — anunciou ela.

Isso o divertiu.

— É verdade — continuou, ao ver que ele levava na brincadeira.

Ela moveu o corpete do vestido e mostrou a lateral do colo, onde havia uma pequena marca, fina e comprida.

— Corri com uma tesoura quando era mais nova. Aconteceu um acidente.

— Não me diga. — Ele riu.

Eloisa se moveu e virou de costas, surpreendendo-o profundamente quando disse:

— Abra.

Para seu crédito, Eugene não perguntou nada, obedeceu e abriu o vestido. Havia apenas uma anágua por baixo, e ele respirou fundo.

— Vê a cicatriz em minhas costas? Caí de uma árvore.

Havia mesmo uma cicatriz antiga ali, sobre a escápula, mas o vestido sempre a cobria. Eloisa empurrou a roupa pelos ombros, virou-se e lhe disse comicamente:

— Eu fui uma criança muito levada.

— Tenho certeza que sim. Eu fui apenas inconsequente.

— Jamais.

Ele tirou a camisa por cima da cabeça, e Eloisa viu o resto das marcas de estilhaços. Acabaram ficando como um borrifo. Maiores embaixo e sumindo gradualmente pelo torso.

— Tem mais aqui. — Ela passou os dedos pelo braço dele, em um corte antigo. Eloisa deslizou o dedo, passando pelos bíceps, subindo pelo ombro e atraindo sua atenção, então o beijou de surpresa.

Eugene a capturou e a puxou para perto dele. Eloisa o abraçou, devolvendo o beijo com um entusiasmo que tirou seu fôlego. Ela estava sentindo-se acalorada, então o surpreendeu novamente ao ficar de pé na cama. Ele inclinou a cabeça para olhá-la, sorrindo enquanto ela empurrava o vestido pelas pernas, avolumando as saias e colocando o monte de tecido de lado.

— Tenho mais marcas nas pernas. Saias não protegem garotas arteiras — declarou, e levantou a anágua, mostrando. — Vê isso? O cachorro do vizinho. E isso... — Ela levantou mais, mostrando sua coxa. — Galhos.

Ele levantou as mãos, para evitar que ela perdesse o equilíbrio, mas perdeu a concentração, já que ela estava de pé na cama, lhe mostrando as pernas. Não era o tipo de coisa que Eugene via com frequência, e Eloisa quis rir da expressão dele.

— Essa mal dá para ver. — Ele falava da marca em sua coxa.

— Mas eu lembro. — Eloisa se ajoelhou à frente dele e tocou seu rosto. — Você jamais vai esquecer as suas, não é?

— Não, mesmo que eu queira.

Ela segurou seu rosto e o beijou lentamente, deixando alguns beijos sobre seus lábios no final.

Encontre-me ao Entardecer 295

— Se me ensinar mais algumas coisas sobre você, posso ajudá-lo a descansar — murmurou.

— Eu não quero descansar, quero me dedicar a você.

Quando ele se aproximou, ela envolveu seu pescoço com os braços. Eugene a pegou por baixo das pernas e trocou de lugar com ela.

— Você tem mais marcas para me mostrar? — indagou ele.

Eloisa sorriu, excitada, mas corada. Estava apenas com a anágua transparente, e agora ele estava de ceroulas à sua frente. Parecia muito promissor.

— Você terá de descobrir — provocou ela.

Pelo sorriso dele, diferente de qualquer um que ela já vira em sua face, ele pretendia começar uma exploração. Eugene se aproximou e beijou seus lábios, acariciou seu rosto, e enfiou as mãos pelo cabelo dela, soltando do penteado simples. Eloisa apertou a mão na nuca dele, mantendo os lábios contra os seus.

As mãos dele deslizaram pela sua anágua, acariciando seus seios sobre o tecido fino. Ele ficou à sua frente e subiu as mãos pelas suas pernas, divertindo-se no caminho com a pequena marca em sua coxa. Soltou os laços de sua roupa íntima, desceu por suas pernas e jogou para o lado. Dava para ver que ela estava presa entre o nervosismo e a excitação.

— Apenas feche os olhos e não se preocupe — pediu ele.

Eloisa fechou os olhos, e os toques das mãos deles pareceram se intensificar, pois agora era tudo que tinha para se concentrar. Ela as sentia acariciando sua pele e subindo novamente pelas suas coxas, levantando o tecido da anágua. Ele apertava sua carne macia, segurando na curva do seu traseiro, pegando sua cintura e alcançando seus seios. Eloisa sentiu os dedos brincando em seus mamilos rijos, sem o tecido para protegê-la. Ele os eriçou mais, e esfregou entre os dedos. Ela correspondia com gemidos baixos. Sua respiração se alterava, mas ela não abriu os olhos; assim era melhor, ela podia apenas sentir por hoje.

O quarto parecia muito mais quente. Eugene também sentia isso, pois empurrou a anágua pelos seus braços, tirando a peça que agora incomodava sobre a pele sensível de Eloisa. Ele fez o caminho contrário sobre o corpo dela, tornando-a inquieta enquanto apertava e acariciava, deixando a sensação de suas mãos nela. Eloisa sentia seu corpo inteiro corresponder; nunca sentira os mamilos tão rijos a ponto de incomodar.

Podia sentir o seu peso entre as pernas, e sua boca quente desceu pelo seu pescoço, umedecendo a pele. Eloisa o sentia em seus seios, sugando os mamilos e acabando com o incômodo, que ela descobriu ser desejo que se tornava prazer, espalhando-se pelo seu corpo.

As mãos dele foram do seu monte de Vênus ao interior de suas coxas, e Eugene a encontrou brilhando de umidade. Ele se inclinou, beijando seu estômago macio, sentindo vontade de mordiscar para aplacar um pouco da avidez que sentia por ela. Seus dedos esfregaram levemente aquele botão excitado, e Eloisa piscou várias vezes e puxou o ar, como se precisasse prendê-lo para lidar com a sensação.

Eugene beijou suas coxas e ela sorriu, cerrando os olhos e gostando da carícia. Ele voltou a tocar seu clitóris, e seus gemidos baixos tornaram-se contínuos. O toque da boca foi tão leve que ele a ouviu suspirar de prazer. Depois, ela repetiu isso várias vezes enquanto ele ia acariciando-a com seus lábios e língua. Delicado, mas persistente. Eloisa colocou as mãos por baixo do travesseiro, agarrando-se ali como se a intensidade do seu prazer lhe fizesse sentir que cairia da cama.

Ela remexeu os quadris, correspondendo e deixando escapar sons que já não eram discretos. Assim como ele que, quanto mais a entendia, mais guloso ficava, sugando e acariciando com mais intento, até que percebeu estar segurando com força em sua cintura para mantê-la no lugar, tão excitado que não notara sua própria escalada. Mas então ela estava estremecendo, pulsando e relaxando ao mesmo tempo.

— Abra os olhos, Eloisa.

Um sorriso apareceu em seus lábios quando ela abriu os olhos. Eugene se aproximou e a recostou contra os travesseiros, deixando-a quase sentada. Eloisa o puxou pelo rosto para beijá-lo e ele se apertou contra ela, tomando seus lábios e apreciando seu corpo. Ele tirou a última peça de roupa e voltou a abraçá-la. Ela o beijava com avidez e carinho, enchendo sua boca de beijos repetidos.

Eugene a segurou pelo traseiro, levantando-a um pouco, e colocou suas pernas dos lados da cintura dele. Eloisa tornou a se recostar, admirando os braços fortes que a seguravam, seu peitoral rijo e aquela boca bem-feita que não parava de beijar e lhe dar prazer. Eram muitas novidades fascinantes para descobrir. Por isso, ela se inclinou e o beijou outra vez.

Ele tocou-a intimamente, beijou seu pescoço e chegou ainda mais perto. Penetrou-a lentamente, sentindo-a apertar seus ombros e as pernas dos lados de sua cintura. Eloisa abriu os olhos, mas piscou repetidamente. Ele sugou seus lábios e apertou sua cintura, movendo os quadris contra os dela.

Eloisa murmurou algumas vezes, mas o guiava com suspiros e gemidos baixos. Ele levantou mais seus joelhos, e ela apertou os calcanhares dos seus lados, ainda sem saber que podia se deixar levar pelo prazer, e ele a seguraria o tempo todo. Ela pendeu a cabeça cair para trás, suas costas se apertando contra os travesseiros. Eugene acariciou seus seios, incapaz de não a pressionar mais com seus quadris.

Quando ele a tocou outra vez, Eloisa murmurou seu nome e ofegou.

— Eugene...

— Sim? — Seu tom grosso de excitação ainda conseguiu ter um toque de diversão.

Ela gemeu repetidas vezes conforme ele a tocava e penetrava, observando-o por olhos semicerrados. Eloisa trincou os dentes e tornou a deixar os sons de prazer escaparem, afastou mais os joelhos e moveu os quadris de encontro ao toque dele. Eugene entendeu seu pedido silencioso e continuou, mas, imersa em seu prazer, ela ainda não entendia quão arrebatado ele estava; não podia tirar os olhos de cima dela e tampouco se afastar.

— Bem aqui? — indagou ele, provocando-a devido à escalada de suas reações.

Eloisa deixou escapar um som agudo de tormento, agarrou-se aos ombros dele e o beijou com avidez. Movia-se para sentir ainda mais o atrito entre eles, afastando-se cada vez mais do desconforto da primeira vez. Eugene a segurou por baixo do traseiro, penetrando-a em movimentos curtos e mais rápidos. Ela o apertou com as pernas novamente. Ele gostava assim, a posição lhe dava controle e força, sem machucá-lo. E podia ficar face a face com ela, admirando suas reações, deixando-a abafar os sons contra seus lábios.

Arqueando-se, ela abraçou os ombros dele e soltou um som de alívio tão sensual que foi como o golpe final no controle dele, descendo como um arrepio. Eugene apertou seus quadris, mas mal teve tempo de se retirar e se derramou em suas coxas. Eloisa deu um leve beijo em seus lábios e ele a soltou, deixando-a cair contra os travesseiros, com seu corpo relaxado. Ela exibia um sorriso sutil enquanto o observava ofegar, com a pele ainda brilhando de suor.

— Você pode abrir os olhos agora — murmurou ela.

Ele sorriu antes mesmo de olhá-la e então lhe lançou um olhar terno e satisfeito. Levou um momento admirando suas bochechas ainda coradas e seu corpo exposto, e teve vontade de acariciá-la inteira outra vez. Eugene descansou o peso contra o dela e a beijou carinhosamente, apertando seu rosto nas mãos e depois abraçando-a.

— Você vai ter de me ensinar a arte da fuga, Eloisa.

— Por quê? — Ela sorria, divertindo-se com a possibilidade.

— Para eu assumir a culpa quando formos flagrados. Eu não quero mais ficar longe de você.

Eloisa sorria e beijava seus lábios. Ela também não queria.

300 LUCY VARGAS

Capítulo 29

A mesa do café da manhã estava arrumada às sete horas, porque a Sra. Darby não gostava de se atrasar, então mandou o lacaio ir logo, pois tinham uma convidada e ela queria mostrar serviço. Quando eram quase oito horas, ela foi à cozinha ver se já tinham tudo pronto para servir assim que necessário, mas resolveu voltar para a sala matinal, só para o caso de precisarem dela. Era só isso, não estava sendo indiscreta. Imagina, jamais.

Eugene não acordava com as galinhas, mas costumava levantar cedo. Por vezes, ele saía para tarefas da propriedade e retornava para o café, e podia ser visto à mesa em torno de nove horas. Ou até depois, se acabasse preso em algum assunto.

Irvie, a arrumadeira, desceu as escadas com o cesto de toalhas e encontrou a governanta rondando pelo primeiro andar.

— Milorde está acordado, tenho certeza. Mas a senhorita está dormindo, nem entrei lá para não a acordar — informou.

— Tem certeza? — A Sra. Darby já começou a se planejar em pensamento para servir o desjejum da Srta. Durant no andar de cima.

— Sim, escutei uns sons vindos do quarto dele.

— Sons? — A governanta estava dividida entre desconfiar e achar que ele precisava de alguma coisa.

— Sim, sons que não consegui identificar. — Ela deu de ombros. — Eu subirei quando a senhorita precisar de mim.

A governanta ficou olhando na direção da escada, em dúvida entre ir lá checar os sons ou ficar ali aguardando que realmente precisassem dela. Já havia dito ao seu Lorde que, agora que estava recuperado, se pretendia fixar residência permanente em Arwood, precisariam de mais empregados, como um valete para atendê-lo nessas situações e uma outra moça para arrumar e que também desempenhasse a função de camareira. Ele concordara.

Encontre-me ao Entardecer 301

E se por acaso esse envolvimento um tanto íntimo demais dele com a Srta. Durant resultasse no que a Sra. Darby achava adequado, esperava que a moça percebesse que precisariam de um mordomo. Não era correto que um futuro duque não tivesse seu próprio mordomo.

Mal sabia a Sra. Darby que os dois já estavam acordados. Mas era melhor ela não saber de forma alguma o que estavam fazendo juntos no quarto dele. E que os barulhos vinham das atividades matinais bastante íntimas que eles resolveram praticar antes do café da manhã. Eugene se mostrou perfeitamente capaz de esquentar e despejar água para ajudar sua dama após certas ocupações nas quais ambos se envolveram.

Às 9h40, Eugene estava à mesa, barbeado e penteado. Trajado como se fosse passar a manhã em casa sozinho, usava só o colete por cima da camisa. A Sra. Darby mordeu a língua e não perguntou nada. Até porque Ingram deixou seu cavalo na frente da casa e entrou, como fazia há dois anos, quando estava morando lá temporariamente.

Ele cumprimentou a governanta e sentou-se à mesa com Eugene. Nem gastou seu tempo lhe dando bom dia.

— Achei que já era tempo suficiente para eu vir buscar minha prima — informou. O lacaio ajeitou o conjunto de pratos e talheres à sua frente, e Ingram aceitou chá.

— Eu imaginei que chegaria hoje — respondeu Eugene, ocupado em passar manteiga em uma fatia de pão.

— O mensageiro chegou ontem, imagino que pouco depois de minha adorada prima sem-modos. Minha mãe pensa que vim buscá-la imediatamente. — Pausou e bebeu um gole do chá.

Eugene havia acabado de morder o pão, mas deu para ver o leve sorriso em sua face.

— Aliás, onde ela está? Não me diga que já fugiu daqui também.

Da última vez que a viu, ela estava dormindo, mais bela do que nunca e apenas com o robe que vestira após se lavar. Mas, por mais permissivo que Ingram fosse com aquela situação, Eugene jamais iria entrar nesse detalhe.

— Acredito que descerá para o café em breve.

— Nós precisamos esperá-la ou você vai provar ser eficiente e já cuidou do assunto? — Ingram estava segurando a xícara de um jeito um tanto rude enquanto olhava o amigo.

— Creio que Eloisa e eu cuidamos do assunto ontem.

— Ótimo, vamos, peça logo. Eu quero ter o prazer de olhá-lo seriamente enquanto faz isso. Nunca pensei que teria essa oportunidade. — Ele descansou a xícara e aguardou.

Eugene também descansou sua fatia de pão e bebeu um gole de chá antes de ceder a Ingram um momento que ele não deixaria de lembrar sempre que possível.

— Eu gostaria de sua anuência para me comprometer com a sua prima, Lady Eloisa. Acredito que temos sentimentos um pelo outro. E ela expressou para mim o seu desejo de permanecer ao meu lado.

Eugene levava o momento muito a sério, mas era um tanto cômica a forma como Ingram estava se esforçando para olhá-lo com sua expressão mais séria e profunda. Tinha certeza de que fazia isso para provocá-lo.

— Eu não sei, Hosford. Preciso ter com minha prima primeiro. Sabe que eu não faria nada que ela não desejasse. Esses seus sentimentos por ela estão bem enraizados? Não vou aceitar um noivado desfeito — declarou, aproveitando seu papel de tutor sério.

— Acredite, as raízes já estão cravadas há certo tempo.

— Minha mãe está vindo — anunciou Ingram. — Ela pretende ter uma conversa com Eloisa sobre sua última travessura. Você sabe que terá de ficar responsável por tudo que ela vai aprontar daqui em diante, não é?

Dessa vez, Eugene riu. Ele sabia. Mal podia esperar por isso.

— Sim, eu sei. Eu aceito.

Ingram achou graça da resposta dele.

— Não é para mim que tem de dizer que aceita.

— Eu sei, mas já estou confirmando.

— Se Eloisa quiser mesmo aturá-lo pelo resto de seus dias, eu é que não vou me opor — concedeu Ingram, inapropriadamente.

Eugene sorriu e pegou seu pão novamente.

<hr/>

Eloisa só tomou seu café às 10h30. Quando desceu e encontrou o primo lá, achou que seria repreendida bem ali. Mas Ingram apenas indicou a cadeira e ficou lhe encarando seriamente, como fez com Eugene.

— O que você fez não pode se repetir, pode me prometer isso, Elo? — pediu o primo.

— Eu juro que não queria causar transtorno, mas precisava resolver isso! — defendeu-se.

— Não quero saber. Essa é sua última fuga. Até porque, se fugir de novo, ele é quem terá de se desesperar. — Ingram apontou para Eugene.

Ela alternou o olhar entre eles.

— Eu não pretendo fugir dele, Ingram.

— Prometa — disse o primo.

— Eu não preciso prometer nada! Ele sabe!

Ingram olhou para Eugene e perguntou:

— Ela lhe prometeu isso?

— Não — respondeu o amigo.

— Eugene! — reclamou Eloisa.

— Você nunca me prometeu que não fugiria. Depois de fugir de Londres sem que ninguém a impedisse, eu nem teria chance de impedi-la de fugir daqui.

— Eu não vou fugir, não tenho motivos para isso.

Os dois ficaram apenas a encarando.

— Está bem, eu prometo! — exclamou ela, dando-se por vencida.

— Você fica me devendo mais essa — Ingram avisou a Eugene, antes de tornar a olhar para a prima. — Termine seu café e prepare-se para partir. Minha mãe está vindo.

— Ah, não — resmungou ela.

— Sim, ela é que vai falar no seu ouvido até que esteja vermelho. — Ingram levantou e deu a volta na cadeira. — Eu tenho mais o que fazer.

— Você não pode me ajudar com ela? — indagou Eloisa.

— Não, você merece. — Ingram já ia se retirando. — Vou esperar lá fora.

— Mas eu pensei que me apoiava! Afinal, ele é seu melhor amigo! — Eloisa levantou a voz para ele ouvi-la.

— Isto sou eu lhe apoiando — Ingram disse já do outro cômodo e deu para ouvir seus passos se afastando ainda mais.

Eugene divertia-se com os dois. Isso sempre aconteceria. Longe dos problemas que permearam suas vidas há uns anos, era assim que a relação deles funcionava. Acabaria assistindo ou mediando as contendas entre Eloisa e Ingram. Mas, no fim, eles nunca brigavam.

<hr />

Quando Rachel chegou, ela realmente passou cerca de meia hora falando no ouvido de Eloisa, citando as implicações e perigos do que fez. E toda a fofoca que deixou para trás em Londres. Depois, a interrogou e não acreditou muito nas respostas, pois, assim que descobriu que ela passou um dia e uma noite em Arwood, soube que a história havia ido bem mais longe. E Ingram era conivente.

No entanto, após a reprimenda e as perguntas, Rachel já estava ocupada com outros assuntos mais interessantes. E não foi muito discreta quando falou disso no jantar para o qual convocou Eugene.

— Eu fico muito feliz que tudo isso tenha se resolvido — anunciou Rachel.

Eles ainda iam se sentar à mesa e estavam na sala de visitas da casa.

— Espere só até todos da redondeza saberem. A senhora não ficará mais tão feliz — respondeu Ingram.

Rachel ignorou isso, trataria desse assunto depois. Os vizinhos e conhecidos não tinham nada que se envolver.

— Vocês não imaginam o que recebi — disse Ingram. Pela sua expressão, dava para ver que estava escondendo algo cômico.

— Não é nada sobre mim, é? — Eloisa já pensava no pior.

— É claro que é — confirmou ele, regalando-se com a novidade. — Uma carta do pai de seu antigo noivo.

Eloisa ficou tensa. Eugene estreitou o olhar e Rachel franziu o cenho.

— Ele ainda quer obrigá-la? Eu vou até lá — ameaçou Eugene.

— Não. — Ingram riu. — Foi uma carta humilde. Eu não sei o que ele contou ao pai quando saiu correndo de Londres, mas o homem me escreveu desculpando-se e alegando que, devido a recentes acontecimentos, não poderia manter o compromisso com Eloisa.

— O quê? — Eloisa ficou de pé, indignada. — Ele está agindo como se

Encontre-me ao Entardecer 305

estivesse me dispensando? Eu vou arrancar aquele pescoço tedioso! Não admito que qualquer um sequer pense que eu teria um compromisso abandonado por aquele homem enfadonho!

— Ingram, dê um jeito nisso — demandou Rachel, como se estivesse lhe mandando cuidar de algum inseto inconveniente.

— Eu já estou sonhando com o dia em que ela vai olhar para você e dizer a mesma frase. — Ingram dirigia-se a Eugene.

— Eu não me incomodaria — respondeu ele.

O mordomo avisou que o jantar estava servido.

— Você está querendo se livrar de mim? — Eloisa provocava o primo, puxando a manga do seu paletó. — Pois saiba que serei sua vizinha.

— Eu sempre quis instalar uma cerca daquele lado — devolveu Ingram.

Rachel continuava sentada e olhava para os mais jovens já de pé. Eugene aguardava, pois ia entrar com ela na sala de jantar.

— Sabe, minha querida, dadas as circunstâncias, e agora que finalmente se livrou daquele homem desagradável, tem certeza de que deseja se casar no início do verão, antes mesmo que alguns retornem ao campo e antes do seu aniversário? Não quer aguardar um pouco mais para anunciar? — perguntou Rachel.

Eles não iam nem anunciar? Seria como estar livre aos olhos alheios. Eloisa desviou o olhar para Eugene. Ele estava de pé, com as mãos para trás, e sua única reação foi desviar o olhar para o chão por um momento e depois tornou a olhá-la com expectativa e desalento, mas um sério intento. Ele queria que Eloisa decidisse, mas também teria o que dizer. Já sentia sua falta. Entregara seu coração e, enquanto ela não retornasse para o seu lado, continuaria a sentir-se vazio, em muda espera. Apesar de tudo que prometeram um ao outro.

— Não, eu não quero — respondeu Eloisa. — Eu o amo e seria muito sofrido para mim ficar longe dele por todo esse tempo. — Ela desviou o olhar para Eugene. — Se nos casarmos, eu poderei voltar para Arwood e ficar com ele.

A expressão de Eugene suavizou e Eloisa podia ver que havia um sorriso ali. E seu olhar voltara a ser carinhoso, livre da tensão momentânea. Ela queria voltar para ele. Passar o entardecer ao seu lado todos os dias. Beijá-lo quando quisesse, viver as liberdades que ele lhe dava. Conversar até tarde e vê-lo sorrir de verdade. E até rir várias vezes.

E ficar ao seu lado depois, vivendo o cuidado mútuo. Queria aprender mais sobre aquele bálsamo que ele usava e ajudá-lo a se cuidar toda noite. Dormir nos seus braços de novo, acariciá-lo e fazer amor quantas vezes quisessem. Não queria mais ficar ali. Nem se esconder para vê-lo. Já encontrara seu lar: era ao lado dele.

— Ótimo! Brindaremos ao noivado no jantar! — Rachel se levantou, animada. — Vamos escolher um vestido, fazer uma lista de convidados, pensar no cardápio. Há tanto a fazer!

— De qualquer forma, se tivesse de esperar, ela ia fugir constantemente para Arwood — lembrou Ingram, inoportuno.

— Eu não ia fazer nada disso! — Eloisa virou-se para ele.

— Claro... — respondeu o primo, descrente.

Os dois entraram na sala de jantar ainda discordando no assunto.

<hr/>

Após o jantar, Ingram e Eugene saíram por um tempo. Através das cortinas, Eloisa podia ver seu primo fumando lá fora e seu noivo sentado na balaustrada da varanda traseira. Não estava muito iluminado e ela não sabia do que falavam.

— Pare de espiar os outros, Eloisa. — Rachel estava com várias revistas que trouxera de Londres, muitas representações de moda. — Eu tenho tantas ideias para você ver. Temos de levar para a modista.

— Eu quero que a Sra. Garner faça meu vestido. Ela fez o vestido de casamento da Srta. Graciosa, que agora é a viscondessa Bourne, e ficou lindo.

— Eu não decorei os apelidos desses seus amigos da cidade.

— Eles são de Devon. A modista também.

— Só o tempo que levará para ir até lá encomendá-lo, trazer a mulher para a prova, depois ir buscar o vestido... — reclamou Rachel.

— Eu não me importo, gosto de viajar. Posso cavalgar até lá, é mais rápido.

— Você não pode cavalgar sozinha até Devon para provar seu vestido de noiva, Eloisa. E muito menos buscá-lo de tal forma.

— Não disse que iria buscá-lo. Devon é aqui perto. Chegaria ao ateliê em poucas horas.

— É perigoso! Não me deixe nervosa. Meu único alento é que Hosford tem juízo e, mesmo que ele lhe deixe cometer despautérios, ao menos irá junto para assegurar sua segurança.

Encontre-me ao Entardecer 307

Eloisa ficou sorrindo; era uma ótima perspectiva. Eugene não a proibiria de ir, pediria a carruagem para lhe acompanhar.

Os dois entraram, e Eugene despediu-se de Rachel. Eloisa nem pediu permissão quando saiu para se despedir dele. Ela parou no topo dos degraus da casa e Eugene desceu e se virou para ela, antes de entrar na carruagem. Eloisa sorriu levemente e ele manteve o olhar nela, e ficaram assim por um tempo.

Da última vez que se encontraram ali, ele estava partindo, sofria muito e tentava esconder dela a dor que sentia naquele momento. Havia cavalgado até ali para tentar salvá-la do casamento que seu pai arranjara com o Sr. Gustin. E foi a primeira vez que ele abriu uma brecha para algo que, na época, ainda não aceitava. Eloisa não enxergou através dessa brecha, mesmo assim, o que ele disse ficou em sua cabeça.

Naquele dia, Eugene lhe disse que tinha consideração por ela e que se ofereceria para salvá-la, apesar de não achar que a solução para ela fosse um casamento. Eloisa lembrava de ouvi-lo falar que ousava imaginar que a conexão com ele seria menos penosa do que com Gustin, a quem não conhecia. Ela sempre pensou que ele estava certo. Mesmo naquela época, ela o preferiria mil vezes.

Mas ele não deixou de fazer a oferta apenas por algo assim ir contra seus ideais. Ele disse as palavras, achava-se lamentável demais e sentia tanta dor que tinha certeza de que sairia dali de volta para sua cama. E não queria prendê-la ao homem que ele havia se tornado na época. Ele não teria conseguido lhe fazer feliz como ela merecia.

Agora, ele podia ser feliz com ela.

— Da última vez que nos vimos neste local, você queria me salvar de um casamento indesejado — comentou ela.

Eugene subiu um degrau para poder ficar mais perto.

— Eu não pude fazê-lo.

— Não era o momento certo.

— Também não posso salvá-la agora.

— Dessa vez, eu não preciso que me salvem. Agora, faço as minhas escolhas e não deixo mais que as tirem de mim.

— Fico feliz. Estava me sentindo pouco heroico para salvá-la de um compromisso comigo.

Eloisa riu e olhou em volta antes de ficar na beirinha da escada para se aproximar dele.

— Senti sua falta — murmurou ela.

— Sinto sua falta. Quando eu voltar, vamos ver o entardecer juntos.

— Posso levar uma cesta de doces? Prometo que levo algo ácido.

— Eu gosto de doces.

— Só não gosta de nada doce demais e tem clara preferência por coisas ácidas.

— Culpado.

— Para onde você vai?

— Ver meu pai e a outra propriedade.

— Vai dizer a ele? — Eloisa parecia incerta. — Ele sabe que vai se casar com a mesma moça que ele conheceu no aniversário de Lady Powell?

Eugene achou graça, lembrando-se daquele dia.

— Vai saber, assim que eu chegar e lhe disser que haverá um casamento lá.

— E acha que ele vai gostar?

— De saber que eu não vou morrer solitário depois de passar a vida mal-humorado e isolado das pessoas? Ele achou aquele dia muito divertido. Não pensou que logo *eu* estaria envolvido em um drama romântico na temporada londrina.

— Por que não?

— Foi minha primeira vez.

— E a última.

— Duvido.

Ela cruzou os braços.

— Você pretende se envolver em mais algum drama romântico?

— Ah, Eloisa. — Ele deu uma breve risada. — Eu acho que, em sua companhia, acabarei envolvido em muitas situações novas.

Ela olhou em volta, viu que continuavam sozinhos, então o beijou. Sequer foi discreta o suficiente para fazê-lo rapidamente. Segurou seu rosto e lhe deu um beijo lento.

— Foi para isso que eu vim me despedir. — Ela sorriu e se afastou. — Não faça nada que não deva em sua viagem!

<hr/>

Enquanto Eugene estava fora, Georgia retornou para casa com parte dos Burnett. Ela passou uma reprimenda muito maior em Eloisa do que a própria tia. Não por ter feito o que fez, mas por deixá-la de fora. Georgia tinha certeza de que poderia ter ajudado na fuga.

— Eu não podia comprometê-la! Já bastaria a minha reputação manchada.

— Pouco me importo com isso! — Georgia sorriu e a abraçou. — Estou tão feliz que chegou salva e que vai finalmente se acertar com Lorde Eugene.

Antes que Georgia começasse a verter lágrimas, Eloisa lhe abraçou apertado e então perguntou:

— E Kit? Vai voltar agora também?

Foi o bastante para mudar o humor de Georgia, que tentou fingir desinteresse.

— Não. — Ela desviou o olhar e cruzou os braços. — Segundo ele, agora tem sua própria vida e compromissos lá em Londres. Virá visitar quando for possível.

— Visitar? — indagou Eloisa.

— Sim, ele não mora mais aqui, não soube? — Ela parecia bastante contrariada com isso.

— Bem, ele me disse que pretendia ir para seu chalé assim que terminasse a faculdade.

— Sim. Ele já foi. Agora só fica por aqui alguns dias.

— Vou sentir falta dele.

— Tenho certeza de que todos nos veremos em Londres. E quando ele vier aqui novamente. Duvido que deixe de visitá-la após seu casamento.

Eloisa resolveu que ia escrever para Kit; tudo ficava mais claro quando ele também lhe dava o seu lado da história. Já fazia tempo que Eloisa era a mediadora do trio e sempre escutava os dois lados. Resolveu trocar de assunto, pois não ia perguntar a Georgia se a Srta. Brannon continuava tentando conquistá-lo. Nem lhe diria que, uma hora, Kit teria que partir para sua própria casa. Não era longe dali; era fácil visitar.

Capítulo 30

Depois de viajar por mais horas do que deveria, Eugene estava de volta a Arwood. Não podia negar seu lado teimoso, e continuava preferindo ficar em sua casa. Depois que visitou o pai em Burton House, passou pela propriedade do irmão. Teve de dormir lá uma noite, mas, no dia seguinte, resolveu tudo que precisava e partiu a cavalo.

Deveria ter ficado na hospedaria, mas já estava tão perto que resolveu continuar. Sim, teimosia. Podia ter ficado lá mais um dia, podia ter parado. Admitia: precisava parar com isso e se livrar de seu incômodo em permanecer num local que lhe pertence. Mas ele só queria voltar para casa. Às vezes, ainda era difícil aceitar suas limitações físicas, que incluíam ter que passar bem menos tempo controlando um cavalo pelas estradas. O correto para ele era viajar de carruagem e deixar o cavalo para suas curtas incursões em casa.

Escondeu seu desconforto da Sra. Darby. Depois de ajudar a cuidar dele em seu período de recuperação ali em Arwood, não havia como reverter a preocupação e a proteção que ela tinha tomado o direito de sentir.

Eugene recostou-se contra a cabeceira da cama, esticou a perna direita e relaxou. Tirar a bota tinha sido um suplício. No banho, ficou de molho em água quente, relaxando. Só para descobrir que seu corpo preferia ficar lá. Agora que estava sentado, pensava na possibilidade de não se mover mais. Estava sozinho, como sempre. Ninguém ia lhe repreender por não fazer o que devia.

Sons repetidos na janela o sobressaltaram. Ele olhou naquela direção e os sons tornaram a vir. Eugene agarrou sua bengala e se apoiou para ir até lá mais rápido. Assim que abriu, algo o acertou no peito e viu que era uma pedrinha. Quando olhou para baixo, Eloisa estava lá, de pé ao lado de um cavalo.

Já era noite e havia pouca luz, mas não era tarde o suficiente para a casa estar toda apagada.

— Eu soube que certo Lorde teimoso voltaria entre hoje e amanhã. E, como ele já chegou, eu garanto que abusou por todo o trajeto — ela disse lá de baixo.

Encontre-me ao Entardecer 311

Eugene a ouviu, apesar de Eloisa não estar gritando, e abriu um sorriso, inclinando-se mais para vê-la. Ela estava com um vestido cor de creme, mas era sua capa amarela que chamava a atenção. Eloisa sorriu e girou no lugar, com a capa rodando em volta dela, sob a pouca iluminação.

Ele já estava apenas de camisa e ceroulas, então vestiu seu sobretudo de viagem e desceu rapidamente, tentando não fazer barulho, e abriu uma das portas francesas. Ela apareceu e, em vez de entrar correndo, apertou-se contra ele, abraçando-o.

— Eu soube que certa dama sem-modos escapou de casa sem permissão no início dessa noite — disse ele.

Eloisa fechou a porta e sorriu para ele.

— Pelo motivo certo. Eu lhe disse que você não ficaria mais sozinho.

Eugene se inclinou e lhe deu um beijo breve nos lábios, pois sequer tinha palavras para responder. Ela lhe deu a mão até a escada e subiu na frente, para poder correr e se esconder caso alguém aparecesse, enquanto ele ia atrás, tentando se manter silencioso.

Eloisa coloria o quarto com sua capa amarela; no local mais iluminado, ela ficava mais viva. Mas deixou-a sobre a cadeira e foi até a bacia, colocou as luvas de montaria ao lado e lavou as mãos. Então, voltou e se ajoelhou perto dele.

— Minha felicidade ao vê-la esta noite chega a ser paralisante.

— Gosto que sequer se dê ao trabalho de me repreender. Poupa nosso tempo! — Ela sorriu e o abraçou, depois se inclinou e remexeu na primeira gaveta, onde ele guardava os pequenos vidros do bálsamo com cheiro de ervas.

— Eu nem pensaria nisso. — Ele viu que ela investigava os vidros. — São todos os da direita.

— Eles vêm de um botânico da cidade?

— Através do médico.

— E esses poucos da esquerda?

— Emergências.

— Já teve alguma?

— Não desde que me recuperei da última operação, há quase dois anos.

— Ótimo! Não acontecerá sob a minha supervisão — determinou, como se tivesse acabado de tomar uma missão para si. — Recoste-se. Avise se estou indo bem.

Ela começou a massagear, como fez na outra noite, sem medo de apertar.

— Apenas feche os olhos e não se preocupe — disse ela, numa voz sedutora.

Eugene fechou os olhos, mas gargalhou, entendendo muito bem a referência. Sua memória era boa e, além de lembrar do que lhe disse na outra noite, lembrava que aquele momento, quando se sentava na penumbra do quarto com o bálsamo, nunca foi feliz. Depois que se recuperou, tornou-se um alívio e até um momento de reflexão. E agora estava se divertindo.

Eloisa caprichou dessa vez e massageou sua coxa inteira, enquanto dizia:

— Isso é para você aprender a não abusar por aí. Em estradas perigosas! Sobre um cavalo maior que o meu e nervoso! Aventurando-se a galope de uma propriedade a outra. E sem mim! — Ela apertava os músculos, sabendo que, na verdade, ele gostava.

Ele continuava com os olhos fechados, mas havia um leve sorriso em sua face.

— Prometa que se comportará. E me convidará sempre que pensar em sair da linha.

— Eu prometo, madame.

Ela se inclinou e lhe deu um beijo rápido quando terminou. Depois, puxou as cobertas, como se fosse obrigá-lo a entrar embaixo. Eugene desceu na cama, mas continuou recostado contra os travesseiros. Eloisa se levantou e foi se afastando.

— O que você vai fazer, Eloisa?

— O que acha? — Ela foi até a porta e virou a chave, trancando-a. — Vou dormir com você.

Ela estava com um vestido simples e puxou os laços atrás de suas costas, afrouxando-o até poder tirá-lo. Livrou-se de botas e meias e correu para a cama, enfiando-se embaixo das cobertas e aconchegando-se a ele.

— Eu já vim pronta para dormir. Era o que eu estava fazendo em casa: lendo na cama. Todos lá acham que meu novo romance para damas é ótimo. Mas, na verdade, a história se parece mais com terror!

Eugene admirou seu rosto e seu olhar animado enquanto ela lhe contava de sua última peripécia com os livros trocados. Ele sorriu e apertou-a entre os braços.

Encontre-me ao Entardecer 313

Eloisa acordou num sobressalto. O dia já havia nascido; estava bem claro. Ela ficou de joelhos e balançou Eugene pelo ombro.

— E agora?

Ele esfregou o rosto com as mãos e depois empurrou o cabelo para trás. Inclinou-se e olhou o relógio.

— O café da manhã vai ser servido, imagino que esteja com fome.

— A Sra. Darby vai me descobrir!

— É tarde demais para ter receio dela.

— Mas ela pensa que passei a noite no meu quarto da última vez que estive aqui e que tudo que cometemos de inadequado foi namorar à frente da lareira!

— A Sra. Darby já está madura demais para acreditar em algo assim — brincou.

Eugene ficou de pé, se afastou da cama e abriu as cortinas, deixando entrar a luz do dia ensolarado, com poucas nuvens cobrindo o céu.

— Belo dia — ele disse de lá.

Enquanto estava na janela, viu uma carruagem se aproximando, ainda fazendo a curva na estrada principal da propriedade que saía do meio das árvores antes de passar pelo gramado e chegar à frente da casa. Então, ele foi lavar o rosto e começou a se vestir depressa.

— O que foi? — perguntou ela.

— Não sei — respondeu ele, mas desconfiava. — Não se apresse, vista-se para tomarmos café.

Eloisa deixou a cama e foi lavar o rosto, puxou o biombo e levou a jarra e o sabonete consigo; não tinha muito tempo para luxos. Ele penteou o cabelo rapidamente, abotoou a camisa e prendeu o colete por cima. Não se preocupou com o lenço e saiu do quarto.

Quando Eugene retornou, ela já estava vestida, mas com o cabelo solto e puxava sua bota, fechando os cadarços com força. Ela se pôs de pé rapidamente.

— Tenho uma ótima e uma má notícia — começou ele. — O café está sendo servido.

— E como vamos enganar a Sra. Darby para pensar que vim tomar o desjejum com você? Algo que ela já achará bastante suspeito, dado o horário. E qual é a má notícia?

— Não é tão má. Meu pai acabou de chegar para o café.

— Betancourt? Aqui? — sussurrou ela.

— Ele me seguiu quando vim de sua casa. Mas, ao contrário de mim, parou numa hospedaria. E chegou agora. Ele tem essa péssima mania. Naquele dia que você veio fugida, achei que era ele.

— O que ele está fazendo aqui? — Eloisa continuava sussurrando.

— Veio conhecê-la. Disse que não aceita conhecer a minha futura esposa só no dia do casamento. Segundo ele, é muito arcaico.

— Ele já me conhece! Infelizmente! Eu não gosto de me lembrar daquele dia!

— Como eu lhe disse, ele achou muito interessante — respondeu Eugene, divertido.

Eloisa olhou para baixo, para seu vestido simples e agora amarrotado, e passou as mãos pelo cabelo solto.

— Eu me recuso a me apresentar à frente dele nessas condições.

— Você parece ótima para mim.

— Não!

— Pode se pentear.

— Não vou!

— Eloisa...

— Ao menos naquele dia eu estava bem-vestida! Apesar de algumas faltas — disse, lembrando-se que adentrou o baile de aniversário de Lady Powell usando apenas uma luva e causando um rebuliço ao acusar Eugene de desistir.

— Quer que eu chame a...

— Não ouse! — Ela foi até a cadeira pegar sua capa.

— Não precisa da capa para o café da manhã.

— Eugene, eu faço muitas coisas que não devo, mas tenho o meu orgulho. Posso ser inconsequente às vezes, mas penso no futuro. E depois que me casar com você, preciso ter espaço para negociações! Só você saberá minha verdadeira faceta.

Encontre-me ao Entardecer 315

Ele fechou a mão e a colocou sobre a boca, como se fosse encobrir uma tosse, mas estava disfarçando o riso.

— Então eu vou deixá-la terminar de se arrumar como preferir.

— Não ouse mandar a arrumadeira para me ajudar!

Ele assentiu e deixou o quarto novamente para enrolar seu pai. Eloisa viu o pente e notou logo que não serviria para seu cabelo; ia apenas deixá-lo armado e arrepiado. Seu cabelo tinha ondas e gostava de se enrolar em grossas mechas apertadas que precisavam ser desfeitas para um penteado adequado. Depois, pegou um espelho e deu uma boa olhada em seu rosto e seus trajes. E nas botas que usava, pois vestiu as meias e as botas apenas para estar aquecida para chegar até ali.

Ela largou o espelho em cima da cama e fechou os punhos, decidida a não passar por isso. Foi até a janela e olhou para baixo. Toast, sua égua caramelo, ainda estava ali, onde a deixou amarrada. O animal estava aproveitando o sol matinal e comendo a grama. Eloisa voltou até a escrivaninha de Eugene, escreveu um bilhete e depois marchou para a janela com o lençol na mão. Amarrou e passou as pernas para o lado de fora, virou-se e foi descendo lentamente.

Seus pés apareceram balançando pela janela do primeiro andar, mas não havia ninguém no escritório. Depois, suas saias claras mostraram suas meias enquanto ela descia. Um pouco tarde demais, Eloisa espiou para dentro do cômodo e ninguém estava lhe observando. Seu pé perdeu o apoio da beira da janela e ela balançou de um lado para o outro, olhou para baixo e soltou o lençol. Caiu de pé sobre a grama, mas escorregou e acabou com o traseiro no chão.

Toast relinchou quando a viu cair à sua frente.

— Fique quieta — sussurrou Eloisa, pulando de pé e correndo para desamarrá-la.

Ela acariciou o focinho da égua, passou as rédeas por sua cabeça, montou e saiu lentamente até entrar pelo meio das árvores e apertar o passo da montaria.

Um tempo depois, quando Eloisa parecia estar demorando demais, Eugene voltou ao quarto. Seu pai já estava à mesa tomando chá e franziu o cenho quando o filho retornou e sentou à beira da mesa.

— Você não disse que sua noiva vinha tomar o café da manhã conosco? — perguntou o duque, com uma expressão de quem sabia que tinha algo estranho naquela história.

Eugene cobriu os olhos com a palma da mão direita e ficou apenas balançando a cabeça.

— Está tão apaixonado assim que já está imaginando a presença da moça na casa? — provocou o pai.

O filho continuava com os olhos cobertos pela mão, e sua cabeça mexia levemente. Ele sentia uma estranha vontade de começar a rir. Chegou lá e encontrou o quarto vazio. Por um segundo, imaginou que ela havia ido a outro cômodo, mas já conhecia a mulher com quem ia se casar o suficiente para avançar mais, e logo viu o lençol amarrado para o lado de fora da janela e encontrou o bilhete em cima da cama dizendo que ela voltaria mais tarde, para o chá. Na pressa, ela ainda derramou tinta e manchou metade dos papéis em branco.

— Quem diria que você chegaria a esse ponto, Eugene — continuou o pai, descansando sua xícara depois. — Mas estou contente com esse acontecimento inesperado.

Eugene tirou a mão de cima dos olhos e só balançou a cabeça. A vontade de rir de si mesmo persistia. E imaginar-se dizendo ao pai que sua noiva havia fugido pela janela — depois de já ter fugido de casa para chegar ali na noite passada — dava-lhe ainda mais vontade de rir. Ao mesmo tempo que não acreditava que ela havia aprontado mais essa com ele. Eloisa era inacreditável, deve ter faltado em todas as aulas de comportamento para damas que tentaram lhe dar quando era mais nova.

— Apesar de não ter sido uma completa surpresa depois que você explicou que ia se casar com a mesma jovem que teve a coragem de ir confrontá-lo no meio daquela festa. Se você acabasse se casando com outra pessoa, eu ficaria desapontado — comentou o duque, ocupado em encher um rolinho de patê.

É claro que Betancourt estava dizendo tudo aquilo de propósito. Eugene esquecia que, por mais que Agatha vivesse dizendo que a família por parte do pai era tediosa e sem paixão, seu pai foi casado com a mãe deles por anos, e quem trazia o lado apaixonado e as histórias escandalosas à família era ela e seus parentes. De algum jeito, o duque conquistou a mãe deles e viveu ao seu lado por todos aqueles anos até ela falecer. Chato e tedioso ele com certeza não foi, ou ela o teria deixado, pois era capaz disso.

<hr />

No meio da tarde, o duque já havia descansado e descido renovado. Eugene

Encontre-me ao Entardecer 317

se barbeara e lavara e não parecia mais que havia deixado o quarto às pressas, o que era bem adequado, já que a visita do chá chegara.

A Sra. Darby abriu a porta e levou Eloisa e Rachel até onde o chá estava sendo servido. Quando abriu as portas francesas, Eugene e o pai se levantaram.

Foi aí que Eugene quase começou a rir. Eloisa já estava completamente diferente. Usava um belo vestido de passeio em cetim azul, com ricos enfeites em seda branca que cruzavam o peito e eram da mesma cor que as mangas. Os delicados detalhes em pérola levavam aos botões em suas costas. Era um dos trajes bem atuais que ela usava em Londres. Seu cabelo brilhoso estava preso para cima em um penteado perfeito que a camareira com certeza gastou um tempo fazendo. Usava luvas curtas com renda nos pulsos e sapatilhas delicadas.

Se alguém dissesse que ela esteve ali mais cedo, desarrumada e com o cabelo em desalinho, pulando de uma janela e fugindo num cavalo, ninguém acreditaria. Ainda mais quando ela, cinicamente e com um sorriso lindo, fez uma leve reverência para o duque e disse:

— Sua Graça, fico muito feliz em conhecê-lo apropriadamente.

Rachel — também vestida na última moda em um traje âmbar, afinal, acabara de voltar de Londres — assentia, aprovando os bons modos da sobrinha. E devia saber da última aventura dela, mas a havia ensinado bem para fingir na temporada.

As duas vieram em uma carruagem aberta, pela estrada e não pelo caminho mais curto que usavam. Com certeza, passaram por vizinhos e gente suficiente para dizer que foram vistas elegantes e no horário para algum compromisso diurno.

— Vim exatamente para isso, senhorita. Queria muito conhecê-la melhor. — Ele se dirigiu a Rachel. — E também sua tia, de quem ouço falar há anos, mas nunca tive o prazer.

Ingram entrou como se fosse a deixa dele. O duque sabia sobre Rachel porque conhecia Ingram muito bem. Ele estava ali porque Eloisa disse que ele tinha de ir, mas principalmente porque não podia perder a chance de se divertir com esse encontro.

— Uma série de desencontros, mesmo quando estamos na cidade — respondeu Rachel.

Eloisa foi para perto de Eugene e lhe ofereceu as mãos enluvadas, como se não tivesse passado a noite entre seus braços. Ele pegou ambas e inclinou a cabeça num cumprimento. Sentaram-se para o chá. Eloisa perguntou sobre Agatha e soube que ela voltou da cidade e foi visitar a tia, irmã de sua mãe, e estava retornando para casa. Ficaria muito irritada com todos eles quando descobrisse que seu pai foi até ali sem levá-la, mas gostaria de saber que o casamento aconteceria em Burton House.

— É um capricho do destino que tenha se encantado justamente pela prima do seu melhor amigo. Imaginei uma história fantasiosa sobre você desencalhar ao encontrar alguma jovem de um país onde esteve ou de ter que casar por contrato depois que eu o chantageasse de algum jeito — alfinetou o duque, sem saber que o filho escondia a longa volta que deu até aceitar seus sentimentos e buscar o que precisava.

Betancourt parecia muito feliz em estar naquele chá, conversando com Eloisa e soltando várias piadas sobre *ela* colocar juízo na cabeça do seu filho. Quem sabe assim ele seria menos arisco sobre passar uma parte do ano na propriedade que agora era sua. E quem sabe uma semana ou duas em épocas diferentes do ano em Burton House, a propriedade do duque.

Dava para ver que Ingram estava rindo por trás da xícara. Ele nunca se divertira tanto em um chá. Costumavam ser muito chatos, mas ir em um só para guardar piadas contra seu melhor amigo e sua prima era imperdível.

— Eu adoro viajar. Vai ser uma novidade passar temporadas em locais diferentes — declarou Eloisa.

Ela abriu um leve sorriso e olhou para Eugene. Ele olhou para o pai, que ainda sorria para ela, encantado. Mesmo que Betancourt parecesse saber que a nora o estava enredando, pelo jeito, estava gostando. Depois, Eugene trocou um olhar com Ingram e percebeu que Rachel estava muito satisfeita.

— Viu, Eugene? Você terá de se esforçar para entreter sua esposa. Eu sei como é, sempre vale a pena — disse o duque, prevendo um futuro que muito o interessava.

Eugene já deixara de estranhar a insistência do pai em se aproximar dele. Haviam ficado brigados por um tempo e chegaram a passar meses sem se falar diretamente após a guerra, quando o duque teve de receber os dois filhos feridos. Isso quando ele mesmo proibira ambos de lutar no front. Atualmente, Eugene desconfiava que o pai sabia do verdadeiro trabalho de Oscar, mas nunca tocaram no assunto, só fizeram insinuações.

Encontre-me ao Entardecer 319

Com a morte de Oscar, o duque agia como se tivesse deixado todos os desentendimentos onde deviam ficar: enterrados junto com a guerra. Eugene foi bastante rebelde antes e voltou irascível, impossível de tratar enquanto se recuperava do ferimento. Quando aquele terrível período de sua vida passou, ele também deixou os desaforos enterrados.

E do mesmo jeito que foi atrás de Eloisa para recuperar o tempo perdido e conquistar uma chance, ele fez com a irmã, o pai, e até os familiares por parte de mãe, que ele ia convidar para o casamento.

A guerra causou uma grande ruptura entre todos eles, e tinham o privilégio de viver em locais que não foram diretamente afetados pelas batalhas travadas no conflito. Mas não mudava o que sobrava para os sobreviventes e aqueles ligados a eles; levava anos para começar a se reerguer.

⁓

Burton House, Setembro de 1818

O casamento demorou mais do que o planejado. Levou um tempo para enviar todos os convites e demandou viagens da noiva a Devon para ver a Sra. Garner, a modista que faria seu vestido. E, quando ia até lá, Eloisa parava para visitar os Preston e ver sua amiga Lydia. Ela a encontrou triste, mas, quando lhe confirmou que ia mesmo se casar com o Herói de Guerra, a Srta. Preston ficou feliz.

Eloisa também foi até Sunbury Park visitar Bertha, pois ela e o Diabo Loiro — conhecido formalmente por Eric Northon, Lorde Bourne — não estavam saindo muito por causa do bebê. Mas confirmaram presença no casamento.

No caminho, Eloisa ainda visitou Janet, a Srta. Amável, que não perderia o casamento por nada. Certo dia, ao ir à casa de Ruth, a Srta. Festeira, encontrou vários dos outros do Grupo de Devon. Finalmente sairia um casamento com Lorde Garboso. Estavam todos levantando as mãos para o céu; ninguém mais aguentava as brigas dos dois. Estavam nisso desde a temporada de 1816.

Eloisa escolheu uma combinação de salmão e dourado para o vestido, que foi feito em seda de Naples. Havia ricos detalhes em renda branca que formavam padrões na barra do vestido. Suas mangas levemente bufantes sequer chegavam aos cotovelos e tinham os mesmos delicados bordados do decote. Havia pérolas em seu penteado alto assim como em seu pescoço e no minúsculo botão nas laterais de suas luvas.

Mangas delicadas com decotes bem-feitos em tecidos ricos e detalhes delicados eram especialidade da modista. Pelo jeito, todas as moças do grupo iam acabar se casando com uma criação dela.

Eugene a esperou em seu uniforme de gala. Ele bem que merecia o apelido que o grupo lhe deu. Para ela, parecia mais um sonho. Antes de ir para o altar, ele instruíra Ingram a ficar ao lado da porta e manter alguém embaixo da janela da noiva. E levou um beliscão quando Eloisa soube disso.

Georgia estava emotiva demais no dia e, apesar de ter passado a temporada aos trancos com Kit, ele estava ao seu lado, amparando-a e lhe oferecendo o lenço quando o dela ficou úmido demais.

Ingram acompanhou Eloisa até o altar; ela parecia em êxtase ao lado de Eugene. Quando os dois saíram, com os convidados jogando flores sobre eles, pareciam mal poder esperar para fazer planos.

O brunch de comemoração foi servido no salão de Burton House. O lugar não via uma festa há muitos anos. O duque iria negar, mas Agatha achava que o pai estava um tanto emocionado. Dava para ver emoção naquela sua expressão perpétua. Algo que era fácil dizer que Eugene herdara, só que hoje sua expressão estava repleta de emoções. Os convidados sairiam dizendo que nunca o haviam visto sorrir antes e tinham certeza de que ele estava em um dia extremamente feliz.

A lista de convidados dele não foi pequena. Eugene chamara muitos familiares da parte da mãe, e eles acharam algo tão inesperado que apareceram em peso. Havia alguns parentes distantes da parte do pai e, já que era uma reunião atípica, eles foram convidados e lotaram carruagens.

Assim como os oficiais com quem Eugene conviveu em seu tempo no exército e os superiores que era educado convidar. Isso resultou em um grupo de homens de uniforme, reunidos em torno de umas mesas do lado direito do salão.

Eloisa não era a típica moça discreta que convidaria apenas os amigos mais chegados, como fez a Srta. Gale, a primeira do grupo a se casar. Eloisa convidou o grupo de Devon inteiro e os acompanhantes que eles quisessem levar, não esquecendo das Srtas. Burke e seus pais. E fez questão que Adele viesse, pois era uma amiga querida e queria apresentá-la aos seus amigos, para que tivesse companhia. Como não era tola, convidou também a Srta. Warrington, de quem se

Encontre-me ao Entardecer 321

aproximou nessa temporada, mas a verdade era que queria que ela trouxesse o irmão, Lorde Havenford, por causa de Adele, que lhe confessou que algo intenso aconteceu entre eles. A emoção ao contar era clara, e Adele sequer podia explicar, porém, achava que não iria vingar. Eloisa pretendia que vingasse.

A noiva ainda enviou alguns convites só para afrontar determinadas pessoas. Georgia ia matá-la, mas a Srta. Brannon foi convidada. Mas somente ela, sem as amigas e a prima venenosa. E ela compareceu! Acompanhada da mãe. A primeira coisa que ela fez foi exibir seu lindo sorriso para Kit. Quem sabe assim, Eloisa fazia Georgia ver que sua implicância não era normal.

E todas as senhoras do grupo das Margaridas eram convidadas especiais e tinham uma mesa apenas delas, onde se instalaram e gastaram o tempo comendo e fazendo uma retrospectiva da temporada e planos para a próxima. Estavam felizes por sua pupila atual ter conseguido tudo que queria no final. Mas não era surpresa, as coisas para suas "Rosas" nunca aconteciam sem percalços e nem discretamente.

Todos do Grupo de Devon compareceram, porque eles eram assim. Um não abandonava o outro, apareciam nos problemas e nos momentos de comemoração. Eloisa notou que havia algo errado ali no meio, algum tipo de drama estava a ponto de acontecer e ela não podia ir lá descobrir. Em um momento perto do bolo, Lorde Pança disse para ela não se preocupar, pois tinha certeza de que seria uma longa temporada campestre em que ele possivelmente teria um ataque do coração.

O grupo tomou conta de um lado do salão, como sempre, chamando atenção. Todos gostavam ainda mais do Herói de Guerra, pois agora ele fazia parte da família e, quando conseguiu conquistar e manter o afeto da Srta. Sem-Modos, provou que era digno. Os amigos de Devon concordavam que não era uma tarefa para um cavalheiro de saúde fraca.

A verdade era que ninguém queria perder o casamento deles, todos queriam voltar para casa e depois para Londres e contar que estiveram no casamento do futuro duque de Betancourt. Não era todo ano que se via um casamento desses.

— Eu sei que estive em falta em vários bailes da temporada e não a levei para dançar todas as vezes que prometi — disse Eugene, parado à frente de Eloisa. — Mas essa dança eu não perderia por nada no mundo.

— Será a primeira de muitas. Promete?

— Prometo. Vamos dançar todas as vezes que desejar.

Eloisa sorriu e lhe deu a mão. A orquestra começou uma música lenta para eles, e os dois saíram dançando. Ela estava linda no vestido que brilhava sob a luz do dia, parecendo leve e radiante. Ninguém imaginou que aquela seria Lady Hosford — ou Harwood, para os inapropriados —, pois imaginavam que nunca haveria uma. Eloisa dançava tão bem quanto pulava de janelas, corria por atalhos no meio do bosque e fugia em seu cavalo preferido.

Ainda bem que agora ela só iria fugir para os braços de Eugene. Ele não pretendia ter paz, não estava se casando para isso. Não sabia do que as pessoas estavam falando quando diziam que um cavalheiro precisava se acalmar e encontrar uma esposa. Eles iam viajar para o litoral. Um casal de amigos disse que eles deviam ir lá. E Eloisa tinha planos animados para eles.

Quando a música terminou, os dois se afastaram juntos, e Eugene parou, ainda segurando suas mãos, e disse:

— Ainda bem que aprendi a dançar antes de ir procurá-la.

Eloisa levantou o olhar emocionado. Dançar com ele agora lhe fazia lembrar de tudo.

— Ainda bem que você veio por mim. — Ela passou os dedos por baixo do olho, afastando uma lágrima, e se encolheu junto a ele.

Agora, ele pouco se importava que o vissem abraçando-a para confortá-la. Ele o faria todas as vezes que precisasse. Eloisa tornou a olhá-lo e fungou, tentando não chorar.

— Era com esse momento que eu sonhava quando dançar era uma possibilidade distante — confessou ele.

Eloisa balançou a cabeça e secou novamente embaixo do olho esquerdo, mas contou com a ajuda dele para encostar a ponta do lenço embaixo de seu olho direito.

— Você me fez voltar a ter sonhos sobre o amor. Mas, em nenhum deles, eu sabia que sentiria tanta felicidade por saber que, em todos os meus próximos dias, eu poderei estar ao seu lado.

— Até depois do entardecer — lembrou ele.

— Até muito depois! — exclamou ela, abrindo um grande sorriso.

Nenhum dos dois sabia o que teria acontecido se ele não tivesse ido até Londres para encontrá-la. E se ela não tivesse fugido de Londres para encontrá-lo. Apenas sabiam que não estariam realizados como sentiam-se naquele momento,

Encontre-me ao Entardecer 323

em que seus planos e sonhos não eram mais tolos, tampouco estavam distantes. E não teriam descoberto o amor que vivia neles e que já haviam encontrado há muito tempo a pessoa certa para compartilhar.

Eles eram só mais uma prova e inspiração que arriscar e se aventurar sempre valeria mais a pena, pois, para o bem ou para o mal, na inércia, eles não ficariam presos. A volta que tiveram que dar demorou mais do que o planejado, mas eles eram mais um casal a provar que a luz da felicidade ilumina aqueles a buscam.

Próximo livro da série

Encontre-me ao Anoitecer

Nota da Autora

Para as damas mais danadas dos bailes,

Fiquei muito feliz por enfim compartilhar essa história! Acredito que muitas de vocês têm acompanhado os Preston. E este livro é também um spin-off deles, já que os personagens saíram de lá.

Assim como foi com O Refúgio do Marquês, que a história vivia na minha mente há muito tempo, o mesmo foi com essa. Como leitora de romances de época, cresci lendo esse tipo de romance, li muitas histórias de pessoas partindo e retornando de guerras. Há anos eu queria escrever sobre um soldado que volta da guerra contra Napoleão com um ferimento e fica mergulhado em dor e amargor. No caso dele, sempre quis que fosse uma situação em que sua luta lhe trouxesse frutos e ele pudesse retomar sua independência.

E eu queria muito combiná-lo com uma jovem levada e cheia de vida que ia visitá-lo e, ao mesmo tempo, vivia seus próprios dramas familiares e amorosos. Ela nem saberia como lhe fazia bem, mesmo em seus piores momentos. Às vezes, eu tenho esses ataques românticos! E aí eu daria um jeito de entrelaçar suas histórias e esconder uma profunda admiração que teria de esperar o momento certo para ser exposta. Casei tudo isso ao clima com que levo os Preston e adorei o resultado! Gostei de acompanhar o jeito como ela se apaixonou por ele e ambos superaram suas dores para poderem ficar juntos.

Vocês já devem ter percebido que tenho uma queda — um tombo! — por romances de época em que o amor vai se desenvolvendo sutilmente a cada página, até estarmos todos irrevogavelmente apaixonados sem saber exatamente em qual altura do livro isso aconteceu. E os Preston e seus amigos me permitem explorar isso.

A pesquisa que usei nesse livro foi quase a mesma de Uma Dama Imperfeita e acabou sendo usada para Um Amor Para Lady Ruth. É interessante porque são livros que se passam em anos seguidos a partir de 1816. Então, tudo se mantém quase do mesmo jeito, com exceção dos avanços dentro da moda para nossas damas e cavalheiros. E alguns pequenos avanços tecnológicos, ótimos para incluir nas reformas que meus personagens estão sempre fazendo! Foi uma época de transição e reformas e gosto de deixar meus personagens sempre antenados.

Além das tendências para os jantares, festas e comidas, algo que nessas duas séries vive acontecendo. Haja festa e pesquisa de menu, frutas, doces e pratos que os nobres e ricos estavam preferindo. Eles eram um tanto volúveis nessa parte. *risos*

E claro, o pano de fundo político, climático e essas coisas inerentes a um livro. Era uma época em que a guerra estava ainda muito presente na vida das pessoas, mas aqui eu escolhi focar na consequência humana diretamente ligada ao personagem principal: as marcas físicas que as batalhas deixavam.

Espero que tenham gostado de rever o grupo de Devon e continuar acompanhando seu desenrolar! Como devem ter visto, estou escrevendo uma trama por trás da outra e a história de Lydia e de Lorde Greenwood já está acontecendo durante esse livro, no qual deixei pequenas pistas. Na verdade... calma, agora vou deixá-las curiosas: quando acaba esse livro, estamos em um impasse na história de nossa querida Lydia Preston! Não é spoiler! É incentivo!

Vocês vão descobrir tudinho no livro dela!

Quero muito agradecer a todas vocês que têm acompanhado os Preston. Adoro escrever sobre eles. Sempre quis criar romances de época no estilo que escrevo para essa família e seus amigos, e fico muito feliz ao ver mais um na mão de vocês.

Espero que tenham se divertido em mais esse livro!

Até o próximo!

Bjuux

Lucy Vargas

Entre em nosso site e viaje no nosso mundo literário.
Lá você vai encontrar todos os nossos
títulos, autores, lançamentos e novidades.
Acesse www.editoracharme.com.br

Você pode adquirir os nossos livros na loja virtual:
loja.editoracharme.com.br

Além do site, você pode nos encontrar em nossas redes sociais.

https://www.facebook.com/editoracharme

https://twitter.com/editoracharme

http://instagram.com/editoracharme